昆山與東莞台商投資經驗、治理與轉型

Taiwan Businessmen Investment in Kunshan and Dongguan : Experiences, Governance and Transformation

◎王珍一 ◎吳春波 ◎林　江 ◎洪嘉瑜 ◎高　長 ◎殷存毅
◎盛九元 ◎張家銘 ◎張樹成 ◎陳明進 ◎陳德昇 ◎馮邦彥
◎楊友仁 ◎楊　春 ◎廖海峰 ◎盧　銳

陳德昇　主編

編 序

　　本書是近年由政治大學主辦，有關台商投資昆山、東莞研討會的論文匯編。昆山、東莞作為台商大陸投資的重鎮，不僅體現台商篳路藍縷的膽識與艱辛，也造就中國大陸現代化的輝煌和變遷。值此台商大陸投資二十年之際，將論文整理出版，期能與台商和兩岸學界分享。

　　本書區分為三大部分。第一部分是昆山與東莞投資互動、效應和轉型挑戰，主要針對投資經營模式、績效、政企關係、區域生產網絡互動與在地化議題進行探討。第二部分是解讀昆山與東莞發展經驗、模式和變遷，並透過與港商投資之比較觀點，觀察台資之特質和挑戰。第三部分為稅務變革與企業輔導。主要分析台商投資該地涉及之稅務法規、會計作業、企業談判、經營策略和輔導作為。儘管部分文章和嚴謹之學術要求仍有差距，但其作為台商大陸投資的在地參與者與內部觀察者，仍具相當之原創性和學術價值。

　　台灣學界的台商大陸投資研究，遠落後於台商大陸投資形勢和佈局。學術研究成果，未能成為台商投資決策和政府政策領航憑藉，是值得反省的重要課題。期望未來兩岸經貿發展，台灣學界能扮演更積極的參與者角色，以引領台灣前瞻發展、全球運籌和兩岸良性互動。

陳德昇

2009 / 9 / 20

目　錄

（三）稅務變革與企業經營輔導

主要作者簡介（按姓氏筆劃）

王珍一

中山大學大陸所博士，現任文化大學財務金融系助理教授。主要研究
專長：財務會計、大陸經貿、商務談判。

吳春波

中國政法大學博士生，現任聯豐國際管理顧問公司總經理。主要研究
專長：企業輔導、會計實務。

林江

廣州暨南大學企業管理系博士，現任中山大學嶺南學院財政稅務系教
授。主要研究專長：區域經濟與金融、財政稅收。

洪嘉瑜

美國普渡大學經濟學博士，現任國立東華大學經濟學系暨國際經濟研
究所教授。主要研究專長：總體經濟學、勞動經濟學。

高長

美國紐約州立大學經濟學博士，現任國立東華大學公共行政研究所教
授。主要研究專長：兩岸經貿、大陸經濟、勞動經濟學。

殷存毅

南開大學區域經濟學博士，現任清華大學公共管理學院教授暨台灣研
究所副所長。主要研究專長：區域經濟、兩岸經貿。

盛九元

上海社會科學院世界經濟研究所博士生，現任上海浦東改革與發展研究院研究員。主要研究專長：東亞區域經濟、兩岸經貿與台商投資。

張家銘

東海大學社會學博士，現任東吳大學社會學系教授兼系主任。主要研究專長：台商投資、社會學。

張樹成

中央黨校經濟管理學士，現任昆山市農村經濟研究會會長。主要研究專長：經濟與社會發展、農村經濟研究。

陳明進

美國亞利桑納州立大學會計博士，現任政治大學會計系教授。主要研究專長：財務會計、稅務法規。

陳德昇

政治大學東亞研究所博士，現任政治大學國際關係研究中心研究員。主要研究專長：中國政治發展、地方治理、台商研究。

馮邦彥

暨南大學經濟學碩士，現任廣州暨南大學台灣經濟研究所教授。主要研究專長：區域經濟、港澳台經濟、資本財團研究。

楊友仁

台灣大學建築與城鄉研究所博士，現任東海大學社會系助理教授。主要研究專長：全球生產網絡與區域發展、電子業台商跨界投資、全球化。

楊春

香港大學地理系博士，現任香港中文大學亞太研究所助理教授。主要研究專長：中國都市及區域發展、產業集聚、區域合作與治理。

廖海峰

香港大學地理學碩士，現任美國猶他州立大學地理系博士研究生。主要研究專長：地理學。

盧銳

廣州中山大學管理學博士，現任中山大學嶺南學院副教授，主要研究專長：會計、財務、稅務與公司治理。

台商大陸投資的經營模式與績效：
長三角與珠三角比較*

高長

（東華大學公共行政研究所教授）

洪嘉瑜

（東華大學經濟學系教授）

摘要

　　本文旨在研究台商在大陸投資經營策略，與其經營績效表現之間的關係，尤其選定在廣東和長三角地區投資的台商做比較，探討這些台商經營績效表現之型態有何不同。研究結果發現不論在廣東或長三角地區投資，後進者的獲利表現不如先發者，產品內銷比率愈高、運用當地資金比例愈高、投資規模愈大者，獲利表現愈好，而中間投入來自當地比例愈高、由當地事業接單比例愈高者，則獲利表現愈差。由當地事業行銷和不同進入模式等與獲利表現之關係，廣東與長三角地區台商的型態則有所不同。

關鍵字：大陸台商、經營策略、績效表現、長三角、珠三角。

* 本文為國科會 NSC94-2416-H-259-017 計畫研究成果的一部分。根據政大國關中心等單位主辦的「台商大陸投資：東莞與昆山經驗」學術研討會上發表的論文修改而成，歡迎批評指正。

壹、 前言

　　台灣區電機電子工業同業公會(簡稱「電電公會」)多年來針對中國大陸地區投資環境與風險進行調查研究，[1] 研究報告指出，珠三角地區除了珠海、中山、廣州等少數城市之外，大部分地區都被列為「勉予推薦」和「暫不推薦」等級。換句話說，珠三角的投資環境相對於大陸其他地區，受訪台商的評價並不好，普遍認為該地區之投資風險相對較高。該項研究每年做一次，自2000年以來所得到的結論，在珠三角地區接受評比的各個城市中，投資環境向下沉淪的多，向上提升的少。尤其東莞地區各分區在每次評比幾乎都落在最後。有趣的是，在這麼一個投資環境並不算好、投資風險相對較高的地方，卻聚集了數以千計的台商企業。為什麼有那麼多的台灣廠商前往投資？台商在珠三角投資事業的生存與發展之道有何特別之處？值得深入研究。

　　長江三角洲地區是台商在大陸投資另外一個聚集地，尤其蘇州、昆山地區已成為台灣電子資訊業最主要的生產基地。電電公會的調查研究報告指出，長三角地區內接受評比的各城市，投資環境和風險大都被列為「極力推薦」和「值得推薦」，且多年來沒有太大的變化。換言之，長三角地區的投資環境一直都受到台商的肯定，難怪自九〇年代中期以來，台商前往長三角投資的熱潮迭起。令人好奇的是，在長三角地區投資與投資環境相對較差的珠三角地區投資，台商企業的經營策略有何差別？其經營績效又有何不同？

　　本文將以製造業為研究對象，全文結構除前言與結論之外，首先將探討台商赴大陸投資策略之特徵，其次是剖析台商在大陸投資事業的經營策略及其變遷。第三是比較研究在珠三角和長三角地區投資的台商企業，經

---

[1]　該項調查研究自2000年開始已連續執行七年，每年均完成研究報告公開出版。

營績效表現及其與投資經營策略之關聯。

貳、　台商對大陸投資策略之特徵

　　台灣廠商赴大陸投資，在九〇年代後期曾因亞洲金融風暴的襲擊而陷入低潮，風暴過後，台商赴大陸投資漸增。不過，在2002年達到高峰之後，最近幾年以來，台商投資的規模再度出現衰退的趨勢，大陸官方的資料顯示，[2] 2005年的實際投資金額21.5億美元，較2002年的39.7億美元減少了46%，2006年上半年台商對大陸實際投資金額繼續呈現負成長。造成台商赴大陸投資呈現負成長的可能原因，一是各行業的投資已達飽和，想到大陸投資的廠商基本上都已前往；二是近年來大陸境內生產要素供給短絀，人民幣升值以及相關優惠政策的調整，使得投資的營運成本增加，削弱了投資熱情；三是市場競爭加劇，壓縮了中小型企業生存與發展的空間，削弱中小型投資者的投資意願。

一、　投資區位選擇

　　區位選擇因素是跨國公司對外投資決策中重要因素之一。理論上，區位選擇的戰略主要包括：資源導向和市場導向兩種，前者根據日本學者小島清（K. Kojima）提出的比較優勢理論（the theory of comparative advantage），一國企業為了克服國內資源不足問題，尋找資源充裕的國家進行投資，這類型的投資將促成國際間的垂直專業分工；[3] 後者主要的考量是在於尋求新的市場或市場擴張。此外，產業鏈效應也會影響企業對

---

[2] 大陸商務部有關利用外資之統計。

[3] K., Kojima, *Direct Foreign Investment: A Japanese Model of Multinational Business Operations*, (London: Croom Helm, 1978).

外投資的區位選擇。

　　台商在大陸投資的區位結構，主要集中在沿海地區，尤其在廣東、江蘇、上海、浙江、福建等省市。不過，根據經濟部投資審議委員會公布的資料顯示，歷年來台商在大陸投資的區位選擇戰略已有明顯的調整。具體而言，1991-1995年期間，台商到大陸投資主要選擇在廣東、江蘇、福建、河北、浙江、山東等地區，其中，廣東、江蘇吸引台資金額最多，各約佔三成左右。到了2001-2005年，這六個地區仍然是吸引台資最多的地區。不過，就投資金額所佔比重來看，江蘇呈現一支獨秀之勢，約佔51%，較九〇年代前期增加21個百分點，而廣東、福建、河北、山東吸引台商投資金額，在同期間均呈現相對減少的現象。其他各省也呈現不同幅度的萎縮，唯獨浙江與江蘇一樣，受到台商的青睞有增無減。近來台商投資區位選擇往長三角轉移之趨勢仍持續。2006年上半年的資料顯示，浙江、河北、遼寧、四川等地吸引台資有相對增加的現象，除了珠三角和長三角地區，以京、津、魯、冀、遼為主體的環渤海灣地區，以武漢、長沙、南昌為重心的中部地區，及以重慶、成都、西安為重心的西部地區，正逐漸受到台商的青睞。

表一：台灣對大陸投資之區位選擇變遷

單位：%

地區別	2006(1-9) (1)	2001-2005 (2)	1996-2000 (3)	1991-1995 (4)	變動幅度 (2)-(4)
廣東	17.75	23.55	38.17	29.88	-6.33
江蘇	55.18	50.84	36.74	29.74	21.10
福建	6.10	7.34	7.78	13.78	-6.44
河北	3.55	3.49	5.32	6.45	-2.96
浙江	9.13	8.30	4.03	4.64	3.66
山東	1.84	1.49	2.04	2.62	-1.13
遼寧	0.90	0.59	0.92	1.91	-1.32
四川	2.03	0.95	1.28	1.79	-0.84
湖北	0.32	0.98	0.93	1.23	-0.25
湖南	0.00	0.21	0.45	1.17	-0.96
其他地區	3.20	2.26	2.34	6.79	-4.53
合計	100.00	100.00	100.00	100.00	

資料來源：根據經濟部投資審議委員會統計資料計算而得。

說明：江蘇包含上海市，河北包含北京、天津。

　　台商選擇到大陸投資的策略考量，主要是資源導向，也就是為了利用當地低廉的勞動和土地資源；其次為市場導向，也就是為了拓展當地內需市場。不過，比較觀察台商在珠三角和長三角地區投資動機後（表二），顯示選擇在珠三角地區（廣東）投資的台商，似乎更注重利用當地資源，而選擇在長三角地區（上海、浙江、江蘇）投資，則較偏重開拓當地內需市場。相對而言，到珠三角地區投資的台商企業製品大都以外銷為主，將生產基地由台灣遷往珠三角的廠商，最主要的投資目的在於降低成本，以歐美為目的市場的策略，在生產基地轉移前及之後並未改變；而長三角地區具有天賦的區位優勢，特別受到有意拓展大陸內需市場的台商所青睞。

表二：台商赴大陸投資的動機（2005年）

單位：%

動機	全大陸	廣東	浙江	江蘇	上海
勞工成本低廉	73.97	84.86	61.54	85.33	55.41
土地成本低廉	40.41	45.87	46.15	52.17	22.93
利用當地原物料資源	26.44	22.02	19.23	33.70	21.66
當地內銷市場廣大	55.21	38.07	65.38	52.17	76.98
利用當地外銷配額	2.60	1.83	11.54	4.35	1.27
利用當地最惠國待遇身分	7.12	5.05	15.38	10.87	5.73
租稅優惠	20.68	18.05	23.08	26.63	17.20
配合國外客戶要求	23.42	29.36	15.38	21.74	20.38
配合國內中下游廠商登陸	37.95	48.17	26.92	46.74	23.57
國內投資環境不佳	12.74	15.14	3.58	9.78	9.55
有效利用公司資本技術	11.78	11.01	7.69	13.59	12.10

資料來源：根據經濟部投資審議委員會調查資料計算。

二、 產業選擇

　　台商在大陸投資行業主要為製造業，以累計投資金額計算，約佔投資總額的90%。各項製造業中，以電子零組件佔最大比重（約佔總額的14.8%）。其次，依序為電腦、通信及視聽電子、電力機械器材及設備、基本金屬及金屬製品業、化學品製造、塑膠製品、機械設備業等（表三）。就不同產業在大陸投資的區位分佈來看，表三資料顯示，傳統製造業的投資有68.5%集中在長三角和廣東，其中，皮革、毛皮及其製品選擇在廣東地區投資者佔近七成，紡織、造紙、非金屬礦物製品則大都集中在江蘇，家具業則相對集中在廣東。比較而言，食品飲料業、木竹製品業等選擇在長三角和廣東地區投資者所佔比重相對較低，表示較為分散在大陸其他地區投資。

　　基礎製造業和技術密集製造業到大陸投資，選擇在長三角和廣東地區投資者所佔比重更高，都超過八成（表三），尤其最集中在江蘇和廣東兩省。相對而言，塑膠製品業、電力機械器材及設備等行業主要分佈在廣

東，石油及煤製品、橡膠製品、電子零組件、機械設備業等則主要分佈在江蘇。

表三：台商在大陸投資的產業結構及其地區分佈（迄2005年底累計）

單位：百萬美元；%

產業名稱	全大陸合計		上海	江蘇	浙江	廣東
	金額	比重				
◎傳統製造業	10,222	23.97	12.96	22.68	7.30	25.59
1.食品飲料業	1,987	4.66	15.75	11.93	5.49	16.91
2.紡織業	2,194	5.14	14.27	29.26	15.18	20.42
3.皮革、毛皮及其製品	851	2.00	3.06	5.41	2.59	68.74
4.木竹製品業	236	0.55	3.81	7.20	3.81	20.76
5.家具及裝設品	337	0.79	4.45	19.88	21.07	28.78
6.造紙及印刷業	1,064	2.50	29.70	32.14	3.01	18.23
7.非金屬礦物製品	2,324	5.45	8.56	32.66	3.31	16.70
8.其他工業製品製造業	1,229	2.88	10.90	16.92	7.57	42.23
◎基礎製造業	10,422	24.44	10.18	30.65	10.28	29.86
9.化學品製造業	3,147	7.38	13.03	29.65	24.02	19.42
10.石油及煤製品	18	0.04	5.56	55.56	5.56	5.56
11.橡膠製品業	855	2.00	3.27	44.56	0.47	21.29
12.塑膠製品業	2,550	5.98	10.82	23.53	2.08	43.73
13.基本金屬及金屬製品業	3,852	9.03	8.98	32.97	6.67	31.23
◎技術密集製造業	22,000	51.59	14.00	35.77	5.28	31.83
14.機械設備業	2,433	5.70	15.04	35.47	9.62	25.15
15.電腦、通信及視聽電子	5,828	13.67	21.17	31.57	3.41	33.68
16.電子零組件	6,316	14.81	13.85	41.83	6.16	28.04
17.電力機械器材及設備	4,315	10.12	7.79	35.64	4.75	41.14
18.運輸工具業	1,762	4.13	5.33	28.15	4.43	23.89
19.精密器械業	1,346	3.16	12.33	36.40	4.23	34.18
合計 投資總額(百萬美元)	(42,643)	100.00	12.82	31.38	6.99	29.85

資料來源：同表一。

說明：（1）本表係以迄2005年底累計金額數據計算。

　　　（2）比重係指以製造業投資總額為分母計算而得的百分比。

　　　（3）各地區的數據係指個別製造業在各地區投資金額佔該產業在大陸投資總額的比重。

三、進入模式之選擇

　　台灣廠商為規避不可預測的風險，早期在進入大陸的策略上，有部分廠商選擇商品貿易的模式，或通過風險相對較低的技術轉讓方式進入。其後，對大陸內需市場的瞭解逐漸累積之後，才考慮進行直接投資，包括建立合資、合作、獨資、三來一補和併購等方式，採取的是循序漸進的策略。

　　根據經濟部投審會調查資料顯示（表四），台商在大陸投資所採取的進入模式，以2000年資料為例，主要為獨資經營，其次為合資經營，採取合作經營、三來一補等模式者較少。到了2005年，採獨資經營模式的台商企業大幅增加，而採取合資、合作等模式的企業所佔比重則逐漸降低。這種現象顯示，一方面獨資經營模式的優點（例如經營管理自主性高）受到歡迎；而另一方面合資、合作經營模式等的缺點令人退避。大陸市場透明度增加、對大陸市場之瞭解增加強化了自信、法令的限制鬆綁、技術移轉之安全性考量、當地地方政府之鼓勵等因素，也是造成採取獨資經營模式大幅增加的重要原因。

表四：台商在大陸投資進入模式之選擇

單位：%

	2005					2000			
	全大陸	廣東	浙江	江蘇	上海	全大陸	廣東	浙江	江蘇(含上海)
獨資經營	66.26	70.91	46.15	76.47	64.33	54.02	58.09	48.21	50.63
合資經營	28.98	21.36	53.85	20.86	30.57	32.51	18.85	46.43	38.92
合作經營	1.90	0.91	—	2.14	3.18	6.52	5.32	5.36	10.13
三來一補	2.18	6.82	—	—	—	6.27	16.41	—	—
其他	0.54	—	—	0.53	1.91	0.68	1.33	—	0.32

資料來源：同表二。

　　就珠三角與長三角兩地台商企業比較，以2000年資料為例，儘管在兩地採獨資經營模式都相對較為普遍，但對浙江地區的台商而言，採獨資和合資經營模式的台商企業數量大致相當；在廣東，採合資模式的台商佔不到二成，另有16.4%的台商採取「三來一補」模式，顯得較為特別；在江蘇的台商企業，採獨資經營者約佔一半，採合資和合作經營者約各佔四成和一成左右。到了2005年，江蘇台商採合資和合作經營模式，廣東台商採合作和三來一補模式的比重則明顯減少。有趣的是，浙江台商採取合資模式的比重，在2000-2005年間甚至呈現增加，與主流趨勢相違。

　　大陸台商獨資化的趨勢，一方面表現在初次投資者選擇獨資方式進入的偏好增加；另一方面也表現在已在大陸投資者，隨著時空環境變化改制為獨資經營或控股方式的合資經營情形日益普遍。這種現象可以交易成本理論(transaction cost theory)、討價還價理論(bargaining power theory)和制度因素影響論等學理加以詮釋。交易成本理論強調，跨國公司海外投資傾向由增加持股比重，以克服因信息不對稱、市場失靈和機會主義行為等造成的內部交易成本過高的問題。[4] 討價還價理論認為，跨國公司母公司與東道國政府的討價還價實力，決定了其海外分支機構的股權結構。[5] 制度因素影響論則特別強調制度性因素，包括國家風險、東道國政府股權比率

---

[4] O. E. Williamson, *Market and Hierarchies : Analysis and Antitrust Implications,* (New york: The Free Press, 1975); O. E. Williamson, *The Economic Institutions of Capitalism*, (New York: The Free Press, 1985); H. Mjoen and S. Tallman, "Control and performance in international joint ventures," Organ Science, 8 (1997), pp. 257-274.

[5] A. Yan and B. Gray, "Bargaining power, management control, and performance in United States-Chinese joint venture : a comparative case study," Academy Management Journal 37(6), (1994), pp. 1478-1517; D. J. Lecraw, "Bargaining power, ownership, and profitability of subsidiaries of transnational corporations in developing countries," Journal of International Business Studies 15(1), (1984), pp. 27-43.; N. Fagre and L. T. Wells, "Bargaining power of multinationals and host governments", Journal of International Business Studies 13(3), (1982), pp. 9-23.

管制乃至文化差異等因素，對跨國公司海外投資股權與進入模式選擇行為的影響。[6]

參、　大陸台商投資事業之經營策略

全球化潮流促進國際分工更趨細膩而複雜，跨國企業為充分利用全球各地資源優勢，以降低成本及提高國際市場競爭力，通常會將製造、研發和銷售活動等分散佈局。由於各地資源稟賦各具優勢；同時，也由於各地市場特性存在極大差異，譬如消費者的偏好、分銷通路，以及文化相關聯的價值體系等，因此跨國公司海外投資事業大都實行當地化經營的策略；而且當地化策略內涵可能因行業、不同投資地點而有所差別。[7]

一、　當地化經營策略

台商在大陸投資事業的當地化現象，主要表現在原材料和半成品採購、管理幹部及人才之晉用、產品銷售等方面。理論上，跨國企業在東道國當地生根發展是企業永續發展的必然途徑，當地化程度越高者，表示企業與當地經濟及相關產業的互動較緊密，東道國接受外資可能的獲益愈大，反之則否。

首先，從原材料和半成品採購來源觀察，2005年資料顯示（表五），大陸台商事業所需原材料和半成品，三分之一購自台灣，自當地採購的比

---

[6] Beamish, P. W. and J. C. Banks, "Equity joint ventures and the theory of multinational enterprises", Journal of International Business Studies 18 (1987), pp. 1-16, F. Contractor and P. Lorange, *Cooperative Strategies in International Business* (D. C. Health and Company, Lexington, M. A, 1988).

[7] C. A. Bartlett and S. Ghoshal, *Managing Across Borders : The Transnational Solution* 2nd ed., (Boston: Harvard Business School Press, 1998).

重超過四成，自其他國家進口的比重約佔二成。就不同地區比較，江蘇和廣東台商的原材料和半成品需求主要購自台灣，其次是向當地台商企業採購；浙江地區的台商所需的原材料和半成品，向當地非台商企業採購的比重超過四分之三，向台灣採購的比重不到一成；上海台商所需的原材料和半成品，有超過一半的比率自其他國家進口，自台灣採購的比重接近四分之一。

表五：大陸台商事業原材料和半成品進貨來源（2005年）

單位：%

採購來源	全大陸	廣東	浙江	江蘇	上海
向台灣採購	34.00	41.76	8.17	43.88	24.92
向當地台商企業採購	20.32	24.36	13.90	25.09	8.00
向當地非台商企業採購	23.29	18.96	76.50	22.62	14.30
自其他國家進口	22.38	14.92	1.44	8.41	52.77
合計	100.00	100.00	100.00	100.00	100.00

資料來源：同表二。

　　值得注意的是，根據經濟部「製造業對外投資實況調查報告」資料顯示，大陸台商事業原材料和半成品自大陸當地採購的比重逐漸增加，而自台灣採購之比重則呈現逐漸減少之趨勢。在大陸政府相關的外資政策中，並沒有嚴格要求外商企業自當地採購原材料的比例。因此，台商企業增加原材料和半成品自當地採購之比例，可以說是大都基於本身經營策略之考量。台商企業使用大陸製原材料和半成品投入的比重愈大，顯示大陸的製品比進口財更具競爭優勢，大陸當地製造供應能力已大幅改善。值得一提的是，原材料和半成品自當地採購的部分，有一半來自於當地台商，對應於自台灣採購比重降低，顯示大陸台商企業在當地已另外建立了新的產業聚落，且聚落的張力逐漸擴大。

　　其次，在管理人才晉用方面，大陸台商事業在管理人才晉用的策略，與一般跨國企業極為相似。具體而言，在初到大陸投資時，為加速企業營運正常化，管理及技術人才自台灣派駐的比率較高，隨著經營逐漸進入常軌，為節省成本，自當地雇用的比率逐漸提高，同時減少自台灣雇用。另外，為了解決在當地經營之管理與技術人才供應不足問題，大陸台商也非常重視自當地甄選適當的人才並予長期培訓。然而，從人才晉用當地化的速度比較，日系跨國企業母公司大都採取本國中心導向的經營策略，海外子公司的管理幹部當地化速度較緩慢。歐美系的跨國企業大都採取東道國導向的經營策略，海外子公司的管理幹部當地化速度相對較快，大陸台商企業的人才晉用當地化策略，似乎與歐美系的跨國企業所採模式較接近。近年來，隨著客觀經營環境的改變，台商在大陸的管理人才晉用當地化速度有加快的趨勢。

　　第三在營銷活動方面，受到全球化潮流的影響，跨國企業為強化其競爭優勢，通常會依全球佈局觀點，將價值鏈中採購、生產、研發和運籌等各項環節，根據比較優勢法則在全球範圍內進行配置和整合，並且通過範疇經濟、規模效應和知識積累以取得整合效益。[8] 台商的全球化佈局，一般是將大陸投資事業定位為製造基地，至於研發和運籌等活動則主要仍由台灣母公司主導負責。不過，隨著大陸市場環境的變化，大陸台商事業營銷當地化的趨勢已日益強烈，除表現在前文所述的採購、人才晉用等方面，也表現在產品銷售行動。

　　如前所述，台商赴大陸投資基於開拓當地市場的動機愈來愈普遍，因此大陸台商企業製品在當地銷售的比重呈現逐年增加的趨勢。2005年的資料顯示（表六），大陸台商企業產品供做當地銷售的比重達43.3%，另有

---

[8] M. E. Porter, "Competition in global industries: a conceptual framework", in M. E. Porter(ed.), *Competition in Global Industries* (Boston: Harvard Business School Press, 1986).

三分之一左右供外銷，回銷台灣之比率約佔23.3%。就座落在不同地區的台商企業比較，顯示在江蘇、浙江、上海等長三角地區投資的台商，製成品大部分供在當地銷售，而在廣東地區的台商，大部分製成品則是外銷至其他國家，其銷售市場的結構型態呈現明顯的地區性差異。另外，根據前引經濟部統計處調查資料顯示，隨著時空環境改變，大陸台商企業製成品的目的市場策略也有所調整，由早期以外銷為主，逐漸增加當地市場銷售的比率。[9]

表六：大陸台商事業產品銷售市場結構（2005年）

單位：%

銷售地區	全大陸	廣東	浙江	江蘇	上海
回銷台灣	23.44	31.24	38.24	32.03	21.50
在當地銷售	43.31	20.90	51.92	47.46	66.71
外銷其他國家	33.25	47.87	9.84	20.51	11.79
合計	100.00	100.00	100.00	100.00	100.00

說明：以銷售金額計算。
資料來源：同表二。

　　第四在營運資金之籌措方面，大陸台商投資事業自當地取得的比率也有提高的跡象。表七的資料顯示，大陸台商投資事業營運資金自大陸當地金融機構融資的比率，2005年間大約為35%，較2000年提高了14個百分點。相對的，由台灣母公司提供營運資金所佔比重，同期間則顯示略為下降。大陸當地金融機構提供融資，已成為大陸台商投資事業營運資金融通的主要來源，台商不論在廣東或是在長三角地區投資，其營運資金主要仰賴由當地金融機構融資的模式大致類似。

---

[9]　資料顯示，大陸台商企業製造的產品在當地市場銷售的比例，已由1993年的35.45%增加為2004年的48.79%，而外銷到其他地區所佔比重，同期間則由52.58%降低至34.33%。

　　大陸台商事業營運資金，自當地金融機構融資的比重提高，與一般跨國公司海外投資的融資策略模式相似。跨國公司為防範經營風險，同時也為了使融資成本最小化，其融資策略通常會更傾向於適應東道國的環境與政策，在實際操作中，會儘可能在東道國金融機構借債。[10] 近年來，大陸的經營環境與過去比較已有很大的改變，流動資金供應充沛，金融機構經營自主性提高，加上企業化經營意識漸強，使得台商在大陸當地取得週轉資金的機會增加。另外，近年來大陸美元貸款利率較人民幣，同時也較國際美元貸款利率低，又在預期人民幣將升值（美元將貶值）的情況下，大陸台商較過去更重視財務槓桿的操作，結果使得營運資金籌措的當地化趨勢愈加明顯。

表七：大陸台商事業主要營運資金來源

單位：%

資金來源	2005					2000			
	全大陸	廣東	浙江	江蘇	上海	全大陸	廣東	浙江	江蘇
由台灣母公司提供	31.94	41.63	15.38	31.38	26.58	37.84	47.00	36.21	32.21
向台灣金融機構融資	6.36	6.03	7.69	8.51	3.16	6.31	7.67	1.72	5.37
向大陸金融機構融資	34.78	22.17	50.00	40.96	36.08	20.54	12.74	22.41	26.51
向第三地金融機構融資	6.09	4.98	—	7.98	6.96	4.32	4.08	1.72	4.36
合資事業機構	6.50	5.43	—	4.79	6.33	12.97	8.39	22.41	13.09
發行海外公司債	1.62	0.45	—	2.13	1.27	0.36	0.72	—	—
其他	23.95	24.98	30.77	20.74	27.85	17.66	19.67	15.53	18.4

資料來源：同表二。

---

[10] V. Hooper, "Multinational financing strategies in high political risk countries," *School of Banking and working paper* (University of New South Wales, 2002).

二、　技術來源與研發創新

　　隨著台資企業在大陸當地市場銷售的比重逐漸擴大，其本土性也逐漸加深，因為企業製造的產品會在樣式、功能等方面調整設計，以更適合當地消費者的偏好，尤其大陸市場幅員遼闊，各地貧富差距大，消費者需求也呈現多樣化，台資企業為拓展當地市場、提高市場佔有率，勢必更積極投入產品創新。諸如康師傅與統一方便麵、旺旺仙貝、羅馬磁磚、和成衛浴、櫻花廚具、燦坤小家電、捷安特腳踏車、達芙妮女用鞋、宏碁、華碩電腦等品牌成功之經驗，已成為其他企圖拓展大陸當地市場的台商所效法。

　　根據經濟部投審會調查資料顯示，大陸台商事業的技術來源，超過八成都是由台灣公司所提供（表八），其次主要是來自大陸事業自行研發。比較2005年和2000年的調查研究結果發現，大陸投資事業的技術來源，主要仰賴由台灣公司提供的現象並沒有改變，甚至有增加的趨勢，而大陸事業自行研發在技術創新方面扮演的角色也呈現更重要的趨勢。相對於廣東和江蘇，在上海、浙江地區投資的台商事業，似較重視當地自行研發和技術創新。

　　在傳統的跨國企業研究中，一般將企業跨國創新的模式分為中央創新和當地化創新兩種，[11] 前者是指母公司利用集中資源從事新的產品和工藝之創造，然後將其運用於全球市場，日本松下電子公司是採用這種創新模式的典型個案，該公司成功地將Panasonic和National兩種品牌在全球市場上推廣。後者則是分散各國的子公司利用他們自己的資源和能力來進行創新，以響應當地的環境需求，荷蘭飛利浦公司在電子消費商品的開發經驗，堪稱為利用此模式最有成就者。相關的實證研究顯示，儘管多數跨國

---

[11] C. A. Bartlett and S. Ghoshal, Managing Across Borders : The Transnational Solution, 2nd ed. (Boston: Harvard Business School Press, 1998).

公司都試圖同時利用上述兩種創新模式，不過一般而言，中央集權結構的全球型公司，為使國際環境的多樣性帶來的困擾（成本）降至最低，大都採用中央創新模式；而在分散聯盟結構的多國籍企業中，則大都採用當地化創新模式，其終極的目的在於迎合東道國當地市場特殊需求，以增加市場佔有。

表八：大陸台商事業的技術來源

單位：%

	2005				2000			
	全大陸	廣東	浙江	江蘇	上海	全大陸	廣東	浙江	江蘇（含上海）
國內母公司	84.28	84.79	69.23	88.71	78.95	67.35	72.41	50.86	70.51
當地自行研發	24.83	22.58	26.92	19.35	34.21	15.42	14.35	32.20	11.54
購買國外技術	1.38	1.84	—	0.54	1.97	1.29	1.35	—	1.92
合資企業提供	5.24	3.23	7.69	3.76	6.58	8.23	5.61	8.47	9.62
台灣研發機構	5.24	9.68	—	3.76	1.32	2.23	2.24	1.69	—
當地研發機構	1.10	0.46	3.85	2.15	1.32	0.60	—	—	0.96
其他	6.90	4.61	11.54	5.38	8.55	3.17	2.47	6.78	3.85

資料來源：同表二。

　　根據經濟部投審會的調查資料顯示（表八），大陸台商事業的技術創新模式顯然偏向中央集權方式。不過，值得注意的是，近年來，台商在大陸投資已較過去更加重視研發投入。大陸投資事業與台灣母公司在研發活動上的分工，以電子資訊產業為例，[12] 從產品面來看，台灣母公司的研發活動大都比較偏向於周邊、針對國際市場、屬於開發階段的產品；而大陸投資事業的研發活動則大都比較偏向系統性、針對大陸內需市場、成熟階

---

[12] 陳信宏、史惠慈、高長，台商在大陸從事研發趨勢對台科技創新之影響及政府因應策略之研究（台北：中華經濟研究院，2002年）。

段的產品。就研發或技術屬性而言，台灣母公司的研發活動較偏重硬體、產品開發和製程開發；在大陸投資事業的研發活動則傾向於軟體開發、基礎研究、製程調整，以及製程認證與工程支援等方面。這樣的研發分工佈局在某種程度上，反映出台灣與大陸在研發方面各擁有其優劣勢，唯大陸台商事業的新產品開發和新技術取得等研發業務之決策權，基本上仍掌握在台灣母公司手上。

肆、　大陸台商事業經營績效分析

一、　經營績效分析

　　有關企業經營績效之研究，一般都是以獲利性作為評估依據。[13] 不過，對從事跨國投資的母公司而言，海外投資事業的績效評價，還可以從子公司對母公司整體營運之貢獻來考察，譬如出口市場之拓展、產品品質提升、促進與國外企業策略聯盟等方面。

　　關於台商在大陸投資企業的獲利性，長期以來一直是各界關注的焦點。中華經濟研究院[14] 的調查研究結果顯示，大陸台商大約有六成左右的經營績效表現不惡，其餘四成左右的廠商則遭到不同程度的虧損。與其他外商比較，大陸台商事業的獲利性似乎較差。高長[15] 的研究指出，跨國

---

[13] 高長，「台商與外商在大陸投資獲利性的比較分析」，收錄於大陸經改與兩岸經貿關係，第三版，高長著（台北：五南，2003年）。Yan and Gray, (1994)前引文；Beamish and Fang, (2002)，前引文。

[14] 中華經濟研究院，兩岸經濟交流之現況及發展趨勢（台北：中華經濟研究院，1992年）；中華經濟研究院，台商與外商在大陸投資經驗調查研究：以製造業為例（台北：中華經濟研究院，1997年）；中華經濟研究院，大陸經營環境變遷對台商投資影響之研究（台北：中華經濟研究院，1999年）。

企業在大陸投資獲利性的影響因素很複雜，投資經驗之累積與地緣關係、語言和文化相似等因素對企業獲利性的影響皆很重要。此外，內銷比率愈高、越早進入大陸投資的企業，獲利性愈高。

　　近年來，大陸經營環境已有很大變化，尤其加入WTO後，大陸市場較過去更加開放，跨國企業積極進入的結果，競爭非常激烈，影響大陸台商事業的獲利性。經濟部投審會的調查資料顯示（表九），以2005年為例，受訪廠商表示獲利的約佔55.8%，其餘廠商表示遭到虧損約佔44.2%，經營績效表現似不如早期。比較而言，在廣東投資的台商獲利性相對較高，而在浙江、江蘇、上海等地投資的台商獲利性則相對較低。

表九：大陸台商事業盈餘狀況（2005年）

單位：%

盈餘	全大陸	廣東	浙江	江蘇	上海
獲利 0-5%	30.84	36.82	26.09	27.54	27.66
6-10%	13.02	11.44	13.04	12.57	12.06
11-20%	9.13	5.97	4.35	11.98	9.93
21%以上	2.84	1.99	4.35	1.80	3.55
虧損 0-5%	17.07	22.39	13.04	15.57	10.64
6-10%	7.78	5.97	8.70	11.38	7.8
11-20%	4.04	3.98	8.70	2.99	7.09
21%以上	15.27	11.44	21.74	27.54	21.28

說　　明：表中數字是指稅後盈餘虧損除以營業收入的百分比。
資料來源：同表二。

---

[15] 中華經濟研究院，製造業廠商赴大陸投資行為轉變及政府因應政策之研究—以電子資訊業為例（台北：中華經濟研究院，2003年）。

表十：大陸投資事業對台灣母公司營運之有利指數（2005年）

單位：%

影響項目	全大陸	廣東	浙江	江蘇	上海
投資規模	74.59	70.86	82.36	77.98	72.09
生產規模	70.99	71.76	76.47	78.33	63.75
出口市場拓展	75.04	79.45	64.71	75.53	71.26
產品品質提升	60.36	61.36	52.94	60.15	58.33
生產技術提升	62.06	63.20	58.83	62.59	58.75
研究發展經費	58.02	59.20	61.76	55.95	56.26
員工雇用	59.73	58.59	61.77	62.59	60.01
加強與國外企業策略聯盟	74.69	76.69	67.65	76.56	70.42
業務多元化	81.08	86.51	76.47	80.77	75.00

說　　明：有利指數是由回答「有利」和「不影響」的比重加計而得，其中回答「不影響」
的比重只計一半。

資料來源：依經濟部投審會調查資料計算。

　　大陸投資事業的經營績效表現，還可以從其經營對台灣母公司營運的有利程度考察。2005年經濟部投審會的調查資料顯示（表十），在設定的各項指標當中，認為對母公司「業務多元化」有貢獻者最為普遍，其次為「出口市場拓展」、「加強與國外企業策略聯盟」、「投資規模」和「生產規模」。至於「研究發展經費」、「員工雇用」、「產品品質提升」等方面，表示大陸投資事業對母公司有貢獻的廠商所佔比重相對較低。比較觀察在珠三角和長三角投資的台商對渠等台灣母公司營運之有利情形，發現其特徵大同小異。唯在浙江投資之台商，針對「出口市場拓展」、「加強與國外企業策略聯盟」兩項指標，認為有利於台灣母公司營運者所佔比重較低。這種現象可能與浙江台商較專注於內銷有關。

二、 經營績效與投資經營策略之關聯

(一)資料說明

　　台灣廠商赴大陸投資最主要的目的在追求更大的利潤，而為實現獲利目標，大陸台商事業必然會採取各種經營策略加以因應。因此，理論上，投資經營策略與其經營績效必有關聯。

　　本文採用經濟部投資審議委員會於2004與2005兩年的調查資料，分析製造業台商在2003與2004兩年經營績效與投資經營策略的關聯。以當年的獲利／虧損率（稅後盈虧除以營業收入，以下簡稱為獲利率）來衡量經營績效，除控制獲利率的調查年度與投資事業設廠時間，經營策略變數則包括投資地區、產業別、投資金額、大陸投資比例、投資型態、投資動機、技術來源、行銷方式、訂單來源、非勞動投入來源、營運資金來源與產品銷售地區。以下表十一列出各變數的定義與說明。2003年與2004年製造業台商願意答覆獲利率的樣本分別為446家與568家，扣除解釋變數缺漏者，總樣本數僅剩493個，其中廣東樣本有174家，江蘇或浙江或上海樣本有239家。

(二)實證模型

　　茲將獲利／虧損率的迴歸模型建構如下：

$$y_{it} = X_{it}\beta + \varepsilon_{ijt} \qquad (1)$$

　　其中，y_{it}為獲利／虧損率的組別，X_{it}為表十一所列的解釋變數。關於採用的計量模型，因調查資料提供的為八組獲利／虧損率，屬於有觀察值的區間資料（interval-coded data），因此計量上可以採用區間迴歸模型（interval regression model）進行實證分析。[16] 迴歸式的被釋變數與解釋變

數如同第(1) 式，唯以表示隱藏變數（latent variable），區間迴歸式表示為：

$$y^* = X\beta + \varepsilon \text{，}$$
$$y = 1 \quad if \quad y^* \leq -0.20 \text{；}$$
$$\quad = 2 \quad if \quad -0.20 < y^* \leq -0.10 \text{；}$$
$$\quad = 3 \quad if \quad -0.10 < y^* \leq -0.05 \text{；} \qquad (2)$$
$$\quad \vdots$$
$$\quad = 7 \quad if \quad 0.10 < y^* \leq -0.20 \text{；}$$
$$\quad = 8 \quad if \quad y^* > 0.20 \text{。}$$

個別樣本的概似函數（log-likelihood function for observation i）設為

$$1_i(\beta) = 1\,[y_i = 1]\,\log\,[\Phi(-0.20 - x_i\beta)] + 1\,[y_i = 2\,]$$
$$\log\,[\Phi(-0.10 - x_i\beta) - \Phi(-0.20 - x_i\beta)] + K + \qquad (3)$$
$$1[[\,y_i = 8\,]\,\log\,[\,1 - \Phi(0.20 - x_i\beta\,)$$

　　大陸台商事業所在獲利區間的 [$y_i = g$] 數值為1，其他為0（（數值可以是1, 2,…8）；Φ為常態分配累積分配函數。極大化概似函數 $\sum_i \lambda_i(\beta)$ 得到 β 最大概似估計值（MLE）。迴歸式的解釋變數滿足古典線性模型設定，β 可直接說明在其他條件不變的狀況下，各個解釋變數對應變數的邊際效果。

---

[16] 區間迴歸模型的設定雷同ordered probit模型，使用最大概似估計法估計。不同的是使用序列probit模型，各區間的臨界值需由模型中估計，且變異數(σ^2)標準化為1；若採用區間迴歸模型，則臨界值可外加設定。因為我們的薪資資料是根據已知的臨界值進行分類，因此本文採用區間迴歸模型。請參考Wooldridge (2002) 的15.10.2章節、或Wik et al. (2004)。我們採用Stata（第八版）計量軟體進行估計。

(三)實證結果

我們以2003與2004兩年製造業的樣本，依照第(1)式，採用區間迴歸計量方法，分別針對全部樣本、與廣東、江蘇浙江上海兩個地區，分析台商當年的獲利率，三條迴歸結果分別列於表十二的三個模型。首先，大陸台商在2004年間之獲利率低於2003年，含蓋全部樣本的模型1和廣東台商（模型2）甚至呈現顯著的差別，可能因為2004年大陸實行緊縮性調控政策不利於製造業台商的獲利率。

其次，觀察投資事業設廠時間，則發現整體而言，隨著設廠時段愈晚，獲利率愈差。然針對廣東與江蘇、浙江、上海兩個地區分析，則是2002年以後設廠者利潤率才顯著偏低。這種現象印證了先發優勢，後進者由於投資設廠時間不夠長，可能還在調適階段，因此獲利率較低。

第三，在區位選擇上，台商赴大陸投資偏好選擇在廣東珠三角和江、浙、滬長三角地帶。本文迴歸估計結果顯示，在華北地區投資的廠商獲利性最高，惟與廣東地區台商比較並無顯著差別，在長三角地區投資的台商獲利最差，且顯著的低於在廣東地區投資之台商。

第四，就不同進入模式比較，迴歸估計結果發現，廣東台商採「三來一補」或其他模式的獲利最高，其次是採合資或合作經營，唯其獲利性超過獨資經營模式並未達統計顯著性。長三角地區台商採合資或合作經營模式的獲利性，卻低於採獨資經營模式台商，唯也未達統計顯著性。

第五，就不同投資動機比較，為了利用大陸低廉的勞工或土地、原物料資源、享有的外銷配額或最惠國待遇等而前往投資者，稱之為資源導向型投資。為了拓展大陸當地市場而前往投資者，稱之為市場導向型投資。迴歸估計結果顯示，在廣東地區投資的台商，資源導向型相對於非資源導向型投資者較能獲利；市場導向型相對於非市場導向型投資者獲利較差，唯都未呈現顯著差別。在長三角地區投資的台商，資源導向型較非資源導向型投資者的獲利差，市場導向型也較非市場導向型投資者的獲利差，唯

其間的差別均未達統計顯著性。

　　第六，執行當地化策略對經營績效的影響，就廣東地區之台商而言，產品內銷大陸比例愈高、運用當地資金比例愈高，獲利性愈高。不過，中間投入自當地採購比例愈高者，獲利性反而愈差。同時，技術自當地取得的廠商獲利也不如自境外取得技術的廠商。其中，只有中間投入自當地採購比例影響獲利性具有顯著差異。對長三角地區之台商而言，產品內銷大陸比例愈高者獲利性愈大，其差異達到10%統計顯著水準。運用當地資金比例愈高、技術來自當地的廠商，獲利性也較大，唯未達統計顯著性。另外，中間投入來自當地比例愈高的廠商獲利性則顯著較低。

　　第七，大陸台商事業的自主權限是否影響其獲利性？本文特別選擇「由當地事業行銷」和「由當地事業接單比例」等兩項變數作為決策權的替代變數。迴歸結果顯示，以廣東地區台商為例，由當地事業行銷者獲利性較大，而由當地事業接單比例愈高者，獲利性卻較低，唯都未達統計顯著性。對長三角地區台商而言，該兩項變數的迴歸係數都為負的且達到10%統計顯著水準，顯示大陸投資事業的行銷自主性愈高，獲利性反而較差。

　　第八，就投資規模與獲利性之關聯考察，大陸台商企業投資規模愈大，投資金額佔母公司在國內外投資總額的比重愈大，獲利性也愈高，唯皆未達統計顯著水準，無論在廣東地區或在長三角地區投資都是如此。此項發現與預期的結果不符，可能是因為這些企業在大陸投資時間不夠長，規模效益之差別尚未充分表現，也有可能與大陸經營環境存在市場扭曲有關。

表十一：變數說明

變數	定義或分類說明
獲利／虧損率	分為八組，以小數表示。
調查年度	分別為2004與2005兩年，設虛擬變數，以2004年為參考組。
設廠時間	虛擬變數，分為三個時段：1996年以前、1997至2001年之間、及2002年以後，以1996年以前為參考組，。
投資地區	虛擬變數，分為四個區域：廣東、江蘇或浙江或上海、北京或河北或山東或東北、與其他地區，以廣東為參考組。
產業別	虛擬變數，分為傳統產業、基礎產業、與技術產業三類，以傳統產業為參考組。
投資金額	以人民幣億元為單位。
大陸投資所佔比例	大陸投資事業佔國內外投資總額比例，選項分為10組，各組取中位數代表，以小數表示。
進入模式	虛擬變數，進入模式分為獨資、合資或合作經營、三來一補或其他三類，以獨資為參考組。
資源導向型投資動機	虛擬變數，台商因勞工或土地成本低廉、利用當地原物料資源、利用當地外銷配額或當地最惠國待遇及優惠關稅等因素設廠者，視為資源導向型，非資源導向型為參考組。
市場導向型投資動機	虛擬變數，因為中國大陸內地市場廣大因素設廠者，視為市場導向型，非市場導向型為參考組。
技術來源	虛擬變數，技術來源為當地自行研發、購買當地技術、當地合資企業提供、當地研發機構、當地OEM、ODM廠商技術轉移者，技術來自境外者為參考模組。
當地事業行銷	虛擬變數，非由當地事業行銷者為參考組。
當地事業接單比例	由中國大陸子公司接單的比例，以小數表示。
中間投入來自當地比例	機器設備、原料、零組件及半成品自當地（台商或非台商）採購的比例，以小數表示。
運用當地資金比例	營運資金來自中國金融機構借款或合資企業提供的比例，以小數表示。
產品內銷大陸比例	產品在中國當地銷售的比例，以小數表示。

表十二：獲潤／虧損率／迴歸結果

被解釋變數： 獲利／虧損率	模型1		模型2		模型3	
	全部樣本		廣東		江蘇浙江上海	
解釋變數	係數值	(t值)	係數值	(t值)	係數值	(t值)
調查年度						
2004年	-0.0960 **	-4.06	-0.1277 **	-3.59	-0.0638	-1.61
設廠時間						
1997-2001年	-0.0287 *	-1.77	-0.0231	-1.07	-0.0361	-1.12
2002年以後	-0.0835 **	-4.00	-0.0743 **	-2.44	-0.0946 **	-2.63
投資地區						
江蘇浙江上海	-0.0344 **	-2.17				
北京河北山東東北	0.0189	0.07				
其他地區	-0.0200	-0.81				
產業別						
基礎製造業	-0.0010	-0.05	-0.0380	-1.20	0.0351	0.91
技術製造業	-0.0073	-0.38	-0.0288	-0.96	-0.0033	-0.10
投資金額	0.0018	0.46	0.0010	0.25	0.0061	0.82
大陸投資所佔比例	0.0076	0.38	0.0221	0.83	0.0236	0.68
進入模式						
合資或合作經營	0.0065	0.39	0.0098	0.41	-0.0146	-0.50
三來一補或其他	0.0406	1.05	0.0343	1.05		
投資動機						
資源導向	-0.0135	-0.55	0.0487	1.33	-0.0652	-1.53
市場導向	-0.0022	-0.14	-0.0093	-0.43	-0.0016	-0.06
技術來源	0.0132	0.88	-0.0035	-0.16	0.0369	1.42
當地事業行銷	-0.0303 *	-1.81	0.0053	0.20	-0.0510 *	-1.85
當地事業接單比例	-0.0903 **	-1.98	-0.0269	-0.31	-0.1238 *	-1.83
中間投入來自當地比例	-0.1161 **	-2.82	-0.1241 *	-1.71	-0.1080 *	-1.64
運用當地資金比例	0.0429 **	2.35	0.0398	1.25	0.0428	1.49
產品內銷大陸比例	0.0339 *	1.78	0.0169	0.64	0.0589 *	1.80
常數項	0.1252 **	3.10	0.1073 *	1.88	0.0918	1.34
Log Likelihood	-1,054.28		-353.28		-515.00	
樣本數	493		174		239	

註：三個模型均採用區間迴歸模型。**與*分別表示在5%與10%之統計水準下顯著。

因江蘇浙江上海地區並無三來一補或其他的投資型態，因此模型3並無這類變數的係數。

伍、結語

　　赴大陸地區投資的製造業台商，在廣東珠三角和江蘇、上海、浙江的長三角地區聚集了七成左右。比較兩地的投資環境和投資風險顯示，一般對長三角的評價勝於珠三角。不過，從獲利的表現考察，在廣東地區投資的台商獲利性卻相對較高，而在長三角一帶投資的台商獲利性則相對較低。

　　就投資進入模式比較，儘管在珠三角和長三角兩地投資的台商獨資化趨勢非常明顯，但是在浙江地區，採合資模式的比重卻相對較高，而在江蘇和廣東台商則以獨資經營模式為主。

　　大陸台商投資企業經營當地化的現象也非常普遍。不過，從中間投入品的採購來看，廣東和江蘇台商向台灣採購的比重相對較高，浙江台商向當地非台商企業採購比例最高，上海台商則多半自其他國家進口。從產品銷售來看，廣東台商大都屬外向型企業，產品以外銷其他國家為主，長三角地區台商尤其上海，產品則以在當地銷售為主。就周轉資金之取得來看，廣東台商依賴由台灣母公司或台灣金融機構融資的比重相對較高，而長三角地區台商向大陸金融機構融資的比重則相對較高。關於技術來源，無論在廣東或在長三角地區投資，台商企業的技術絕大多數都仰賴母公司提供，當地自行研發或由合資企業提供的情形都不很普遍。

　　大陸不同地區投資的台商企業獲利表現不盡相同，可見企業獲利性的影響因素非常複雜，企業經營累積的經驗、經營策略模式對企業獲利性的影響都很重要。本文利用多元迴歸模型研究結果顯示，先發相對於後進投資者的獲利表現較佳，在廣東及長三角地區投資的台商企業大致類似，早期投資者在市場進入和市場通路方面具有優勢，可能是獲利性較高的主要原因。

　　進入模式與企業的獲利性似乎不相干，無論在廣東或長三角地區，並未發現合資或合作經營企業的獲利性顯著地高於（或低於）獨資經營企業。這項發現有可能與大陸特殊的政治、經濟和市場結構造成的扭曲有關。換言之，大陸政府透過其政策控制和行政干預，對市場和企業的經營活動造成影響，結果使得外國投資者不論採取何種模式進入，都面臨同樣的處境，致獲利性沒有顯著差別。

　　就長三角的台商企業觀察，產品內銷大陸比例愈高，獲利表現顯著較好，然而中間投入來自當地比例愈高、當地事業接單比例愈高、由當地事業負責行銷的企業，獲利的表現都明顯較差，與理論的預期不相符。同樣的，廣東台商企業中間投入來自當地比例愈高者，獲利性也顯著較差，這些結論或有必要再進一步做研究釐清。

參考書目

一、中文部分

中華經濟研究院（1992），《兩岸經濟交流之現況及發展趨勢》，台北：中華經濟研究院。

中華經濟研究院（1997），《台商與外商在大陸投資經驗調查研究：以製造業為例》，台北：中華經濟研究院。

中華經濟研究院（1999），《大陸經營環境變遷對台商投資影響之研究》，台北：中華經濟研究院。

中華經濟研究院（2003），《製造業廠商赴大陸投資行為轉變及政府因應政策之研究—以電子資訊業為例》，台北：中華經濟研究院。

高長（2003），「台商與外商在大陸投資獲利性的比較分析」，收錄於《大陸經改與兩岸經貿關係》，高長著，台北：五南。

陳信宏、史惠慈、高長（2002），《台商在大陸從事研發趨勢對台科技創新之影響及政府因應策略之研究》，台北：中華經濟研究院。

二、英文部分

Bartlett, C. A. and S. Ghoshal (1998), *Managing Across Borders : The Transnational Solution,* 2nd ed., Boston: Harvard Business School Press.

Beamish, P. W. and J. C. Banks (1987), "Equity joint ventures and the theory of multinational enterprises," *Journal of International Business Studies 18*, pp.1-16.

Beamish, P. W. and R. Jiang (2002), "Investing profitably in China: is it getting harder? *Long Range Planning, 35*, pp.135-151.

Contractor, F and P. Lorange (1988), *Cooperative Strategies in International Business*, D. C. Health and Company, Lexington, M. A.

Fagre, N. and L. T. Wells (1982), "Bargaining power of multinationals and host governments," *Journal of International Business Studies 13*(3), pp. 9-23.

Hooper, V. (2002), Multinational financing strategies in high political risk countries, School of Banking and working paper, University of New South Wales.

Kojima, K. (1978), *Direct Foreign Investment: A Japanese Model of Multinational Business Operations*, London: Croom Helm.

Lecraw, D. J. (1984), "Bargaining power, ownership, and profitability of subsidiaries of transnational corporations in developing countries," *Journal of International Business Studies* 15(1), pp. 27-43.

Mjoen, H. and S. Tallman (1997), "Control and performance in international joint ventures," *Organ Science 8*, pp. 257-274.

Porter, M. E. (1986), "Competition in global industries: a conceptual framework," in M. E. Porter(ed.), *Competition in Global Industries*, Boston: Harvard Business School Press.

Williamson, O. E. (1975), *Market and Hierarchies : Analysis and Antitrust Implications*, New york: The Free Press.

Williamson, O. E. (1985), *The Economic Institutions of Capitalism*, New York: The Free Press.

Yan, A and B. Gray (1994), "Bargaining power, management control, and performance in United States- Chinese joint venture : a comparative case study," *Academy Management Journal 37*(6). pp. 1478-1517.

蘇州台商的政企關係：
制度鑲嵌觀點的考察*

張家銘

（東吳大學社會學系教授兼系主任）

江聖哲

（東海大學社會學系博士生）

摘要

　　目前針對中國討論地方政府與企業關係的文獻，大都著重其改革現狀與過程的研究，集中於集體企業及公營企業的類別。但自改革開放以來，地方政府逐漸改採外向型經濟的模式發展，積極招商引資，與外資企業（尤其是台商）產生密切的互動，這是重要且比較新的現象。

　　台資企業為了在地化的順利進行，如何與當地政府建立關係？為此，台商在組織及經營管理上進行哪些作為及變革？本文從制度鑲嵌的角度，企圖透過蘇州台商的經驗與作為，考察其與當地政府的制度與人際連結的建構，以釐清這些問題。資料來源主要是2004年移地蘇州，實地訪談當地15個重要的台商與相關的政府單位代表。

　　透過這樣的考察，本文有助於了解台商作為後進跨界企業的在地化活動及其問題，研究結論並可以與現有關於政企關係的理論對話。

關鍵字：蘇州台商、政企關係、制度鑲嵌、制度連結、人際連結

---

* 本文使用的經驗資料來自行政院國科會專題研究計畫【政企關係：蘇州台商經驗之研究】（計畫編號：NSC93-2412-H-031-001），作者感謝國科會提供一年（2004）的移地研究經費補助，還有蘇州大學社會學院及社會與發展研究所的協助，以及蘇州地區接受訪問的單位與個人，特別是吳江市、昆山市及蘇州市三地市政府及其開發區管理委員會的合作。

壹、前言

　　1978年中國實施改革開放政策以來，中國大陸各區域或地方的政府為尋求發展，不斷地優化投資環境與服務的態度，積極引進外資，繼華南珠江三角洲的盛況之後，近年來長江三角洲的蓬勃發展，引人注目。

　　就蘇州而言，其「以外引外，以台引台」的發展政策，以各類型國家級與省級開發區作為載體，全面加速招商引資的力度及經濟發展，已帶動外商的投資熱潮，挹注當地的外資迄今超過六百多億，成為蘇州經濟結構升級主力。眾多外資當中，值得注意的是台商的表現。[1]根據蘇州市2002年利用外資國別資料顯示，投資的國家和地區高達30多個。從資金量來看，香港和台灣的投資資金增加迅猛，位居蘇州投資企業資金籌措的第一、二位，其次才是美國、日本等其他外資。

　　對於這些來到中國的海外直接投資（Foreign Direct Investment, FDI），尤其是投入製造業的台資企業而言，影響其投資成功與否的重要環節，是有關其社會的生產體系。在這個體系中，企業與政府是兩個關鍵的經濟行動者，兩者之間的互動與協調，不僅影響雙方的經營和治理，同時也涉及整個體系的形成和發展。因此，政企關係一直受到各界的重視和關注。

　　據此，本文從制度鑲嵌的觀點，探究台資企業與當地政府的互動和關係。確切的作法分為下述幾個步驟：首先，透過蘇州台商的經驗與作為，考察其與當地政府的制度連結與人際連結的建構；其次，釐清台商對於這兩種關係連結比重的安排，特別以蘇州海關制度合理化的過程，指出政企朝向制度學習與建構的伙伴關係發展；最後，根據研究發現，對現有相關議題的研究或文獻，展開對話及批判。

---

[1] 《遠見雜誌》曾以「高科技台商蜂擁長江三角洲」為題，報導台商好像發現新大陸一般的「發現蘇州」，詳情見莊素玉（2000）。

　　本文據以分析的記錄資料，主要來自作者於2004年10-11月期間移地
中國大陸，實地訪談蘇州市、吳江市及昆山市等地15個重要的台商，[2] 以
及當地台商協會、經濟開發區官員與相關的政府單位代表。

貳、理論觀點

　　回顧目前的相關文獻，針對中國政企關係的現象及其成因的解釋，存
在著許多不同的理論觀點。以下文獻回顧的主軸是由地方政府觀察的政企
關係以及由台商角度觀察的政企關係兩種觀點。

一、由地方政府觀察的政企關係

　　首先，耿曙、陳振偉（2005）從政府治理觀點考察蘇州昆山的政企關
係，強調在中國經濟改革過程中，因為中央政府實施放權讓利的政策，昆
山地方政府得以扮演地方社會發展的主要舵手，並於1997-2000年建立親
商機制及制度期間。昆山政府一直與台商維持著一種合作的對等關係，採
取集體協商、談判、議價等互動的方式。對於昆山地方政府與其外資大
宗—台資企業—間的互動模式，由昆山地方政府與昆山台商協會合力遊說
江蘇省政府供電局，在限電政策上做出讓步的案例，可看出地方政府與企
業攜手爭取地方保持經濟競爭力的合作，符合新型態地方治理模式中所
強調地方政府與政策參與者間的「合作夥伴關係」。（耿曙、陳振偉，
2005：19）

　　該文進而指出，最近兩三年來，昆山地方政府因為經濟實力的提升，
已經出現主動引領、決策貫徹的「發展型國家」（developmental state）特
徵的情形。不過，作者不敢肯定這樣的特徵已然成型，強調台資企業依然

---

[2]　非刻意概化，該次的移地研究剛好訪問到15間廠商。

是昆山經濟發展不可或缺的主力，地方政府或有些在政策制訂或執行上的強勢舉措，還是與台商維繫著合作的夥伴關係（synergy-companionate relation）。

陸建華（2005）同樣從地方治理的角度出發，強調蘇州地方政府在招商引資的實踐過程中，屬行行政管理體制的改革，做到優質服務的提供與行政效能的提升。不論對於台商的企業群、個別企業或經營管理者，都能時刻做出快速而合理的調整，來滿足前來投資落戶眾多客商的需求。因此，蘇州各級政府與台資企業建立的也正是上述耿、陳一文提出的夥伴關係。

在《同床異夢：珠江三角洲外商與地方之間的假合資關係的個案研究》一文中，吳介民（1996）同樣以政府角度切入，觀察不同地區得出相異的結論。他指出：華南廣東地方政府利用中央放權改革時機，打著發展商品經濟的旗號，特別給予私營企業一種集體經濟的稱號，向企業收取管理費和其他費用，發展出奇特的「掛靠制度」，可謂是政商之間各種虛假關係一個重要的表徵。他把這樣的官商互動稱為一種官僚化的庇護關係(bureaucratic patronage)，其中過程是私營資本向地方政府支付保護費，藉以防範政治的或其他的風險。在他看來，地方政府幹部徵收預算外用的行為，同時也是一種制度性的尋租行為(institutional rent-seeking)，並且採取的是一種集團的形式而非個別的行為。吳氏以台陽公司說明這類官商關係運作的機制和意義在於，中國的政治企業家們（political entrepreneurs），藉由創造各種相對穩定的投資環境與有效的產權保障。這類官僚庇護自發地在中國各地，形成無數具有地方特色的「經濟特區」。這樣的官僚庇護，私人關係便成為一種非常有用的工具，讓投資者得以和地方官員基於私人信任的基礎建立合作協定（cooperation protocol），在中央看來這種地方行為構成一種違背國家利益的共謀協議（conspiracy pact）。

基於同樣的地點背景，劉雅靈（2000）在《廣東華陽的依賴發展：地

方政府與外資企業的利益共生》一文中，探討華陽這個邊緣落後的貧困縣如何迎頭趕上珠江三角洲的先進地區。其觀點是從該縣基層政府－鎮與農村管理區的財政收入切入，由此了解地方政府如何與外資企業之間形成聯盟關係。她發現這是一種利益共生關係，並且當地新興產業也依賴著外資產業，產生一種依賴現象。

　　大體而言，劉雅靈的結論是華陽在大力吸引外資追求快速發展過程中，為增加地方政府財政收入，不惜與外商形成利益聯盟，透過彼此互惠的共生關係來發展地方經濟。詳細地說，地方政府通過承包的制度，讓外商掛名為合資企業，實際上是「假合資，真獨資」企業。這麼一來，地方政府在施惠給予外商之際，每年也從外商收取定額的承包費，可謂是慷國家之慨中飽私囊。應該注意的是，定額的承包費不是固定不變的，必須視彼此的關係或交情，透過談判商定，所以會逐年變動，並且隨著不同的個案而不同。因此，官員與商人之間的私人交情和關係顯得非常重要，可以在這過程中發揮相當有效的作用。

　　雖然上述諸文皆從地方政府的角度進入，但因為觀察的地點不一樣，立場互異，對於政府與企業的關係便有不同的結論。耿曙、陳振偉與陸建華都以蘇州為背景，認為當地地方政府與台商建立的是一種合作夥伴關係。反之，吳介民的「同床異夢」與劉雅靈的「利益共生」則是異曲同工的說法，都是根據廣東的發展經驗，強調官商之間因為人際關係與互利機制形成的非正式聯盟。儘管以上論點多少指出：政企或官商關係的切面或特徵，但因為說法偏重政府的角度，不僅忽略外資或台商對政企關係的建構情況，也無法瞭解地方政府與台商的制度學習和磨合的建構過程。

二、由台商角度觀察的政企關係

　　不同於上述，另有些論文則從台商角度觀察的政企關係，例如鄭政秉（2002）企圖以交易成本理論探討外商在大陸的尋租行為。他首先認定台

商投資大陸的行為及獲利，遠不同於其他非華人外商。一是表現於他們偏好投資在政策彈性較大的地方，譬如廣東東莞和蘇州昆山；二是顯示在其一般獲利水準普遍較其他外商為佳。然後，推論這種現象與大陸高交易成本的投資環境，以及台商特有的尋租行為(rent-seeking behavior)密切相關。亦即外商若能與地方官員建立特殊的利益關係，即可影響地方政府大幅度下降「易變的交易成本」，如土地、關稅、勞動、稅賦等。

　　鄭氏據此提出概化的說法：台港商特別擅長與地方官員建立關係，透過尋租行為能夠在短期獲取較其他外商更高的利潤，並且這種情形不論是華南的廣東或華東的蘇州都一樣。但突兀的，甚至矛盾的，他在結論裡卻莫名地強調交易成本的高低和尋租行為的熱絡有其區域差異，承認制度設計較完善的大蘇州地區，尋租行為遠較珠江三角洲少得多。反過來說，如果這種區域差異的存在是事實，則從尋租行為或許多少解釋珠江三角洲的狀況，卻無法一概說明台商投資的群聚現象，不能盡說華東地區的情形。亦即，兩個地區呈現的政企關係或官商關係不一樣，作者提及的制度規劃和公權力執行的良窳，也許是其中的重要因素。

　　另外，邢幼田（1996）強調台灣產業外移大陸帶來一個新的跨國投資模式，台商不像大規模的跨國企業直接與北京的中央級官僚機構打交道，多半直接向地方政府申請或洽商合作計畫。他指出，若要說明八〇年代以來外資在中國大陸的運作，特別當台商這種小規模外資，與地方官僚積極參與投資過程的形式，已佔中國大陸一半以上的外資活動時，就有必要在既有的「三邊聯盟」（triple alliance）模型中，[3] 加入「小規模外資與地方官僚之間的聯盟」這個變數。

　　邢氏加入這個變數之後，從財政及稅務制度的改變，說明地方政府自

---

[3]　「三邊聯盟」模型是發展學者Peter Evans針對巴西的發展狀況所提出的看法，但經常被其他研究者借用來解釋其他地區或國家的發展情形，詳情見Evans (1979,1987)。

主權及官員積極性的發展，這不只是因為「多賺多得」，同時也因為中央以放權政策取代對地方的財政補貼，地方為了生存發展，也必須自行努力開闢財源。然後從地方政府對外資投資項目及土地租讓的審批權，解釋台資與中國大陸地方官員結盟的制度基礎。

　　張家銘、吳翰有（2000）的看法迥異邢文，指出不少台資企業到蘇州地區的投資不是單獨行動，而是整個協力生產網絡的遷移，中心組裝大廠帶著配套生產的中小廠一起到當地落戶，好似「母雞帶小雞」的型態。論及當地政企關係時，必需注意及此，不宜一概認定是小規模外資與地方官僚之間的聯盟。

　　綜合上述，政企關係的地區差異與企業規模差別的確值得注意。針對前者而言，從珠江三角洲經驗獲致的看法，能否推論及政府行為比較講究規範的長江三角洲呢？若答案應該是否定的，緊接著的重要問題是：為什麼上海、蘇州的地方政府行為是比較守規範的？其形成的制度性因素和背景是什麼？地方政府官僚的動機又何在？就後者來說，大型公司與中小企業對政企關係的建構有何不同？對於這一連串相關問題，上述的研究雖然有所觸及，但不論是從個人之間交易成本與組織之間的財稅制度觀察，分析的廣度和深度都是不足的。換言之，邢幼田指稱的台商與地方官僚聯盟，或鄭政秉所提出的交易成本論，都無法解答地方政府對待外資企業的行為的地區差異，也不能深入政企進行制度建構的關係性質和動態過程。

　　與上述理論觀點不同，本文認為要掌握中國的政企關係，尤其是近年來蘇州台商與地方政府的關係，不僅要瞭解台商進行的制度性連結與私人性連結，釐清他們對於這兩種連結的安排與比重，更要理解台商與當地政府在社會生產體系中的制度建構與鑲嵌，以說明他們從事制度學習及磨合的情況。本文試圖借用Hollingsworth（1997）的社會生產體系（social system of production）概念，看待台資企業與地方政府的互動與關係。社會生產體系乃是指一個複雜的制度構造的社會全形，其中包括產業的內部

結構，以及社會上的產業關係、訓練體制、產業的供銷雙方、資本主義市場的結構、國家指導的本質等。在特定時期與特定社會的條件下，即存在有這類的社會生產體系，因為融合許多不同的制度性安排不是小事，這還涉及許多不同的、代價高昂的制度間彼此相互配合與磨合的工作。[4] 台商與地方政府同時是社會生產體系的重要能動者，成為地方社會制度環境的共同建構者，可以透過互相學習及互利互惠的方式，一起進行制度的建構。因此本文問題意識在於台資企業為了在地化順利進行，如何與當地政府建立關係？其間的私人連結與制度連結怎麼互動？又呈現什麼樣的政企關係？制度性連結及私人性連結在什麼情況下會讓政企雙方產生制度建構與鑲嵌的關係？

　　據此，本論文研究架構如下：

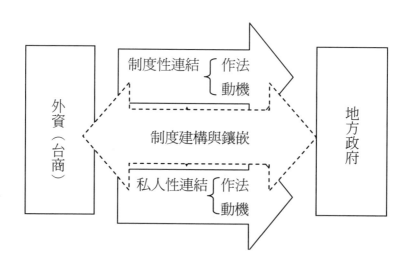

　　相關概念的使用方面，政府與企業的私人性連結著重的是其代理人之間的關係，亦即官員與商人之間的互動，屬於一種較非正式化的結盟，或是一種私人連帶（interpersonal tie）的關係。相對的，制度性連結比較

4　磨合的衝突面可參考張家銘與林暉焜，「跨界資本與地方政府的制度關係形構：蘇州台商的經驗」，2005。

強調政府與企業是一種制度性或組織性的關係和互動，更詳盡的說，就是屬於組織與組織之間（inter-organizational）、制度與制度之間（inter-institutional）的關係。本文重要的兩個假設是：1. 當蘇州政企雙方邁向可預期、透明化的方向進展，台商與地方政府的制度性連結比重將大過於私人性連結；2. 在這種情況下，蘇州政企雙方進行磨合時，兩者的關係將成為一種制度學習和制度建構的型態。

參、蘇州台商與地方政府的制度性連結

接著，我們將根據移地研究的訪談資料，歸納蘇州台商與地方政府制度性連結的做法，深入考察兩者之間的制度性溝通機制，並且闡釋其社會行動的動機和考量。

從制度性連結的角度考察，整理訪談紀錄的結果，蘇州台商建構政企關係的作法大致有下列幾項：(1)建立顧問制度，(2)設置公關位置或部門，(3)加入民間組織：參與台商協會、工商聯組織、台胞聯誼會與商會，(4)擔任政府組織相關職位。前兩項是企業內部的組織安排，後兩項屬於企業外部的施為，其中台商最為常用的是第一項與第三項，亦即顧問的設置及加入民間組織等兩項。

上述台商這些制度性連結的綜合性作法，經常因為企業規模[5]與產業類別而有所不同。從田野資料發現，台商在建構其與政府的公關時，會因為公司規模大小的差異，而在組織及經營管理上有不同考慮。相對來說，中小規模台商為了節省人力成本，相對傾向於聘請當地的律師、前政府官

---

[5] 就企業規模而言，本研究認定投資總額達三千萬美元以上為大型公司，一千萬美元以下為中小型公司，因為外商投資案超過三千萬美元以上的項目及另有規定的項目外，由該地政府會同有關部門初審後，轉報國務院主管部審批。三千萬美元以下的項目由該地人民政府審批。

員、社會有名望的意見領袖當顧問，並邀集其擔任營運單位的職務，以便請教當地社會的思維與慣性，作為在地營運的參考或指導方針。除此之外，尚可進一步運用其在地舊有人脈獲知政策走向、市場商情、都市規劃等相關寶貴的資訊。

　　大型台資企業的作法一般不是如此，傾向在公司組織內部設立法律顧問的位置或部門，因為一來這樣的人事成本佔投資總額比例偏小，二來公司涉外協議業務頻繁且經常涉及大量金額。以蘇州台商投產過程為例，就租用土地協議過程中，法律顧問扮演關鍵角色，諸如契約內容中的投資日、土地面積（包括測量圖、藍圖）、國土證辦理，買方與政府的簽名，法律顧問的職責與專業就是扮演台商與政府協議的見證人及提醒的角色，這個合同協議是企業往後與政府進一步互動的基礎。另外，有些大型企業更設立公關人員或部門，除了負責接待各方來訪的客人之外，也主要在於與政府建立良好的互動和關係。

　　再就企業外部的施為來說，台商最通常的作法是參加民間組織，特別是當地的台商協會。儘管不是每一家台商都會加入台商協會，但還是有一定比例的台商選擇成為台協會員。[6] 這是為什麼呢？以組織權力運作的觀點來論，除了大型企業的主事者之外，尤其是中小型企業的業主認為，運用企業外部參與的多元管道，以「利益群體」方式介入公共政策的形成和執行，不失為其適應經營環境，甚至建構社會生產體系的辦法。[7] 對此，台商旺旺集團的公關委員會負責人即現身說法：「台商可利用加入台商協會，集結較多的中小型台商等結盟策略，以增加其權力，再透過台商協會

---

[6]　根據訪談蘇州台協重要幹部的說法，該協會會員共有650家左右，佔整個蘇州台商約3000家的比例大概是1/4到1/5之間，見訪談記錄編號GB12。另外，吳江台協自2003年9月成立後一年，參加會員達到150多家，約佔當時吳江台商600多家的1/4比例，見訪談記錄編號GB20及《吳江台協會員名冊》（吳江：台商協會，2004年9月）。

[7]　以小博大，借力使力，以增進意見影響力。

和地方政府或當地台辦單位談判，以獲得較佳的談判協議。」（王珍一，2005：19）

　　譬如關於勞資政關係的議題，台資企業對於中國勞動法的認知與執行存在落差的現象，反映並體現出勞動合同制的問題。根據當地法規規定，台商招工及錄用工人的同時，需要與該地工人簽署勞動合同。但是蘇州台商卻面臨工人流動率高的問題，往往工人不到一個月就離職，造成企業的損失，尤其中小台資企業更是如此。針對此問題，中小規模的台商會透過蘇州台協或吳江台協等自治組織，集體與當地地方政府進行協商，企圖調整相關法規及制度，主動邀集對口的主管單位面對面座談，向相關官員反映經營管理的實質困難，希望政府當局能夠修法。當台商與當地勞工因為這類糾紛進行仲裁時，地方政府通常基於照顧弱勢工人的慣例，大部分判決是勞方贏。面對這樣不公平的情況，中小企業不斷透過台協進行協商，終於在勞動合同的規定方面，爭取到試用期由原來的三個月降為一個月。一位台商協會副會長如此說明：

　　　「在勞工試用期方面，我們就一直跟他們地方政府協商，
　　現在改成一個月。到位那天你馬上要跟他繳保金，不管做幾
　　天，最多虧30天，不會虧到90幾天。現在已經改進到這樣。」
　　（GB22）

　　由此可見，不論大型或小型廠商都重視對政府的協商與溝通，尤其是透過台商協會運用集體力量進行談判。我們發現，由於口頭承諾容易隨著當地政府官員異動而變化，蘇州台商進行集體協商逐漸偏重政企的制度性連結，具體落實在法規制度上的調整，以便獲得穩定而廣泛的保障，一位台商協會副會長強調：

　　「我抗議方式都很理性，請主管單位面對面來談，實質上怎麼樣，我（台商協會副會長）希望你們修法。從法律動是最好的，比解決單案好多了。法律一動，影響面是全部，單案只是解決你一個人的事情，所以我解決都是大的。」（GB23）

　　進一步而言，台商協會所以能夠扮演政企關係的橋樑角色，除了上述集體利益和權力的展現之外，實際上其組織人事佈局設置的策略也是重要因素。原來政企協商的有效性，多少建立在台商協會內部組織人事佈局及安排。明白地說，蘇州台商協會主動邀請該地方政府相關單位官員擔任其顧問，一位蘇州台商兼台協總幹事分析：「坦白講，政府各部門官員的副處長，蘇州台商協會都會邀請成為顧問。」[8]

　　在這裡，明顯可見蘇州台商協會對組織的巧妙安排，表現其主動而積極的作為，邀集政府相關人員成為該協會顧問，建立政企溝通和斡旋的重要橋樑與管道，可謂是既方便又有效的制度設計。對此，我們不宜一概消極地認定，台商協會在組織中安排地方官員的位置，就是它受到地方政府掌控的象徵。例如一般常指出，台協秘書長的設計通常是大陸官方指定的人員，代表著地方政府對於台協組織的監管。事實上，台商協會經常會有一些變通的對策，以爭取組織運作的自主性。吳江台協會長即坦白告訴我們，協會另外設立一個由台灣人擔任的副秘書長職位，負責會長交辦事項及組織所有重要的業務，架空大陸官方代表的秘書長職權，令其徒然成為一種虛位的設計。[9]

　　台商協會進行團結力量大的遊戲，多少受到個體台商的認同。我們觀察有些中小企業因為處於政企關係及府際關係矛盾之中，所以積極爭取台

8　見訪談紀錄編號GB12。

9　見訪談記錄編號GB20。

商協會常務理事的職位，改變自身身份由個別台商成為組織幹部，以便增加自身的力量和籌碼，累積比較雄厚的社會資本：

> 「像這個台資協會啊，我在2003年加入，所以我一氣之下才參加他們常務理事的選舉，然後我才有籌碼跟它（上級政府）反應。因為我今天受到的苦我才加入台商協會，我在這一區當會長，跟許多大公司來的理監事在一起。」[10]

　　在經營環境漸趨合理化的情況下，不論大型或中小型廠商與地方政府都必須朝向制度化溝通的模式發展。經過比較，台商會因為企業規模而產生制度性連結變異性。大型公司的運作注重政府政策及措施的透明化及可預測性，習慣透過法律顧問以法律規章降低環境的不確定性；而中小企業大多也採取制度性的辦法，有些積極爭取台協幹部或政府單位等職位增進自己的談判權力外；有些則聘用退休官員或當地社會意見領袖為企業顧問，以便徵詢地方慣行或拓展關係；更多透過台商協會與地方政府協商，作為連結公私部門的渠道。

　　此外，台商會因為產業差異而產生制度性連結變異性。再看產業類別，房地產業與製造業的台商建構政企關係的考量又有不同。房地產業者非常重視政府的政策及其變動，甚至是提出「跟著政策走，發財不用愁」的說法，因此格外積極經營政企的互動及掌握政策的風向，房地產業台商的作法可謂相當程度依賴著政府的政策和措施。例如，從人民公社時代的「配給」制度，轉變到改革開放時代的「置換」制度，政策的變化讓台商的角色跟著轉變，從房屋交換的「純粹業務」角色，轉變到具有交易性質的「置換中心」角色。一位著名房屋仲介業台商精闢分析：

---

[10] 見訪談記錄編號GB18。

「××房屋（台灣房仲業）93年到上海做配套業務，已經有11年。早期××房屋以業務為主。為什麼？因為房子都是國家配給，不能夠自己買賣。但是朱鎔基廢除配給，之後這裡有所謂「置換」。很多台灣人都不知道什麼是「置換」？！雖然房子是國家配給，但是你想要房子大一點，就要換，就是「置換」，不叫「買賣」！A與B之間可以置換。為了增加透明度，降低仲介費與產權不明的弊端。近期××房屋角色是置換中心。但是沒有土地證，因為土地證是公共財產的。××房屋是慢慢取得當地人的信賴。目前中國房仲業品牌應該是第一！」[11]

不同於房地產業者相當依賴當地政府，電子製造業台商就具有較高的相對自主性。由於電子行業屬於製造業，並且產品有很大比例外銷，這個產業的台商多半重視的是企業內部的專業生產與管理，其活動受到政府政策及措施變動的影響比較小而間接，營運方面能夠保持較高的相對自主性，因此許多台商不是那麼積極主動建立政企關係，只求與地方政府之間維持正常化的互動。

肆、蘇州台商與地方政府的私人性連結

許多對中國珠三角的地方政府，及其與外資互動與關係的研究指出，以官商關係說來講，指出這是一種屬從或庇護的關係型態，是因為主事地方官員自私自利或中飽私囊的誘因而啟動，採取與商家進行諸如慣例、規矩等非正式制約的互動模式，具體表現出尋租的行為類型（吳介民1996；劉雅靈2000；鄭政秉2002）。但是，在我們的研究當中，這些蘇

---

[11] 見訪談紀錄編號GB12。

州台商則是在該地地方政府制度的運作中落實朋友關係的建構，這種關係也許可以「官商默契」的建構來形容，有別於台商在珠三角投資所呈現官商之間「掛靠關係」的型態。這個發現與先前的一些研究有相當的出入。

依此，本研究界定私人性連結為企業與政府建立的關係，著重的是一種私人聯帶（interpersonal tie）的關係，亦即官員與商人之間的互動，認為是一種較為非正式化的結盟。職是之故，蘇州的官商互動作法為何？這樣的作法為何是官商關係默契的建構？以下針對此問題做探究。

一、私人性連結的作法

(一)禮物經濟：台商藉由特定節日用禮物與地方官員建立關係

台商送禮的藝術與慣例，通常在中國人三大節日送禮，包括中秋節、端午節、農曆新年。一位蘇州台商說：「逢年過節會送送小禮，我們公司有特別做『意思』，『意思』而已不是紅包，不違法只是『意思』」。（GB23）

蘇州台商以送禮作為平常維繫與地方政府官員關係的方式。他們為何積極建構禮物經濟型的官商關係？一位台商道出其中奧妙：

> 「我去到的第一個地方最快，但是它是一個小鄉下…，小政府。對啦。你說去到大都市，那就很慢了，沒有人會理你。這要看上級，他喜歡你、辦事速度就很快，可以一天、三天就好、也可以慢至一個禮拜或十天。所以小地方有小地方的好處，如果說要認識大都市一級主管，大家認識成為好朋友，但是要跟一個地區的區長就沒那麼容易。所以投資的人問我怎麼不去大都市，反而在鄉下推展？我說我在鄉下的關係良好，在市區我做不起來，在這裡要靠關係的。所以在鄉下地方，關係良好，要什麼物料、

標準就能打折。」（GB14）

　　這點也許可以解釋為何台商比其他外資容易成功的原因，最大的差別是台商懂得在鄉下的小政府拿捏人情交換的分寸，並懂得在特定節日以禮物交換人情。換言之，禮物交換不是中國社會獨有或特殊現象，而是禮物交換的形式，端賴中國特殊的歷史與制度脈絡運作而定。舉凡禮物的非市場的性質、送禮的時機、送禮的場合都在中國社會裡扮演重要角色。如此拿捏送禮的藝術在該地社會制度的脈絡下，增加台商在當地政府官員控管下的管理自主性，表現在地方官員彈性解釋法規與通融執行法規的程度上。

　　私人連結網絡的創造動力，補充制度及區域經濟的的彈性、適應性、競爭性。外商若找上海等其他省級單位，在時效性與人情上就比不上「小而美」的地方政府。在禮物交換上，台商懂得禮物交換的藝術：禮物交換是表達友誼與忠誠，以建立信任關係。尤其是非物質的禮物能表達程度較高的忠誠。禮物交換尤其不是建立在短期物質交換利益上，而是基於長期友誼之上，以一種隱藏的訊息表現雙方的真誠，更因為互相瞭解彼此的處境而互敬，同時雙方在無壓力之下的互動，不說的訊息往往比說的更微妙，這需要熟悉技術性說話技巧及地方文化脈絡，如此才能體會雙方的期待及進一步的角色扮演，並在規範性制度的舞台上淋漓盡致揮灑。

(二)喝酒文化：台商藉由特定場合用飯局與地方官員建立關係

　　酒場的官商關係是伙伴互惠關係建構的重要場合。台商若是藉由酒場讓該地政府官員放心，官員因此教你幾招營運或變通辦法，就很夠用了：「放心他就放路給你走，他如果放兩招，你就用不完」。（GB22）

　　由此可見，大陸人講喝酒，不單只是幾杯黃湯下肚就可了事，大部分的人情事故、官場規則，都蘊含在小小的酒杯裡。因此，台商闖蕩江湖

時，還是得拿捏分寸。有篇新聞傳神的敘述中國酒場文化：「在酒桌上，領導最大。領導沒舉杯，千萬別熱情過頭喊乾杯；領導喊乾杯，千萬別隨意喝兩口就打發，一定要喝到見底，才表示對領導的敬重。至於跟領導碰杯更是不得了的大學問，地位矮一截的下屬在碰杯時，酒杯一定要捧得比長官低，最好的碰杯位置，就是領導杯緣下方二分之一到三分之一處，這樣台商才能突顯地方領導身份的尊貴。」[12]

私人連結關係在文化形式的制度性理解，已有為數眾多重要文獻關心「中國資本主義」問題，尤其是中國的民族性在南方扮演重要角色。（Hamilton, 1996）。大部分文獻指出：中國的商業組織是家族主義型態，通常是在正式組織中起用親戚，並進行家父長制支配，把企業家族化，以及長期性關係網絡。在中國社會中，「關係」意指一種雙方伙伴的信任及互惠的網絡關係，其中禮物交換被理解為在經濟活動中建立信任關係的重要橋梁。只是蘇州社會與文化脈絡不同，其運作私人連結程度有所差異。

同時，台商與當地政府接觸，有時也能獲知一些政府發展政策及計畫的重要訊息和機會，例如關鍵區域發展或都市計畫、經濟行政管理、金融議題等。如幾位台商所述：

> 「剛剛我講的城市規畫案是從××規畫局聽來的未拍板定案，明年絕對在鎮長口中告訴大家××鎮要如何做，市提大方向，鎮提三年規劃，台商可以參與談論。我認為這方面還算民主。運動公園、花市。我為什麼知道？因為鎮長告訴我的。」（GB22）

---

[12] 2005/3/12，聯合新聞網。

　　尤其在中國領導制社會的政治運作之下，台商必須先打好關係並熟悉其運作規則，才得以維持自身的相對自主性，並有利於長期性經營管理上同時進行制度性鑲嵌。

　　私人連結網絡除了親屬網絡、家庭網絡外，當地社會的網絡亦是關鍵。尤其官商網絡的建立是文化環境塑造的雙向過程，該地政府官員與台商的人際連結，仍須落實在制度運作中，持續其動態的磨合過程。

二、制度性與私人性關係的配置

(一)蘇州台商平時送禮「意思意思」，只是維持朋友關係

　　不同於其他研究發現的廣州、福建的現象，蘇州看到的比較多是正式制度溝通及建構的社會行動。蘇州台商從台灣或華南轉移到蘇州，就是為了可預期、可計算性的經營環境。華南所謂的「優惠」、「圈地運動」等不透明性，是Jean Oi（1992）提出「地方統合主義」的制度遺產，更是David Wank（1999）提出的官商「共生侍從主義」不穩定的動態關係。對蘇州大型台商而言，清楚的稅與費規定才是台商需要的遊戲規則，「優惠」在他們的經營成本比例中不算大，而且「優惠」更是雙方互動的雙面刃，一旦關係破裂，從前為台商量身訂製的輕鬆「優惠」，可能成為人際遊戲破局中的把柄。即是台商有難或犯法，從前關係好的政府官員為了避免遭魚池之殃，也會紛紛走避！

　　　「關係是一種默契，猶如雙面刃。前提是企業合法。否則哪一天他翻臉，要找你，說你四分之三的四金要補的時候，台商的把柄就在他手上。中國大陸經常在玩這一套。所以很多部份，海峽兩岸的出現這樣的問題。有些海關教你方法，事實上，你是被牽著跑！」（GB21）

　　因此，對許多蘇州台商而言，面對全球化競爭的要務是專注於專業化的生產，這樣非正式禮物經濟的社會行動其實只是短期的效果，同時經常也是困擾所在，平時送禮「意思意思」，只是維持朋友關係。因此，與其說非正式關係是尋租行為，不如說是制度溝通的潤滑劑。這潤滑劑的功能在於：當蘇州台商與該地政府進行協商與溝通不平衡的時機，可以維持政企關係的協調順暢。

(二)私人連結關係是領導制社會下官商默契的建構

　　到底蘇州是人治社會還是法治社會？一位台商如此敘述：「就有這個好處，上海、蘇州很規範，一切照規定來。我覺得好做，照規範做，又摻一點私人的感情在裡面，有一點像是人治的社會。」（GB23）

　　可見蘇州官商關係，在法治社會下互動，仍然不失為饒富人情味的中國社會。尤其在法治優先的蘇州地區，領導制社會下的支配力量是以領導說話為判準，一位台商如此說：

> 「對領導有利、他有辦法的，他會幫你。關係要多。中國是人治的社會、領導的社會……這邊主要是看領導，因為這邊是中央集權制的領導社會，越高層的越老，跟書記之間的打交道也較多，跟公安喝、跟國營事業喝，喝個醉死，這是個人際社會，領導制……台灣在這邊不能比。這邊的辦事效率，真的是效率比台灣還要快，因為這裡是領導社會，領導講話就算數。所以他要你辦事方便，你說辦個營業執照，搞個三天就好了、台灣可能要搞一個月，領導社會，我交代你一句話這個案子就通過了。包括跟銀行借款，領導講了、速度就快，台灣則是層層過來。」
> （GB14）

　　以上的談話脈絡必須放在兩岸不同的行政與社會環境來理解，一位台商如此說：

> 「他們在辦事情上面落差更大。蘇州的人員辦事情：我可以照步驟來、也可以讓你程序快一點，也就是「程序違法」，程序上他能幫忙、做得到，他就幫忙，速度快到一個禮拜的時間只要一天就解決。而我們台灣就一定要一個禮拜、按部就班，速度就比較慢。這就是文化和思想的不同。這個時候就產生落差了。台灣跟大陸的兩地經濟比較，看起來台灣的經濟比較穩定，實際上完全都不一樣。」（GB14）

　　顯然中國地方社會是領導制，一旦領導點頭，地方政府各單位整個就為台商動了起來。原因在於雖然地方政府沒有法律制訂權，卻能基於行政上的裁量權，進行審批程序上的幫忙。在這個節骨眼上，平常的禮物經濟就能發揮一定的作用，具有潤滑及加分的意義。

　　即便如此，台商提醒我們，更重要的是來這裡投資「高壓線」千萬碰不得，台商犯小錯，該地政府官員「以睜隻眼閉隻眼」可以通融，但是碰到高壓線是自己吃虧。什麼是「高壓線」呢？一位台商懇切的說：

> 「政治問題、重大的法不要違！不要跟政治走太近。台商有意或無意打擦邊球，政府官員因人情尚留緩衝區帶。基本上蘇州是台灣二、三十年前那種調調，不要跟政治走太近就好了，說要跟你吃飯、跟你說笑，你現在可以笑得很開心，你就成為一個人頭，如果你不乖、不聽我說，我就記住。」（GB14）

　　中國社會生存的台商悟出，政治問題不能碰、重大的法不要違的道

理，這樣不沾鍋原則可確保自己維持穩定的官商關係。官商關係不好，等於拿石頭砸自己的腳，關係好，官員放兩招用不玩，一位台商這樣點出關係是經商的試金石，尤其是政府對各項業務的檢查：

> 「關係好，象徵性稍微查一下，關係不好，整個查就完了。關係好就排的後面一點，關係差就「優先處理」。關係、企業本身、企業獲利有絕對關係。雖然中央有關係，但是地方關係不搞好，但也等於沒關係。地方關係也很重要。因為它是比較人治的國家，關係、企業本身、企業獲利有絕對關係。所以經營，關係越好越可以賺越多的錢。關係差，一天到晚事情處理不完。」（GB20）

(三)影響制度性與私人性關係配置原因：企業規模及地區差異

中國改革開放後，土地擁有權還是屬於地方政府，只是以企業化的方式在運作，具體表現在其稅收、招引外商的設計與作法。因中央賦予地方政府財政自主權，各地政府莫不致力於招商引資。但初期市場制度未臻完備，每當外資進駐或投產過程遇到問題，直接有效的幫助就是找地方政府。於是，外資與地方政府展開積極、彈性的新關係。地方政府為求招商引資業績，常「彈性」解釋中央訂的法規並有「變通」的種種作法。依此，有別於民營企業與當地政府的依賴關係，包括台商在內的外資在此形成制度性、組織性質的網絡人，表現出一種新的政企關係。

首先，蘇州的政企關係會因為企業規模而有所差異。不論是大型或小型台商都重視政府的效能和服務，但經過仔細的比較，中小規模的台商進行攀拉關係時，相對在乎政策優惠與政府關係的彈性，希望接待投資的政府能有較大較多的讓步；而規模大的台商在攀拉關係時則強調政策的可預測性，注重政府領導或官員信用承諾的兌現及行為的連續一貫，忌諱朝令

夕改或換人變調的狀況。更重要的是，中小企業在維持政企關係時，常因為引薦層級不夠高，讓台商感受到遭有意或無意的忽略。一位台商便「畫龍點睛」的現身說法：「政企關係有如橡皮筋，稍微灰色可以，但不能太離譜」（GB23）；大型企業在此方面就以「愛心分散說」來理解，譬喻地方政府有如父母，外資像小孩。小孩多了，父母愛心會分散，來說明地方政府大量招商後，因為必須照顧更多的客商，相對會忽略已經進來投產的台商，應該是正常的且容易理解的現象。重要的是，自己要更積極及樂於跟地方政府一起成長和學習，建立良好的制度環境，才是政企雙贏的關鍵。

再者，政企關係會因為地區差異或城市集群而不同。台商的經驗顯示珠三角是弱政府（weak state），外資及民間企業網絡「相當活躍」；大大不同於長三角的強政府（strong state）狀態。關於珠三角、長三角、渤海灣三個經濟引擎，一位台商如此評價：「廣東最厲害，珠三角最厲害，都市競爭力上，珠三角是民富國弱。長三角是藏富於政府。長三角與渤海灣是民弱國富」。（GB15）

為什麼在蘇州地區，向來習慣採取「上有政策，下有對策」的廠商，相對的還是很有分寸地照規矩來？於廣東與蘇州兩區域都有投產的台商說：「蘇州地方政府跟其他地區的地方政府最大差異在於執法從嚴，廉潔度高。」（GB12）

相對來說，在珠三角為什麼產生青黃不接的情況？蘇州台商點出，珠三角因為沒有預料發展這麼快，否則也會照規矩來：

> 「在蘇南這邊的話，剛剛講的，就是比較守法，他們是照規矩辦事的！跟上海比較接近，照規矩辦事的！廣東的話，也不知道他們發展那麼快！那麼繁榮！如果覺得當初能夠繁榮這麼快的話，他們也會照規矩來！…這樣你們就知道是什麼意思…

呵…我對他們的特色跟評價是吳江比較實際，守法照規矩…。」
（GB10）

　　不同於廣州、福建的現象，蘇州看到的情況大多是私人性連結成為制度連結的補充。 相對於華南地區的經驗，蘇州的政企關係顯然是比較規範，其制度性連結比重大過於私人性連結。廣東是中國早期利用經濟特區試行發展的，在沒有前例可循的情形下，地方政府不計任何方式與後果進行招商引資，於是帶來「一放就亂」的局面。不同的是，蘇州外向型經濟發展晚了十年，充分發揮後發展的學習效果。一方面警惕廣東的發展弊病，避免重蹈政府行為不規範的覆轍，並且自覺追求卓越以吸引華南台商的來歸；另方面借鑑上海的發展經驗，接受其輻射作用，學習各種先進的財經、貿易及產業制度，致力於建立與全球接軌的企業經營環境。

　　總之，中國改革開放後，到底蘇州是人治社會還是法治社會？一位台商畫龍點睛的說：「就有這個好處，上海、蘇州很規範，一切照規定來。我覺得好做，照規範作，又摻一點私人的感情在裡面，有一點像是人治的社會。」（GB23）由此可知，蘇州以制度性連結為主，私人性連結為輔，私人性連結當作制度性連結的補充。以蘇州吳江歷經十多年的發展經驗為例，招進來的廠商日益增多，私人關係與其說是尋租行為，不如說是制度溝通的潤滑劑。

三、蘇州政企關係邁向制度鑲嵌的原因

(一)突破制度路徑依賴

　　九○年代，蘇州借鑑於過去鄉鎮企業與地方政府互動違反市場化的原則，積極改革包括政企不分，監督、激勵失靈的問題，大力推動產權改

制，將鄉鎮企業轉向市場化。同時當地政府重新定位自己的角色，凸顯自己的服務熱忱以招商引資，借重外資的力量進行地方經濟發展。蘇州吳江高級官員告訴我們，目前是外資與民營企業「兩條腿」發展地方社會的經濟。

(二)地方後發學習效果

以華東蘇州、華南廣東、福建的府際關係而言，華東蘇州以華南的發展為借鑑，加上透過不斷總結實踐經驗和分析該地的經濟狀況，地方官員認識到在社會主義現代化建設過程中，蘇州面臨四大困難，缺資金、人才、技術、管理經驗。為了解決這個問題，蘇州總結國內外發展外向型經濟的經驗（金久益，1999），結合自己的社會條件，提出運用外資實施產業升級轉型，加速民營企業的進步。

(三)官員考績辦法（招商動機）

當地政府官員對招商引資為何如此賣力呢？因為這問題有點敏感，起初本團隊與諸多官員會談均無結果，抑或談到敬業精神、受到前任書記的精神鼓舞、蘇州人文薈萃等等，讓人狐疑是否含糊帶過，最多是對方只提到責任考核制、[13] 末位淘汰制、[14] 獎勵措施 [15] 等等。根據訪談某位台商轉述一位官員的談話：「地方政府為了投資，制訂了每年稅收17％的增值稅，與台商『合作』[16] 土地50年，我是你們最大的股東，政府也是生意人，你們有無獲利，政府都賺17％，你們只要交易就要繳17％。」無庸置

---

[13] 分管考核30％，由單位主管評定；主管考核30％，由市長評定，無記名考核40％。

[14] 前提是總成績要達60分以上。

[15] 提高薪資的5％做為獎金。

[16] 有「土地辦國有土地證」，才可向銀行貸款。證上常有中外合作與中外合資的字眼。根據台商說法，合作是指租土地；合資是租土地與銀行借用資金。意義上有層次上的分別。

疑，地方政府扮演的角色是長期大股東的角色，就儼如股東關心公司的營運狀況，主動創造「量身訂做」的緊身衣，[17] 讓台商穿著該地方政府為他做的「衣服」與他互動。對當地政府而言，這件「衣服」，諸如各種獎勵措施、土地優惠、口頭承諾等，短期看似廉價販售土地的行為，但長期卻是創造一件「增值稅17%」的緊身衣，服貼地穿在台商身上，也許不重，但一穿便是「50年」。這件衣服，即稅收是當地政府發展地方經濟的重要財富泉源，也改變了當地的社會結構。

此外，高階幹部重視社會榮譽（social honor）與社會聲望（social prestige），低階幹部盼能獎勵升官，是可以觀察到的現象。高階幹部與台商進行私人連結互動，如送紅包等等，其實他們面對的是機會與風險。尤其在領導班子日趨年輕化，只要好好招商與發展地方的社會與經濟，就可以擁有下一個升官機會。因此，他會定位並衡量利弊得失，長期而言是不划算的，我們並且發現，少數高幹希望在當地社會發展歷史留名，一直兢兢業業的工作。

(四)管委會組織獨立法人化

蘇州地方政府的特色，在於不介入企業經營之外，更積極將招商單位法人化，以此對口單位服務接待台商，同時以企業的精神經營管理開發區，並以稅收發展該地的經濟及基礎建設。例如，蘇州吳江經濟開發區組織架構於2001年進行體制調整，獨立成為開發區總公司，負責建造廠房、物流商貿服務。這個獨立法人企業的功能有物流中心、保稅倉庫、配合財稅局進行融資工作、海關監管，目的是與外資企業連線進行移地電子網的佈建工作，降低外商的通關時間與物流成本。

---

[17] Blumer的名言，結構對於互動而言，猶如一件緊身衣。

(五)產業差異

　　一般而言，房屋仲介業必須跟隨該地政府的相關政策而變動，通常會主動開展官商關係，特別是私人性的連結和互動。相對於房屋仲介業來說，電子業台商比較不主動接觸地方政府，而致力於專業化的生產。對這些電子業台商來說，建立某種程度的官商關係是必須的，但這是投資過程中自然而順勢的作為，並不是勉強或刻意的行徑，畢竟以生產及外銷為主的業務型態，不必要特別鑽營官商之間的私人性連結，只要維持一般良好的政企關係即可；反過來說，他們大多高度要求政府的行政效能與服務品質，希望政企的互動符合國際規範，彼此合作進行制度性的建構與學習。這說明了以引進製造業，特別是電子業外商為主的蘇州地區，其政企關係為何能夠邁向制度鑲嵌的原因。

(六)社會生產體系的建構

　　1990 年改革開放後，中國大陸曾有「環境的不確定性」的時期，由於舊的秩序瓦解，新的規範尚未形成，關係被認為是制度緊張的補充。在這種情況下，台商到蘇州投資，自然也不例外講究與地方政府的私人性連結，但其作為全球商品鏈的一環，不得不遵守國際要求的作業標準，因此致力與地方政府共同建構社會制度環境，此環境同時成為台商企業運作的一部分。更重要的是，政企互動的社會基礎在於雙方組織系統的建立，一方面該地方政府致力於區域經濟的投資環境完善，諸如金融系統、徵信系統、信任系統、人民素質系統及地方政府行政效率系統的制度建構及驅動；另一方面企業需要在此環境中進行制度鑲嵌與學習，以創造人力資源系統、財務會計系統、產品開發系統、配銷系統、物流系統與定會系統，對社會情境能夠隨時保持高度敏感與警覺性，期使企業營運順利並具有高度競爭力。

(七)全球接軌與制度鑲嵌

代表資本主義全球化力量的台商，帶著全球化的遊戲進入社會主義體制的蘇州，勢必對當地社會帶來影響，多少撼動原本當地的社會體制，使得雙方進行更緊密的制度鑲嵌。同時該地地方政府也賣力向全球企業的五百強招商，加速投資環境走向制度化發展，政企雙方一起建立可預期、可計算性的制度遊戲規則，共同進行全球接軌的工作。

(八)區域競爭的觀點：既競爭又合作的府際關係

再從區域競爭的觀點看，為了創造蘇州地方發展在全球經濟中的優勢在地條件，當地政府的政策導向有四個行動方案：(1)建立群聚與地方的連結經濟（economics of association）：欲建立一個具有區域競爭優勢的經濟開發區，只在基礎設施或新生設備，如水電、交通運輸等方面升級是不足的，政策行動必須著眼於連結經濟的建立，亦即地方互賴體系的建立，以區域內長期發展的產業為基礎，建構相關產業聚集的支援體系，譬如中長期的技職體系的建立；(2)不斷的學習與調整：區域的學習與調適有賴知識人才和機構的質量、社會連帶（social tie）的質量，以及行動者的理性、組織與管理文化，譬如蘇州人才市場的建立，暢通台商徵才的管道；(3)擴大地方社會制度基礎：接觸並運用地方政府及台商協會的力量，成就一種參與式、多元而互動的公共領域，充分開發地方的社會資本，排除過去因為短缺經濟、依賴中央、精英壟斷等帶來的問題；(4)動員社會經濟（social economy），區域必須以社會經濟計畫改善其經濟競爭力，政府扮演輔助性角色，提供資源與正當性，發揮觸媒作用，刺激就業機會產生，建立足以培養技術、專業及競爭能力的環境。

即便如此，江蘇省的蘇州市、吳江市、昆山市內部的府際競爭是激烈的。該地地方政府為了照顧台商，時時關心跨界企業的投產狀況，特別是它們如何利用及連結全球資源與在地資源，讓企業融入當地的社會生產體

系，順利進行社會鑲嵌。另一個府際競爭的角度切入，吳江經濟開發區招進明碁的十四家配套廠，以及之後的大同、華映、中達等大廠，引起蘇州、昆山的眼紅，便聯手以「賤賣國土」的名義讓吳江的招商負責人下台。由此可知激烈的府際競爭過程中，該地地方政府及台商不得不邁向可預期、透明性的方向，形塑出制度學習及建構的型態。

伍、制度建構與鑲嵌：政企關係的另一章

　　蘇州吳江關務制度經過十年的蟄伏，直至2002年終於蛻變新生，建立符合國際標準的電子化報關系統。這項制度建構是經過台商與蘇州地方政府互相學習與磨合完成的，雙方的合作成就了一個海關電子化的制度環境，讓該地的生產社會體系漸臻於完善，而能夠與全球化接軌。

　　第一家落戶吳江運東區的一位蘇州台商回憶當時的過程，吳江海關關長看到台商的關務做得好，特地前來請教如何精進海關制度。台商藉機向他反應每次進出貨都要報關不實際，手續繁雜又重覆繳交費用，於是在法規許可的前提下，建議應每個月報一次關，並且製作電子手冊利用電腦報關，才符合台商速度經濟的需求。這位台商有所說明：

　　　　「一般送貨30次要報30次關，我們不用，我一個月只要「結短」報關一次就可以。這樣可以節省我的報關費，也不需要先報關再送貨。…電子手冊中也提到我們做得好，包括海關關長都跑來問我怎麼做的，舉例說，我要核銷─保稅進料與結短，每個月都要check，用電腦做，我把程式給他看，他說很好，我就複印給他。他就去跟人家說我現在這樣規定，一禮拜check一次。我說這樣更好，不會一個月後才在回憶進什麼貨或是什麼東西。所以在經濟成長中，每個人（台商與地方官員）都想要瞭解、學習

及改進相關作法和制度，尤其在法令、法規許可下進行。」[18]

　　的確，在這項制度建構過程中，台商與地方官員都在進行學習和改革的工作，同時可以因此達到互利互惠的效果。海關官員趁機指導台商利用備料手冊從事內銷市場，進口物件先行保稅，待確定要內銷再繳稅，賣不完還可以外銷。因此，台商改變原來從上海關進口即繳稅的作法，並且將保稅關口移到蘇州吳江，不但創造當地海關的業績，同時可以稅留蘇州而非上海。由此可見雙方透過電子海關制度的建構，逐步邁向政企關係制度化、規範化的發展，創造互蒙其利的雙贏局面。一位參與制度建構的台商現身說法：

　　　　「有一次談到做內銷的問題。海關顧主任說我教你，只要依
　　保稅方式進口，再利用備料手冊，你要出一千台，去跟外經委申
　　請，繳掉稅就可以賣內銷。備料手冊這是他教我的，我也是幫他
　　忙，多繳稅。他跟我講兩個重點：繳稅給地方，內銷賣不完可以
　　外銷。所以稅務關務我投入就是這個原因，在這可以學到台灣學
　　不到的東西…親自來做才有機會，我常說不管稅務、海關，還有
　　工商你都要去懂，不能矇著頭做。因為中國大陸一直在規範當
　　中，很多法令沒有辦法完全瞭解，都要事前請教，才能一步一步
　　成功。」[19]

　　蘇州台商與當地政府一起建構制度，創造良好社會生產體系的意義何在？根據他們的分析，雙方都在學習彼此的優點，在合乎法規的前提下進

---

[18] 見訪談記錄編號2UOB7
[19] 見訪談紀錄編號2UOB7。

行制度調整。因此，我們可以說蘇州台商與該地地方政府形成了一種制度學習與建構的關係：「我在學，領導也在學。為什麼？領導學台灣所有的優點，我在學這邊的優點，不一樣的法規法令之下做調整。這邊的領導真的是為經濟拼，招商引資做好，環境搞好，效益就非常的好。」[20]

　　隨著蘇州經濟全球化的發展趨勢，台商與當地政府官員的互動和關係，已經走上制度平台的相互學習及磨合的道路，帶來制度建構和制度鑲嵌的效果。這樣良性而正面發展的政企關係，迥異於前述一些研究針對華南地區的觀察結果，不是僅糾葛於私人性連結的單向思考，完全陷入不可預期的負面發展漩渦，形成官僚庇護、利益共謀或尋租行為等制度破局。蘇州當地政府改進海關制度，學會用電腦檢查台商進貨的情況，正可以增進雙方行動的可預測性及透明度。此外，當地政府向來明白規定一切稅與費的項目和額度，也避免為雙方的互動帶來困擾，徒增違法亂紀的機會。

　　在台商與當地政府的業務互動中，向來抱怨和意見最多的正是海關與稅務兩項。然而，經過政企雙方合作協力的制度建構和學習，幾年下來已經有了很大的進步。以蘇州當地海關及其相關稅務的配套服務項目而言，台商也普遍指出，其機制明顯與其他地區不同，主要特徵是關務的時效性及其相關稅務的透明度。

　　蘇州各級開發區設有海關直通關及物流中心，具有口岸海關的功能，主要辦理蘇州地區進出口企業的註冊登記、進出口貨物報關、進料加工進口手冊的審批、進口貿易的轉關、出口貨物的結轉、加工貿易手冊的核銷等業務。吳江更於2002年建成啟用全中國首家的加工貿易聯網監管區，目的是關務運作的電腦化，簡化繁瑣的報關程序，加速貨物通關速度，以節省台商的時間成本。此外，海關由於電腦化因可實行24小時服務，隨時因應外商需求而待命，[21] 同時免去台商來回奔波及上班時間的干擾和限制。

---

[20] 見訪談紀錄編號2UOB7。

至於各種相關稅與規費的徵收，各級開發區則通過三資企業設備減免稅審批、關稅徵收，以及保稅工廠、倉庫、集團的審批和管理，統一規定列項定額，並配合電子化作業處理，以期達到稅務管理的合理化和透明度。

　　誠如不少台商所言，1992年大陸軟體仍然停留在計畫經濟時代，初期許多交易行為都是依靠總量管制運作，但台商向來以「彈性」生產的製造經驗自豪，卻苦於無法先報項目再送貨至海關，因此經常會發生糾紛或是虧損的情形。在這樣情況下，初期台商一般作法都是保守以對，消極適應既有的規定和作業慣性。惟各地方政府面臨招商引資的激烈競爭和強大業績壓力，[22] 加上外資（特別是台商）的不斷要求與參與，使得政企雙方一起努力建構電子海關制度。在這種制度建構和學習的互動中，台商為了速度經濟和透明行政，以建立全球化接軌的遊戲規則，方便經營管理行動的可預測性和可計算性，地方政府則為了稅收經濟和升遷政治，甚至是名望文化，發揮積極主動的服務精神與措施，[23] 並且善用後發展的效應，致力

---

[21] 根據吳江經濟開發區黨政辦公室高級幹部告訴我們，地方政府協助企業的態度是「急事急辦，特事特辦」，見訪談記錄編號2UOG1。

[22] 根據蘇州吳江運東第一家的台商觀察，招商官員的壓力來自於：中央級領導人60幾歲沒有業績要換下來，省級50幾歲沒有業績要換下來，鄉鎮級30幾歲沒有業績要換下來。見訪談記錄編號2UOB7。

[23] 蘇州工業園區為強化親商服務，於2003年推出「五項服務」措施，包括1.引導服務：通過公示引導企業瞭解辦照程式及相關法規要求。2.明白服務：為申請人開具「明白紙」，將問題及要求用一次性書面的方式告知申請人。3.即時服務：充分發揮「綠色通道」的作用，實行急事急辦、特事特辦，盡可能縮短辦事時間，並對外地企業、有特殊情況企業和有急事企業實行即收即發。4.延時服務：打破工作時間的限制，接待遠道而來的申請人以減少企業往返。5.上門服務：對比較複雜的改制登記或集團登記，實行專人預約接待、跟蹤服務，或提前介入、上門服務。另外，昆山政府將服務的提供更加以標準化，他們逐漸形成「三個服務體系」，包括外商投資審批的一條龍服務、項目建設過程中的全方位服務，以及企業開工投產後的經常性服務。同時並建立為外商提供的「三個服務中心」，即外企服務中心、投訴中心與配套協作中心。昆山還創辦「馬上辦」辦公室，實行「首問負責制、兩問終結制」，實行「零障礙、低成本、高效率」。正是服務意識的明確，才催生政府部門的工作方式、流程的積極變化。

於企業投資與經營環境的塑造，[24] 不斷從事各種有利社會生產體系的制度建構。

　　針對吳江政府及開發區，努力提供社會生產體系的制度條件與建構，劉雅靈（2003：111-112）曾有深入的說明：「蘇州吳江為經濟後發展者，從開始便學習上海、蘇州、甚至廣東工業區的制度設計，除提供硬體基礎建設外，更設置方便外資企業產品進出口各項軟體制度措施，使外資企業感覺在中國社會主義體制下生產營運與一般資本主義國家並無不同。例如，為使外資企業進口之機器設備與零件快速通關，使出口退稅加速完成，吳江於1993年向蘇州海關申請成立駐吳江辦事處，招收專業人員，監督管理企業進出口貨物。又為方便外資企業生產順利，吳江已申請在開發區內成立加工出口區，使外資企業免繳海關進口保證金。又為方便外資企業處理金融及賦稅事務，地方銀行與稅務部門皆進駐開發區，服務外商。換言之，吳江經濟開發區按台資企業的需要，儘量供應他們所提供的出口作業程序與制度規則，務使開發區的軟硬體服務按照國際慣例進行，以便台資企業賺取利潤而樂於繼續投資。吳江開發區的出口導向經濟的制度建構與創新，並非吳江創舉，一方面是大量湧進台資企業需要，一方面是吳江以後進者模仿學習先進開發制度創新的經驗。」

　　我們透過蘇州吳江經濟制度，特別是海關制度，可看出是蘇州台商與該地地方政府共同落實現代資本主義制度鑲嵌的過程。這裡出現一個很重要的現象是，台商與地方政府朝向建立制度化關係的機制及其實踐過程，一種雙方合作從事制度建構與學習環境的形成。更重要的意義和作用在於，雙方因為資源互賴而策略聯盟，學習彼此的優點，在合乎法規的前提

---

[24] 陸建華（2005：10）提到蘇州各級政府招商引資的實踐時說：「地方政府為外資所提供的服務，除了各種優惠政策組合之外，會逐漸引伸到企業發展所需要的幾乎所有方面，這在蘇州被認為是『環境』。在蘇州各級政府官員腦海裡，『環境是基礎，環境出形象，環境出效益』是最清晰概念。」

下進行制度調整。因此可以說，蘇州台商與當地政府形成一種制度學習與
建構的關係。

陸、結論

　　本論文發現蘇州台商與地方政府的關係建構過程中，私人性連結與制
度性連結是同步進行，但是前者並沒有掩蓋過，也非嚴重干預了後者，反
而產生一種制度建構與學習的型態。這樣的發現不同於既有的一些研究結
論，例如劉雅靈（2000）、吳介民（1996）在華南的觀察，指出台商與該
地地方官員的私人關係比重大過於制度性連結。不論是劉氏提出的利益共
生說法，或是吳氏提出的同床異夢論點，皆強調台商與地方政府官員以私
人連結為主，甚至破壞、干預、超越制度性連結的狀況。不過，本論文發
現華東的蘇州不是這種情形，雖然私人連結並未消失亦沒減弱，確實有其
重要性，但更重要的現象是，在經濟全球化的趨勢下，台商與地方政府一
起建立制度化遊戲規則的過程，這是朝向一種制度建構與學習的新環境。

　　為什麼在私人連結依然存在與活躍的情況下，蘇州台商與地方政府雙
雙走向制度化的道路呢？根據Hollingsworth（1997）的概念，生產的社會
體系（social system of production）係企業運作的重要環境，指一個地區和
企業生產活動相關條件的整體，包括工業關係、產業結構、人力資源、商
品供應鏈、金融市場及地方政府等。企業與地方政府作為最重要的兩個經
濟行動者，其活動的協調與磨合狀況，對於體系中的制度建構與學習具有
關鍵的影響。

　　總體來說，蘇州台商與當地地方政府都希望，企業的生產社會體系朝
向可預測性、可計算性的方向發展。台商為了降低交易成本，無不致力於
減少經營環境的不確定性，特別在意政府行為的合理性和連貫性，包括稅
與費相關制度的透明度。另一個角度看，當地地方政府面對越來越多的廠

商，若總是採取私人性連結的方式互動，會有應接不暇及難以擺平的困擾，為落實周到公平的親商、安商服務，只有走上制度性連結為主的設計。因此，政企雙方一起努力建構明確、透明、符合全球規則的企業發展的制度環境。值得注意的是，蘇州海關制度的精進就是一項具體展現，尤其是吳江海關電子化，並與企業連線的經驗，可謂是地方政府與台商雙方互相學習、共同建構完成的傑作。

邢幼田（1996）分析八〇年代以來的華南發展，強調「小規模外資與地方官僚之間的聯盟」，試圖解釋台商與中國大陸地方官員的結盟關係。不過本研究發現，蘇州的政企關係並非都是小型投資現象，並且台商的政企關係會因為企業規模而有所差異。大型企業的運作注重透明化及可預測性，習慣以法律規章降低環境的不確定性，包括與地方政府的協商，以便控制過度的私人連結及變動成本。實際上，這些大公司捨華南就華東，關鍵在於蘇州地方政府行為比較守規範，制度能與全球接軌，包括稅費在內的遊戲規則清楚。這種制度性的遊戲運作，實在不是鄭政秉（2002）利用「尋租行為」的概念可以說明的。

至於中小企業，一般重視靈活度，除了有些經營決策者喜歡與地方官員建立私人性連結之外，大多也採取一些制度性的辦法。有些積極爭取政府單位的委員或台協幹部等職位，增進自己的談判權力。有些則聘用退休官員或當地社會意見領袖，拓展關係與協商力量；更多透過台商協會與地方政府協商，作為連結公部門的重要渠道。

不論大型公司或中小企業，蘇州台商的政企關係儘管是在中國區域經濟的脈絡裡運作，惟其進行的是一種道地的全球化遊戲，許多當地制度的建構是與台商與地方政府磨合、互相學習出來的。職是之故，蘇州台商與該地地方政府建立的是一種制度建構與學習的關係。在這樣的關係中，制度性連結與私人性連結雙軌存在，只是制度性連結比重超過私人性連結。與其將私人性連結當作尋租行為，不如說是制度性溝通與協商的有效潤滑劑。

參考書目

一、中文部分

Hollingsworth, J. R., & Boyer, R.，徐子婷譯，2005，《全球化與資本主義》，台北：韋伯文化。

王珍一，2005年4月，〈台商投資與地方政府互動：談判面向〉，論文發表於國立政治大學國際關係研究所第四所、台北市兩岸經貿文教交流協會主辦之「中國經濟轉型與地方治理」學術研討會，台北。

台灣區電機電子工業同業公會，2004，《兩力兩度見商機：2004年中國大陸地區投資環境與風險調查》，台北：商周。

邢幼田，1996，〈台商與中國大陸地方官僚聯盟〉，《台灣社會學研究季刊》，第13期，頁159-182。

吳介民，1996，〈同床異夢：珠江三角洲外商與地方之間假合資關係的個案研究〉，載於李思名、鄧永成、姜蘭虹、周素卿（主編），《中國區域與經濟發展面面觀》，頁176-218，台北：台灣大學及香港浸會大學聯合出版。

吳介民，1999，〈中國鄉村快速工業化的制度動力：地方產權體制與非正式私有化〉，《台灣政治學刊》，第3期，頁3-63。

吳江台商協會，2004，《吳江台協會員名冊》，吳江：台商協會。

金久益，1999，〈大力利用外資，調整產業結構，實現經濟可持續發展〉，論文發表於吳江市政府主辦之「中國大陸中西部地區領導幹部」研討會，吳江。

周德欣、周海樂，1998，《蘇州和溫州發展比較研究—區際比較的實證分析》，蘇州：蘇州大學。

胡平（主編），1995，《中國經濟特區開發區年鑑》，北京：改革。

徐進鈺，2005，〈從移植到混血：台商大陸投資電子業的區域網絡化〉，載於陳德昇（主編），《經濟全球化與台商大陸投資：策略、佈局與比較》，頁27-44，台北：晶典文化。

耿曙、陳振偉，2005年4月，〈揮別發展型國家？昆山地方政府治理模式的轉型〉。論文發表於國立政治大學國際關係研究所第四所、台北市兩岸經貿文教交流協會主辦之「中國經濟轉型與地方治理」學術研討會，台北。

陸建華，2005年4月，〈地方治理與行政管理體制的改革─蘇州案例：招商引資的實踐〉。論文發表於國立治大學國際關係研究所第四所、台北市兩岸經貿文教交流協會主辦之「中國經濟轉型與地方治理」學術研討會，台北。

張家銘，2002，《全球化與蘇州經濟發展的在地條件：吳江的個案研究》，訪談記錄編號2UOB07、2UOB08，台北：行政院國科會專題研究計畫（計畫編號NSC91-2412-H-031-001-SSS）。

張家銘，2004，《政企關係：蘇州台商經驗之研究》，訪談記錄編號GB10、GB12、GB14、GB18、GB20、GB21、GB22、GB23，台北：行政院國科會專題研究計畫（計畫編號NSC93-2412-H-031-001）。

張家銘，2005，〈吳江經濟發展的在地條件與台商投資的區位選擇〉，《東吳社會學報》，第19期，頁23-55。

張家銘，2006，《台商在蘇州：全球化與在地化的考察》，台北：桂冠。

張家銘、吳翰有，2000年10月，〈全球化與台資企業生產協力網絡之重構：以蘇州台商為例〉，論文發表於東吳大學社會學系主辦之「全球化、蘇南經濟發展與台商投資」研討會，台北。

張家銘、邱釋龍，2002，〈蘇州外向型經濟發展與地方政府：以四個經濟技術開發區為例的分析〉，《東吳社會學報》，第13期，頁27-75。

張家銘、林暉焜，2005，〈跨界資本與地方政府的制度關係形構：蘇州台商的經驗〉，論文發表於國立台北大學社會學系、台灣社會學會主辦之台灣社會學年會暨「台灣社會與社會學反思」研究會，台北。

莊素玉，2000，〈高科技台商蜂擁長江三角洲〉，《遠見雜誌》，第174期，頁90-237。

楊友仁、夏鑄九，2004，〈跨界生產網絡的在地化聚集與組織治理模式：以大蘇州地區資訊電子業台商為例〉，《地理學報》，第36期，頁15-16。

陳德昇（主編），2003，《中國大陸區域經濟發展：變遷與挑戰》，台北：五南出版社。

陳志柔，2001，〈大陸農村產權制度變遷的地方制度基礎：閩南與蘇南的地區差異〉，《台灣社會學》，第2期，頁219-262。

萬解秋，1999，《鄉鎮企業結構調整與集約化經營研究》，中國蘇州市：蘇州大學。

劉雅靈，2000，〈廣東華陽的依賴發展：地方政府與外資企業的利益共生〉，載於國立政治大學國際關係研究中心（主編），《「中日大陸研討會」論文集》，頁1-19，台北：國立政治大學。

劉雅靈，2003，〈經濟轉型的外在動力：蘇南吳江從木土進口替代到外資出口導向〉，《台灣社會學刊》，第30期，頁89-133。

鄭政秉，2002，〈交易成本和外商在大陸尋租行為〉，載於東吳大學（主編），《「海峽兩岸財經與商學研討會」論文集》，頁301-311，台北：東吳大學。

蘇州統計局（編），2003，《2003年蘇州統計要覽》，北京：中國統計出版社。

二、英文部分

Amin, Ash, 1999, "An Institutional Perspective on Regional Economic Development," *International Journal of Urban and Regional Research*, Vol. 23, No. 2: 365-378.

Asheim, B., 1997, "Learning Regions' in a Globalised World Economy: Toward a New Competitive Advantage of Industrial Districts?" in S. Conti and M. Taylor (eds.), *Interdependent and Uneven Development: Global-Local Perspective,* London: Avebury.

Evans, Peter, 1979, *Dependent development: The Alliance of Multinational, State, and Local Capital in Brazil*. Princeton: Princeton University Press.

Ecans, P., 1987," Class, State, and Dependence in East Asia: Lessons for Latin Americanists " in F. Deyo, ed., *The Political Economy of the New Asian Industrialism*. (pp. 203-226). Ithaca: Cornell University Press.

Evans, P., 1995, *Embedded Autonomy: States and Industrial Transformation*. Princeton, New Jersey: Princeton University Press.

Hamilton, G., 1996, "Overseas Chinese Capitalism." In W. M. Tu, ed., *The Confucian Dimensions of Industrial East Asia* (pp. 1-23). Boston, MA: Harvard University Press.

Hollingsworth, J. R., & Boyer, R., 1997 , "Coordination of Economic Actors and Social Systems of Productions" in *Contemporary Capitalism: The Embeddedness of Institutions* (pp. 1-47). Cambridge: Cambridge University Press.

Oi, J. C., 1992, "Fiscal Reform and the Economic Foundations of Local State Corporatism in China. " *World Politics*, Vol. 45, No. 1, pp. 99-126.

Wank, David L.,1999, *Commodifying Communism: Business, Trust, and Politics in a Chinese City*. Cambridge, UK: Cambridge University Press.

產業網絡之領域化與組織治理對話：PC產業台商在北台區域、東莞與蘇州發展為例*

楊友仁

（東海大學社會系助理教授）

摘要

　　本文主要以PC產業台商在北台區域、大東莞，以及大蘇州的發展為經驗案例，對於闡釋經濟全球化之重要論述─「全球商品鏈」理論提出若干修正看法，來探究產業組織與全球化下的區域發展之間的互相關係與相關應用。首先我們認為探討特定產業聚集的發展時，應該關注於其作為全球生產網絡當中的一個節點，與其他節點之間的空間網絡關係。其次我們提出以「異質化治理的商品鏈」，以及「領域化反身性的商品鏈」之跨界拓展／整合來修正「全球商品鏈」的概念。最後，我們指出全球生產網絡的運作有賴於領域化之生產體系的支持，而商品鏈當中的結構性分工，在廠商積極整合各領域性生產體系之資源的過程當中，有可能由於廠商所有權優勢的增加而被轉變，進而影響全球化下的區域發展。

關鍵詞：全球商品鏈、區域發展、生產網絡、領域化、組織治理

* 城鄉學報兩位審稿委員的悉心指教，對於本文的論述有相當大的啟發，在此僅表示誠摯的謝意。

壹、前言

伴隨著全球化的腳步，廠商行為對於區域發展的影響近年來不管是在學術界，或者實務界都引起了相當大的關注。而其中經濟地理學、發展社會學和經濟社會學特別關注產業組織的角色，本文主要以這個取向當中具有代表性的「全球商品鏈（Global Commodity Chains, GCCs）」理論，就產業組織與區域發展之間在全球化過程當中的互相應用加以探討，並以PC產業台商在北台區域、大東莞，以及大蘇州的發展為經驗研究案例，來闡述若干觀點，作為後續研究參考。

貳、全球商品鏈理論在區域發展上的應用與限制

從世界體系理論延伸而來的全球商品鏈理論距今已有十餘年歷史，並成為探討全球化與社會經濟與區域發展的一支重要理論系譜（楊友仁、夏鑄九，2004；鄭陸霖，1999；Bair and Gereffi, 2001; Chen, 1994; Dicken, Kelly, Olds and Yeung, 2001; Henderson, Dicken, Hess, Coe and Yeung, 2002; Frenkel, 2001; Gereffi, 1996, 1999; Gereffi and Korzeniewicz, 1994; Gereffi, Humphrey and Sturgeon, 2005; Hopkins and Wallerstein, 1986; Humphrey, 1995, Yang and Hsia, forthcoming）。基本上全球商品鏈可以被理解為環繞著一特定商品之從最初原物料投入，到最終家戶消費的一系列生產與貿易之組織間網絡（Gereffi and Korzeniewicz, 1994），其中有三個基本元素：(一) 一組特定的「投入─產出（I-O）」結構；(二) 各個經濟活動片段的全球領域性分工。其意涵是領域的經濟發展過程有賴於廠商與地域在商品鏈中的動態位置；(三) 組織間治理結構（governance），決定資源如何在商品鏈中分派與流動的權力關係。全球商品鏈理論強調：每條商品鏈是由領導性廠商所驅動，其協調並掌握著生產過程的組織，Gereffi（1994）界

定出GCCs的兩種結構：生產者驅動（producer-driven, PDCCs）和買主驅動（buyer-driven, BDCCs）。前者主要是在資本與技術密集的垂直整合型產業（如汽車、電腦、航太等工業），後者主要是在勞動密集的產業中（如成衣、鞋子、玩具、消費性電子等）。

　　全球商品鏈理論，首先是強調這樣的全球生產網絡有其互相依存的一面。然而亦交織著權力關係的運作。在PDCCs中跨國公司是生產體系的主要控制者，而在BDCCs中則是擁有市場面優勢的大零售商掌有相當的控制權力；其次是全球商品鏈理論認為，驅動商品鏈的領導性廠商性質，以及其治理結構將會形塑商品鏈所接觸之地方發展的結果（Gereffi, 1996, 1999；Bair and Gereffi, 2001；楊友仁、夏鑄九，2004），如Chen（1994）、Humphrey（1995）、Humphrey and Schmitz（2002）就指出：嵌入商品鏈中的經濟聚集的發展潛力，將仰賴於其在商品鏈中的位置，以及廠商與制度如何利用或創造資源，以發揮競爭優勢和升級機會的能力。

　　雖然全球商品鏈從產業組織之全球拓展的角度，對於區域發展有一定的運用價值，然而有不少學者認為：全球商品鏈的架構過於簡單，例如Dicken等人指出：全球商品鏈雖然號稱含括了三個元素，但僅著重在「組織間治理結構」這個面向上進行進一步的分析（Dicken, Kelly, Olds and Yeung, 2001; Henderson, Dicken , Hess, Coe and Yeung , 2002），而也有學者指出：全球商品鏈架構下的「權力」概念也過於簡化，僅強調大國際買主以及大型跨國公司製造商的角色（楊友仁、夏鑄九，2004；Yang and Hsia, 2006）。面對這樣的批評，Gereffi等人近來嘗試用「交易的複雜性」、「交易的符碼化（codified）能力」以及「供應端能力」三個變數，較細緻地提出五種全球價值鏈之治理模式（Gereffi, Humphrey and Sturgeon, 2005）。在這五種價值鏈之治理模式光譜的兩邊分別是「市場（market）」與「階層（hierarchy）」，而從「市場」到「階層控制」中間依據組織之間互動的「權力不對稱性」，分別是模組式（modular）、

關係性（relational）和受制式（captive）的價值鏈。

面對這樣新的修正概念，我們認為仍舊有兩點在理論的層次上值得商榷，也凸顯出全球商品鏈原先三組元素之架構的某種矛盾。基本上，修正版仍然忽略除了「組織間治理結構」的另外兩個面向，首先修正版並未適當處理原先架構中的「投入─產出」關係，特別是放在像PC產業這樣具有許多複雜交易環節的商品鏈而言，很可能每個環節的組織間治理機制有著不同的邏輯，而很難單憑「交易的複雜性」，以及「交易的符碼化能力」來加以含括、歸納；其次，我們認為在修正版的三組變數當中，並沒有適當處理「領域化」這個面向，以統計學的概念來說，我們認為即使是修正版仍然將「領域」視為全球商品鏈的「依變項」，而忽略了在商品鏈跨空間之拓展過程當中與被投資地區之制度、文化等地域性（locality）互動所衍生的治理模式。這樣的觀點凸顯出經濟社會學與發展社會學界對於地理空間面向的忽略，例如鄭陸霖（1999）在其對於製鞋業生產網絡的研究當中指出：製鞋業台商在華南以「假OEM，真FDI」的面貌出現，策略性的「嵌入」當地社會關係是為了緩衝當地社會對於核心出口交易的「干擾」，他認為文化論者眼中的「社會鑲嵌」乃是作為全球鞋業商品鏈核心流程的在地「緩衝器」而存在。然而，生產組織之跨界拓展過程當中的組織運作模式，是否會受到被投資地區之制度與文化等因素的影響，已經在地理學界引發相當多的辯論，特別是環繞著所謂「最佳踐行（best practice）」的討論（Abo, 1994, 2000; Florida and Kenny, 1991; Florida, 1996; Gertler, 2001; Hollingsworth, 1997）。

我們試著在理論層次上引入並延伸演繹近來經濟地理學界探討廠商理論的「關係性（relational）」視角（Amin and Cohendet, 1999; Dicken and Malmberg, 2001; Grabher and Powell, 2004; Yeung 2005a; 2005b）來修正全球商品鏈，以及其修正版本的弱點。首先，此視角認為：廠商是由社會行動者，以及其所鑲嵌的社會關係所組成；其次，這些社會行動者建構

一系列的廠商間網絡（inter-firm networks）來追求其經濟目標；第三，這些「行動者網絡（actor-networks）」同時建構並被鑲嵌在一個更廣泛的組織場域（organizational field）中。此外，我們提出這些關係性行動者，在面對不確定性時具備一定程度的「反身性（reflexivity）」。按照Michael Storper的定義，「反身性」指涉的是行動者不被既定環境因素所限制，而能夠有所回應來轉化外在環境，朝向對自己有利之經濟路徑演化之可能性（Storper, 1997）。進一步演繹這個觀點，我們認為可以進一步超越個別廠商的層次，而拓展到集體的廠商間互動、調適（adaptation）的層次上。也就是這些具有「反身性」之行動者網絡在建構、鑲嵌在更廣泛的組織場域的過程中，同時會受到外在產業環境變遷的結構性因素所影響。在這個過程中，組織性行動者網絡具有一定的主體能動性（agency），以及反省、因應，乃至於具有轉化外在結構環境的可能性。而從所謂「路徑演化」的角度而言，「反身性」的假設也點出了行動者有可能超越既有的「路徑依賴（path dependence）」之慣性（inertia），而朝向更具開放性的「路徑變遷」，乃至於形構出所謂的「實驗性區域主義（experimental regionalism）」（Heidenreich, 2005），進而避免區域發展的「路徑鎖死（lock-in）」。

　　建立在以上這四個對於廠商行動理論的基本觀點，進一步提出兩個修整全球商品鏈理論，以及其修正版本當中關於組織間治理之概念的分析性假說。首先，我們認為商品鏈當中「投入—產出」關係的複雜度，牽動了不同行動者網絡之間的互動，並建構了一系列「跨組織的行動場域（trans-organizational fields）」；其次，這些跨組織行動場域的治理機制，受到這些社會行動者所鑲嵌的社會關係，以及其面對外在環境之不確定性時所展現出來的「反身性」所影響。

　　因此，以下本文將以PC產業台商的全球商品鏈為例，針對以上關於全球商品鏈理論，以及其修正版本的兩個初步的「再修正」看法，透過實

證研究來進一步闡述。本文的研究方法主要透過質化的企業訪談，並同
時進行面對面的問卷調查，研究時間為 2003 年 3 月至 2004 年 8 月，共
進行了173人次的訪談，包括 (一) 在北台地區的廣達、仁寶、緯創、英業
達、華碩、華宇、技嘉、大眾等28家台灣系統廠商研發與市場部門，以
及DELL、HP、IBM、Toshiba、Fujitsu、Hitachi、IngramMicro、Nokia、
Actibit、Dixon等16家品牌廠商在台採購部門（IPO），和包括INTEL、
AMD、Nvidia、Atheros、Philips、Seagate、TI、力晶、威盛等12家關鍵
零組件供應商在台部門，和 (二) 在大蘇州地區的廣達、仁寶、緯創、英業

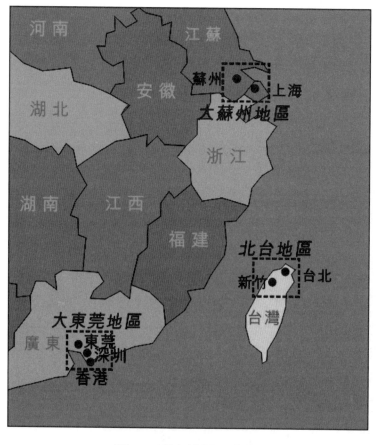

圖一：研究地區示意圖

達、華宇、大眾、華碩、志合、倫飛等21家系統廠商，以及敬鵬、金像、鼎鑫電子、滬士、佳通、華科、旺詮、世昕電子、今皓、達方、羅技等27家零組件廠商，以及 (三) 大東莞地區包括緯創、旭福、環旭、才眾、順達、技嘉、微星、精英、源興、友訊、鴻海、光寶等28家系統廠，以及國巨、台達、奇鋐、鼎沛、揚益、七承、連達、廣健、泓凱、天揚、強復、智富、達隆、凱興等22家零組件廠。受訪者職位含括了經理級至總經理，而研究者是台北市電腦公會顧問的角色進行訪談，並經由企畫技術論壇，以及採購資訊服務等例行事務與這些受訪者之間產生夥伴關係，而得以順利進行田野訪談。

參、北台地區在全球PC生產網絡中的角色

我們先來探討PC產業現階段的兩岸分工概況，表一總結了台灣具有代表性的56家在大蘇州以及大東莞地區投資設廠的資訊電子業系統廠商之空間分工。其中中國大陸除了是製造重鎮之外，其在研發／開發和行銷／接單方面的機能也正快速建立，而在採購方面的重要性也有超過台灣總部的趨勢。此外，就跨界生產網絡的發展特性而言，如表二所示，台商資訊電子系統廠有一半以上的零組件可在中國大陸當地採購，而來自台灣的零組件提供率約在25%。這部分主要是關鍵零組件，我們認為這顯示在近來台商的跨界投資帶動下，中國大陸的兩大資訊電子產業聚落（大蘇州以及大東莞地區）之上下游供應鏈，除了關鍵零組件之外已相當完備。然而，陸商在其中所扮演的角色並不重要。換言之，跨界投資的資訊電子業台商生產網絡，在這兩大資訊電子產業聚落的形構上扮演了重要的角色。

表一：PC產業台商兩岸分工概況：以56家系統廠商為例

	台灣	大陸	有	無
品牌			28(50%)	28(50%)
行銷／接單	54(96.4%)	24(42.1%)		
研發／開發	54(96.4%)	28(50%)		
採購*	41%	59%		
小量生產	33(58.9%)	55(98.2%)		
大量生產	25(44.6%)	56(100%)		
全球交貨			54(96.4%)	2(3.6%)
全球服務			51(91.1%)	5(8.9%)

資料來源：整理自本研究問卷。

說明：*依問卷調查推算之「採購權下放度指數」推估。

表二：台灣PC產業系統廠商大陸地區供應鏈相關指數

（以56家系統廠商為例）

	採購權下放度指數	供應鏈本地化指數	供應鏈開放度指數	台灣零組件依存度指數	陸商納入度指數
Notebook平均值*	0.55	0.52	0.12	0.20	0.03
Desktop PC平均值	0.60	0.56	0.17	0.24	0.07
LCD-Monitor平均值	0.69	0.62	0.23	0.21	0.08
Mother Board平均值	0.50	0.46	0.14	0.33	0.06
全部樣本廠商平均值	0.59	0.54	0.17	0.25	0.06

說明：*此四項產品的樣本廠商均為10家。

資料來源：楊友仁(2005)、楊友仁、夏鑄九(2004, 2005)、Yang and Hsia(2006)，計算式請參見附錄。

　　我們進一步扣著台商電子業以ODM為主之生產模式當中所延伸出的各個環節（圖二），來分析IT產業之生產網絡在北台區域，以及大蘇州、大東莞地區的發展特性。

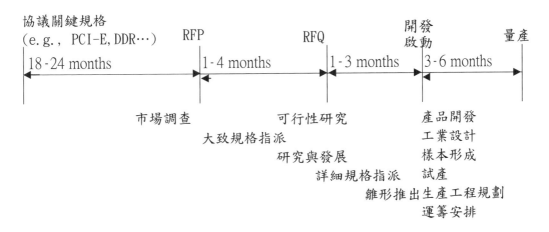

圖二：ODM模式下的PC產業產品開發過程

資料來源：Yang and Hsia（2006）。

就北台區域而言，如同表一所述，在九〇年代後期資訊電子業台商大舉赴大陸投資之後，我們認為北台區域最主要的機能已轉型為行銷／接單，以及研發／開發和關鍵零組件採購，這幾個機能某個程度是緊密相關的，而且牽動了台灣系統廠商與品牌買主客戶，以及關鍵零組件供應商之間的緊密、頻繁互動。

首先，品牌廠商客戶會針對他們下一個產品定位對台灣可能的供應商提出RFP（Request For Proposal）的合作計畫書要求，而台灣ODM系統廠商是在客戶的基本需求與供應商未來可能提供的零組件功能，做一初步分析與規劃，而整合、提出一個基本的系統架構。下一步就是等待國外品牌客戶的「代工合約要求（RFQ, Request For Quote）」，這時候更具體的系統層次規格就會出現，這些具體的系統層次規格不完全是由國外品牌客戶主導，而是由許多的所謂「feature list」所組成，有一些是ODM廠商自己開的，而這個過程當中客戶與ODM廠商會經常有意見交換，我們觀察到客戶端的RFQ對於ODM廠商的技術學習會有一定程度的幫助，因為這些品牌買主花了許多功夫去研究使用者的需求。其所提出的整體解決方案

（total solution）往往有其過人之處。然而，我們也發現到台灣ODM廠商的強項是在具體的系統整合技術能力，亦即把相關的零組件整合在一起的解決方案很強，所以另一種決定系統規格的方式，是由台灣ODM廠商去與相關零組件廠商互動，而把整個系統發展出來，再回給品牌買主參考。

這個過程當中台灣系統廠商與品牌客戶買主之間會在所謂「技術藍圖」的基礎上進行知識／資訊交換，而關於技術藍圖的討論往往需要面對面的溝通。因為光看圖是無法完全體會其中奧妙所在，許多特殊的解決方案會在技術藍圖當中被整合。而面對面的溝通、討論才有辦法針對其中的奧妙所在進行意見交換。換言之，我們認為：品牌客戶買主與台灣ODM系統廠商在這個階段會進行會意化的知識交流，而且這樣的交流並非是由品牌客戶買主向ODM系統廠商單向的傳遞，反而是近年來由於台灣ODM系統廠商本身的技術與設計能力越來越強，使得品牌客戶買主反而成為知識的被提供者。

掌握關鍵零組件技術與應用趨勢，是台灣ODM系統廠商核心競爭力的重要環節。而為了能夠在本身的設計上妥善地因應相關零組件的功能，而整合出適當的解決方案。台灣ODM系統廠商會經常跟相關零組件供應商進行技術交流與溝通，以瞭解供應商所提供產品的規格能不能符合本身的需求。此外，由於台灣ODM系統廠商較零組件供應商更接近市場應用端，因此其對相關規格的建議也成為零組件供應商相當重要的參考資訊，而且雙方的意見交換也成為其業務的例行公事（routine）。關鍵零組件廠商推銷其產品的行動，通常牽動著許多關乎技術發展與規格的意見／知識交換，包括關鍵零組件廠商在內的供應商之行銷部門往往都具有一定的技術能力，而且這些意見交換往往需要面對面溝通，因為其中有許多技術內涵是需要詳細地解釋才能為其客戶所理解。而這樣的意見／知識交換也同樣會環繞著技術藍圖的發展，也關係到雙方面未來產品開發的技術路徑。

從關鍵零組件廠商本身推出的原始設計到台灣ODM系統廠商實際的

應用開發之間，仍然有許多需要雙方面進一步溝通以及知識交換的過程，才能達到所謂的「解決方案」。台灣ODM系統廠商實際上扮演了一個重要的技術整合者角色，一方面將各個相關零組件供應商的產品以及解決方案整合成為可商品化應用的技術；二方面也從系統整合開發的角度，將相關技術需求回饋給零組件供應商。至於具體執行這些機能的作用者，主要就是ODM系統廠商的「PM（Project Manager or Product Manager）」，其主要業務是搜尋各種供應商所提供的技術資源與可能的解決方案，也就是做比較前端的技術資源搜尋與其基本的界定和整合，而大部分台灣ODM系統廠商的PM多半都是比較資深的RD人員。PM大部分的時間都花在技術趨勢之研究與相關供應商的技術資源搜尋上，經常需要與供應商的行銷部門和客戶交換意見，特別是搜尋供應商最新的技術資源，並整合、「兜」成初步的解決方案，交給RD去做進一步的執行，而RD主要是把這些可能的解決方案具體地測試，其比較頻繁的互動對象是供應商的FAE（Field Application Engineering）人員，解決一些更為細節的問題。

我們認為PM基於各種方式「全年無休」地搜尋出來的技術解決方案，對於ODM系統廠商的研發是至關重要的。而PM的「搜尋中學習（learning by searching）」以及「偵測中學習（learning by detection）」，正是ODM系統廠商研發特質的一個重要環節，而其社會實踐過程奠立的是一種「立基於職業角色的社會網絡（occupational role-based social networks）」，也是一種「社會鑲嵌的組織間網絡（social embedded inter-organizational networks）」。而這樣的網絡之綿密性與開放性是台灣ODM系統廠商核心競爭力的一個環節，而且透過正式組織的互動機制建立（如與零組件廠商定期的更新技術藍圖），以及非正式的人際網絡資訊／知識交換而交織成為一種制度化的學習網絡，並且成為ODM系統廠商PM以及零組件供應商技術行銷的例行公事。而相互的信任關係也在這樣的例行公事中被培養出來，並促進廠商間技術的交流。

在「開發啟動（kick-off）」到量產之間的三到六個月RD人員的開發工作，就是讓幾千個零件「兜」在一塊會動，然後能夠發揮出預期的功能。這牽涉到對於各個零件之特性，以及其整合在一起的模組之功能要能夠被有效地掌握，而且同時還要考慮到成本和效能之間的取捨，所以RD經常要嘗試各種不同零件之間的搭配組合，而且會根據實際的測試結果來決定最終採納的方案。至於ODM系統廠商RD人員的「廠商之間」學習機制，與PM類似的是，其主要的機制是透過「立基於職業角色的社會網絡」，特別是與零組件供應商的FAE人員之間的社會互動。而其互動的目的主要是進行所謂的「debug」。之所以會產生這樣的需要，是因為零組件供應商所提供的產品效能，經常會與系統廠商的整體設計架構產生不相容，或者妨礙到某些功能的施展，也就是所謂的產生bug。這在新產品開發時會經常發生，如果供應商無法解決問題的話，很可能會被ODM系統廠商拒絕採用該項零組件。而我們也發現ODM系統廠商的RD人員，與零組件供應商的FAE人員之間，在解決問題上的互動也對於雙方的技術學習都有幫助。零組件供應商的FAE人員，等於扮演了ODM系統廠商之RD支援者的角色。

至於在採購方面，北台區域仍舊掌握著較關鍵的零組件採購權。關鍵零組件之所以需要由台灣的總部負責採購可歸納為兩個理由，首先是這些關鍵零組件（例如DRAM、CPU）往往具有市場價格變動快以及單價高的特質，通常需要採取「預先採購（Initial Purchase, IP）」的策略。與一般零組件採購不同的是，這樣的採購方式類似於期貨的投資操作，需要對於產品的發展方向以及市場變動具有高度的敏感度。這樣的採購方式牽涉的風險更高，所以通常是由較資深的採購人員來負責做IP，以能夠掌握到更具有價格競爭力，以及及時交貨的零組件供應。北台區域相對聚集了更多的關鍵零組件代理商、市場訊息以及採購人才，因此較大蘇州以及大東莞地區在關鍵零組件的IP上更具有優勢，而且關鍵零組件的採購往往需要和

研發部門密切結合，以掌握零組件發展的特性。而量產部門往往僅是扮演著追隨者的角色，這也是北台區域具有優勢的一個面向。

肆、大蘇州與大東莞地區PC產業聚落的比較

在梳理出北台區域在行銷／接單、研發／開發，以及關鍵零組件採購上的優勢之後，放在業界所謂的「設購產銷」之環節來看，中國大陸所扮演的角色就環繞著「生產」這個區段。然而，是否大蘇州和大東莞這兩個產業聚集區域的發展特性是類似的嗎？到底「量產型產業聚集區（mass production cluster）」有沒有「質」上的差異呢？本文的判斷是「有的」。以下就進一步透過經驗資料，來比較大蘇州地區跟大東莞地區這兩個同樣由台商跨界投資所形構之PC產業聚落的發展特性與差異。

首先，我們發現台商資訊電子業生產網絡，在大蘇州地區和大東莞地區不同區位的投資考慮理由有所不同。就大蘇州地區的系統廠商而言，「因應國外客戶要求」是其跨界投資最主要的理由（表三、表四）。國際品牌大廠的代工訂單仍為大蘇州地區跨界投資之台商系統廠商最主要的業務來源，而且在對28家系統廠商訪問過程中，針對自有品牌與代工的對比，僅有兩家廠商展現出積極利用大陸市場發展自有品牌以及市場通路的策略，其餘廠商的自有品牌與代工之比例在跨界投資前後並沒有明顯的不同。雖然尋求大陸內需市場也是重要的跨界投資理由，但我們也發現台商系統廠商現階段能夠有效地切入內需市場的廠商並不多。就零組件廠／配套廠而言，選擇大蘇州地區設廠的最大理由為「跟隨核心廠決策」，可見核心廠／產品廠的選址對於後續相關配套廠的跟進設廠，以及在空間上所展現的聚集現象有重要的影響。

至於資訊電子業台商選擇在大東莞這個區位投資的理由最主要是勞工成本。其次是「尋求較便利的交通運輸區位」，特別是鄰近香港的區位可

及性，以便於其發展出口貿易，並可利用香港的境外環境發展其「假出口、真內銷」之營運模式。而對於產品廠／核心廠而言，「本地配套廠較完整」是第三重要的考量因素，這顯示大東莞地區資訊電子業上游的零組件廠的密集，對於產品廠／核心廠有一定的吸引力，但進一步比較零組件廠／配套廠的投資設廠理由時，我們發現「為配套廠，跟隨核心廠決策」這個理由並非其重要考量。而這也是大東莞地區與大蘇州地區的零組件廠／配套廠之區位選擇因子上一個很大的不同，除了勞工成本較低外，研究發現「工繳費較便宜」是零組件廠／配套廠所考慮第二重要的理由，而這方面就涉及到較複雜的，與招商引資相配套的地方性制度之作用。

表三：大蘇州地區與大東莞地區資訊電子業台商大陸投資前五大理由比較[1]

	全部平均指數	產品廠／核心廠指數	零組件廠／配套廠指數
大蘇州地區			
因應國外客戶要求	0.55	0.61	0.48
尋求廉價勞工成本	0.51	0.57	0.45
尋求大陸內需市場	0.45	0.54	0.36
尋求大陸台商市場	0.34	0.11	0.60
尋求廉價土地水電	0.30	0.26	0.33
大東莞地區			
尋求廉價勞工成本	0.84	0.92	0.75
尋求廉價土地水電	0.41	0.54	0.27
因應國外客戶要求	0.36	0.38	0.33
尋求投資優惠減免	0.32	0.42	0.21
尋求大陸內需市場	0.26	0.34	0.17

資料來源：本研究整理。

---

[1] 受訪廠商根據各選項給予0（不重要）、0.5（重要）和1（極重要）三種分數，之後再加以加總、平均而得到表中之指數，其中總樣本數為93家廠商，包括產品廠／核心廠48家，零組件廠／配套廠45家。

表四：資訊電子業台商選擇大蘇州地區與
大東莞地區投資設廠前五大理由比較[2]

	全部平均指數	產品廠／核心廠指數	零組件廠／配套廠指數
大蘇州地區			
政府行為較規範	0.45	0.48	0.43
投資優惠減免	0.32	0.37	0.26
尋求本地內需市場	0.31	0.28	0.33
勞工成本較低	0.27	0.37	0.17
生活機能與環境品質	0.27	0.35	0.19
大東莞地區			
勞工成本較低	0.58	0.64	0.52
尋求較便利的交通運輸區位	0.38	0.52	0.23
工繳費較便宜	0.37	0.36	0.38
本地配套廠較完整	0.35	0.42	0.27
投資優惠減免	0.33	0.42	0.23

資料來源：本研究整理。

其次，我們發現就本地供應鏈的發展特性而言（表五），大蘇州地區和大東莞地區有以下兩點差異：

1. 台灣資訊電子系統廠商在大東莞地區的「採購權下放度指數」，低於大蘇州地區約 0.2，亦即約佔其總採購金額的 20%。

2. 台灣資訊電子系統廠商在大東莞地區的「台灣零組件依存度指數」，高於大蘇州地區約 0.14，亦即約佔其總採購金額的 14%。

---

[2] 同上註。

表五：台灣資訊電子系統廠商大蘇州地區與大東莞地區供應鏈相關指數比較

	採購權下放度指數	供應鏈本地化指數	供應鏈開放度指數	台灣零組件依存度指數	陸商納入度指數
大蘇州地區全部樣本平均值	0.694	0.556	0.191	0.183	0.066
大東莞地區全部樣本平均值	0.490	0.514	0.147	0.329	0.056
大蘇州地區全部樣本標準差	0.154	0.133	0.095	0.096	0.049
大東莞地區全部樣本標準差	0.355	0.190	0.152	0.170	0.067

資料來源：楊友仁（2005）、楊友仁、夏鑄九（2004；2005）。

　　在「進料（零組件供應）」環節上，在大東莞地區投資設廠之台灣資訊電子系統廠商的台灣本部（headquarter），顯然扮演了較重要的角色。特別在關鍵零組件的採購（sourcing）方面，而且系統廠商的供應鏈，的確較封閉在既有台商零組件廠的交易網絡中，新的陸商以及台商零組件廠商的納入程度並不高。

　　第三，大蘇州地區系統廠商多半採取「進料加工」的運籌模式，而大東莞地區的系統廠商則主要以「來料加工」之運籌模式為主。基本上「來料加工」是由客戶指定所有的零組件給負責代工製造的廠商，一批原材料進來、生產完之後可說100%跟著產品出去，而這種模式通常意味著由台灣部門負責接單、統籌所有的零組件採購，再交由在大陸的製造部門負責生產。然而，在華東地區較為普遍的是「進料加工」，由在大蘇州地區的分支部門負責大部分的零組件採購，不同於「來料加工」的是材料之間是可以靈活調度的，不是生產某批產品所需採購的物料僅能用在這批產品上，而「進料加工」的運作模式也使得在大陸的分支部門掌有更大的採購權以及調度空間，這當中大蘇州地區關務電子化等改革措施也起到一定的作用。

　　第四，大東莞地區IT產業台商的銷售網絡，有許多是透過零組件貿易商和「系統整合」廠商而銷往海外以及大陸，這與大蘇州地區的零組件廠

商的銷售管道有很大的不同，例如許多生產電源供應器的廠商，就不是以鄰近的電腦系統廠商為主要客戶，大東莞地區雖然聚集了許多資訊電子業系統廠商和相關零組件供應商，但分析其商品網絡之後，我們認為兩者之間卻不一定有交易關係，大東莞地區零組件廠的銷售網絡相較於大蘇州地區是更為多元的，而非僅限於當地的系統廠商。

　　我們先對於這三個產業聚落的發展特性作一定位。基本上北台區域經由綿密的制度化學習網絡，已經發展出具有「非貿易性互賴」特質的聚集經濟效益，使其成為美國與中國大陸之間創新—生產網絡中一個重要的技術地域（technology district）；大蘇州地區則是在品牌買主客戶影響下，由台灣資訊電子系統廠商所驅動之生產網絡的跨界拓植所形構，其中下游客戶對於上游供應商所展現出來的「買方零庫存」交易治理模式與即時供應的要求，對大蘇州地區廠商的空間聚集有相當程度的影響，若干企業「廠商化區域（firming the region）」的策略，以及本地政府塑造有利於台商之營運環境的作為，使得大蘇州地區的分支部門功能逐漸趨於完整，但本地技術資源的運用仍有待觀察（楊友仁、夏鑄九，2004；Yang and Hsia, 2006）；而大東莞地區則是廠商受到基於「三來一補」的相關制度所吸引，而從出口貿易的模式開展跨界投資，我們並發現在大蘇州地區興起之後，大東莞地區也從外銷飛地（enclave）逐漸轉化為內銷的橋頭堡（head-bridge）。台商以零組件和半終端產品為基礎，選擇信用度較好的大型陸資通路商合作，甚至展開一定程度的信用交易，乃至於直接切入經營內銷通路市場（楊友仁、夏鑄九，2005）。

　　而從商品鏈的上下游關係來看，相對於北台區域作為行銷／接單以及研發／開發的區域角色而言，大蘇州地區和大東莞地區形成了一個有趣的對比。亦即系統廠商在大蘇州地區的分支部門較大東莞地區在零組件採購上有著較高的自主性，而且「本地採購」的比重比較多，但其銷售網絡相較於大東莞地區是比較內閉於既有的品牌廠商買主，特別是國外大廠買

主；而系統廠商在大東莞地區的分支部門的行銷網絡相較之下則是比較多元，並且積極朝向內銷市場拓展，雖然其採購權主要是由台灣來主導，而這也和大東莞地區的「三來一補」[3]之制度配套與廠商回應方式有著一定的關係。

　　基本上從全球生產網絡的領域性鑲嵌特質，釐清了北台區域、大東莞以及大蘇州這三個產業聚集的發展特性，而這可歸納出本文的第一個命題，亦即「探討特定產業聚集（cluster）時，應該關注於其作為全球生產網絡當中的一個節點（node），與其他節點之間的空間網絡關係」，而這個命題可視為全球商品鏈理論在區域發展上的延伸應用。

伍、商品鏈當中組織治理的複雜性與異質性

　　然而，各個經濟活動片段的全球領域性分工，只是全球商品鏈理論的三個元素其中之一，而更關鍵的是特定的「投入—產出（I-O）」結構，以及其所牽動的組織間治理機制（governance）。就生產網絡的跨界拓植所牽動的組織治理機制而言，本文圖一所示之ODM模式下的產品開發過程，來探討IT產業之全球生產網絡不同環節當中的組織治理機制，並與全球商品鏈理論進行對話。

　　首先在協議產業標準與規格方面，這個階段是整個產品開發過程當中最久的，一旦規格與標準被建立，成為主流規格與標準的話，通常都會持續被採用相當長的時間，直到下一個新的規格與標準出現取代之。而參與規格訂定的主要作用者是半導體廠商，也就是IT產業的核心技術廠商，新的規格訂定所牽動的是相當龐大的經濟利益，特別是這個新規格成為業界

---

[3] 「三來一補」制度主要環繞著「來料加工」之生產模式來加以安排，關於這方面更仔細的分析請參見楊友仁、夏鑄九（2005）。

的主流規格的時候，而能夠越早知道新規格的趨勢而趁早追隨開發相關產品，乃至於直接主導某項新規格的公司往往有機會能夠得到相當龐大的利潤。

　　這個階段的組織互動場域，主要是在全球性的產業標準制訂組織當中發生。例如IEEE（Institute of Electrical and Electronics Engineers）。這些組織在產業標準與規格之普遍化上扮演重要角色，而規格的普遍化正是相關參與開發之廠商所以能夠獲利的主要因素。換句話說，有意開發新產品規格的廠商透過這樣的產業規格與標準訂定組織來取得共識並加以推廣，是最有效率的方式。而且幾乎所有有新產品開發能力的廠商，都會參與這類國際性組織的運作，所以參與這類型國際性組織，可以獲得相關規格發展的最新消息。

　　以台灣廠商少數有機會主導的IEEE1394為例，這個聯盟可被視為有志於發展新產業技術規格之廠商間的策略聯盟。它先由參與廠商選舉出board director，之下還成立了分工更細的subgroup，然後會去選舉subgroup的team leader，而各個subgroup也會成立各自的committee。在這樣的組織架構下，每個subgroup會有兩到三家具有基礎研發實力的大廠參加，以及其他緊密跟隨的廠商，而這兩到三家主導性廠商會負責做一些基礎的研發，讓基本的草案被開發出來，之後在運用到不同領域的進一步開發時，各家廠商就開始進行應用領域方面的分工協商。之所以會有分工的需要，是因為如果要從基礎研發完全開發至應用端會耗費過多的研發資源，不是單獨廠商可以承擔，而且有些參與廠商會站出來反對。比如說1394的protocol有七層，通常這兩到三家公司會做底下的兩到三層，其他就在這個聯盟裡面分掉。

　　而各個地區廠商所開發出來的版本，也會在聯盟裡面進行激烈而非常技術性的討論。因為不是每個廠商的技術發展路徑以及對於未來技術趨勢的看法都類似，最後的解決方式就由board directors舉手表決。換句話

說，我們認為在這種廠商間策略聯盟的規格制訂組織當中，關鍵規格的決定相當程度牽動政治的運作，所以有很多國際性大廠經常會去運作其中的選舉。這類型聯盟還扮演了研發資源之投入與回收的制度化角色，也就是把策略聯盟架構下之合作開發當中的財產權關係予以釐清，而且這個過程也同樣牽動了政治運作。換句話說，在看似廠商間透過策略聯盟進行合作開發的組織互動過程當中，我們發現廠商之間的邊界最終仍然是清楚的，這樣的邊界可被視為廠商核心技術競爭力的邊界。而我們也發現到最關鍵的新技術規格之開發的組織間治理機制，充滿著更高度的政治化與權力運作。

其次將討論品牌買主客戶與台灣ODM製造商之間的交易治理機制。就系統層次的技術藍圖的形構與知識交換的程度，以及實際決定交易的機制來看，參考經濟社會學者Powell（1990）以及制度經濟學者Lamoreaux, Naomi, Daniel and Peter（2003）的概念，歸納出品牌客戶買主與台灣ODM系統廠商的合作關係至少有三種原型，而這三種原型當中彼此又有某些程度的重疊以及互動、影響關係。第一種是長期合作關係（long-term relationship），第二種是制度化的價格競爭（institutionalized price competition），第三種是趨近於市場型交易（arm's length transaction）。

「長期合作關係」有兩個重要的特質。第一是台灣ODM代工廠商會提供其品牌客戶買主相當多的技術資源，而且其解決方案被其客戶接受比重越高，乃至於被納入客戶的RFQ之系統規格要求的廠商越容易得到訂單。這種合作方式在台灣ODM系統廠商與日系客戶之間經常發生，而且在美系客戶當中也不乏這樣的例子。在這樣的模式下，台灣ODM系統廠商所投入的研發資源會得到一定的回報率保證。而在「長期合作關係」模式下，台灣ODM系統廠商仍然保持的一定的自主性，而且也確保了其交易網絡以及技術參考資源的開放性。構成「長期合作關係」的關鍵點在於：代工夥伴所提出的解決方案被其客戶接受，而且隨即將生產訂單交給

提出全套解決方案的代工廠商。但無可諱言的，價格的考慮也成為即使是向來著重夥伴關係之日系客戶的一大考量，因此也有一些合作案例是提出解決方案，而且被客戶接受的ODM廠商並沒有立即成為訂單接受者，而還要經過新一輪的比價，但這種案例基本上並不至於傷害到最核心的長期合作關係。

　　至於第二種「制度化的價格競爭」的特徵在於：品牌客戶買主透過價格競爭機制來決定代工業務的對象，最極端的例子就是HP，特別是其採取「線上競標」方式，導致台灣供應商之間的削價競爭。不過進一步瞭解其機制之後，發現這樣的價格競爭是建立在一定的制度安排（institutional arrangement）之基礎，以減少交易所需的資訊搜尋成本，包括先前的合作經驗，以及在前端系統規格決定階段的合作設計都是其重要考量。而制度化的具體形式就是透過彙整出符合買主基本要求的「供應商清單（AVL, Approve Lists）」。這套機制與「長期合作關係」相同點在於：其前段的系統規格決定，仍然牽動與台灣ODM系統廠商研發部門相當程度的知識交換、溝通，以及前面所提到的技術藍圖交換。不過最大的不同點在於，如HP很可能納入某家代工廠商的系統解決方案，而彙整成HP的RFQ系統規格，但在下單時又採取新一輪的競標，亦即狡猾地擷取了某些台灣系統廠商的智慧財產權，而又回過頭來進行生產成本的比價。

　　部分美系與日系品牌客戶買主同時採用「長期合作關係」與「制度化的價格競爭」這兩種交易治理模式，其特徵在於透過QBR（Quarter Business Review）這種組織監察比較（benchmarking）機制，挑選適當的幾家廠商進入其供應商清單當中，並與這些供應商保持比較密切的互動關係。之後再導入價格競爭機制，例如美系的Gateway、日系的EPSON、HITACHI在母公司面臨成本競爭的壓力下傾向於這樣的混合模式。

　　而第三種「趨近市場化」的交易治理模式，也和上述兩種模式有關係。基本上當台灣ODM系統廠商所設計出的系統方案不被這些大型國際

品牌買主接受，而無法得到訂單，台灣ODM系統廠商通常就尋找所謂的「貼牌市場（clone）」來將這些機型進行行銷，而這些通路市場的買主基本上是不開系統規格的，而是完全由台灣ODM系統廠商主導所有的技術與設計方案。這類型交易最主要的場所就是全球第二大的電腦展—台北國際電腦展（Computex），每年來自全球各地數萬名國際買主就在展覽期間尋找合適的供應商，而台灣ODM系統廠商就根據本身的市場調查來決定哪些機型適合在哪些地方，並商談與哪些地方的通路商合作，但這塊市場所佔的份額並不大。

而與買主溝通同時進行的是台灣ODM製造商的「研發」階段，基本上掌握關鍵零組件技術與應用趨勢是台灣ODM系統廠商積極致力之處。而為了能夠在本身的設計上妥善地因應相關零組件的功能而整合出適當的解決方案，台灣ODM系統廠商會經常跟相關零組件供應商進行技術方面的交流與溝通，以瞭解供應商所提供產品的規格能不能符合本身的需求，雙方的意見交換成為其業務的例行公事（routine）。關鍵零組件廠商與台灣ODM系統廠商之間的交易絕非是趨近市場化的交易，關鍵零組件廠商推銷其產品的行動，通常牽動著許多關乎技術發展與規格的意見／知識交換，而且這些意見交換往往需要面對面的溝通，因為其中有許多技術內涵是需要詳細地解釋才能為其客戶所理解，而這樣的意見／知識交換也同樣會環繞的技術藍圖的發展，也關係到雙方面未來產品開發的技術路徑。

台灣ODM系統廠商基於產品開發與系統整合之基礎所累積的知識，對於關鍵零組件廠商本身的技術學習有一定的幫助，甚至會影響到某些關鍵零組件廠商本身的規格發展。而台灣ODM系統廠商的能力基礎相當程度是來自於其對於眾多零組件技術趨勢的長期研究，其基於系統整合之需要所涉獵的技術知識範疇（scope），往往可以提供只專注於本身產品技術發展的關鍵零組件廠商一定程度的參考，也就是雙方的技術知識有互補性。

　　部分關鍵零組件廠商本身產品的規格，即在其和台灣部分ODM系統大廠之間的知識交換，以及共識建立的基礎上被決定。從另一個角度來看，其與台灣ODM系統大廠之間的技術交流的時空場合，也是雙方廠商內部進行研發的重要基礎。而雖然有某些關鍵零組件大廠會有較多的研發資源，來鞏固其主導技術規格的角色，但其仍須取得若干台灣ODM系統廠商的同意與共識建立，從關鍵零組件廠商本身推出的原始設計，到台灣ODM系統廠商實際的應用開發之間，仍然有許多需要雙方面進一步溝通以及知識交換的過程，才能達到所謂的「解決方案」。換言之，台灣ODM系統廠商實際上扮演了一個重要的技術整合者角色，而這些知識與資訊也成為相關零組件供應商（包括國際性大廠）重要的參考資源，甚至影響其本身技術路徑的發展。

　　至於系統廠商與其供應商之間的交易治理結構還有幾個特徵。首先是零組件廠需要經過系統廠商一定的認證制度，進入到系統廠商的供應商清單（AVL）之後，才有可能產生進一步的實際交易行為。資訊電子類零組件的使用與產品特性有很大的關係，例如涉及安全規格的問題，使得零組件的共通性不若一般工業材料高，而往往需要經過廠商的送樣、檢驗等層層關卡之後才可以進行「買料」。通常技術含量越高的零組件之認證過程會越嚴謹，系統廠商在認證過程當中也會對於零組件的特性設立若干的規格讓供應商去遵循。這種基於認證制度的交易治理結構可被理解為一種「制度性信任」的機制（Shapiro, 1987）。基本上系統廠商是透過客觀的評估方式建立起對於供應商的信任關係，而不過分依賴基於人際關係的社會特質信任。這樣的交易治理機制有兩個重要意涵，首先是有助於發展出長期配合的交易關係，或者從另一個角度來看，既有的交易關係對於往後的繼續採購行為有一定的影響。其次是這樣的認證制度與相關規格的設定對於供應商的技術軌跡發展有相當的影響，容易形成與系統廠商客戶之間的技術共同發展。

陸、於海外被投資地區所形構的組織治理機制

　　大蘇州地區這種由新一波資訊電子系統廠跨界投資所驅動、形成的產業聚集區的交易治理機制有另一個特徵，稱之為「買方零庫存」的治理結構。這樣的治理結構，來自於大蘇州地區的零組件供應商必須根據系統廠商客戶的市場預測（forecast）來供貨，交貨期進一步被要求要更準確且更為縮短，零組件供應商的業務部門與其系統廠商客戶之間的溝通需要很密切。然而，受到下游市場波動大的衝擊，以及台商系統廠商「接單生產」的特性，加上部分關鍵零組件跨界運籌所產生的不確定性，台商系統廠商開給零組件供應商的市場預測通常準確性不高，而往往供應商必須自行吸收庫存的壓力。這樣的治理結構基本上反映出零組件買主與供應商之間的不對等權力關係，以及大蘇州地區以代工製造為主的系統廠商被其下游國外客戶進一步擠壓的低獲利空間，在各家系統廠商紛紛將庫存壓力轉移到零組件供應商的情形下，零組件供應商實際上承受了下游市場波動的風險。基本上，「即時供應」對於供應商而言是「鞏固客戶關係」與「吸收庫存成本」之間的策略選擇，而「零庫存」的交易治理結構，無疑是由買方來主導，由供應商方面來承擔庫存風險。

　　許多大蘇州地區的系統廠商採取競爭式的採購策略，引入更多的供應商（包括陸商）進入其採購名單（AVL）中，每項供應產品維持二到三家廠商，並導入供應商之間的價格競爭，而不依賴某一家供應商作為其主要供應來源，甚至淘汰部分無法在成本上降低的既有台商供應商。競爭式採購策略在某個程度上是與「買方零庫存」的機制相配合，目的在於增加供應來源以減少系統廠商的「前置時間（lead time）」，避免發生趕料時無法即時供應的窘境。

　　然而，除了著重成本競爭力之外，台商系統廠商對於零組件供應商的品質仍然相當注重。反映在系統廠商組織體系中「供應商品質管理

（Vendor Quality Assurance, VQA）」的制度建立，這樣的部門最早是由Dell等國際大廠所提倡，並推廣至其代工夥伴。主要的職責是對於進入供應商名單（AVL）的零組件廠商，進行品質輔導與技術協助，強調零組件在供應商的工廠製造時就去控制品質，而不是等到進料後才去檢驗。這樣的品質輔導制度，形成系統廠商與供應商之間交易治理結構的另一個特徵，通常是與認證制度配套進行。在零組件供應商通過第一階段的認證之後，在實際交易與零組件採用之前，需經過供應商品管部門的技術輔導。這樣由品管部門主導的交易治理結構，反映出系統廠商與供應商之間的協力合作面向，對於供應商而言來自系統廠商品管部門的輔導更是其技術提升的來源之一。

　　系統廠商與供應商的協力合作關係在某些情況下更提升至股份持有的程度，特別是系統廠商為了穩固部分重要零組件的供應來源。而對於某些供應商加以投資入股，這樣的策略可視為系統廠商提高垂直整合程度的一種表現，例如明碩電腦即在蘇州廠區內設立印刷電路板廠，以穩固該公司筆記型電腦廠所需要的零組件，而且大東莞地區的PC廠商幾乎都增加了內部垂直整合的程度，包括模具、射出成形以及散熱器、機殼等其他零組件都有許多比重是內部生產，主要的目的在於確保品質管理，以及透過規模經濟來降低成本。

　　在大東莞地區特殊的「三來一補」制度安排下，產生了兩種特殊的組織治理機制。基本上「來料加工廠」在產權形式上是屬於內資企業，但實際上其營運是由台商在掌管，當地人士只是掛名當廠長，並將土地、廠房租給台商使用。而台商只需要繳租金以及所謂的「工繳費」給當地單位，而不需要繳交增值稅等較複雜的稅率，其限制在於只能夠百分之百外銷。而這樣的制度安排，提供部分著重在外銷之加工貿易的台商一個很有利的營運環境。在此經營方式下，台商經常運用「作價」的方式來壓低匯入的加工費差額，因為加工費不需要經由稅務部門來認定，而僅需當地「外經

委」認定即可，所以有一定程度的寬鬆性。因此產生了一種「兩岸作價」的組織治理機制，由台灣總部來主導相關零組件的價格，使得台灣總部在原物料供應還扮演財務運作的特殊角色，來減低在大東莞地區營運所需要的工繳費。而這樣的模式也影響資訊電子業系統廠商在大東莞地區的採購權下放度，使得在大東莞地區之分支部門的採購權力，相對大蘇州地區較低。

此外大東莞地區的資訊電子業台商，也運用著「經營地方關係」的組織治理機制。具體反映在採取「定期定額」的工繳費繳納方式，也有許多台商採取更彈性的作法。亦即在訂單多的時候採取定期定額的繳納方式，而在訂單少的時候採取按加工金額分成繳納的方式，來達到最低的營運成本。而這樣對於工繳費的彈性協議，就需要培養出與當地相關人士（如村領導、「外經委」）的「關係」。此外，在大東莞地區「計畫性合同」的關務制度下，海關單位稽查的一個重點就是有沒有「竄料」的問題，亦即是否有將外銷的保稅物料轉為內銷的現象，為了防止被台商內部離職人員舉報，產生了一種特殊的企業組織形式。亦即台商協會特別成立「報關科」，而且大多是由企業所在當地人士來擔任，透過這種與「地方利益」結合的方式，來防止內部人員向海關通報違法事件。換句話說，「兩岸作價」以及「經營地方關係」這兩種組織治理機制，是台商回應大東莞地區地方制度所產生的特殊組織治理機制。其目的是為了協議當地特有的「工繳費」制度，以及化解「計畫性合同」問題而產生的。

此外，大蘇州與大東莞地區系統廠商與供應商之間的交易治理結構還有另一個特徵，就是在面臨成本降低壓力下更著重立基於信任關係的交易，並透過若干組織性監督機制來加以正式化。這樣的治理結構可被視為「制度性信任」模式的一個面向，例如許多零組件供應商會自己對客戶進行徵信，對於信用不佳的客戶（特別是陸商）往往要求現金交易，而另一方面對於具有信用的客戶則可以接受票期的延長。據訪談瞭解台商系統廠

商對其供應商的票期已經開到四個月到五個月之久，一般在台灣的票期則是60天，而這樣長時間的票期反映出大陸地區廠商所面臨的下游市場成本競爭的壓力。因為從國外大廠客戶開給台商系統廠商在大陸部門的票期就已經是120天，這樣的成本降低壓力也層層反應到零組件供應商部分，為了確保交易得以順利進行，許多零組件供應商更著重立基於「制度性信任」的關係。

　　從以上的討論可以發現IT產業的全球生產網絡，從最原初的技術規格到接單、研發、採購以及生產等環節基本上牽動著很不同的組織治理機制，交織著權力運作、制度性信任、協力合作、階層控制、股份合資、非正式合資（「假內資、真外資」的產權形式）、價格競爭以及利益勾結等不同的模式。這些組織治理模式很難用既有的「買主驅動」或者「生產者驅動」之商品鏈的概念來予以界定（Hopkins and Wallerstein, 1986; Gereffi and Korzeniewicz, 1994）。我們認為Gereffi等人區分出來的五種全球價值鏈之治理模式也有誤導之嫌（Gereffi, Humphrey and Sturgeon, 2005）。以PC產業為例，沒有一種所謂的「模組化價值鏈」或者「關係性價值鏈」等，實際的治理模式在不同價值鏈環節是異質的（hybrid），並且具有「領域性之反身性（territorially reflexive）」。換句話說，全球商品鏈雖然具體地指陳三個基本元素（特定的「投入—產出（I-O）」結構、各個經濟活動片段的全球領域性分工、組織間治理機制），但在這三個元素之間的複雜、動態關係的討論上卻顯得過於靜態。這些不管是國際買主，或者國際關鍵零組件大廠的影響能力都有其極限，需要不同於「市場」與「階層」的治理機制來完成整個商品鏈的協調運作。而且這些治理機制又跟商品鏈所「著床」的地方性生產體系與制度、文化有密切的關係。也就是說，商品鏈的「領域化」過程會對其組織治理機制形成一定程度的影響。

　　換言之，地理學的視角有助於重新檢視全球商品鏈之三組元素之間

的動態關係，扣著不同的價值鏈環節，以及經由空間關係中介的「地理工業化」過程，我們提出第二個命題，亦即「以『異質化治理的商品鏈（hybrid governed commodity chains）』，以及『領域化反身性的商品鏈（territorially reflexive commodity chains）』之跨界拓展／整合來修正『全球商品鏈』對於買主驅動以及生產者驅動之二分的概念」。

柒、商品鏈當中的台商與區域角色

　　以上對於全球商品鏈加以重新概念化的理論命題，有助於我們進一步探索商品鏈當中台商與區域的角色，特別是放在跨界投資的空間脈絡下來看待。首先，就訂定產業規格而言，我們觀察到有主導規格能力者至少必須具備基礎研發能力和市場佔有率這兩個要素的其中之一，而這也是台灣以代工模式為主的結構性弱點，然而企圖主導主流規格的廠商與組織必須得到一定「追隨者」的支持。而北台區域這個技術節點，以及當中的主要台商是這些組織急希望大力推廣其規格，而得到相關廠商支持的地點。其中的原因在於台灣ODM系統廠商，對於若干零組件的採用也是具有相當的建議權，其系統整合與開發／生產能力使其成為規格制訂的一個重要的參考性資訊與知識來源。換句話說，制訂規格並非少數廠商可以不顧其他廠商的意見而完全主導，而這也呼應我們所提出之「異質化治理的商品鏈」的概念，而且也不是僅靠像矽谷這樣的地區就可以獨力完成。台灣廠商在這方面的角色看似被動，但實際上仍是具有相當的潛力。

　　而在研發／開發階段，台灣式的創新模式所牽動之廣泛的組織間技術性互動，基本上可以避免彼此陷入技術介面的標準化所形成的系統研發的瓶頸，以及使得相關廠商避免被過時的產業架構所局限。也就是台商扮演著重組、更新這些「模組」的功能，而環繞在特定模組本身，以及模組與模組之間的整合層次所展開的知識交流，也成為台商與品牌買主客戶，以

及供應商之間技術學習與核心競爭力培養的重要機制。而且放在實際的系統產品開發過程來看，台商系統廠商的角色更為積極，甚至可以主導某些系統規格的設計，而且透過綿密的制度性學習網絡來彈性、快速地掌握新市場與新技術的趨勢，主動提出產品企畫來提供客戶參考，在這個階段廠商之間的關係是互依的（interdependence），而且廠商之間的邊界是模糊的，並不適合用「誰驅動誰」的概念來詮釋這個階段的廠商間治理關係。換言之，這也呼應「異質化治理」的概念。

　　然而，品牌買主客戶也不是省油的燈，其基於商品鏈當中的結構性位置所擁有的「體系性權力」一定程度地影響生產網絡的治理機制。這一波資訊電子業台商跨界投資的過程深化了「供過於求」的市場結構，讓國際大廠買主更具有權力來將「前置時間成本」擠壓到其代工夥伴，並產生「買方零庫存」以及低價競爭的交易治理結構。然而，如同前面所述，台灣系統廠商以及零組件供應商也透過特定的協調方式，集體地吸收「前置時間成本」，展現「網絡式權力」面向，使得以台商為主體的生產網絡在全球委外代工市場上取得相當的優勢，而且這個過程也使得台商與國際品牌買主的合作關係。從設計／生產延伸到全球運送、全球服務等環節，也就是強化台灣代工廠商與國際品牌大廠之間的策略性合作關係。然而，就在這一波跨界投資使得台商擴大代工與運籌優勢，而且更能夠掌握終端消費市場特性的同時，卻也形構了「即時供應（JIT）」的模式。而這基本上是展現由國際品牌買主驅動之「買方零庫存」交易治理結構，以及轉移「前置時間成本」，這種商品鏈當中廠商間交易規則的權力運作進一步鞏固了國際大廠與台商代工夥伴，以及零組件供應商（包括台商與陸商）之間的階層式分工關係（楊友仁、夏鑄九，2004，Yang and Hsia, 2006）。

　　然而，是否台商在這一波跨界投資當中，僅是維持既有商品鏈當中的結構性關係？亦即是否僅扮演以代工為主的角色？事實亦非如此，即便是在過去著重於出口導向加工貿易的大東莞地區，資訊電子業台商在經過一

段的經營與信任關係建立之下，仍然可以發展其多元的內銷網絡。不僅與大陸本地內銷渠道接軌，甚至直接介入經營通路，並且逐漸轉變以「來料加工廠」為主的產權形式而朝向獨資廠發展，以便進行內銷。雖然現階段大東莞地區台商主要仍以零組件和半成品為主要產品切入大陸市場，但我們也觀察到有廠商計畫推動整機產品內銷的計畫。而大蘇州地區的台商雖然現階段仍以國外市場為主要銷售對象，但以大蘇州地區的經營環境與產權形式而言，其實是相當有條件支持台商發展內銷市場渠道。據估計等待企業決策以及廠商之間協調有一定結果之後，大蘇州地區的資訊電子業台商在不久的將來很有可能會積極推動產品內銷中國大陸本地市場。[4]

　　以上的討論基本上呼應了上述的商品鏈具有「領域化反身性」的特質，在商品鏈當中於這一波跨界投資的過程中正在整合北台、大蘇州以及大東莞各地的領域性資源而形塑有利的營運條件，並且朝向價值鏈的兩端—研發與品牌—來發展。亦即台商正整合投資所在各地之區位資源（location portfolio）來鞏固其「所有權優勢（O-advantage）」。在這個過程當中也創造、提升投資所在地區的「區位條件」。換言之，這個過程對於投資所在地區的區域發展有相當的幫助，而且這三個產業聚集區彼此間的關係並不能用「空間競爭」的概念來理解。放在廠商與領域之間的關係來看，「廠商化區域（firming the region）」是一個動態建構的過程，廠商策略與本地制度環境與制度安排之間是相互影響的，而且從以上的討論發現台商充分利用北台區域，以及大東莞、大蘇州的領域性資源，來強化本身的競爭優勢，並逐漸形構三個地區的「領域化生產體系」，而且朝向「優勢互補」的方向發展，也使得這三個地區成為IT全球生產網絡當中的重要結點。因此我們提出第三個命題，亦即「全球生產網絡的運作有賴於

---

[4] 這個預測的一個支持證據與觀察點，是近年來由台北市電腦公會（TCA）在蘇州舉辦的「蘇州電博會（EMAX）」的參展廠商，以及中國大陸通路商參觀者的持續成長。

領域化之生產體系的支持，而商品鏈當中的結構性分工，在廠商積極整合各領域性生產體系之資源的過程當中，有可能由於廠商所有權優勢的增加而被轉變。」

　　在以上這個基礎上，我們進一步提出一個台商跨領域組織起跨界生產網絡之生產方式（mode of production）的分析性假說。也就是「專殊化的大量即時生產（Specialized Just-in-time Mass Production, SJMP）」。這種生產模式有賴於台商有效地整合起北台區域以及大東莞、大蘇州的領域化生產體系，其中的作用單位可視為工作團隊的網絡（networks of team）。基本上我們觀察到PC業系統台商在研發部門是相當具有「多角化（diversification）」的特色，而每個研發團隊也都具有相當程度的「專殊化（specialization）」，以PM為主體，利用北台區域綿密的「制度性學習網絡」，快速地提出具有市場潛力的新產品整體設計，並利用大蘇州以及大東莞地區的生產基地，以及供應鏈相關廠商之間有效的「即時供應協調（just-in-time coordination）」，快速地將新產品量產出來，並減少「前置時間（lead time）」的庫存成本。這樣的特性反映在資訊電子系統台商在大蘇州以及大東莞的生產部門所量產的產品越趨多樣化，而且本地化的供應鏈網絡也越趨完整。換言之，有效地整合這三個領域性生產體系，使得台商能夠達到「專殊化的大量即時生產」之模式的規模經濟（economy of scale）與範疇經濟（economy of scope），而得以在全球委外代工市場上佔據主導性優勢。

　　在區域政策的層次上，對北台、大東莞以及大蘇州地區的領域角色提出進一步透過「廠商—領域」互動，以及資源整合來帶動區域發展的思路，「專殊化的大量即時生產」以及台商技術學習的發展經驗，值得後進國家在技術學習的課題上做參考，但電子業台商的弱點在於過度仰賴代工模式，而限制了廠商進一步參與全球性規格制訂組織的能力，而且「國家創新體系（National System of Innovation, NSI）」在整合推動產業規格上

的角色並沒有發揮出來。所以基礎研發的投入以及品牌行銷渠道的拓展，成為北台技術地域在全球經濟中進一步技術升級應該致力之處。

　　而就大蘇州地區而言，蘇州當地各級地方政府致力於招商引資的努力已經初見成效，若干企業「廠商化區域（firming the region）」的策略（Schoenberger, 1999），以及本地政府塑造有利於台商之營運環境的作為，使得大蘇州地區的分支部門功能逐漸趨於完整，並逐漸改變北台與蘇南的空間分工，但更具有「在地化」意涵，以及對於廠商之「設購產銷」機能運作整合，有策略性意義的本地技術資源的運用仍有待觀察。如何形塑「創新氛圍（innovation milieu）」、促進跨國公司分支部門提高技術研發本地化的方向，以及吸引高科技研發人才進駐，是這一階段大蘇州地區應該著力的重要課題（楊友仁、夏鑄九，2004；Yang and Hsia, 2006）。此外，我們也注意到大蘇州地區的台商之市場渠道仍然仰賴於大型國際品牌買主的委外代工業務，如何運用大東莞地區拓展內銷渠道的經驗，而不內閉於傾向削價競爭的國際品牌代工市場的行銷網絡，將是大蘇州地區台商進一步發展的重要課題。

　　至於大東莞地區而言，大東莞地區的台商的經營策略已經有所改變，也就是將大東莞地區從過去的外銷飛地（enclave）轉型為內銷的橋頭堡。然而，過去有利於出口貿易的若干地方性制度卻成為這樣轉型的制度瓶頸，特別是關務的「計畫性合同」，甚至在公部門與私部門之間產生「路徑依存」乃至於「制度鎖死（lock-in）」的現象。換句話說，過度鑲嵌在大東莞地區「深加工結構」相關制度的結果，產生拒絕結構性體制改革的動力，而這也成為大東莞地區未來發展所必須透過制度創新來加以克服的問題，以因應生產網絡的轉型趨勢（楊友仁、夏鑄九，2005）。

　　以上的觀點可視為過去對北台區域與美國矽谷之間的技術—製造合作連結的一個互補的觀點（Hsu and Saxenian, 2000; Saxenian and Hsu, 2001; Hsu, 2005），亦即電子業台商若欲進一步在全球競爭當中升級的話，除

了利用美國方面的技術資源之外，如何妥善運用並帶動北台、大蘇州以及大東莞的生產體系之升級也扮演著一個重要的角色。從全球化下的「廠商—領域」互動之角度來看，上述第三個命題能夠較清楚地掌握PC產業跨界生產網絡，與被投資地區之制度環境互動之更複雜而動態的形式，並注意到生產網絡在跨界拓展時本身的產銷組織，和被投資地區相關制度的互動與相互影響的動態關係。

捌、結論

經由以上關於台商PC產業發展之經驗研究的討論，首先，若依照原先全球商品鏈的三個基本元素：一組特定的「投入—產出（I-O）」結構、各個經濟活動片段的全球領域性分工，以及組織間治理結構來進一步申論的話，顯然Gereffi所推演出來的「買主驅動」以及「生產者驅動」二分的概念是有問題的。這兩種分類顯然是經驗歸納式的，而非理論演繹式的，以「投入—產出（I-O）」結構繁複的IT產業為例，實際上商品鏈的組織治理模式是異質的（hybrid），而且會受到商品鏈所「著床」的領域化生產體系的影響，而具有「領域化的反身性」。這個變項在Gereffi, Humphrey and Sturgeon（2005）的修正版本中並沒有被納入，因此我們認為對於商品鏈領域化發展之動態面向的忽略，將成為全球商品鏈理論另一個內在邏輯不一致的問題。

因此我們認為探討全球化下的區域發展時，不應該規範性地挪用「買主驅動之商品鏈」，或者「生產者驅動的商品鏈」來概念化所謂的「全球生產網絡」。[5] 換言之，經由我們對於全球商品鏈之「異質化治理」以及「領域化的反身性」兩個概念性的批判性修正，本文所提出的第一個命題

---

[5] 例如我們就不同意簡博秀（2004）在論述全球化下之中國大陸城市區域發展時對於全球商品鏈的規範性運用方式。

和第三個命題才可以在理論的層次上得到銜接，並對於區域發展的研究
有一定的運用價值。換句話說，領域性生產體系不應該被視為全球商品
鏈運作的「依變項（dependent variable）」，領域性生產體系也有可能影
響生產網絡的治理結構。因此，在理論的層次上，我們進一步提出為生
產網絡所著床之區域的「空間性（spatiality）」可被視為由企業網絡的社
會經濟鑲嵌關係與其反身性所治理之跨組織行動場域的聚合（the nexus of
trans-organizational fields），而商品鏈組織治理所具有的「領域化的反身
性」概念可以和地理學當中的制度轉向之研究取向有所接軌，也就是探究
生產網絡在跨界拓展時其組織治理模式與企業網絡運作模式（practice）
的轉變，以及被投資地區相關地方性制度的演化過程（楊友仁，2004；
楊友仁、夏鑄九，2005）。仔細探討這樣的「策略性接合（strategic
coupling）」的關係，將有助於探討為全球經濟所穿透的地方發展之機會
與限制。

參考書目

一、中文部分

楊友仁，「經濟地理學的制度轉向：一個理論性回顧與研究取向的建議」，國立台灣大學建築
　　與城鄉研究學報，2004年，第12期，頁69-80。

楊友仁，電子業台商之跨界生產網絡與中國大陸地方發展研究—蘇州與東莞的比較（台北：國立台灣
　　大學建築與城鄉研究所博士論文，2005年）。

楊友仁、夏鑄九，「跨界生產網絡的在地化聚集與組織治理模式：以大蘇州地區資訊電子業
　　台商為例」，地理學報，2004年，第36期，頁23-54。

楊友仁、夏鑄九，「跨界生產網絡之在地鑲嵌與地方性制度之演化：以大東莞地區為例」，都
　　市與計畫，2005年，第32卷第3期，頁275-299。

鄭陸霖，「一個半邊陲的浮現與隱藏：國際鞋類市場網絡重組下的生產外移」，台灣社會研究
　　季刊，1999年，第35期，頁1-46。

簡博秀，「Desakota與中國新的都市區域的發展」，國立台灣大學建築與城鄉研究學報，2004
　　年，第12期，頁45-68。

二、英文部分

Abo, T. (ed) (1994), *Hybrid Factory：Japanese Production System in the United States*, New York：
　　Oxford University Press.

Abo, T. (2000), Spontaneous integration in Japan and east Asia：Development, crisis, and beyond,
　　In Clark, G. L., Feldman, M.P. and Gertler, M.S. (eds.) *The Oxford Handbook of Economic
　　Geography*, pp. 625-648, New York: Oxford University Press.

Amin, A, and Cohendet, P. (1999), Learning and adaptation in decentralised business networks,
　　Environment and Planning D: Society and Space 17 (1)：87-104.

Bair, J. and Gereffi, G. (2001), Local clusters in global chains: the causes and consequences of export
　　dynamism in Torreon's blue jeans industry, *World Development*, 29 (11)：1885-1903.

Chen, X. (1994), The new spatial division of labor and commodity chains in the greater south China economic region, In Gereffi, G. and Korzeniewicz, M. (eds) Commodity *Chains and Global Capitalism*, New York: Praeger, pp.165-186.

Coe, N.M., Hess, M., Yeung, H.W.C., Dicken, P. and Henderson, J. (2004), 'Globalizing' regional development:A global production networks perspective, *Transactions of the Institute of British Geographers, New Series*, 29 (4) : 468-484.

Dicken, P., and Malmberg, A. (2001), Firms in territories：A relational perspective. *Economic Geography* 77 (4) : 345-363.

Dicken, P. and Thrift, N. (1992), The organization of production and the production of organization: why business enterprises matter in the study of geographical industrialization, *Transactions of the Institute of British Geographers NS*, 17: 279-291.

Dicken, P., Kelly, P.F., Olds, K., and Yeung, H. W. C. (2001), Chains and networks, territories and scales：Toward a relational framework for analyzing the global *economy, Global Network*, 1 (2): 89-112.

Florida, R. (1996), Regional creative destruction：Production organization, globalization, and the economic transformation of the Midwest, *Economic Geography,* 72: 314-34.

Florida, R. and Kenney, M. (1991), Transplanted organizations：The transfer of Japanese industrial organization to the U.S., *American Sociological Review*, 56: 381-398.

Frenkel, S.J. (2001), Globalization, athletic footwear commodity chains and employment relations in China, *Organization Studies*, 22 (4): 531-562.

Gereffi, G. (1996), Commodity chains and regional divisions of labor in East Asia, *Journal of Asian Business*, 12 (1) : 75-113.

──(1999), International trade and industrial upgrading in the apparel commodity chain, *Journal of International Economics*, 48: 37-70.

Gereffi, G. and Korzeniewicz, M. (eds) (1994), *Commodity Chains and Global Capitalism*, New York：Praeger.

Gereffi, G., Humphrey, J., and Sturgeon, T. (2005), The governance of global value chains, *Review of International Political Economy*, 12 (1): 78-104.

Gertler, M.S. (2001), Best practice？Geography, learning and the institutional limits to strong convergence, *Journal of Economic Geography*, 1 (1): 5-26.

Grabher, G., and W. Powell (eds.)(2004), *Networks*. Cheltenham: Edward Elgar.

Henderson, J., Dicken, P., Hess, M., Coe, N., and Yeung, H.W.C. (2002), Global production networks and the analysis of economic development, *Review of International Political Economy*, 9: 436-64.

Heidenreich, M. (2005), The renewal of regional capacities：Experimental regionalism in Germany, *Research Policy*, 34: 739-757.

Hollingsworth, J.R. (1997), Continuities and changes in social systems of production：The cases of Japan, Germany, and the United States, In Hollingsworth, J.R. and Boyer, R. (ed) *Contemporary Capitalism：The Embeddedness of Institutions*, pp. 265-310, Cambridge：Cambridge University Press.

Hopkins, T. K. and Wallerstein, I. (1986), Commodity chains in the world-economy prior to 1800, *Review*, 10: 157-170.

Humphrey, J. (1995), Industrial reorganization in developing countries：From models to trajectories, *World Development*, 23 (1): 149-162.

Humphrey, J. and Schmitz, H. (2002), How does insertion in global value chains affect upgrading in industrial clusters? *Regional Studies*, 36 (9): 1017-1027.

Hsu, Jinn-yuh (2005), A site of transnationalism in the "Ungrounded Empire"：Taipei as an interface city in the cross-border business networks, *Geoforum*, 36 (5): 654-666.

Hsu, Jinn-yuh and A. Saxenian. (2000), The limits of *guanxi* capitalism：Transnational collaboration between Taiwan and the USA, *Environment and Planning A*, 32: 1991-2005.

Lamoreaux, Naomi R., Daniel, M.G.. R. and Peter, T. (2003), Beyond markets and hierarchies：Toward a new synthesis of American business history, *American Historical Review*, 108: 404-33.

Powell, W. W. (1990), Neither market nor hierarchy：Network forms of organization, *Research in*

Organizational Behavior, 12: 295-336.

Saxenian, A. and Hsu, Jinn-yuh. (2001), The Silicon Valley-Hsinchu connection：Technical communities and industrial upgrading, *Industrial and Corporate Change*, 10 (4): 893-920.

Schoenberger, E. (1999), The firm in the region and the region in the firm, In Barnes, T. and Gertler, M. (eds.) *The New Industrial Geography：Regions, Regulation and Institutions*, London：Routledge, pp. 205-224.

Shapiro, S. P. (1987), The social control of interpersonal trust, *American Journal of Sociology*, 93: 623-658.

Storper, M. (1997), *The Regional World: Territorial Development in a Global Economy*, New York: Guilford Press.

Storper, M. and Walker, R. (1989), *The Capitalist Imperative: Territory, Technology and Industrial Growth*, New York and London: Basil Blackwell.

Yang, Y. R. and Hsia, C. J. (2006), "Local Clustering and Organizational Governance of Trans-border Production Networks: A Case Study of Taiwanese IT Companies in the Greater Suzhou Area, China", *Environment and Planning A* 38 (forthcoming).

Yeung, H.W.C. (2005a), Rethinking relational economic geography, *Transaction of Institute of British Geographers NS* 30: 37-51.

——(2005b), The firm as social networks: An organisational perspective, *Growth and Change* 36 (3): 307-328.

附錄：供應鏈相關指數計算方式與說明（楊友仁、夏鑄九，2004； 2005；Yang and Hsia, 2006）

　　受訪企業被要求就其主要產品之供應體系如何建立針對以下9個選項，依據相對金額多寡給予0-10的評分：[6]

X1：由台灣母公司負責採構，自台灣進口

X2：由台灣母公司負責採構，自台灣、大陸以外地區進口

X3：由台灣母公司負責採購，在大陸地區供貨

X4：由此地部門負責採購，自台灣進口

X5：由此地部門負責採購，自台灣、大陸以外地區進口

X6：由此地部門負責採購，採購自原外商供應商在蘇州附近地區設的廠

X7：由此地部門負責採購，採購自原台灣供應商在蘇州附近地區設的廠

X8：由此地部門負責採購，在蘇州附近地區尋找、採購自新的台商供應商

X9：由此地部門負責採購，在蘇州附近地區尋找、採購自新的陸商供應商

　　之後取其權重：

$$W_i = X_i / \sum_{i=1}^{9} X_i$$

我們界定以下指數：

採購權下放度指數（P指數）＝W4＋W5＋W6＋W7＋W8＋W9

　　P指數顯示該系統產品的零組件由大蘇州地區之分支部門負責採購的金額比例。

---

[6] 受訪者為系統廠商當中熟悉採購業務的主管，包括採購、品管之經理、廠長以及副總級以上主管。此外由於受訪者所填寫的各選項數字大致反映出採購金額的比例，所以這些數字被視為連續變數（continuous variables）來處理。

供應鏈本地化指數（L指數）＝W3＋W6＋W7＋W8＋W9

L指數顯示該系統產品的零組件在大蘇州當地採購的金額比例。

供應鏈開放度指數（O指數）＝W8＋W9

O指數顯示該系統產品的零組件由該公司在大蘇州新開發的供應商提供的金額比例。

零組件對台灣依存度指數（D指數）＝W1＋W4

D指數顯示該系統產品的零組件從台灣進口的金額比例。

陸商採用度指數（M指數）＝W9

O指數顯示該系統產品的零組件由陸商供應商提供的金額比例。

全球在地化：蘇州、東莞台商經驗與效應

陳德昇

（政治大學國際關係研究中心研究員）

摘要

　　本文以「全球在地化」觀點分析台商大陸投資「在地化」之經驗與效應，並選取五個案例說明台資企業「人才在地化」之運作與效應。

　　本研究根據信任與認同之觀點，引介「社會資本」概念分析台商進行全球佈局，在大陸地區「在地化」運作。研究結果發現：台商大陸投資「在地化」已成為必然之策略考量。儘管如此，與員工建立信任關係，以及信任升級初期都存有難度，關鍵仍在於台商之經營心態、能力、時程考量與產業特性。中小型傳統產業在地化的思考與策略較為短線與浮面；中大型科技產業則較有制度性與策略性「在地化」之籌謀。

　　「文化在地化」之運作，成功塑造企業文化與形象，若能順勢進行品牌連結，將在中國市場有更大之發揮空間；台商「公益」活動，在改善台灣企業經理人形象、企業危機預防，以及與當地官員與居民融合發揮效果。不過，跨域投資「在地化」策略，須以「再在地化」作為運作之前提，並考量在地居民觀念差異、需求認知等因素，才能發揮實質效果。

關鍵字：全球在地化、社會資本、信任、在地化、信任轉移

「思考全球化，用人當地化。」[1]

「要成功引用大陸資源，愈來愈多企業發現，過客式的掠奪有害無益，他們必須融入當地，成為社區的一份子。從文化面切進，友達光電傳遞出台灣企業重視的價值，也為在地的角色做了新的詮釋。」[2]

壹、前言

九〇年代以來，台商採取全球佈局策略赴中國大陸投資。起初「在地化」的思考並不積極，主因與投資行為的短期化與傳統產業的特質有關。然而，本世紀以來，隨著中國大陸經濟之崛起、科技產業投資規模擴大與長期化，「在地化」已成為必要之投資策略，且其成敗將攸關企業發展與利益獲取。

台商無論在大陸人民的形象，[3] 或大陸大學生選擇職業之順位，[4] 都未獲積極正面之評價。2005年中華英才網發布「中國大學生最佳雇主人氣榜」調查結果顯示，[5] 在排名前五十名的企業只有兩家台資企業，分別是排名29的富士康和排名39的明碁。其結果雖然比上期增加一家企業，排名

---

[1] Tsun-yan Hsieh, Johanne Lavoie, and Robert A. P. Samek, "Think global, hire local," *The McKinsey Quarterly*, No. 4(1999), pp. 92-101.

[2] 盧智芳，「穀倉傳遞文化」，吳迎春，李明軒，現代成吉思汗台商征霸全球（台北：天下雜誌出版社，2002年10月），頁112。

[3] 據大陸學者訪談表示，九〇年代初期原來他們期待台商是儒商，是溫文典雅之士，但當時台商多為傳統產業業者，加之個人作為失範，頗引起反感。這與台灣對大陸投資政策，對大型與科技產業之管制，因而使得社會形象與守法規範之台商無法進入大陸市場有關。

[4] 彭志平，「大陸大學生10大就業單位微軟最熱門外交部意外進榜」，中時電子報（台北），2007年3月29日。

[5] 「大學生就業人氣榜：台資企業人氣低迷」，http://www.smexm.gov.cn/2005-2/20052395010.htm（2005年2月3日）。

也略有上升，但是總體數量較少，且名次殿後。此外，在大學生心目中台資企業仍然排在外商、大陸本地企業之後，成為最後的選擇。此外，調查也顯示：有42％的大陸大學生，完全拒絕到台資企業工作；表示願意的只佔25.8％。[6] 此顯然與台資企業「在地化」運作、企業形象與報酬給付、法制規範欠缺有關。因此，如何促成台商大陸投資「在地化」的有效運作，應是台商大陸投資長遠規劃的主要環節。本文擬引用企業全球在地化成因、運作與社會資本概念，輔以五個案例說明台商大陸投資在地化運作與效應。

貳、理論與觀點

在現階段世界經濟發展進程中，呈現「全球化」（globalization）與「在地化」（localization）特質。亦即在「全球化」趨勢下，經濟活動跨越國界，人才、知識、資金與技術等生產要素跨域流動頻繁，其所強調的是經濟發展過程中全球層面的創新網絡連結與拓展；「在地化」之趨勢則使得生產要素在特定區域中聚集與重組，其趨勢是區域創新網絡之培育與企業的在地鑲嵌性。就空間尺度而言，生產活動的全球化並未使企業空間分佈分散，反而產生地理群聚（cluster）現象，而呈現「全球在地化」（glocalization）之趨勢。「全球在地化」或「在地全球化」（local globalization）的概念，原是八〇年代日本企業集團發展策略，目的是為

---

[6] 分析原因，主要是薪資沒有保障，感覺受到老闆剝削（佔30％）；台資企業文化不利於個人生涯發展（佔12％），及台商不注重勞工安全，工作環境危險（佔13％）等因素。此外，調查也顯示，台資企業人氣低迷主要有三方面原因：薪資福利低、企業文化不穩定、職業發展空間有限。其中薪資高低仍為大學生擇業的最主要考慮因素。在各種類型企業中，歐美外資企業薪資福利最高；有些本土企業的福利比較好，薪水調升的速度也相當快；而台資企業的薪資福利競爭力處於中下水準。據說在上海，一般來講，經理級幹部的房補，歐美公司約1500美元，日資公司1000美元，而台灣公司只有大約300美元。同前註。

滿足各地多樣的消費者，而發展的一種接近當地市場的策略和過程。[7] 跨國企業運用到全球在地化策略，在全球各主要市場內建立一個從研發、生產到行銷各階段均齊備的生產結構，是一種「在地性同化的」（locally assimilated）過程。[8]

處於經濟全球化時代，跨域經營的成功要訣是「在地化」（localization）。事實上，全球公司強調的就是在地化，要多用當地人。基本而言，跨國經營有三種模式：掠奪式（將取得的資源簡單加工，未有技術層次移轉），以及逐草式（利用當地廉價的勞工或資源，將產品外銷，若當地優勢條件不再，投資者則轉移陣地）、屯墾式（在當地深耕播種，立足生根，永續經營）。其中尤以在當地深耕播種、立足生根的屯墾式，成功的機率最大。在地化屯墾式經營要成功，必須掌握幾個基本策略。第一、放低身段，尊重當地文化。在全球化消費產品的肉搏戰場中，特別需要尊重在地文化；第二、參與當地文化。落地生根的要訣，就是「要在當地的game（賽局）裡有一個角色」；第三、專業分工與資源分享。善於槓桿運用本地夥伴的長處。[9]

在跨域投資在地化過程中，如何建立交往與互動對象之信任（trust）與認同（identity）關係具有關鍵性影響。美國馬里蘭大學羅伯‧史密斯商業學院教授夏比羅（Debra Shapiro）提出《人脈生意學》（Business on a Handshake），並指出：人際關係的發展過程中有三種類型的信任：一、嚇阻基礎的信任；二、知識基礎的信任；三、認同基礎的信任（參見

---

[7] Kenichi Ohmae, "Putting Global Logic First," *Harvard Business Review* (USA)(Jan. Feb., 1990), pp.119-125; R. Robertson, "Globalization:Time-Space and Homogeneity Heterogeneity," in M. Featherstone, S. Lashand R. Robertsoneds, *Global Modernities* (London:Sage, 1995), pp. 25-44.

[8] Philip Cooke and Peter Wells, "Globalization and Its Management in Computing and communications," in Philip Cookeetal., eds., *Towards Global Localization: The Computing and Telecommunications Industries in Britain and France* (London: UCL Press.), pp. 61-78.

[9] 同註2，頁97-102。

圖一）。嚇阻基礎的信任，是最低層次的信任，透過懲罰來威嚇被信任者。一般而言，初期跨域投資者多數都採取此方式管理，但這種方式已經落伍，效果不彰，尤其會造成組織的消極心態；第二層則為知識基礎的信任，建立在受信任者行為的可預測性，信任者因取得越多有關信任者的知識，越能降低不確定感。在人才至上的時代，企業採取此一模式的比重逐漸提高。但最高層次的信任，則是認同基礎的信任，唯有雙方了解彼此需求，而在交往過程中發展出共同價值觀，「認同」的信任才能產生。事實上，在任何一個新興市場，能成功者都是能善用當地人才者，只有以情義相合的認同層次信任，才能真的留住人才，創造成功。[10]

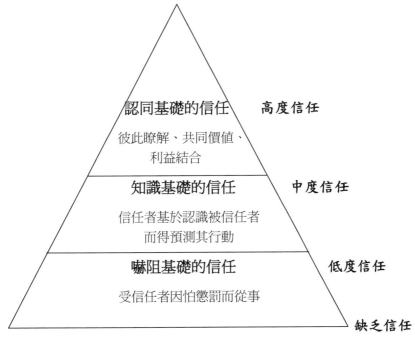

認同基礎的信任　　高度信任

彼此瞭解、共同價值、
利益結合

知識基礎的信任　　中度信任

信任者基於認識被信任者
而得預測其行動

嚇阻基礎的信任　　低度信任

受信任者因怕懲罰而從事

缺乏信任

圖一：信任層次與特徵

---

[10] 胡釗維、劉承賢，「到新興市場打天下，彎腰學做『新同路人』」，商業周刊（台北），第952期（2006年2月），頁86-89。

　　信任關係與程度對跨國企業經營和發展具有相當之重要性。日籍的社會學家福山（Francis Fukuyzma）強調：有一項文化特徵會影響國家的財富與競爭力，那就是社會中互信的程度。美國諾貝爾經濟學獎得主的亞羅（Kenneth Arrow）曾指出：「幾乎每一種商業交易行為都包含信任這個元素，特別是長期持續的交易關係。我可以很肯定地解釋，如果經濟衰退的話，一定是因為缺乏彼此的信任關係。」事實上，沒有信任，就沒有生產性的合作關係。信任絕對是合作的驅動力。信任可以促成陌生人之間的合作關係，可彌補對他人認知不足的缺憾，並能進一步了解認知與動機。如果想更有野心達成事業目標，就必須試著信任那些我們不認識的人。[11] 就功能而言，透過信任網絡組織之間的交易成本才得以降低。事實上，信任是維持組織效能與維繫組織生存的重要影響因素。[12]

　　社會資本（social capital）可以被操作性的界定為鑲嵌於社會網絡，並被行為者為其行動所需而獲得與使用的資源。[13] 對個人或企業發展與夥伴互動、交往過程，信任的建立是先決條件。在此基礎上，個人或企業是否擁有資源則是核心要素，從而能產生互惠並決定其產出與效果。換言之，僅有信任，但沒有資源互惠則無效用；反之，在信任鞏固的基礎上，透過資源交換與合作，尤其是異質化程度越高之資源互惠，產生之效果與貢獻越大。明顯的，企業全球化佈局之在地化策略，如何建立企業發展、

11 萊納德‧史布萊格爾著，吳信如譯，信任—簡化管理的藝術（台北：時報文化出版公司，2005年2月21日），頁30-33。

12 在對組織效能的影響方面，信任可以有效降低管理事務的處理成本、防範投機行為，而且亦能降低對未來的不確定性，促使組織內部的資源做更合理的運用，而能提高組織效能。除此之外，信任也可以促成組織成員之間的互助合作，使人際間的溝通更加順暢，部屬願意配合上司的決策，成員能夠認同組織目標等，不但能夠提昇團體與組織的凝聚力，而且有助於組織生存的維繫。參見：鄭伯壎，「企業組織中上下屬的關係」，楊中芳主編，中國人的人際關係、情感與信任（台北：遠流出版公司，2001年8月1日），頁271。

13 林南，社會資本（台北：弘智文化事業公司，民國94年10月），頁38。

生存與合作對象之信任關係便十分重要。此外，由於個人網絡拓展與信任建構之局限性，如何透過已建立之網絡進行「信任轉移」，強化資源汲取與交換能力，則在個人或企業在地化運作中更為平順，並能獲取更多產出與績效（參見圖二）。

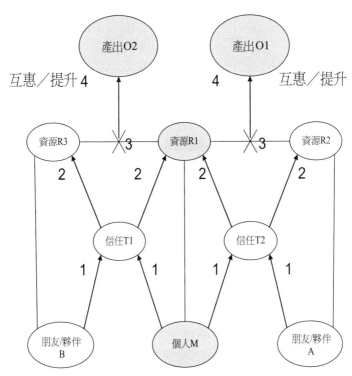

圖二：人際交往／信任建構與資源提升關係圖

產業類別、企業規模、企業經理人經營作風，與跨域投資信任建構亦有相關性。小型與傳統產業為實現企業生產目標，尤其是早期赴大陸投資者，其與員工之關係制約性與管制性較強，甚至缺乏信任的互動態勢，其勞動與剝削強度相對較高，福利措施與待遇較差，因而員工與當地百姓對企業之認同度較低（參見圖一），甚至不乏勞資糾紛與對立；反觀近十年來相繼投資大陸之大中型科技產業，其制度、福利、企業文化與管理較規

範化，大陸員工與幹部對企業經營理念存有較強之認同感，而其信任與認同程度則依企業與員工互動、升遷機會、福利措施、專業提升、薪資報酬而呈現不同之互動與表現。

參、相關文獻

　　高長在「製造業赴大陸投資經營當地化及其對台灣經濟之影響」研究中指出：(一)隨著大陸投資經營環境逐漸改善，尤其市場准入的限制不斷放鬆，台商投資企業在大陸經營當地化的趨勢也愈益明顯；(二)當地化的現象主要表現在：原材料和半成品採購、資金籌措、幹部及人才之晉用、產品銷售等方面；(三)理論上，外商企業在地主國當地生根發展是企業永續發展的必然路徑，當地化程度愈高者，表示與當地經濟及相關產業的互動較緊密，地主國接受外資可能的獲益愈大，反之則否；(四)對宗主國而言，這種趨勢持續發展的結果，造成產業過度外移現象，令人疑慮是否不利於其整體經濟之健全發展。[14]

　　張家銘在「全球在地化：蘇南吳江台商的投資策略與佈局」文獻中指出：(一)人才在地化每一家廠商都在積極實施，並獲致積極成效。其成因主要為成本考量與員工管理方便與有效；(二)融資與資金在地化，台商資金融通多與當地銀行交涉，但因信用與金融制度不健全，因而影響金融在地化之程度；(三)生產在地化有逐漸增多之趨勢，主要在於節省生產成本、強化市場競爭力與分散或增加協力廠商對組裝大廠之貢獻。相關協力廠商包括台資與本地廠商，且本地廠商比重有逐漸增加之趨勢；(四)行銷在地化，主要是在吳江進行生產，具低成本優勢。另一方面，上海可作為

---

[14] 高長，「製造業赴大陸投資經營當地化及其對台灣經濟之影響」，經濟情勢暨評論季刊，第7卷第1期，頁138-173。

其行銷通路涵蓋全大陸市場，積極佈局內銷市場。[15]

　　呂鴻德長期進行大陸台商投資環境調查研究，亦顯示台商赴大陸長期投資與深耕將無可避免面臨當地化（本土化）的思考與佈局（參見圖三）。而當地化策略，是指跨國經營的企業為所在國或所在地獲得最大化的市場利益，充分滿足本地市場需求，適應本地區文化，利用本地經營人才和經營組織生產、銷售適應特定地域的產品和服務，而實行一系列生產、經營、決策的總和。[16] 而台商採取當地化策略的成因主要在於：(一)取得穩定的供應和接近目標市場，降低生產成本；(二)歐美日跨國公司的驅動；(三)藉助大陸市場創造國際品牌，如明碁電腦開創BenQ品牌。[17] 此外，隨著台商投資與經營的深化，其投資行為當地化亦擴及採購、人才引用、銷售、財務操作及研發設計等層面。

　　基本而言，上述台商在地化之研究主要著力於：在地化成因、趨勢與類型之分析，但未對台商更多元文化在地化進行分析與解讀。此外，本文擬進一步從信任、認同與社會資本觀點，解讀台商大陸投資在地化策略。

---

[15] 張家銘，台商在蘇州—全球化與在地化的考察（台北：桂冠圖書股份有限公司，2006年1月），頁96-102。

[16] 張遠鵬，「台資企業大陸本地化戰略及影響」，現代台灣研究，第49期（2003年10月）頁51。

[17] 同前註。

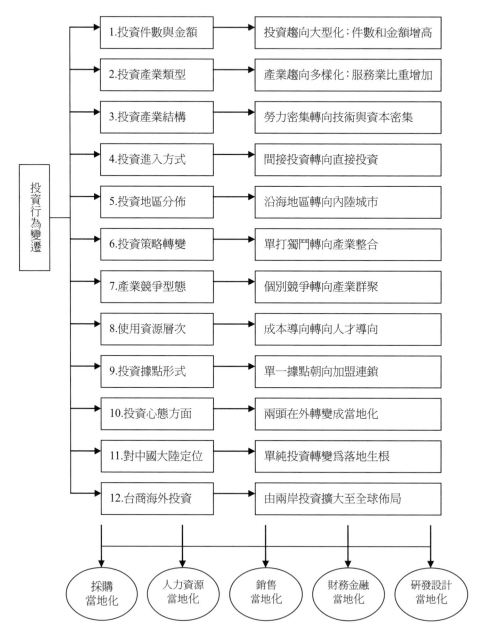

圖三：台商中國大陸投資當地化趨勢

資料來源：台灣區電機電子公會，**內貿內銷領商機**（台北：商周編輯顧問有限公司，2005年8月），頁28。

肆、台商案例分析

　　本文透過相關之案例，說明台商跨域大陸投資佈局，其在地化作為與效應。

一、友達光電：文化在地化

　　1996年，達基科技在台灣成立，是友達光電的前身。2001年9月，隨著達基科技與聯友光電的正式合併，成立友達光電。作為全球第一家在美國紐約證券交易所（NYSE）上市的TFT-LCD製造公司，友達素以產品線齊全著稱，能夠生產1.5至46吋的TFT-LCD面板，應用領域包含桌上型顯示器、筆記本型電腦、液晶電視、車用顯示器、工業用電腦、數位相機、數位攝影機，可攜式DVD、掌上遊戲機、手機等全系列，是全球少數供應大、中、小完整尺寸產品線的廠商。2001年9月，友達光電落戶蘇州。經過五年的發展，2006年友達光電（蘇州）已擁有一萬三千多名員工。[18]

　　友達光電位於蘇州工業園區金雞湖北，原隸屬於跨塘鎮。[19] 佔地約三十二公頃的友達園區廠區，多是現代化的辦公室和廠房，但座落在其週邊之「友緣居」博物館，收集相當豐富的當地居民的生活文物，點滴反映跨塘鎮當地的民俗民風。「友緣居」是在兩座廢棄的穀倉的基礎上建成，左倉為「先藏閣」，展示的多為古時富貴人家的生活用具，許多藏品都做工精細，有一定的藝術價值；右倉為「後納軒」，所展示的是近代及農村家庭生活的瑣碎物品，包括穀倉口貼著的舊時門牌，這些正在隨著都市更新與再造而不再被保留。

18　「益友皆達的友達光電」，http://www.sipac.gov.cn:8888/gate/big5/www.sipac.gov.cn/xwzx/tbtj/jyq/lake/t20060612_16151.htm。轉引自蘇州日報，2006年6月9日。

19　「『友達蘇州』擴產前瞻：國內出貨量最大的液晶模組廠」，http://www.sipac.gov.cn:8888/gate/big5/www.sipac.gov.cn/2003yqdt/t20041102_8387.htm。

友達光電建廠之初，因為保留兩座傳統穀倉，設立「友緣居」，並藉此創造文化在地化平台與連結，而深受各界矚目與認同。當時承辦此一工作之總經理彭雙浪回憶道：

> 「友達設立『友緣居』可說是偶然，也是必然。以偶然來說，友達2001年決定蘇州投資設廠，當時蘇州跨塘鎮仍是生地（未平整，鎮裡仍有人居住），因此當時仍有不少古蹟與文化遺跡可以保存。就必然性而言，KY（指友達光電董事長李焜耀）與我都對文化有興趣、感情和認同，保留當地文化、留有記憶，既是個人理念，也應是企業責任。」[20]

> 「在建廠前，KY就說，雖然破壞了才有重建，但是做人一定要吃果子拜樹頭才對。所以我們在拆遷前就將該地區的生活文物做一番有系統的收集，讓以後的跨塘人和蘇州的友達人都有機會認識廠區前身的地方風貌。」[21]

就運作功能而言，「友緣居」設立產生多元功能與效應，彭雙浪即曾表示：

> 「保存當地文化的作法，當初是企業經理人有心，不是要宣傳。其次讓員工感染保護當地文化的作法。另外讓友達客戶接待有文化氛圍，有利企業形象塑造。結果友達的文化保留概念影響遠大，當地老居民曾來尋根；國外客戶指定參訪。這些事情不會造成企業負擔，反而是給地方機會教育，也是公共關係。此外，

---

[20] 訪談紀要。

[21] 「友達蘇州廠有個友緣居」，http://www.auo.com/auoDEV/about.php?sec=milestonesStories&ls=tc。

友達辦慶典、園遊會、家庭日，與社區互動，文化介面功能明
顯，樂與跨塘鎮原居民互動。友達亦經常外借『友緣居』場地
給蘇州總經理聯誼會，以及外資企業總經理願意來此交誼、互
動。」[22]

「保留這兩座穀倉、保存這些江南民間的藏品，體現了友達
光電的社會責任感，當地的傳統文化不能因為公司的發展而消
亡。」[23]

台商投資當地化，藉當地文化的認同與互動，亦是提升企業形象與當
地社會連結的觸媒。蘇州友達投資設廠，藉由保存傳統穀倉改造的博物
館，傳達企業文化即是成功實例。蘇州友達重視當地文化，不斷尋求認同
的過程中，一方面讓員工有積極的參與感，有利於建立上下一體的企業文
化；另一方面亦同時得到地區民眾的友善回報與文化認同。蘇州民俗博物
館副研究員沈建東看到「友緣居」後感慨評論道：

「我們在一鐵鍬一鐵鍬地剷除自己的傳統文化。經濟發展若
以犧牲傳統為代價，末了還會再回頭補課。一個企業和企業家能
有這樣的文化眼光非常難得。」[24]

台商投資當地化藉助文化的認同與親善，建構與當地政府與民眾互動
之介面，亦有利於降低企業員工管理與經營矛盾，及其所衍生危機之處理
成本。在政治效應方面，中共前副總理錢其琛在參訪蘇州友達文化保存之

---

[22] A5訪談。

[23] 同註10。

[24] 侯燕俐，「友緣居收藏在工廠裏的蘇州記憶」，中國企業家，2006年9月26日，http://
www.21huashang.com/newsdocument.asp?id=5183。

努力，亦有感而發的說：「友達真是一個與眾不同的公司。」[25] 對日益重視傳統文化與兩岸統獨爭議日益尖銳的兩岸而言，台資企業保存與維護當地文化作法，尤能獲致當地政府與人民之認同。

二、東莞台商協會：公益在地化

東莞市台商投資企業協會成立於1993年10月29日，其創立宗旨為：團結、交流、服務、發展。十餘年的成長歷程，使協會成為組織機構完善、功能齊全的民間社團團體。現有會員三千二百家，遍及東莞市三十二個鎮區，形成一個以協會為中心的服務體系，主要劃分為七個服務協區，由協區區長級負責督導。同時，成立產業升級、海關商檢、公益公關、考察休閒、文宣編輯等十三個功能委員會。

東莞台商協會創會初期即加強與東莞人民的融合、回饋社會（參見表一），經常性策劃組織為當地學校捐資、逢年過節到敬老院看望老人、推動專家醫生義診、捐血等公益活動，從而有助於拉近東莞人民與台商的距離。曾任東莞台協會長的葉宏燈與現任東莞台協副會長分別表示：

> 「台協做公益主要是營造善意的環境和氛圍。當地互動與協調都涉及政府、人民。各地鄉鎮昔日多具人民公社集體特質，若有協調事宜與當地政府交涉會較有效果；其次，當地亦不乏較富裕者，是較易交往與溝通之對象。」[26]

> 「東莞台協作公益活動功能是多元的（包括捐助興學、捐血、敬老與扶貧等）。取之於社會，用之於社會，以及建立企業形象都是有益的事。當然配合政府部門從事公益與捐助活動（例

---

[25] 陳泳丞，「友達蘇州廠科技與藝文邂逅」，工商時報，民國94年4月3日，第3版。
[26] 前會長葉宏燈訪談。

如各級台辦指定扶貧點，台商即須配合），亦是企業公關的重點工作，這對企業發展或是危機預防都有重要作用。」[27]

表一：東莞台商協會社會公益活動與運作概況一覽表（2005/10-2006/12）

時間	項目／主辦	公益活動與運作概況
2005/10	樂捐公益基金（東莞台協）	為幫助汕尾民群村村民解決飲水困難問題樂捐活動。此樂捐活動由廣東省台辦牽頭，所得款項用於民群村引接自來水（工程總造價約需人民幣35萬元）。此事項屬於公益活動，本次活動本著「自願積極參與」的原則發動，故有意樂捐之鄉親可將愛心款項直接交到分會，或於10月18日前把款項匯入協會帳號，並註明款項為「支援汕尾民群村」活動。
2006/7	募集救災基金（東莞台協）	受4號熱帶風暴「碧利斯」影響，從7月14日起廣東大部分地區驟降暴雨，據悉惠州和韶關地區受到的影響最嚴重。據不完全統計，受災最嚴重的韶關這次10個縣（市、區）的810多個鄉鎮受災，人數達73萬多人，大部分地區的公路交通、電力通訊、供水供氣設施被毀，直接經濟損失56.9億元。本次活動本著「自願積極參與」的原則發動，故有意樂捐之鄉親可將愛心款項直接交到分會，或於8月15日前把款項匯入協會帳號。
2006/9	水災捐款（樟木頭分會）	「碧利斯」水災捐款在會長的倡議和帶領下，全體會務幹部及會員鄉親紛紛伸出援助之手、共獻愛心，樟木頭台商共捐款二十四萬餘元。希望災區人民能夠早日重建家園。
2006/9/19	捐血（中堂分會）	在會員企業金波羅電業科技有限公司，舉辦一場愛心捐血活動。參加捐血的台協會員企業職工有二百多名。

---

[27] A4訪談。

2006/9/20	捐血 （厚街分會）	此次捐血活動系中國紅十字會發起總動員，市台協牽頭，厚街分會組織，廣大員工紛紛積極響應。由第六協區區長吳清欽、秘書長曾祐德、厚街分會會長陳漢生全面布置，厚街分會監事長蕭建銓、理事蔡佳樺、秘書長何金城等均親臨現場，對本次活動給予了熱情鼓勵和殷切期望。此次捐血活動可謂高潮迭起。自僑運錶業有限公司結束後已是晚上八點，然後又趕赴喬鴻鞋業製造廠，此時已是下班時間，但在郭副理的積極帶動下，很快又聚集了一群熱情的志願者。捐血活動從下午兩點開始一直持續到晚上九點多，而尚有許多人為沒能排上隊獻上血而感到遺憾，共採集血樣113人次。
2006/9/29	慰問敬老院 （茶山分會）	茶山台商分會的會務幹部在賴國恩會長的帶領下，到茶山敬老院看望生活在這裏的孤寡老人。依照慣例，分會購買了水果、月餅，並且準備了一份慰問金。會務幹部看見茶山敬老院新蓋的大樓已經基本裝修完成，都紛紛表示祝賀，祝賀老人們可以住上新居，安享晚年。 這裏很多都是孤寡老人，雖然衣食無虞，但少了親人相伴，總會覺得晚景淒涼。今天台商會這麼多幹部來敬老院看望，老人們顯得異常高興，協會幹部對他們噓寒問暖，讓老人們倍感溫馨。幹部們把水果、月餅、以及慰問金發送到他們手上，幸福開心的笑容洋溢在老人們臉上。
2006/9/29	慶賀與贈禮 （厚街分會）	厚街分會會長陳漢生親自驅車來到厚街交通大隊新大樓處，對交通大隊新居落成表示恭賀，並送上一份賀禮：十台冰箱和十台消毒櫃。喬遷之喜，歷來為親朋好友所互相慶賀，更何況是衣食住行的父母官呢？交通與民眾生活息息相關，因此交通大隊也就成了台胞乃至整個中華同胞工作、生活的先行者和領隊。無論在以往還是以後，台商都要仰賴於他們的關照和支持。此番捐贈，是借此表達台商會的敬意，同時也進一步鞏固厚街台商與厚街交通大隊多年的友好交誼。
2006/11/28	捐血 （大朗分會）	愛心捐血活動。

2006/12/21	慰問敬老院（厚街分會）	下午三點整，厚街分會會長陳漢生、副會長石基鴻等十餘人，以及婦聯會一行四人相約結伴來到敬老院。七十多個老人圍坐在大廳，笑盈盈地望著大家。陳漢生會長及夫人親自將紅包和手錶一一送到老人手上，陳會長輕輕從錶盒裡取出手錶，小心地給兩位老大娘戴上，一邊親切地詢問他們的生活起居和健康狀況。老大娘一面看看手錶，一面抬頭看看會長，臉上洋溢著幸福和喜悅的表情。接下去，富盈酒店派出代表為老人們表演了幾個小節目，氣氛顯得更加熱烈起來。
2006/12	募集公益基金（東莞台協）	東莞市法制局向社會公布《東莞市獎勵和保護見義勇為人員暫行辦法》規定，設立東莞市見義勇為基金，旨在保護和獎勵見義勇為人員，促進社會治安的改善。基金的使用和管理應當接受有關部門和社會的監督，並由東莞市人民政府負責本辦法的實施。協會作為市委市政府管理下的民間社團組織之一，多年來，在市委市政府的關懷與支持下，協會與會員企業也日趨發展壯大。作為東莞市的一分子，為表示台商對東莞市人民政府這項政策的支持及對市政府的反饋，提倡見義勇為的精神，營造全民伸張正義的氛圍，進一步改善東莞市的治安環境，協會為大力支持「見義勇為基金」的募集，期望能在廣大會員中募集350萬元。本基金是專款專用，用於協助市政府獎勵見義勇為人員。
2006/12/29	助學基金（長安分會）	東莞市台商投資企業協會長安分會，本著台商創業於廣東、發展於廣東、回饋於廣東的宗旨，於2005年5月正式成立了東莞市台商投資企業協會長安分會助學基金會。助學基金會的資助對象為廣東邊遠地區貧困家庭的學生，要求學習態度端正、積極進取。也希望對廣東邊遠貧困地區教育事業盡綿薄之力，促進社會互助風氣，回饋國家與社會。2006年12月29日，由助學基金會主任委員率團赴連南民族小學，為當地瑤族小學貧困家庭學生發放助學基金。捐助連南民族小學貧困學生60名，助學金額為人民幣三萬元。

資料來源：東莞台商（月刊）（2005-2006各期）。

　　企業公益與公關是一體兩面的事，其中既是良善的社會公益活動，亦是從事公共關係解決企業問題的平台。台商在東莞相當多之善行受到肯定，但台商也確有負面印象，包括不守法、倒債、拖欠工資等。儘管如此，台商對當地公益的投入比港商積極，有協會組織性活動，港商則給人現實、功利的感覺，[28] 且當地歐美商人較少。事實上，對台商而言平日做好地方關係，亦是企業危機預防的一部分。一旦企業經營犯錯或出問題，地方官員與仕紳心態和反應便顯得重要。一位資深台商協會負責人即指出：

　　　「懷著感恩的心，將功贖罪；犯了錯，可原諒。出了什麼事，即使天塌下來，我們會先扛起來。」[29]

　　基本而言，中國大陸仍是一人治色彩較重之社會，台商平日經營之關係網絡與人脈最能在關鍵時刻發揮作用。換言之，儘管近年來大陸地區法制日益規範，但在東莞地區仍有頗大之彈性運作空間。這是即使東莞地區投資環境不佳，但仍為大陸投資台商群聚的主要原因之一。

三、艾美特電器：人才在地化

　　艾美特電器（深圳）有限公司母廠於1973年在台灣創立，並於1991年在深圳設立主要生產基地，註冊資本2,375萬美元，廠房建築面積12.5萬平方公呎。公司專業生產電風扇、電暖器、換氣扇、電磁爐、電水煲等系列精緻小家電。三十多年來與十餘家國際知名品牌的合作經驗，使艾美特成為自製率高達95%的全球知名小家電企業。1997年艾美特品牌正式在中國

---

[28] A4訪談。

[29] 同前註。

市場推廣。據中華全國商業資訊中心2004年資料顯示，艾美特電暖器銷量
已位居大陸第一，電風扇銷量連續四年穩居大陸前三名，電磁爐躋身前十
名。[30]

　　人才在地化是艾美特電器執行董事蔡正富長期執行之政策，[31] 並獲具
體成效。該廠一位大陸籍幹部即曾表示：

> 「蔡總對大陸太瞭解了，當時每個車間，大陸人最多當到副
> 科長，當時他就推廣本地化，現在廠內幹部絕大部分都是大陸
> 人。真正大陸員工與台灣人溝通還是有困難的，當時蔡總推行本
> 土化的過程，也是有著很大的壓力，很多台幹很有意見的，覺得
> 他對大陸幹部好。大陸市場部經理、財務長、採購部經理都是大
> 陸人，二把手也是大陸人，每年十多個億的採購。對於主要的管
> 理人員，重在內部培養，空降部隊成功率很低，個別是可以的，
> 全部不行，短期可以，長期不行。雖然我們有人被挖走，但是我
> 們根基還是在的。」[32]

　　在台資企業「人才在地化」過程中，勞資雙方信任的建立與企業認
同，成為人才在地化成敗關鍵。受訪艾美特之經驗顯示，在企業管理中
「台幹」、「陸幹」一視同仁，不刻意區隔；在企業財務與採購較敏感之
部門，除部分最高主管外，其餘工作都已委由大陸當地專業人才擔任。甚
而在台幹與陸幹的爭議中，若是陸幹論點較符合企業利益且具說服力，台
幹亦不乏被淘汰者。一位夏姓大陸籍幹部表示：

---

[30] 「艾美特公司簡介」，http://china-company.coovee.net/Inc6085/Index.html。

[31] 蔡正富，「堅持艾美特成功的經營哲學」，池小红，影響─中國家電營銷30個巔峰人物（北
　　京：光明出版社，2006年1月），頁40-41。

[32] A2訪談。

「原本在市場部唐部長（台幹）下面工作，從湖北出差回來深圳坐硬座，買了一個查位票，一來趕時間，二來省錢。唐部長為此批評了他，蔡正富瞭解了之後把陸幹留下，換掉唐部長。」[33]

更令人驚訝的是，陸幹高層對企業領導認同度高，其展現之忠誠度，和企業休戚與共的精神。艾美特大陸籍廠長即曾表示：

「蔡總若能天天打高爾夫球，練好身體，給我們做好決策，我們努力貫徹，就是我廠最大的幸福。」

「假如哪一天，三更半夜廠區遭逢大雨，廠區漏雨，第一個到現場應變的一定是我。」[34]

不常來大陸廠區，篤信佛法之董事長亦曾對大陸籍廠長表示：

「我早上起來唸佛，每天看你七點即來上班，令我感動，以前有人打你小報告，現在我什麼都不聽了。」[35]

四、東莞台商X科技廠商

台商東莞X科技廠設立達十年左右，為一員工約一千人之中型廠，主要從事高級銅箔基板、PCB內層與壓合代工，並已通過QS-9000及ISO9002、TL-9000、ISO-14001、OHSAS18000、GP環保認證、與TS16949合格之績優廠商，產品行銷歐亞與大陸。近年該廠因管理與發展

---

[33] A2訪談。

[34] A3訪談。

[35] 同前註。

策略變革、產品創新符合環保要求，因而獲相當績效，對母廠貢獻持續提升。

該廠大陸與台灣籍幹部皆強調：人才在地化是必然趨勢，從管理角度強調本土化，主要有幾重意義：(一)強化團隊意識；(二)是落地生根的作法，沒有隔閡；(三)不讓大陸人才有外人的觀念；(四)有助心理平衡，能全力投入。而在落實本土化的過程中，台籍領導幹部與大陸幹部信任關係建立，將涉及管理方法、制度建構與運作，並須歷經必要之考驗。台籍企業主管即提出其管理心得與原則表示：

> 「雇主要有本土認同與人性化管理；經過測試觀察其做事心態與積極性，是信任基礎工程；制度化建設，有遊戲規則可循；激勵幹部會有表現，透過群體力量表揚；互相牽制之制度，大家可投訴；不許有陸幹與台幹概念，不能有差別待遇；對企業認同，守紀律；企業主管以身作則很重要。」

台資科技廠幹部職級與薪資亦反映人才在地化趨勢、局限與挑戰。表三顯示台資科技廠中層幹部已大幅任用大陸籍幹部，甚而有擔任經理級幹部。不過，較高階與核心之管理幹部仍由台籍幹部擔任，顯示人才在地化仍有其局限性。此外，薪資結構仍有2-3倍之差距，且台幹享有定期返台休假制度，相對大陸籍幹部而言，就形成實質差距。如果台籍幹部不稱職或是專業性不足，皆將可能形成內部矛盾。台籍企業主管即曾表示：

> 「其實大陸幹部不必然較台幹差，甚至較容易管理。就個人經驗觀察，陸幹比台幹好帶，甚至比台幹優秀，他們用智慧在做事。另外，台幹不必然有優勢，陸幹有能力者大有人在。」[36]

> 「大陸員工並非不能信任，而是要發掘與培養；給他環境與

條件，只要本質不差，都能有好成績。大陸員工有不少具有不錯
觀念的員工。他們有的家境不錯，願意出來歷練；也碰到過接受
培訓的大學生，在培訓後表示真誠的感謝，這類人比較容易成
功。」[37]

表三：東莞台商科技公司員工職級與薪資對照表

職稱	職位員額	台灣籍	薪水（人民幣）	大陸籍	薪水（人民幣）	台籍與大陸籍薪水倍數
課長	62	1	15,000	61	4,000-6,000	約3倍
副理	16	3	20,000	13	6,500-12,000	約2倍
經理	9	6	25,000	3	8,000-12,000	約2.5倍
處長	5	5	30,000	-	-	-
協理	3	3	40,000	-	-	-
副總經理	1	1	45,000	-	-	-
總經理	1	1	60,000	-	-	-

說明：1.原廠員工1,100人，因自動化程度提高，減為800-900人。
2.台籍員工另享有定期休假與往返台灣機票福利。

五、台商傳統產業廠商

二十餘年前在台灣從事鞋業大賣場的R台商，其後至東莞地區發展，以鞋業產品差異化策略進佔國際高檔精品與代工市場。該廠目前擁有數家工廠，分佈廣東、河北與越南等地，並有數萬員工，稅後淨利高達三十億台幣。對一傳統產業而言，在一完全競爭市場能有如此強之競爭力，顯示其管理、經營效率，以及創新能力獲致市場認同。

---

[36] A8訪談。

[37] A8訪談。

　　該廠在大陸投資十餘年，人才在地化也是必然的趨勢，其主要原因是：台幹流動性高，須有專業性的陸幹管理與支撐；台幹成本較高，多2-3倍，引進陸幹可降低成本。另外，在地化管理亦是重要因素，大陸人管大陸人通常比較有辦法。論及信任關係，台灣業主管理大陸廠，核心信任者仍是台籍幹部，因此核心職務如總經理、財務與採購主管仍由台籍幹部擔任，中低階幹部多由大陸籍幹部擔任。基本而言，台灣業主、台籍幹部與大陸幹部間仍存有信任差距與結構性矛盾，尤其是認同問題：

　　　　「人才在地化涉及信任問題。基本上台籍老闆不完全信任大陸幹部，錄用台籍幹部有平衡與牽制作用。不過，大陸幹部多有專業技能，必須與他們打好關係，才能學到東西。」

　　　　「台商幹部與陸幹之間仍存在張力。事實上，台幹心裡對陸幹仍存有優越感與歧視心理，或許平日互動中未有這現象，但是在私下場合或是爭辯過程中仍不免流露出對陸幹的態度。此外，陸幹之間團結性較強，遇有台幹爭論，陸幹會有靠邊站的作為。通常陸幹具有專業，對不懂專業的之台籍管理幹部也有不屑心理。」

　　　　「在認同問題上，要想有大陸員工對企業主高度認同是很難的。事實上，大陸人會尊敬你的職位，但到不了認同的層次。至於低階陸幹或是員工，則是低度認同，不得不做，『不怕官，只怕管』。」[38]

---

[38] A8訪談訊息。

伍、對話與效應

　　基本而言，台資企業大陸投資「在地化」之策略與目標，是一個尋求信任、建構認同，進而實現資源互惠的過程。對台資中小企業而言，由於獲取超額利潤的急迫性，且欠缺制度與管理，因而與大陸員工之信任度相度偏低，但大中型企業則因制度、福利、規範化程度高，若能在文化認同、環保理念與升遷安排著力，則其信任基礎的鞏固與資源互惠層級便能持續升高，從而造就企業與地方發展榮景。此外，就友達「文化在地化」之個案而論，「文化認同」顯然較易跨越信任的門檻與藩籬，並促使企業與當地政府和人民間互信層級快速升高至認同信任，其信任基礎不僅紮實，且有助於企業形象塑造（參見表四）。這對台資企業欲建構在大陸品牌的試煉，或是贏取大陸消費者之認同，皆有實質和現實的功能。

表四　在地化類型與台商案例比較

	在地化類型	必要性	信任建構	社經效應
案例一：友達光電	文化在地化	相當必要	透過保存當地文化建構當地居民與員工認同式信任。	1. 來至中央與地方部門之認同。 2. 成為蘇州外商與台商典範。
案例二：東莞台商協會	公益在地化	必要	透過公益與資源分享，爭取認同。	有利改善台商企業形象，但效果有局限性。
案例三：艾美特電器	人才在地化	必要	介於認同與知識基礎的信任。	中高階幹部認同度高，台商蔡總是靈魂人物。
案例四：東莞台商科技產業廠商	人才在地化	必要	介於認同與知識基礎的信任。	得到支持與信任，有助企業經營。
案例五：東莞台商傳統產業廠商	人才在地化	必要	介於嚇阻與知識基礎的信任。	有助企業監理與權力結構平衡。

　　就三個案例「在地化」效果比較而言，「文化在地化」的尋求信任與建構認同效果最為明顯。尤其是友達作為科技產業能和文化保護與傳承融合，終而在企業文化的形塑與在地政府和居民之良性互動，創造高附加價值，則是始料未及。事實上，「文化在地化」之效應不僅是高度信任與認同的體現，更在中國社會長期漠視傳統文化中彰顯企業風格與特質。此勢將在企業永續經營與在地發展產生實質助益。因此，作為一個跨域投資之企業，對當地文化認同、謙卑態度與文化傳承作為，將予投資地政府與人民「不是過客，而是歸人」的認同感，從而能化約為企業永續經營與利潤創造的基石。

　　台商大陸投資建構當地人脈網絡與信任關係鞏固，在關係網絡延伸至相關部門，或是「異質化」程度高之部門，亦可發揮「信任轉移」效果，從而強化資源互惠的產出效果和異質化資源汲取能力。此種方法成本低、效率高、效用大，且具實用性。以東莞台商A君實務經驗為例，其與省級B官員關係良好，而B官員與當地法院負責人C君又有長期信任與往來。因此，台商A君即透過省B官員之推介，而接上法院C君之關係網絡，從而使其在處理台商法律事件時，較能得到積極之回應與彈性空間之爭取。關係網絡之多元連結並非從事非法關說，但在中國大陸人治色彩仍重的社會，仍有相當之便利性與操作性空間。無可否認的是，在「信任轉移」互動過程中，台商當事人平日為人處事、應對進退、正派經營形象，以及個人實力所積累之信任基礎亦十分重要。

　　客觀而言，依中國大陸的文化背景與人格特質而論，信任的建構是人際交往過程中較不易跨越的門檻。尤其是台灣長期以來在政治上被視為敏感之對象，且不乏形象不佳之台商，因而與社會信任關係不易建立與鞏固。因此，台商在投資過程中誠信原則、以身作則示範作用、關照與體恤員工、建立制度規範與情義相挺結合，皆有助於信任層級之提升，進而產生認同感。儘管如此，信任的建立仍須以資源互惠最為重要。畢竟，企業

是以營利為目的，個人亦以賺取報酬、能力與知識提升，以及職務升遷為考量，因此個人「資源」發揮的極大化，包括人際網絡、專業投入、研發創意，皆可與企業的資源進行整合與互惠，從而製造企業與個人的共同利益和成果。明顯的，台資企業跨域投資在地化過程中，在尋求信任的基礎下，能否與具多重「資源」，並開發具潛在「資源」的夥伴，進行資源互惠與整合，將攸關企業經營成效。

　　本文選取之五個個案樣本中，以「文化在地化」最具特色與推廣價值，尤其是科技與人文的媒合，以及企業經理人文化視野與遠見，更易在喧囂與浮躁的商業環境中樹立風格與信譽。在東莞台商「公益在地化」的運作中，則有助於信任關係與形象之改善。對於信任基礎提升，恐須賴長期積累與策略調適才能改善。此外，「人才在地化」個案中顯示，艾美特電器引用大陸管理人才，是台商建立在知識基礎上的信任，以及對經營理念與企業發展願景之認同，應屬介於中度與高度信任間的認知（參見表四）。大陸高階管理人才透過專業培養、信任建構與個人潛能發揮，能獨當一面成為台資企業發展之支柱，其忠誠度與敬業精神並不亞於台籍幹部，這是何以台籍幹部若不思進取與創新進步，便可能在競爭中面臨淘汰命運。不過，由於受訪者人數與時間之局限，未能全面認知其餘陸幹對企業之信任與認同度，大陸基層員工與雇主的互動認知，是否仍呈現積極與正面之回應，尚有待深入觀察。儘管如此，本文假設不同產業與企業規模大小與信任建構和認同，呈現不同之表現，但企業經理人之企業經營理念與行事風格，恐亦與信任與認同之表現有顯著相關性。

陸、結論

　　在深入探討台商大陸人才在地化的成因，不僅是考量成本與在地優勢，台幹不稱職或是赴大陸就業適應不良（部分尚有台幹堅不赴大陸任職

之案例），亦有相當之個案顯示此一趨勢。事實上，訪談個案中，具領導與運籌能力的台資企業主管，並不必然須多數台幹始能經營，關鍵仍在於領導統馭方法、公平的升遷與報酬獎賞、制度完善與信任之培養和建構。此外，台幹與陸籍幹部間之矛盾與張力仍難以避免，且有程度之差別。作為企業經營與管理者，固然希望清除陸幹與台幹的界線和身分尊卑，但在實質與心理上仍難完全消弭。對台資經營者而言，人才在地化終有其局限性，核心的財務、採購與關鍵技術掌控仍是企業命脈，恐難以全面引用大陸人才。儘管如此，台幹與陸幹共同治理企業不僅是現實所需，更是內部權力與監理平衡之考量。

由於兩岸不同之意識形態與長期政治對立，加之中國長期政治鬥爭與傳統文化道德虛無，對台資企業經營者與其幹部和職工建立互信，顯有相對漫長與艱辛的過程。對台資企業而言，大陸現階段經營環境與獲利條件有日益惡化的趨勢，台籍幹部縮減編制，以及擴大陸籍幹部員額便成為必要的選擇。因此在不確定的員工人心與道德規範未明確之前，如何透過完善而嚴謹的制度化管理，落實風險管理機制，便有其功能性與必要性。對台資中小企業而言，普遍較缺乏制度規範，技術門檻不高，其對陸籍幹部信任便有局限性，但大型企業則較制度化，完善的制度與有效執行是防止弊端與建立信任的必要安排。

本文探討之個案，雖稱不上跨國企業，充其量僅是跨域大陸之台資企業。儘管投資規模仍有限，但是在地化作為仍是必要之考量。換言之，無論是與在地產生親和力、企業風險預防或是經營成本降低，皆有其必要性與必然性。其中又以「文化在地化」之效果最為明顯。一方面，文化認同是迅速建立在地高度信任的基石，有助跨域投資企業在地化構建互動與友善之平台；另一方面，作為台資企業能做到地方文化認同與保護，尤能獲取來自當地官民之信賴與認同。此外，在中國消費市場建立品牌形象，是台商企業大陸投資發展與產品行銷的重要場域，文化的認同與聯結可作為

品牌拓展重要之利器。此外，友達文化在地化作為形成良好之示範，無論是對台資形象之改善，或是科技產業文化氣息重塑，皆具有代表性與時代性意義。

東莞台商協會「公益在地化」，固然是作為台商群體社會回饋、建立公關與企業危機管理之考量，也是社會融合、建立信任與認同的必要舉措，但是如何利用有限資源避免「不樂之捐」，如何有效率使用資源濟弱扶貧，尤其是在珠三角地區景氣與獲利明顯下滑之際，公益活動舉辦難度增高，公益資源使用應以功能與效率作優先考量。換言之，跨域投資「公益在地化」策略，恐須以「再在地化」作為活動設計與運作之前提。明顯的，「公益在地化」是以建立當地居民親善與認同台商為前提要件。但是台商歷年推廣「公益在地化」活動效果有其局限性，主因仍在於與東莞居民觀念差異、需求認知不足，當地居民是否受惠？皆應是重要之考量因素。例如，當地居民認為提供金錢援助最實用，但台商卻希望提供非金錢性之公益服務與援助；台商推動公益活動，東莞當地人不認為他們是實質的受益者。一位在東莞石碣鎮工作七年的台商表示：

> 「東莞本地人對正派經營之台商，比起廣東其它地方居民表現出較友善與尊敬的態度，但是對於台商的公益活動不盡然全面認同。例如，東莞本地人認為，捐血活動對身體有害，而且受益的不是本地人；部分公益活動是當地官方所主導，受益者不一定是受災居民。儘管如此，公益活動做比不做好，但是別期望太高。」[39]

明顯的，「公益在地化」運作亦須以對當地居民生態與認知進行了

---

[39] 訪問曾在東莞石碣鎮任職七年之台商。

解，才能發揮實質效果。換言之，台商與東莞居民信任建構過程中，須以良性溝通與互惠為前提，才能推動有效之「公益在地化」措施；東莞當地居民與政府間弱化之信任關係，若台商參與官方主導色彩高之公益活動，且對資源使用與分派之監管機制無法掌握，皆可能導致公益活動認同度受限。

　　跨域投資在地化策略並非只是引進人才，而須積極培養人才專業與知識，並在決策管理與文化層面落實政策才能取得實質成效。事實上，跨國企業若要在新興市場維持領導地位，培養當地經理人是關鍵要素之一。[40]企業決策與管理當地化，並擢拔人才與充分授權，皆是必要之考量。[41] 特別重視人才當地化的鴻海集團董事長郭台銘即曾詮釋「人才當地化」的概念指出：

> 「許多人以為去大陸、在當地蓋廠、找人就是當地化。以歐洲為例，許多大廠以一種『美式早餐』的作法，以為用幾種蛋的作法和火腿、培根重新組合，再移植就可以了。這種作法是行不通的。真正的『當地化』是要帶技術和管理來教導當地人民，從培養當地幹部做起，再結合當地典雅細緻的文化水準。」[42]

　　必須指出的是，台商大陸投資雖因信任關係與企業管理，須仰賴得力台籍幹部，但隨著人才當地化與產業微利化之成本考量，皆可能對台籍幹部任用產生排擠效應。明顯的，在現階段大陸市場激烈的競爭中，台籍幹

---

[40] 張玉文譯，「思考全球化，用人當地化」，莊素玉等著，高科技台商蜂擁長江三角洲，頁285。

[41] 蘇育琪，與敵人共舞（台北：天下雜誌股份有限公司，1998年1月15日），頁125-126。

[42] 張戌誼等著，三千億傳奇郭台銘的鴻海帝國（台北：天下雜誌股份有限公司，2002年5月25日），頁188。

部已不必然有絕對優勢，「信任」不是台資企業選擇幹部唯一考量之因素。台幹更須靠專業能力與持續努力才能被認同，否則便面臨現實的淘汰出局命運。[43]

就台商大陸投資、中國經濟發展成長趨勢與全球化格局而論，台商大陸投資儘管有區位重新選擇、產業興衰與優勝劣汰，但是其投資長期化仍是明顯的趨勢。因此，台商投資行為與佈局，勢須以在地化作為必要的策略與思考。畢竟，台商投資以獲利為主要目標，在跨域投資與生產過程中所涉及的製造、經營管理、市場行銷各環節，皆須引介優勢人才、對企業忠誠與認同的幹部，並運用其關係網絡、在地語言優勢與不斷激發之工作熱情和潛能，才有可能創造企業永續經營的基礎與條件。換言之，在地化之運作必須先培養信任與互信，並建築在知識的提升、觀念與價值的認同，形塑互利與共生的願景，如此在地化策略才有可能生根與落實。

---

[43] 「陸幹成熟時，台幹就回家」，聯合報，民國94年9月7日，第A11版。

235-62
台北縣中和市中正路 800 號 13 樓之 23

INK 印刻出版有限公司　收
讀者服務部

姓名： _____　性別：□男 □女

郵遞區號： _____

地址： _____

電話：(日) _____ (夜) _____

傳真： _____

e-mail： _____

讀 者 服 務 卡

您買的書是：＿＿＿＿＿＿＿＿＿＿＿＿＿＿＿＿＿＿＿＿＿＿＿＿＿＿＿

生日：＿＿＿＿＿年＿＿＿＿＿月＿＿＿＿＿日

學歷：□國中　　□高中　　□大專　　□研究所（含以上）

職業：□軍　　　□公　　　□教育　　□商　　　□農

　　　□服務業　□自由業　□學生　　□家管

　　　□製造業　□銷售員　□資訊業　□大眾傳播

　　　□醫藥業　□交通業　□貿易業　□其他＿＿＿＿＿＿＿＿＿

購買的日期：＿＿＿＿＿年＿＿＿＿＿月＿＿＿＿＿日

購書地點：□書店 □書展 □書報攤 □郵購 □直銷 □贈閱 □其他

您從那裡得知本書：□書店　□報紙　□雜誌　□網路　□親友介紹

　　　　　　　　　□DM傳單　□廣播　□電視　□其他

您對本書的評價：(請填代號 1.非常滿意 2.滿意 3.普通 4.不滿意 5.非常不滿意)

　　　　　　　　　內容＿＿＿＿ 封面設計＿＿＿＿ 版面設計＿＿＿＿

讀完本書後您覺得：

1.□非常喜歡　2.□喜歡　3.□普通　4.□不喜歡　5.□非常不喜歡

您對於本書建議：

感謝您的惠顧，為了提供更好的服務，請填妥各欄資料，將讀者服務卡直接寄回或傳真本社，我們將隨時提供最新的出版、活動等相關訊息。

讀者服務專線：(02) 2228-1626　讀者傳真專線：(02) 2228-1598

參考書目

一、中文部分

史迪格里茲（Joseph E. Stiglitz）著，李明譯，全球化的許諾與失落（台北：2003年3月）。

台灣區電機電子公會，內貿內銷領商機（台北：商周編輯顧問有限公司，2005年8月）。

池小紅，影響—中國家電營銷30個巔峰人物（北京：光明出版社，2006年1月）。

吳迎春、李明軒，現代成吉思汗台商征霸全球（台北：天下雜誌出版社2002年10月）。

林南著，林祐聖、葉欣怡譯，社會資本（台北：弘智文化公司，民國94年10月）。

俞可平，全球化時代的社會主義（北京：中央編輯出版社，1998年11月）。

張戍誼等著，三千億傳奇郭台銘的鴻海帝國（台北：天下雜誌股份有限公司，2002年5月25日）。

張家銘，台商在蘇州—全球化與在地化的考察（台北：桂冠圖書股份有限公司，2006年1月）。

莊素玉、陳卓君等著，高科技台商蜂擁長江三角洲明碁電通總經理李焜耀發現蘇州（台北：遠見出版公司，2001年2月）。

萊耐德·史布萊格爾著，吳信如譯，信任—簡化管理的藝術（台北：時報文化出版社，民國94年）。

楊中芳，中國人的人際關係、情感與信任——一個人際交往的觀點（台北：遠流出版社，2001年8月）。

蘇育琪，與敵人共舞，1版3刷（台北：天下雜誌股份有限公司，1998年1月15日）。

二、英文部分

Cooke, Philip and Wells, Peter, "Globalization and Its Management in Computing and communications," in Philip Cooke et al., eds., *Towards Global Localization: The Computing and Telecommunications Industries in Britain and France* (London: UCL Press).

Hsieh, Tsun-yan, Johanne Lavoie, and Robert A. P. Samek, "*Think global, hire local,*" The McKinsey Quarterly, No. 4(1999), pp. 92-101.

Ohmae, Kenichi, "Putting Global Logic First," *Harvard Business Review* (USA), (Jan.-Feb., 1990), pp. 119-125.

Robertson, R., "Globalization: Time-Space and Homogeneity-Heterogeneity," in M. Featherstone, S. Lash and R. Robertson eds., Global Modernities (London: Sage, 1995).

三、期刊／報紙／網路

「『友達蘇州』擴產前瞻：國內出貨量最大的液晶模組廠」，http://www.sipac.gov.cn:8888/gate/big5/www.sipac.gov.cn/2003yqdt/t20041102_8387.htm。

「大學生就業人氣榜:台資企業人氣低迷」，http://www.smexm.gov.cn/2005-2/20052395010.htm

「友達蘇州廠有個友緣居」，http://www.auo.com/auoDEV/about.php?sec=milestonesStories&ls=tc。

「艾美特公司簡介」，http://china-company.coovee.net/Inc6085/index.html。

「益友皆達的友達光電」，http://www.sipac.gov.cn:8888/gate/big5/

「陸幹成熟時，台幹就回家」，聯合報，民國94年9月7日，第A11版。

丁瑞華，「放眼全球才能放足國內」，工商時報（台北），民國96年6月23日，第31版。

李道成，「保存文化贏得認同」，工商時報，民國93年9月27日，第29版。

沈美幸，「中華汽車大陸策略大逆轉，東南汽車將實施在地化經營」，工商時報（台北），民國96年3月26日，第A11版。

侯燕俐，「友緣居收藏在工廠裏的蘇州記憶」，中國企業家，2006年9月26日，http://www.21huashang.com/newsdocument.asp?id=5183。

胡釗維、劉承賢，「到新興市場打天下，彎腰學做『新同路人』」，商業周刊（台北），第952期（2006年2月）。

高清愿，「跨國企業的本地化是一條雙向道路」，工商時報（台北），民國96年1月21日，第B6版。

張遠鵬，「台資企業大陸本地化戰略及影響」，現代台灣研究，第49期（2003年10月）。

陳泳丞，「友達蘇州廠科技與藝文邂逅」，**工商時報**，民國94年4月3日，第3版。

陳彥淳，「大陸事業未切割，統一結盟趨向當地化」，**工商時報**（台北），民國94年7月15日，第P15版。

彭志平，「大陸大學生10大就業單位，微軟最熱門，外交部意外進榜」，**中時電子報**（台北），民國96年3月29日。

黃道恩，「掌握人文細節成為國際贏家」，**經濟日報**，民國96年2月16日，第A14版。

附表：訪談對象基本資料表

	訪談對象	時間
A1	艾美特電器負責人	2006/3
A2	艾美特電器大陸籍幹部	2006/3
A3	艾美特電器大陸籍幹部	2006/3
A4	東莞台商協會副會長	2007/4
A5	友達光電副總經理	2007/4
A6	台商科技廠台籍幹部	2007/8
A7	台商科技廠大陸籍幹部	2007/8
A8	台商傳產廠台籍幹部	2007/11

昆山對外開放的實踐探索與經驗

張樹成

（昆山市農村經濟研究會會長）

摘要

　　對外開放是中共建設中國特色社會主義的一項重要決策。1978年中共
「十一屆三中全會」以來，江蘇省昆山市從自費創辦經濟技術開發區起
步，歷屆市委、市政府堅定不移地實施外向帶動戰略，主動承接國際產業
轉移，廣泛吸納國際資本與技術，迅速形成了以外向型經濟為特色、以台
商投資為重點，取得了令人矚目的成就，「昆山之路」卓有成效地在江蘇
乃至全國率先達到全面小康社會的目標，現正在邁向基本實現現代化的第
二個率先目標。回顧二十多年來昆山對外開放的實踐和探索，總結其寶貴
的經驗，並在新形勢下為進一步提高對外開放水準提出對策和思考，對於
堅持率先發展、科學發展、和諧發展，增創外向型經濟發展新優勢，具有
十分重要的現實意義。

關鍵字：自費開發、昆山之路、台資、對外開放

壹、前言

地處長江三角洲東海之濱的江蘇省昆山市，自中共「十一屆三中全會」以來，堅定不移地實施外向帶動戰略，主動承接國際產業轉移，廣泛吸納國際資本和技術，迅速形成了以外向型經濟為特色、引進台資為重點的區域經濟發展格局。從1984年8月昆山在全國率先自費創辦經濟技術開發區，引進首家外資企業以來，不斷加大招商引資力度，外向型經濟持續快速發展，取得了令人矚目的成就。

根據統計資料顯示，及至2008年底昆山興辦三資企業累計5,137家，註冊外資216.36億美元，已投資企業達到3,011家，世界500強企業在昆山投資設廠的有六十多家，在全國二千多個縣（市）中名列第一，其中台資企業佔一半以上。昆山以佔全國不到萬分之一的土地、萬分之五的人口，卻吸聚了佔全國千分之十七的到帳外資和九分之一的台資，實現了佔全國千分之二十四的進出口總額，創造了佔全國千分之五的GDP、千分之四點四的財政收入。

尤其值得一提的是，全市筆記型電腦產量佔全球市場份額的百分之四十，數碼相機佔全球市場份額的七分之一。昆山外向型經濟的迅猛發展，增強了全市「兩個率先」的經濟綜合實力。繼2004年昆山成為中國最佳魅力城市後，2005年在國家統計局公佈的全國百強縣（市）中排名位居第一。2006-2008年又蟬聯全國百強縣（市）榜首。昆山作為一個繁榮城市，何以能實現如此的經濟績效，值得讓人探討與省思。

貳、昆山對外開放是順應歷史潮流的戰略抉擇

中共的「十一屆三中全會」是具有深遠意義的歷史轉折，全會確定「一個中心，兩個基本點」黨的基本路線，做出了實行改革開放的戰略決

策。因為「現在的世界是開放的世界」，「三十幾年的經驗教訓告訴我們，關起門來搞建設是不行的，發展不起來。」[1]

發展機遇對一個地區而言是平等的，誰抓住機遇，誰就爭得了發展的主動權。對外開放是建設有中國特色社會主義的一項長期的基本國策。中國對外開放的突破，是從建立沿海經濟特區開始的。首先，興辦深圳、珠海、汕頭、廈門四個經濟特區，而後開闢長江三角洲、珠江三角洲、閩東南地區、環渤海地區等14個經濟技術開發區，此後又在海南建立經濟特區，並做出開發開放浦東的戰略決策。至此，全國形成了全方位、多層次對外開放的格局。在這個大背景下，昆山順應歷史潮流，抓住三次大的發展機遇，通過「築巢引鳳」，全面實施外向帶動戰略。

第一次，1984年中央決定進一步對外開放14個沿海港口城市的機遇。

昆山衝破禁錮，解放思想，放開手腳，立足自力更生，於當年8月21日自費開發工業新區，即現在的經濟技術開發區。積極興辦三資企業，大膽探索，突破土地批租和舉辦外商獨資企業的禁區，揭開昆山發展外向型經濟的序幕。

第二次，1990年中央批准上海浦東開放開發的機遇。

昆山積極呼應浦東開發，主動接受浦東輻射，全方位與浦東接軌。打好開發開放的時間差，優勢互補，相互聯動，錯位發展，堅持大小項目一起上，掀起了昆山發展外向型經濟的高潮。

第三次，1992年春鄧小平視察南方重要談話發表的機遇。

昆山在黨的「十四大」召開後，進一步完善開發區基礎設施建設，加快對外開放開發步伐。1992年8月22日，昆山經濟技術開發區經國務院批准，納入國家級開發區序列，昆山成為全國第一個進入國家級開發區的縣級市。爾後，又抓住台灣加工製造業向外轉移的機遇，進一步加大對台招

---

[1] 鄧小平文選，第3卷（北京：人民出版社，1993年），頁64。

商引資力度，台資在昆山的企業迅速增多。在這期間，鄉鎮工業社區和開發區的配套區應運而生，很快在全市形成對外開放的三個格局，即以開發區為龍頭，全方位與浦東接軌，迅速拓展招商引資的新格局；以城市為龍頭，各鎮工業社區為載體，城鄉聯動、相互配套，全面發展外向型經濟的新格局；以大企業、大項目為龍頭，以外引外，以台引台，滾動發展，梯度推進的新格局。突出地反映在實現經濟發展三次大飛躍：

1. 昆山田多勞少，過去長期從事單一農業經濟，小農經濟思想根深蒂固，經濟發展緩慢，落後於周邊兄弟縣市，人稱蘇州地區的「小八子」。工業經濟基礎十分薄弱，上規模的企業寥寥無幾，發展經濟所需的資金、技術、人才奇缺。為了改變這種落後面貌，上世紀八〇年代中期，昆山毅然採取「借雞生蛋」、「借資生財」、「借梯上樓」、「借船過海」的方法，實施橫向聯合、外向聯動的發展戰略，昆山的工業經濟迅速崛起，很快改變了單一農業經濟的格局，實現了「農轉工」的第一次飛躍。

2. 上世紀九〇年代起，昆山把經濟發展的重心進一步轉到外向型經濟上來，不斷擴大對外開放，大力拓展招商引資領域，及時調整招商引資策略，不僅大量吸納台商、港商來昆山投資興業，而且把發展外向型經濟的觸角伸向東南亞和歐美地區，吸引了一大批投資規模大、產品檔次高、競爭能力強、經濟效益好的專案落戶昆山，使昆山經濟實現「內轉外」的第二次飛躍。

3. 為提高昆山經濟的競爭能力和綜合實力，進一步強化以開發區為重點的各類園區建設，先後興辦昆山高科技工業園、留學人員創業園、出口加工區、中科昆山高科技產業園、華揚科學工業園、軟體園、國際商務區等園區，重點吸引以電子資訊、精密機械為主的高新技術產業和研發中心。同時，積極開展內資企業的調整改造和技術創新，擴大與外企的配套領域，提升產業、產品層次，從而改變昆山的產業、產品結構粗放型的狀況，為構築高新技術產業密集區奠定堅實基礎，是昆山經濟實現「低轉

高」的第三次飛躍。

昆山通過「農轉工」、「內轉外」、「低轉高」的經濟發展三次飛躍，進一步堅定了昆山人衝出國門、走向世界的信心和決心，自覺地將本地經濟置於國際經濟大循環中，發揮昆山經濟比較優勢，立足國際、國內兩個市場，積極參與國際分工，不斷提高全市經濟外向度。尤其是在世界經濟一體化、科學技術突飛猛進、跨國公司廣泛發展的背景下，昆山加大開放力度，吸引海外大公司、大企業，特別是跨國公司到昆山投資辦企業、辦研發中心，提高利用外資水準，增強參與國際競爭能力，走出一條符合自己實際情況的外向之路。這就是：利用外資以台資為主，實行多層次、全方位出擊；發展產業以IT產業為主，精密機械、精細化工、新型建材、生物工程一起上；興辦專案以科技型大專案為主，配套延伸，大中小專案共同發展。

綜上所述，昆山面對改革開放的新形勢，催生新的發展思路，發揚開拓進取、敢為人先的創新精神，其外向型經濟發展的軌跡，大體歷經了三個階段，促進了全市經濟持續、快速、健康發展。這三個階段是：

第一階段，從1984年到1991年，為昆山外向型經濟發展的起步階段。

1984年初，日本蘇旺你株式會社總經理三好先生來中國考察，在長江三角洲跑了六個地方，並不中意。但他來到距上海虹橋國際機場僅40公里的昆山後，很快決定在老城區東面的一片土地上（廢墟加農田）興辦江蘇省縣級市第一家中外合資企業，即中國蘇旺你有限公司，正式批准於1984年6月15日，7月3日破土動工，次年2月15日竣工投產，投資總額150萬美元，生產出口中高檔牛皮手套，這標誌著昆山對外開放的起步。爾後，到大陸投資最多的是台商，其次是港商。至1991年底，昆山市累計批准三資企業91家，合同利用外資6,808萬美元，實際到帳1,846萬美元，分別佔蘇州市、江蘇省引進外資總額的二分之一和五分之一左右，而且辦一家成一家，辦一家發一家。自費興辦的開發區經過三年努力已具雛形，成績卓

著。這些突破性的發展引起了各級領導的重視和各方面的關注。1987年
《瞭望》雜誌第二期，以《昆山有個「小蛇口」》為題，介紹了昆山開發
區建設的情況、速度和效益。同年11月，中央領導同志在江蘇省委、蘇州
市委領導陪同下視察了昆山開發區，並給予高度評價。1988年7月22日，
《人民日報》頭版刊載了《自費開發—記昆山經濟技術開發區》的長篇通
訊，並配發了《「昆山之路」三評》的評論員文章，對昆山自費建設開發
區，走自力更生進行開發建設的道路給予充分肯定和讚揚，從此「昆山之
路」名聲鵲起，聞名海內外。接著，1990年江蘇省委、省政府確定昆山開
發區為全省的重點開發區。

在各級領導的重視關心和輿論的支持下，昆山的對外開放和開發區
建設進入新階段。首先是進一步擴大開放，開發區面積由起步時的1平方
公里擴展到3.75平方公里，後再擴大到6.18平方公里，全區又劃分為南、
北、中三個功能區。其次是引進外資上了新台階。至2000年底，合同利用
外資累計突破100億美元，同時基礎設施投入少、效益好，力爭用最少的
投入獲得最大的效益。以昆山開發區為例，這期間平均每平方公里建設費
僅為沿海其它十四個港口城市開發區每平方公里建設費用的1/8，而實現
的利稅是投入開發區基礎設施費用的2.37倍。此舉被上級領導譽為奇蹟。

第二階段，從1992年到2000年，為昆山外向型經濟快速發展階段。
1992年初，鄧小平視察南方發表重要談話，他深刻指出：

> 「社會主義要贏得與資本主義相比較的優勢，就必須大膽吸
> 收和借鑑人類社會創造的一切文明成果，吸收和借鑑當今世界各
> 國包括資本主義發達國家的一切反映現代社會化生產規律的先進
> 經營方式、管理方法。」[2]

---

[2]　鄧小平文選，第3卷（北京：人民出版社，1993年），頁373。

　　這年的六月間，中央召開了長江三角洲及長江沿江地區經濟規劃座談會，進一步明確以上海浦東開發為龍頭，加快開放開發長江沿岸城市，作為振興經濟的又一個重大戰略決策。浦東的開放開發成為國際國內關注的熱點。作為「上海屋簷下」，或者稱作地處長江巨龍咽喉部位的昆山，抓住利用浦東這個龍頭開發的契機。從交通通信、專案開發、金融、商貿、資訊、技術、人才、政策、產業、旅遊等十個方面主動與浦東接軌，積極接收浦東的輻射，使之成為浦東開發與江蘇發展之間的中轉站、出口的橋頭堡、專案的分流閘、加工的集散地、金融流通的大甬道和浦東旅遊度假的後花園，全市經濟建設步入以外向為主的新時期，各項經濟指標躍居江蘇省各縣（市）前茅。1992年8月22日，國務院正式批准昆山開發區進入國家經濟技術開發區序列，與沿海十四個港口城市開發區並駕齊驅，人稱「14＋1」，是全大陸縣級市中首家由「編外」進入「正冊」的開發區。同時，國務院領導做了明確的批示，要辦開發區，應「按昆山的辦法，⋯各地可以選擇一些地方，進行自費開發，建立自己的開放城市或者是經濟開發區，發展到一定程度以後，國家進行驗收，然後再戴帽。

　　1992年後，昆山市委、市政府不失時機地提出：要抓住浦東開放、沿江重點、開發區國批三個機遇，很快形成全方位開放格局，進一步增強利用外資的吸引力和凝聚力。一些有實力、有知名度的跨國公司、大財團紛紛前來投資合作。以1993年為例，落戶昆山的中外合資企業平均每個項目投資額達478.6萬美元，超過了沿海十四個經濟技術開發區當時的平均水準，投資額在三千萬美元以上的項目有二十多個。昆山開發區同時對全市二十個鎮的工業社區發揮輻射和帶動作用，使全市呈現城鄉聯動、大開發大開放的發展態勢。

　　1997年後，昆山的對外開放經受了亞洲金融危機的考驗，並抓住中國加入世貿組織的機遇，大力拓展利用外資的領域，加速產業集聚，提高外向型水準，全力打造現代製造業基地。面對亞洲發生金融危機，昆山人在

困境中冷靜分析國際產業資本轉移的趨勢後，敏銳地覺察到台灣電子資訊產業將向長江三角洲轉移，果斷做出「主攻台資」的戰略決策。同時，昆山市委、市政府借鑑台灣新竹科學園區經驗，於1999年下半年正式向國務院遞交了一份關於建立出口加工區的申請報告。2000年4月27日，國務院批准建立包括昆山在內的十五個出口加工區。10月8日，昆山出口加工區成為共和國歷史上第一個封關運作的出口加工區，這大幅提高了昆山對外開放的知名度、集聚度。同時，昆山又創辦了作為全國縣級市唯一進入「國家隊」的留學人員創業園，吸引眾多留學國外的學者前來興辦軟體、生物、光電、精密機械等高科技企業。此外，還興辦周莊傳感器、玉山模具園、巴城軟體園等各類高科技工業園區。全市各類園區利用外資、工業銷售和進出口總額均佔全市總額的90%以上，GDP佔全市的80%以上。園區已成為產業聚集的高地、利用外資的密集區、區域經濟發展的加速器和發動機。

第三階段，從2001年以來，為昆山外向型經濟發展質的提升階段。

進入新世紀，昆山開放型經濟在多年量的積累基礎上，正在發生質的飛躍。全市引進大批科技含量較高、投資力度較大、帶動能力較強的外資專案，形成了電子資訊、精密機械、精細化工、民生工業等四大支柱產業，特別是電子資訊類產值佔全市規模以上工業總量的50%以上，構建了上下游聯動發展的產業鏈，配套功能較為完善的項目集群，已成為國內重要的IT生產基地之一。2006年全球筆記型電腦產量約為七千萬台，昆山已拿到訂單的有二千八百萬台，佔40%。換句話說，全球生產3台筆記型電腦，昆山必有其一。高端產業實現重大突破，光電、半導體、新能源等龍頭帶動和核心技術專案相繼落戶並啟動建設。同時，昆山積極引進研發機構。目前，全市已有二十多家外資企業在昆山設立研發中心。中創軟體、托普集團、浦東軟體園昆山分園、北京中關村軟體園、清華科技園等一批國內外軟體研發專案相繼落戶昆山。2001年，昆山被國家科技部列為「全

國科技創新示範重點城市」。

在產業發展的實踐中，昆山人深刻領悟到：沒有現代服務業支撐的製造業，是血脈不通的製造業。近年來，昆山依托以七百多家IT企業為代表的先進製造業，把握服務業開放的新機遇，大力發展生產性現代服務業。一方面，向產業鏈的上游拓展，積極發展研發、金融、資訊等產業；另一方面，向產業鏈的下游延伸，積極發展物流、會展、行銷、商貿服務等產業。目前，昆山現代服務業在引進外資中比重與日俱增，在新增註冊外資中佔20%左右。在大力發展外向型經濟的同時，昆山市積極實施「民營趕超」戰略，以外向優勢促進民營經濟加速發展。依托全市眾多的外資企業，推動內外資企業配套協作，這樣不僅從根本上改變了昆山民資發展滯後的狀況，而且有效促使一大批民營企業進入跨國公司的核心生產體系。外向配套是根扯不斷的鏈，它一頭牽著外資企業，降低了外企生產成本，促進了外企生根；一頭牽著民營企業，使民營企業在配套協作中不斷提升壯大。目前，全市已有私營企業1.7萬多家，個體工商戶3.9萬多戶，民營企業數量居全省各縣（市）之首，迅速躋身江蘇民營經濟「第一方陣」，成為「後起之秀」。

參、昆山對外開放中台資企業獨領風騷

改革開放以來，昆山走出了一條率先發展、科學發展、和諧發展的「昆山之路」。早在上世紀八〇年代中期，就以自費創辦經濟技術開發區為標誌，在江蘇省縣（市）中率先對外開放。當時的方針是「東依上海，西托『三線』，面向海外，廣泛合作」。這一方針的提出，不少台商聞風而動，捷足先登，前來昆山洽談業務，投資設廠，創業興業。昆山便成為台商繼在深圳、東莞之後又一投資熱土。

事實上，自1990年第一家台資企業落戶昆山，到2008年底，累計落

戶昆山的台資企業3,260家，投資總額達三百二十多億美元，註冊資本一百三十多億美元，佔台商在大陸投資總數的九分之一，佔江蘇吸納台資總數的四分之一，佔蘇州吸納台資總數二分之一，昆山成為台商在大陸投資最密集的地區。

台資企業在昆山投資創業發展的主要特點是：

1. 起步早而快，回報效益好。

早期在昆山投資規模最大的是台灣楠梓公司。於1992年7月在昆山創辦的滬士電子昆山有限公司董事長吳禮淦，當時在國內考察近一個月，與多家開發區進行了洽談都沒有成功。正當他失望準備回台灣時，聽說昆山開發區相當不錯，抱著試一試的態度來到了昆山。使他感到意外的是，開發區在半個小時內就將他所要會面的有關部門負責人都召集了起來，對他提出的一系列投資諮詢做出解答。昆山市和開發區的主要領導還熱情地陪著他在開發區轉了一大圈，帶他選擇開工廠合適的區位。吳董事長十分滿意，當即決定斥資三千萬美元，在這裏興辦新的企業。第二年就竣工投產，產銷兩旺，效益直線上升，如今滬士電子公司通過逐年增資，投資總額已超過2億美元，這家公司不但來昆山起步早，而且發展前景好，目前正在大陸積極準備上市。

2. 投資規模大，知名企業旺。

目前，昆山台資企業的平均投資規模超過八百萬美元。其中投資額在一千萬美元以上的台資項目有585家，三千萬美元以上的有65家，投資超過1億美元的有三十一家。其中，在昆山投資規模最大的南亞電子，建立7家單位規模超億美元的IT產業專案，總投資達25億美元；全球最大的電腦接插件供應商台灣鴻海集團，在昆山投資額已超過八億美元，最近通過昆山引薦，又到蘇北淮陰市投鉅資辦企業。正新橡膠公司投資總額已接近五億美元，成為國內生產汽車輪胎的巨無霸。台灣製造業排名前一百家大企業及上市（上櫃）公司已先後在昆山投資興辦一百五十多家企業，投資

額佔全市台資企業投資總額的32%。2004年以來，新增台灣上市公司投資企業15家，新增千萬美元以上的台資項目59家。號稱在昆山投資的「五大金剛」，即台灣統一食品、正新橡膠、六豐機械、櫻花衛櫥和捷安特自行車幾家廠商，其知名品牌效應日升，現在銷售網站已遍及大陸各地，成為同行業中的佼佼者，企業日益興旺。

3. 技術含量高，集群優勢強。

大部分企業屬於資金密集型和技術密集型企業，主要集中於電子資訊、精密機械、新型材料、精細化工、高檔輕紡五大行業。近幾年台灣IT產業向昆山大量轉移，已建成六百多家企業，投資額75億美元。目前全市電子資訊類專案累計七百多個，佔全市工業總量的45%，成為國內重要的電子資訊製造業基地，並形成從電子基礎材料、覆銅基板、印刷電路板、電子元器件、顯示器到整機生產的比較完整的產業鏈。集群優勢強，集聚效能十分明顯。台灣十大筆記型電腦生產商中的「仁寶」、「神達」、「倫飛」、「緯創」、「藍天」等六家在昆山投資設廠，帶動幾十家國內外配套企業跟進，目前年產一千五百萬台筆記型電腦，佔世界產量三分之一左右。光電產業、特種汽車正在逐步成為昆山製造業發展的「種子產業」。特別是龍騰TET-LCD專案的進駐，使電子產品向液晶電視機、DVD等電子終端產品延伸。這家企業是繼京東方、上廣電後的第三家，具相當之規模優勢。

4. 涉及領域廣，發展空間優。

近年來與製造業相配套的服務業，成為台商投資的一大熱點。按照製造業向園區集中，服務業向功能型集中的原則，開發區東部新城、花橋國際商務城、清華科技園、昆山軟體園引起台商的高度關注。其中，以「融入上海、立足昆山、服務江蘇」為定位的花橋國際商務城及開發區東部新城區尤為耀眼。目前，除了華東最大的台商子弟學校座落在國際商務城外，近年相繼落戶興建的東方海外酒店、六豐機械企業總部大樓、登雲科

技學院二期工程、中裕福科技，以及立林科技等一批重量級服務業項目。此外，台灣優比傢俱，特別是台灣永豐餘、中天等公司的農業科技項目落戶昆山，不僅使其自身產出效益高，而且帶動昆山高效農業的發展。此外，台商服務業亦持續參與昆山投資，可望形成另一熱點。

5. 增資擴股多，興業信心足。

昆山已成為台商投資的高回報地區，在2,454家台資企業中，台方平均出資比例為93.94％，其中台商獨資企業有二千一百多家，佔總數的90％以上。2005年全市外資企業銷售總額1,120億元，實現利稅104.93億元，其中台資企業分別佔53.5％和65％。由於投資回報率高，台商對昆山的投資信心不斷增強，許多台資企業紛紛追加投資，累計增資專案達615項，增資額34.06億美元。昆山積極吸引和興辦台資企業，順應了台灣產業轉移的需要，同時也有力地促進地方經濟的快速發展。

台商為什麼會看重昆山，投資熱情不減，企業長盛不衰，究其原因，不外乎是天時、地利、人和這三方面條件佳。所謂天時，1985年2月18日，中共中央、國務院批准的《長江、珠三角州和閩南廈漳泉三角地區座談會紀要》中明確指定：昆山縣被列為沿海經濟開放地區。昆山成為首批開放縣（市），這為昆山擴大對外開放、發展外向型經濟提供了契機，營造了良好的大氣候；所謂地利，昆山緊靠大上海，近鄰咫尺，交通便捷，土地資源較多，有著對外開放得天獨厚的地理優勢；所謂人和，昆山不僅有著二千四百多年的深邃歷史文化底蘊，而且有著素質較高的剩餘勞動力，特別是昆山各級領導比較開明與精明，具有海納百川的胸懷，務實勤奮的作風，誠信待人的品質，社會安居樂業的氛圍。更可貴的是昆山已形成親商、富商、安商一整套的理念與服務體系。

肆、昆山對外開放取得的基本經驗

改革開放以來，昆山從一個傳統的農業小縣，經過二十多年的持續快速健康發展，以一個現代化工商城市的嶄新形象，奇蹟般地崛起在長江三角洲。二十多年來，昆山矢志不移地實施外向帶動戰略，以敢為人先的創新精神和搶抓機遇的率先勇氣，開創了外向型經濟發展史上的先例。從創辦全省第一家中外合資企業到批建第一家外商獨資企業，和有償出讓第一筆國有土地，從創辦全國第一家自費開發區到第一個出口加工區，都是在鄧小平改革開放理論和改革開放政策的指引下，不斷探索與實踐的結果。回顧總結昆山不斷對外開放的歷程，顯示其鮮明的特色、顯著的成就和寶貴的經驗。

一、以不斷的思想觀念更新引領不斷的對外開放。

在改革開放初期，由於存在著「左」的思想干擾和影響，昆山的幹部群眾對實行開放政策存有疑慮和擔憂。首先，是怕對外開放後引進了大量外資企業，是否使魚米之鄉成為人家的殖民地？特別是讓外商來辦獨資企業，豈不是讓肥水外流甚至是造成資本主義經濟掠奪，我們要受騙上當？其次，是怕對外開放的「窗戶」打開後，會不會飛進「蒼蠅」、「蚊子」，那些醜惡腐朽的東西會不會影響人們的思想？針對這兩「怕」，昆山的領導組織廣大幹部群眾，反覆學習領會鄧小平有關論述和中央的有關精神。鄧小平指出：「要擴大對外開放，現在開放得不夠。」[3] 他還說：

> 「我們歡迎外資，也歡迎國外先進技術，管理也是一種技術。這些會不會衝擊我們的社會主義呢？我看不會的。⋯吸收外

3　鄧小平文選，第3卷（北京：人民出版社，1993年），頁32。

國資金肯定可以作為我國社會主義建設的重要補充，今天看來可以說是不可缺少的補充。」[4]

1986年召開的黨的「十二屆六中全會」一致通過《中共中央關於社會主義精神文明建設指導方針的決議》。

《決議》明確指出：

「對外開放作為一項不可動搖的基本國策，不僅適用於物質文明建設，而且適用於精神文明建設。」據此，昆山明確提出，「必須增強開放意識，更新思想觀念，使經濟工作的重點轉到發展外向型經濟上來。」[5]

同時還十分強調：「只要堅持四項基本原則，堅持在改革開放中加強精神文明建設，不僅可以批判吸收國外有益的精神內容，而且完全有能力抵制和清除封建主義、資本主義的腐朽思想影響。」[6] 當時，昆山縣委在全縣廣泛開展更新觀念的大討論，確立了「借船出海，為我所用」的思想，為開啟對外開放的大門奠定思想基礎。

中國新時期的對外開放，是與改革緊密聯繫的，對外開放本身就是改革的一個舉措，同時又推動著改革的進程。新時期對外開放的領域更為廣泛，內容更為豐富。同時，中國走的是漸進改革的路子，中國的全方位對外開放格局是逐步開放的，無論是改革還是開放，都必須以先進的理念為先導。實踐證明，昆山不斷擴大開放、外向型經濟水準不斷提高的過程，

---

[4] 鄧小平文選，第3卷（北京：人民出版社，1993年），頁65。

[5] 昆山市委黨史研究室編，中國共產黨昆山市（縣）委員會歷屆全委（擴大）會議報告決議彙編（上卷），2004年，頁158。

[6] 同上，頁138。

也是思想不斷解放、認識不斷昇華的過程。特別是鄧小平南方談話發表後，昆山市上下掀起了對外開放思想再解放、步子再加快的熱潮。此後，根據國際經濟形勢的變化，昆山市又調整對外開放重點，確定「鞏固台資、主攻歐美」的招商策略。總之，二十多年來，不管經濟形勢如何變化，歷屆昆山市（縣）委薪火相傳，都堅定不移地貫徹黨的對外開放政策，牢固確立發展經濟是黨的「第一要務」，發展外向型經濟是昆山「優先性」經濟的理念，始終不懈實施經濟領域的外向帶動戰略，實現全市經濟和社會事業的又快又好發展。

昆山在不斷推進開放的過程中，不僅理念領先，而且還具有敢於探索、勇於創新、善於實踐的精神，這也是鄧小平宣導的不爭論、敢於闖、敢於「冒」的率先精神。比如，昆山在全國率先起步自費創辦經濟技術開發區，當時是國家不予承認的「私生子」，默默無聞地連續幹了八年才被列入正冊，變為全國的「獨生子」。再比如，創辦出口加工區、留學人員創業園等等，也均是昆山幹部群眾根據不斷變化的客觀形勢而提出的創新舉措。因此，更新觀念，率先創新是「昆山之路」不斷延伸和拓展的根本原因。

二、以良好的環境優勢來擴大對外開放。

昆山對外開放最初的成功很大程度上，是得益於搶得先機和毗鄰上海、蘇州得天獨厚的區位優勢。但二十多年來，昆山外向型經濟要始終保持領先、蘇州領跑的地位，必須注重打造一個最佳的軟硬投資環境。昆山不僅在開放初期為外商投資企業解決基礎設施「七通一平」，而且在推進城市化建設中很快建起商檢、海關、行政審批服務中心和星級賓館、國際俱樂部、大戲院、旅遊度假區等功能性的軟體服務設施。同時，多年來，昆山市委、市政府積極推進機關效率效能建設，為外商打造最佳辦事環境。尤其值得一提的是，昆山開發區早在1990年就總結出一條經過多年實

踐，具有自己特色的組織管理模式，即實行「小行政、大服務、多公司」
的管理模式與運行機制。如對外商投資企業實行一站式管理、一條龍服
務，重要專案一個人頂上去，一竿子抓到底；又如外商投資服務中心對專
案審批、土地徵用、工程建設、水電供應、招收職工、工商登記等實行聯
合辦公制度，減少環節，便捷高效，急事先辦、難事幫辦、特事特辦。

　　為了打造服務型政府，昆山市積極推進以政府改革為主導的體制改
革。全市按照「小政府、大社會」的要求，深化行政審批制度改革，取消
一大批行政審批專案。按照「一個門受理，一座樓辦事，一個窗收費，一
條龍服務」的運作模式，建立市行政審批服務中心。積極引進境內外著名
仲介機構，重點培植一批與國際接軌、精通世界貿易組織事務的事業服務
機構。在對外商做好服務方面，堅持「親商、安商、富商」理念，以「零
障礙、低成本、高效率」為目標，積極營造「全過程服務、全領域服務、
全天候服務」的氛圍，形成「三個管道」（市外商投資企業協會、台資企
業協會和外商沙龍）和「三個中心」（外商服務受理中心、外商投訴受理
中心、外向配套協作中心）為特色的服務載體和良好投資環境，並制定出
台《昆山市行政機關改進作風和提高效能的若干規定》。此外，昆山亦建
立健全崗位責任制、首長問負責制、服務承諾制、限時辦結制、考勤制及
行政責任追究制等，致力於完善資訊環境、打造「電子昆山」，優化服務
環境、打造「效率昆山」；美化生態環境並打造「綠色昆山」；創建法治
環境、打造「平安昆山」，提升人文環境。這些舉措深得外商稱讚。一位
台商形象地比喻說：女怕選錯郎，兒怕選錯行，投資昆山就是選準了好地
方。這也是昆山之所以能保持外向型經濟強勁發展勢頭的重要條件。

三、以產業集聚、提高科技含量來提升對外開放。

　　昆山開放型經濟的發展歷程，是產業調整、集聚、提高的過程，也是
不斷提高對外開放水準與品質的過程。從自費創辦經濟技術開發區起步，

進而輻射到各鄉鎮，呈現出全方位開放局面。這期間，昆山在產業結構調整成功地實施「農轉工」、「內轉外」與「低轉高」的三個階段，使眾多的企業從村村冒煙、處處點火轉變為工業向園區集中的「散轉聚」發展；在產業升級上，通過制度創新和技術創新，成功地實現從粗放型向集約型、勞動密集型向資本技術密集型、單純引進吸收型向研發配套自主創新型的三大轉變。摒棄「犧牲資源與環境，換取經濟發展」的偏面傾向，在招商引資領域成功地從單一的工業項目向工業、農業、服務業的「三管齊下」擇優發展，有效的發展現代製造業、現代服務業和高效生態農業。

從發達國家的經驗來看，工業化與集中化本質上是一致的。因為以工業生產的特點和本性來說，是一種聚集經濟，要求分佈在交通便利、基礎設施較完備、服務行業齊全、市場較繁榮、資訊靈通與人口較集中的地區，才能產生集聚效應。昆山人也深諳「拳頭」與「巴掌」的關係，從1997年起，為了應對亞洲金融危機，市委提出要將原來的村村冒煙轉為工業向園區集中，「辦好陣地，建好載體」、「要充分發揮昆山開發區、高科技工業園區、星火技術密集區以及高新技術出口加工園區的陣地作用，實現 ‘四區’ 聯動、優勢互補，吸引各類高新技術項目落戶。」[7]園區是國內外資本、技術、人才高度集聚的重要載體，昆山市經過多年努力，使引進的工業項目90%集中在園區。同時，通過採取「抓住龍頭企業，把產業鏈延伸和企業集群的高平台築在昆山」、「吸引研發機構，把產業鏈延伸的核心環節轉來昆山」和「創建物流中心，把產業鏈的終端—市場採購和銷售鎖定昆山」這三項措施，使引進的整個電子資訊產業在全市製造業中的份額達到50%以上，同時也大幅提高企業和產品的科技含量。這已成為昆山經濟發展的動力所在。

---

[7]　昆山市委黨史研究室編，中國共產黨昆山市（縣）委員會歷屆全委（擴大）會議報告決議彙編（下卷）（昆山：2004年），頁137。

四、以人才鋪就對外開放的「昆山之路」。

　　以外向型經濟長足發展為特徵的「昆山之路」，是一條人才引進之路。經濟的競爭，歸根到底是人才的競爭。鄧小平多次強調指出：「發展是硬道理」，「改革經濟體制，最重要的，我最關心的，是人才」。在對外開放中，昆山市始終堅持實施人才發展戰略，響亮地提出「人才走進昆山，昆山走向世界」的口號，多層次地引進和培養各類人才，形成了人力資源開發和經濟社會發展、同步發展的良好局面。

　　昆山在人才的引進、培養、使用上的顯著特點是：公開公平的開放政策，任人唯賢，唯才是舉，量才錄用，而且是「低門檻、廣吸引、給機會、獎創業、優服務」。早在1984年下半年就提出「三顧茅廬」，「上門求賢」，以及「星期天工程師」、「委託大專院校培養」等引進人才的策略。 1992年7月，昆山首次面向全大陸舉辦大型人才集市，開創縣級市舉辦人才市場的先河，後又與江蘇省人事廳聯合組建全省唯一設在縣（市）的省級人才市場—江蘇高新技術（昆山）人才市場。昆山還先後建立了出口加工區、留學生創業園、國際商務區、大學園區、軟體園、博士後科研流動站等三十多個各具特色的功能性園區，為人才創業提供了良好載體。於是各路人才紛至遝來，大批優秀人才脫穎而出。截止2002年底，有三萬餘名外地人才通過辦理人才綠卡實現了在昆山合法就業的意願。昆山成為繼深圳、上海之後全國最早實施人才「柔性流動」的城市之一。至今，昆山市人才總量已突破十萬名，萬人人才擁有量居江蘇省各縣（市）首位。昆山留學生創業園自1998年創立以來，至今已有博士生四十多名、碩士生八十多名、本科生三百多名，其中百餘名是來自美、英、法、德、日等國家的歸國留學生，並在美國的矽谷設立遠端人才網站，成為昆山市引進高層次人才的重要視窗。明顯的，昆山自改革開放以來，引進大批人才，使他們各展其能、各施其計、各顯其技，成為企業的精英和骨幹。

伍、對外開放的挑戰與思考

對外開放是中國實行的一項基本國策。二十多年來，昆山之所以能實現持續快速健康發展，關鍵在於把握對外開放的發展方向，抓住外向型經濟一發展重點，「昆山之路」就是外向型經濟之路，就是對外開放之路，就是融入經濟全球化之路。昆山對外開放的成功實踐和經驗顯示，發展外向型經濟「既長骨頭又長肉」，不僅全市GDP增長，而且全市財政收入同步提升，對國家貢獻和城鄉居民收入增長，人居環境也得到治理改造。同時，外向型經濟已成為全市經濟增長最主要的推動力，是發展新興產業最直接的推動力，是改善綜合環境最有效的推動力，也是昆山打造品牌最成功的推動力。因此，昆山市在「十一五」期間堅定不移地貫徹對外開放政策，把外向型經濟作為全市發展的「火車頭」，更好地實施「外向帶動」和「經濟國際化」發展戰略，進一步鞏固小康建設成果。

然而，新形勢下的對外開放面臨著許多新情況、新問題和新挑戰。目前，昆山市發展外向型經濟也遇到了土地、人口、資源、環境等眾多新的矛盾和制約因素。提升協調發展和可持續發展的能力，具體來說，要抓緊實現「五個轉變」：

1. 由粗放型發展，向集約型發展轉變。

注重對外資專案的選擇，變「招商引資」為「招商選資」。把有限的土地等資源用於技術密集、資金密集、附加價值高、產業效益高、輻射帶動能力強的項目，堅決杜絕引進「三高一低」（高能耗、高物耗、高污染、低產出）的項目，引導和鼓勵跨國公司設立高新技術專案、基地專案、龍頭專案和投資公司、研發中心、地區總部及行銷中心，提高外資專案的整體品質和水準。在堅持節約用地方面，重點要抓好八個「度」，即企業投資要有強度、配套用地要有限度、地上建築要有高度、土地開發要有進度、村莊整理要有深度、產業轉移要有梯度、盤活存量要有力度、市

場化運作要有透明度。對現有的「三高一低」專案通過不斷地「騰籠換鳥」，實行梯度轉移，促使升級換代。

2. 由政策招商為主，向環境招商為主轉變。

以前的外資引進是以政策激勵為主。在新的形勢下，新一輪外資引進必須著眼於創造公開、公平、公正的市場競爭環境，構築「低成本、高效率、可預見」的綜合商務環境，提高發展外向型經濟綜合環境競爭力。

3. 由「引進來」為主，向「引進來」和「走出去」並舉轉變。

目前，無論從經濟國際化發展進程及昆山經濟自身增長的內在需求看，或是從積極利用國際國內兩種資源、兩個市場來化解當前瓶頸制度的客觀需要看，都到了必須下大力氣加快推進「走出去」的重要階段。要採取積極措施，改善配套環境，優化資源配置，主動宣傳引導，為企業「走出去」提供服務。

4. 由注重引進外資，向引進外資與引進技術、人才和管理經驗並舉轉變。

要在繼續引進外資的同時，注重引進國外先進技術、高層次人才和管理經驗，實現外資、外貿、外經和外智的全面發展，進一步加強科技、文教、醫療和人才等領域的國際合作，形成與經濟國際化加快發展相適應的智力支持體系和外部環境。

5. 由服務型管理，向服務和規範型管理並舉轉變。

經過多年堅持不懈的努力，親商、愛民意識已經在昆山市深入人心。隨著政府行政管理體制改革的深入，對各類企業強調服務的同時，必須強調規範管理和依法行政，促進各類企業有序規範發展。

總之，根據外向型經濟面臨的眾多挑戰，為保持昆山外向型持續發展，清醒地看到目前利用外資總體上不存在「過多」的問題，尤其是高新技術企業還不多，更要看到利用外資對一個地區經濟發展產生了不可替代的作用。因此，要堅定不移實施外向帶動戰略，積極探索參與全球分工，

爭得發展的主動權。同時，要不斷創新發展思路、途徑和措施，決意從以下八個方面花功夫，謀實招，力爭再創新的佳績。一是在規劃建設上下功夫，注重提升功能水準；二是在資源整合上下功夫，注重集約利用效益；三是在精細招商上下功夫，注重招商選資實效；四是在物件選擇上下功夫，鞏固發展台資為重點；五是在拓展領域上下功夫，注重優化產業結構；六是在技術創新上下功夫、注重創名牌爭活力；七是在規範管理上下功夫，注重提升服務水準；八是在隊伍建設上下功夫，注重提升整體素質，才能使昆山市對外開放卓有成效，並增創外向型經濟新優勢。

參考書目

鄧小平文選，第3卷（北京：人民出版社，1993年）。

昆山市委黨史研究室編，中國共產黨昆山市（縣）委員會歷屆全委（擴大）會議報告決議彙編（上下

　　卷），（2004年）。

大陸經濟轉型與昆山台商投資演變趨勢

殷存毅

（清華大學台灣研究所副所長）

摘要

　　經濟活動是一個動態的發展演進過程，其根本原因在於構成經濟活動約束的諸多要素。大陸經過近二十多年的改革開放，經濟發展取得舉世矚目的進步，同時整個經濟發展環境也出現新問題，不得不進行以結構調整和增長方式轉變為核心的發展轉型。2006年3月在全國人民代表大會上通過的「十一五規畫」標誌著發展轉型的開啟。大陸經濟發展轉型意味著投資環境的重大變化，這對在大陸的台資提出相應的發展模式轉變要求。這一轉變涉及結構、經營方式和空間等多維度的調適，其中不可避免地要觸及台商「全球佈局」理念內涵的修正。

　　本文基於對大陸經濟發展轉型的內涵及空間格局的理論分析，結合對大陸台資企業的總體特點及昆山個案分析，討論和分析大陸台資企業面臨的問題及因應策略，從而揭示大陸台資企業的發展演變趨勢。

關鍵字：經濟轉型、昆山台商、十一五規畫、全球佈局、市場經濟

壹、發展與限制

　　根據現代經濟學理論，經濟發展或任何經濟活動都受到資源、技術和制度的約束，約束限制了選擇。不同的約束條件意味著不同的發展相對優勢或劣勢，在利用或創造相對優勢基礎上來選擇發展路徑就是發展的核心內涵。什麼決定相對優勢，斯蒂格利茨（Joseph E. Stiglitz）在總結和歸納李嘉圖的貿易理論基礎上，提出了自然稟賦、後天稟賦、優越的知識和專業化決定了相對優勢。[1] 一個國家或地區的發展要因循相對優勢，國家或地區之間經濟交流與合作也是必要條件。大陸在過去三十餘年的發展過程中，充分利用自然稟賦及後天稟賦的相對優勢，即土地、勞力、自然資源及市場的相對優勢，通過改革開放的制度變遷，引導大陸經濟進入以外向型為主導的發展路徑。從時間和空間兩個向度來看，這樣一種發展路徑起始於八○年代初期的珠江三角洲地區與香港的經濟互動，香港提供資本、技術、管理及行銷技術、物流支援及通往國際市場的通道，而珠江三角洲地區則提供土地、勞力及自然資源，兩相結合使得珠江三角洲地區在較短時間內得到快速發展，成為世界主要的加工製造基地，同時也使得中國大陸迅速成為世界上的重要貿易國家之一。[2] 這樣一種發展模式隨著時間的推移迅速擴展，從珠江三角洲地區北上到長江三角洲地區和環渤海地區（與此同時，大陸龐大的市場在九○年代逐漸成為一個比較優勢因素），而作為一種發展理念則普及整個大陸，成為了大陸經濟發展的引擎，這就是中國大陸經濟迅速崛起的重要原因所在。當然，台商於八○年代末期開始進入大陸，基本上也是循著這樣一種模式展開了與大陸的交流與合作。

---

[1] 參見斯蒂格利茨（Joseph Stiglitz），經濟學（中譯本）（北京：中國人民大學出版社，1997年），頁57。

[2] 參見 Michael. Enright, *The Pearl River Delta & The Rise of China* (U.S.: John Wiley & Sons Pte Ltd, 2005), pp. 67-96.

　　顯然，從經濟學的理論視角而言，大陸的發展模式是一種以土地、勞力及市場為資源投入所支援的增長方式，而在「優越的知識和專業化」方面並不具有優勢，因此發展水準和能力是不高的。主要體現為資源使用效率很低，環境污染或破壞很大，形成了一種粗放增長方式。這樣一種粗放增長方式的經濟影響是：一方面，技術經費支出中，引進國外技術支出佔比達84.7％，而消化吸收的經費支出只有6.1％，從國內購買的技術經費支出也只有9.2％，[3] 這說明中國大陸對自主技術的忽視，大規模引進技術並沒有消化吸收，而等到這些技術老化，企業只好再引進技術，難免陷入嚴重依賴國外技術的惡性循環。另一方面，一、環境承載能力與發展的矛盾日益尖銳，能源和水及各種相關資源短缺的缺口不斷增大；二、產業結構不盡人意，加工製造環節成為主導產業，產品和技術的研發創新能力很低，使得整個國民經濟的競爭力不強；三、在國際市場上對能源及原材料需求迅速擴張，低價位的產品輸出大幅增長，導致貿易摩擦日益增多，加大發展的外部壓力及交易成本，同時對國家經濟安全也構成了一定的威脅。上述三個方面的問題逐漸成為大陸經濟發展面臨的瓶頸約束。

　　面對大陸經濟發展中日益突出的問題，理論界有的學者對比較優勢發展戰略提出質疑，指出「單純的由資源稟賦決定的比較優勢，在國際貿易中不一定具有競爭優勢，單純根據資源稟賦來確定自己的國際貿易結構，企圖以勞動密集型產品作為出口導向，就會跌入「比較利益陷阱」。[4] 所謂「比較利益陷阱」指陷入了傳統的比較利益貿易格局中，即發展中國家或地區以出口勞動密集型產品和自然資源密集型產品為主，進口資本和技術密集型產品，發達國家或地區則反之。因此，政府要積極扶持自身的高科技研發並使之產業化，以發展具有競爭力的戰略產業。針對這種具有

---

[3]　根據國家統計局資料資料（1995-2004）計算，〈http://www.stats.gov.cn/tjsj/qtsj/dzxgyqyzzcxtjzl/〉。

[4]　參見洪銀興，「從比較優勢到競爭優勢」，經濟研究，1997年第6期，頁22。

「趕超戰略」思維的觀點，也有的學者以「東亞奇蹟」的經驗提出了不同觀點，認為「東亞奇蹟」最關鍵的原因是它們在經濟發展的各個階段，都較好地發揮取決於要素稟賦的比較優勢，實際上選擇了比較優勢發展戰略路徑。[5] 因此，「東亞奇蹟」給人們的成功昭示是：當一個國家勞動資源相對豐裕時，該國的比較優勢就在於勞動密集型產業。如果這個國家遵循比較優勢，發展勞動密集型為主的產業，由於生產過程中使用較多廉價的勞動力，節約昂貴的資本，其產品相對來說成本就比較低，因而具有競爭力，從而利潤可以作為資本積累的剩餘量也就較大。而當資本相對豐富、勞動力相對稀缺時，具有比較優勢的產業就是資本密集型產業，發展資本密集型為主的產業就能創造出最多的剩餘。[6]

　　從中國大陸的實踐來檢驗上述兩種具有代表性的不同理論觀點，似乎都能得到各取所需的印證。一方面遵循基於要素稟賦結構[7]的比較優勢發展戰略，大陸經濟在近二十年的發展過程中，一直保持著年均約9%高速增長，政府的財政能力和民間的消費能力和儲蓄都提升或改善很快，由此帶來的社會基礎設施及公共服務的改善非常明顯，同時也推動要素稟賦結構的變化。自2000年以來，重振基礎工業的發展戰略的提出，表明過去二十多年以勞動密集型產業為主導的發展，為國家重振資本密集的基礎工業提供一定資本積累的剩餘量。[8] 另一方面，大陸經濟在規模迅速擴大的同時，品質並不令人樂觀，主要反映在大陸主要處於世界產業鏈的低端。大量的加工製造業產生的是微薄利潤，而從品牌到技術都鮮有真正的自主創新，在世界公認的品牌企業中沒有大陸的席位，大陸的產業正所謂「大

---

[5]　參見林毅夫等，「比較優勢與發展戰略」，中國社會科學，1999年第5期，頁7。

[6]　參見林毅夫等，「要素稟賦、比較優勢與經濟發展」，中國改革，1999年第8期，頁29-32。

[7]　「要素稟賦結構是指一個經濟中自然資源、勞動力和資本的相對份額」。參見林毅夫等，「要素稟賦、比較優勢與經濟發展」，中國改革，1999年第8期，頁29。

[8]　2002年，中共十六大首次提出「振興東北老工業基地」的發展戰略，標誌著大陸再次開啟了發展資本密集型重化工業的進程。

而不強」。這對有志躋身於世界強國的大陸顯然不能滿足現狀。值得進一步指出的是，當初有的學者對韓國的三星電子（Samsung）和台灣積體電路製造公司（TSMC）進行比較，從銷售利潤率、總資產利潤率和R&D密集度三個指標分析來看，1994-2001年，三星電子除在R&D密集度指標上年均為6.9，高於台積電的4.5，其餘兩項指標都大大低於台積電（分別是8.2/37.6；9.7/19.7），因而得出結論認為韓國的R&D投入比台灣多、技術發展水準比台灣地區要高，但韓國的人均GDP卻比台灣地區低，這表明韓國自主創新是不符合其要素稟賦結構和比較優勢。[9] 但有趣的是，進入2000年以來，韓國經濟發展明顯超過台灣，2005年韓國人均GDP超越台灣，而且在代表一國競爭力的高科技企業上，韓國也力壓台灣，如由美國商業週刊和Interbrand評出的世界100大品牌中，亞洲共有10個，其中韓國占了3個（Samsung、LG、Hyundai），另七個都為日本企業。對此台灣專業媒體認為台灣之所以落後於韓國，一個重要原因是台灣的研發投入低於韓國。[10] 換句話說，即自主創新能力的提高使韓國超過了台灣。韓國與台灣的例子再一次對基於要素稟賦結構的比較優勢發展戰略提出質疑，並且對大陸下決心轉變經濟增長方式產生了一定影響。

　　從現實政策層面觀察，大陸顯然接受了避開「比較利益陷阱」的觀點，但如果從空間維度來觀察和分析大陸經濟，不難看到要素稟賦結構的變化是呈現出空間差異的，亦即經濟發展能力或基礎是有地域差異的，這

---

[9] 參見林毅夫等，「比較優勢、競爭優勢與發展中國家的經濟發展」，（北京）管理世界，2003年第7期，頁33-65。

[10] （台灣）經濟日報，2006年3月3日發表社論指出，台灣人均GDP落後於韓國而從四小龍之首淪為四小龍之末，其中一個主要的原因就是台灣研究發展經費佔GDP的比率偏低，近五年（1999-2003）韓國為2.65％，高於台灣的2.11％；其中研發經費與研發人員由企業支用比率的高低，將直接影響出口競爭力的消長，韓國遠高於台灣；而且韓國企業平均每一研發人員每年使用的經費，高過台灣七成左右，可見韓國企業研發經費遠較台灣充裕，〈http://www.chinataiwan.org/web/webportal/W2025892/Uliuf/A207893.html〉。

就提示人們所謂經濟發展轉型很難表現為空間上的均質（homogeneous）行為，同時也應該使人們清醒地認識到，基於要素稟賦結構的比較優勢發展戰略大概是一個難以否認的基礎性理念。令人遺憾的是，由於只關注「生產什麼、怎樣生產、為誰生產」[11] 的「主流經濟學」，[12] 在一個沒有空間概念的經濟中分析價格與產出的關係，[13] 忽略了「在哪生產、為什麼？」[14] 的問題，從而忽略了空間對發展的約束。上述兩種理論觀點的「對立」正是由於缺少了分析問題的空間維度，所以持「比較利益陷阱」觀點的人，沒能回答這個「陷阱」在上海和在西藏都存在嗎？而堅持比較優勢發展戰略者儘管強調了要素稟賦結構的動態性，但面對幅員遼闊的大陸沒有回答要素稟賦結構的變化是否是均質的？因此呈現出各持一端的「對立」。回答這兩個問題不僅有理論層面的需要，對大陸整體經濟發展克服「一刀切」和搞形式主義非常必要，同時對包括台商在內的FDI，面對大陸經濟轉型調整發展策略也非常重要。

大陸經濟的一大特徵是，在快速增長的同時，大致呈現一個梯度性的地區差異格局，從東部逐漸向中部和西部遞減。其實，社會經濟發展表現出來的地區差距幾乎與生俱來，為了追求社會公平，人類也一直把縮小地區發展差距視為己任，但人類為縮小地區差發展差異所做的一切努力，只

---

[11] 參見斯蒂格利茨，經濟學（中譯本），（北京：中國人民大學出版社，1997年），頁11-12。

[12] 「生產的區位是經濟社會的一個明顯特徵。…但是現在主流經濟學中幾乎沒有任何空間分析。」參見保羅‧克魯格曼（Paul Krugman），發展、地理學與經濟理論（中譯本）（北京：北京大學出版社，2000年），頁35。

[13] Conventional price theory is concerned with price and output decision in a spaceless economy. 參見Harry W. Richardson, *Regional Economics* (U.S.: University of Illinois Press, 1978), p. 38.

[14] 胡弗認為從空間的維度來觀察或理解經活動，主要就是要研究分析「What is where, and why, and so what」，參見Edgar M. Hoover, *Regional Economics* (New York: Alfred A. Knopf Inc., 1970), p. 3.

能達到一個相對目標，而不可能使差距絕對消失，因為差距在很大程度上是資源要素空間分佈非均質的客觀規律使然。從空間維度視角來觀察，有經濟涵義的空間對經濟活動有其約束性，一方面有經濟涵義的空間本身就是一種有限資源；另一方面空間對經濟活動的移動是有約束的，具體體現為：一、空間—距離—運輸成本差異；二、空間—資源條件差異；三、空間—制度或非正式制度（文化或習俗）差異。這些就是要素稟賦結構的差異，它會使不同區域在經濟結構、經濟規模和經濟增長能力上都有所不同，這也就是經濟發展的空間規律。雖然我們在理論和實踐上都曾試圖「抗拒」空間對經濟發展的影響，但規律比人強，在經歷了實踐的挫折之後，還是最終回歸基於要素稟賦結構的比較優勢發展路徑上，開始改革開放時代的「非均衡發展」，[15] 同時也就是承認區域差距的客觀性，任何對

---

[15] 基於對計劃經濟體制造成的區域經濟發展問題的反思，1986年前後圍繞國家「第七個國民經濟建設五計畫」（以下簡稱「七五計畫」）的制定方略，曾經出現過關於是否仍然執行區域「均衡發展」戰略模式的理論爭論，爭論的一方以「梯度發展理論」為依據，指出根據科學技術由發達國家或地區向不發達國家或地區呈梯度轉移的規律，大陸經濟及科技發展水準由東到西呈梯度分佈，因此從效率最大化的原則出發，國民經濟發展的空間佈局應是，優先發展東部地區，然後在依次推動中西部地區的發展。另一方則對「梯度發展理論」表示出異議，進而提出所謂「反梯度理論」，（關於「梯度理論」和「反梯度理論」的爭論，可詳見夏禹龍、郭凡生等人文章或著作。）指出西部地區的落後固然有歷史和自然條件的原因，但最根本的是長期的計劃經濟體制下不合理的計畫價格，使有著豐富資源的西部地區陷入了「富饒的貧困」，〔參見王曉強，富饒的貧困（四川：四川人民出版社，1985年）。〕與此同時，東部地區的發達在很大程度上是得益於不合理的計畫價格，只要發展商品經濟，西部地區是可以實現跳躍式的發展，因此國家不應該偏重於東部地區發展，而忽視西部地區應加快發展。姑且不論這場理論爭論的是非曲直，從政策層面來看，國家在「七五計畫」顯然採納了「梯度理論」，提出了優先發展東部沿海地區的區域「非均衡發展」戰略。但值得指出的是，當時人們借用了一個科學技術發展理論的概念即「梯度理論」，只是描述了技術從高向低的轉移現象，而沒有從要素稟賦結構決定發展模式及空間決定要素稟賦結構的非均質分佈等經濟學理論來分析問題，因缺乏理論深度而給反對者留下了質疑的空間，而「反梯度理論」更是回避要素稟賦結構對發展的約束問題。從這場理論爭論可看出這樣一個問題，我們當時並非是在一個理論自覺的基礎上選擇了區域「非均衡發展」戰略，可能只是一種現實需要與理論的「巧合」，正因為如此在其後才不時有「跨越式發展」或「趕超戰略」等理論口號或實踐的出現。

大陸社會經濟發展的理解或前瞻都不能忽視客觀存在的區域差距。

　　反映區域差異的方面很多，大致可以通過人均GDP、R＆D投入以及制度等三個指標來具體分析大陸的區域差距。

　　在人均GDP方面，中國大陸2005年人均GDP高於2500美元的地區有上海、北京、天津、浙江、江蘇、廣東、山東、遼寧和福建9個省市，這些省、市經濟發展水準形成人均GDP最高層級地區。[16]

　　在R＆D方面，中國的R＆D投入最密集的地區為北京、江蘇、廣東、上海、山東、浙江、遼寧等地，（見圖一）。這七個地區佔中國2004年R＆D經費支出的65％，在工業企業R＆D經費投入方面，廣東、江蘇、山東、上海和遼寧佔2004年全國總經費支出的52.3％，說明這些地方是中國研發密度最高的地區；2004年各地區專利申請方面，廣東、浙江、山東、上海、江蘇、天津遙遙領先於其他地區，均接近或超過三千件，共27,447件，佔大陸的64.86％；在代表一個地區創新能力的發明專利申請方面，2004年廣東、天津、上海、浙江、江蘇、山東六地均接近或者超過1000件，共10,391件，佔大陸的74.71％；而在代表一個地區核心技術存量和知識產權的專利擁有量方面，廣東、浙江、江蘇、山東、山西、北京六地均接近或者超過一千件，共10,105件，佔大陸的56.18％。[17]綜合而言，廣東、浙江、山東、上海、江蘇和天津科技實力較強，在大陸的科技發展中佔有舉足輕重的地位，屬於中國R＆D高梯度地區。

---

[16] 根據「國民經濟和社會發展統計公報」資料資料整理得到，〈http://provincedata.mofcom.gov.cn/communique/index.asp〉。

[17] 國家統計局，「大型工業企業自主創新資料」，〈http://www.stats.gov.cn/tjsj/qtsj/dzxgyqyzzcxtjzl/〉。

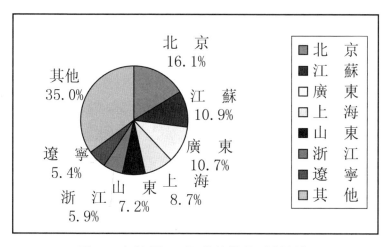

圖一：各地區R&D經費的投入（2004）

資料來源：根據「國民經濟和社會發展統計公報」資料資料整理得到，〈http://provincedata.
　　　　mofcom.gov.cn/communique/index.asp〉。

　　在制度方面，主要表現為產權制度、市場經濟發育程度方面的優勢，
這種優勢的量化概念大致可以由FDI、進出口貿易、民營企業等對地區經
濟發展影響的指標來反映。另外還有一些屬於難以量化的政策性制度方
面，體現國家曾為這些地區提供的改革性或優惠性的政策制高點。總之，
從上述幾個方面來看（見圖二、三），由於東部地區改革開放起步較早，
在制度方面比中部和西部佔有更大的優勢，而且一般認為大陸內地的制度
變遷成本也遠高於東部沿海地區，[18] 這更加強化東部地區的制度優勢，顯
現制度的區域差異。

---

[18] 參見盧永祥，西方制度經濟學（北京：中國發展出版社，2003年），頁224-228。

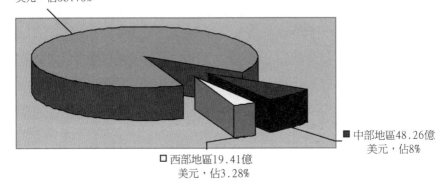

■ 東部地區535.58億
美元，佔88.78%

■ 中部地區48.26億
美元，佔8%

□ 西部地區19.41億
美元，佔3.28%

圖二：2005年實際利用FDI區域分佈

說明：《中國統計年鑑2006》公布的當年中國實際利用外商直接投資額為603.25億美元，而
2006年商務部經重新確認後公布的該資料為724.06億美元，兩者相差的部分是商務部
將其他有關部門使用18個專案的120.81億美元計算在內。

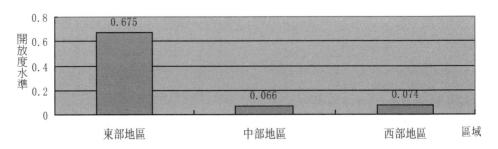

圖三：區域對外開放度

說明：對外開放度計算資料來自於各省區2005年的統計公報，採用對出口比率（出口額／
GDP，權重0.25），進口比率（進口額／GDP，權重0.25），外商直接投資比率（外商
直接投資／GDP，權重0.5）進行加權求和計算而來。

　　根據這三個標準，可以將廣東、江蘇、山東、上海、浙江、北京、天
津七省市劃分為中國的高梯度地區，這個地區有如下特徵：一、人均GDP
都超過二千四百美元，若按照購買力平價計，這個地區的經濟發展程度大

體可達到中等發達國際水準；[19] 二、佔中國大陸R&D投入和知識產權擁有量的比例很大，擁有數目可觀的研發隊伍以及不斷增長的高校畢業生和研究生群體集聚；三、這個地區屬於東部沿海地區，相對其他地區有制度優勢。

　　地區差異勢必影響到地區間的比較優勢，因此各地的競爭力是不同的。區域作為國家的一個有機組成部分，其競爭力毫無疑問也構成了國家競爭力的重要環節，區域競爭力是國家競爭力的基礎。[20] 攤開任何一個國家或地區的經濟地圖，都不難發現代表該國或地區國際競爭力的產業或行業，總是分佈在一定的空間範圍之內，如美國的加州矽谷及波士頓地區128號公路高科技產業走廊；台灣以新竹工業園區為軸心的北部科技產業區；韓國的首爾地區，亦即體現最高競爭力的地區總是有限的。換句話說，空間上的發展梯度是普遍存在的，它是由要素稟賦結構的差異所決定的，其外在表現形式就是產業結構及發展模式的不同。總體上，可將發展梯度劃分為高梯度地區、中梯度地區、低梯度地區，相應的這三類地區發展的產業類型應該分別為（如圖四所示）：知識／資本／技術密集型產業、資本密集型產業的勞動密集型產業區段、資源密集型產業，這些產業都符合各地區的要素稟賦和比較優勢，這三類地區的發展模式分別為創新驅動型、投資驅動型、資源要素驅動型。

---

[19] 一般認為人均GDP超過5000美元就進入中等發達國家和地區行列。如果考慮到中國比較低的物價以及工資較低的研發成本，那麼這些地方按照PPP（購買力平價）計算的人均GDP將會高很多。

[20] 2003洛桑國際管理學院實驗性地在世界上抽取了8個地區（其中包括中國的浙江省）來參與排名。而2004年的《洛桑報告》排行榜上地區數目以10倍的速度增長到80個，可見當前地區競爭力對國家競爭力影響的重視程度越來越高。因此，「地區／城市競爭力是一個地區/城市在國內外市場上與其他地區／城市相比，所具有的自身創造財富和推動地區、國家或世界創造更多社會財富現實的和潛在的能力。由此可以看出地區競爭力與國家競爭力之間的關係：地區競爭力是國家競爭力的基礎。」參見郝壽義、倪鵬飛，「中國城市競爭力研究─以若干城市為例」，經濟科學（北京），1998年第2期。

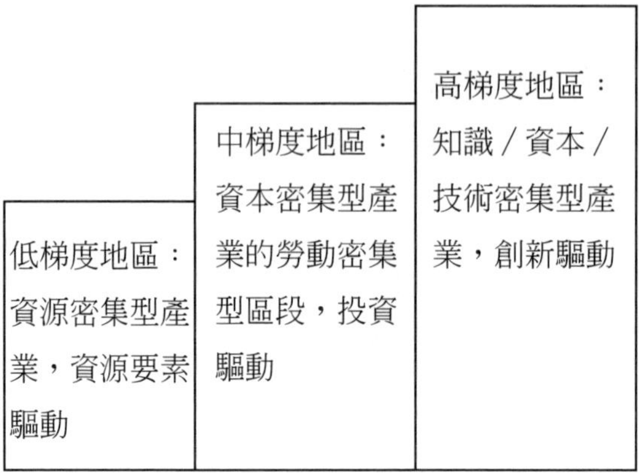

圖四：梯度比較優勢

　　需要指出的是：一是所謂發展梯度不一定呈現空間的連續性，即也可能是間插性，這對於理解加入行政區畫概念後的區域經濟很重要；二是與圖四所示的發展梯度相對照，大陸所謂的「高梯度地區」現狀實際上大體屬於「中梯度區」，其面臨的產業結構升級壓力最大，同時要素稟賦結構的變化也使其最具轉變增長方式和提高自主創新能力的潛質。因此從「中梯度區」邁入「高梯度地區」是這部分地區發展的當務之急，大陸經濟發展轉型主要會反映在這部分地區，而其他地區由於受要素稟賦結構現狀的約束，其比較優勢決定在「中梯度地區」發展模式的路上難免還有很長一段歷程要走，這是不以人們的主觀意願為轉移的客觀規律，如果深入觀察或瞭解大陸社會經濟狀況，就不難理解這一結論。

　　顯然，由於空間因素對經濟發展的約束，一個國家或地區的發展中，總會呈現出不同的空間形態。即在產業結構、發展模式、發展水準及發展能力等方面的差異，這種差異源於要素稟賦結構的不同，因此「比較優勢陷阱」論或「比較優勢發展戰略」理論的指向應加入空間的維度，很難「放之四海而皆準」。對於大陸這樣幅員遼闊且地區間發展差距較大的國家尤其如此。由此，我們在考慮大陸經濟發展環境變化時必須因地而議，

否則難免以偏概全。

貳、「十一五規畫」對台商投資的影響

「十一五規畫」是大陸經濟發展轉型的指導綱領，所謂轉型主要體現在以下三個方面：

一、進一步深化經濟體制改革，強調經濟發展必須以市場為導向，避免政府過度干預或不當干預，大幅減少具有行政約束性的發展指標，對政府的約束性指標只有8個，即單位工業增加值用水量降低率、人口增長率、單位GDP能源消耗降低率、耕地保有量、主要污染物排放總量、森林覆蓋率、城鎮基本養老保險覆蓋人數和農村合作醫療覆蓋率等。

二、確立優化產業結構、轉變增長方式，建設資源節約、環境友善社會的指導方針。

三、把建設社會主義新農村、提升製造業水準，增強自主創新能力、加快發展服務業尤其是生產性服務業等，列為今後五年發展的主要任務和戰略重點。

對於投資者而言，上述內容表明投資環境正在或即將發生重大變化。

首先，制度約束的變遷，即各級政府官員的施政激勵機制開始發生重大變化。眾所周知，迄今為止，GDP增長速度成為各級政府官員政績的「硬道理」，由此衍生出一系列問題，較為突出的是對土地、資源的浪費，對環保及社會福利的忽視，以此相關聯的是在產業結構及產業素質等方面的問題。「十一五規畫」對發展的約束性指標中，基本上是對經濟發展品質的約束，勢必迫使各級政府官員在招商引資中要更加注意產業結構及產業技術水準。這將反映到有關的具體政策優惠中去，形成對投資者具有導向性的政策約束，同時也會反映到生產經營成本的一些變化。

其次，所謂優化產業結構，一是要提升產業的技術水準，增加產品附

加價值，增強在品牌及技術方面的自主性；二是要積極發展服務業。這對於投資者來說，僅把中國大陸定位為加工製造業基地的全球佈局策略，受到很大的挑戰。

最後，建設社會主義新農村意味著對約有八億農民的廣闊農村市場的開拓，農業及農產品加工技術、相關的社會公共設施建設等等，都會帶動新的投資增長點的出現。

「十一五規畫」帶來的投資環境變化，將會使大陸台資的發展面臨什麼影響或挑戰？對這個問題的回答，首先需要我們對大陸台資的特點有一個總體分析或判斷。自1987年以來，台商對大陸投資發展很快，據大陸商務部提供的統計資料，截至2006年7月，台商大陸投資項目累計70,566個，協定投資額959.69億美元，實際到資金額436.44億美元。

從台資的空間分佈情況來看，由於交通、經濟、人文等綜合因素，台商投資的區位選擇大多集中於閩東南地區及珠江三角洲和長江三角洲地區，其中又以珠江三角洲地區和長江三角洲地區為最，兩個三角洲地區的台資專案、協議投資額和實際到資額分別約佔大陸台資總量的43.78%、75.50%和87.33%。[21]

從投資形態和產業結構來看，多為成本降低型投資，即土地及勞力兩個要素成本是其考量的重點，這可以從兩個方面來佐證。一是在大陸各級地方政府吸引台資過程中，壓低地價甚至零地價是一大公開的「秘密法寶」，這充分說明土地成本是台商非常看重的一項投資因素。二是從台商在大陸投資的產業結構來分析。根據台灣學者的估算，2000年和2005年的台商大陸投資的製造業金額分別為23.84億美元和52.82億美元，分別約占同期台商大陸投資總額的60%和50%。[22] 台灣學者的估算結果顯示，在製

---

[21] 根據大陸商務部提供的台商大陸投資總數統計資料，以及廣東、江蘇兩省各自的統計資料計算得到。

造業中約三分之一是傳統製造業，餘下三分之二是技術密集製造業，[23] 值得指出的是：台商在大陸的所謂技術密集型製造業，更準確地說是資本有機構成相對高的產業，即有關設備或器材的價值較高，如生產手機晶片的機器設備要貴於生產服裝的機器設備，與傳統意義上的勞動密集型產業相比較，在其生產成本核算中勞動力成本可能小於機器設備的投入，但同樣是需要使用大量勞動的生產環節。台商的投資以加工製造業為主，按所謂「微笑曲線」來定位，加工製造業處於這條曲線的最低端，對成本的反應呈剛性，亦即用地和勞動的成本是決定其競爭力的主要因素，因而可以說台商大陸投資主要是追求降低生產成本的企業遷移。

　　總體而言，台商大陸投資的地域較為集中於經濟較發達地區，且以要求較低土地和勞動力成本的加工製造業為主，這樣一些特點使得台商大陸投資在大陸經濟轉型過程中面臨較大衝擊。首先，在大陸經濟較為發達地區，土地和勞動力要素資源的低成本狀況難以為繼。同時，由於先前基本上是以大量投入土地換取外來投資的發展模式，這些地區已無多少可供使用的工業用地，這在珠江三角洲和長江三角洲地區表現尤為突出。再者，根據上一節分析，台商較為集中或較為看好的地區必將率先實行經濟增長方式轉變，這會反映在當地有關政策及資源傾斜的變化上，不同程度地影響到台資企業的生存與發展。其實，近年來台商大陸投資的變化已反映出大陸投資環境的變化。總體上台商大陸投資增長已出現趨緩（圖五）。據大陸商務部公布的統計資料，從2002年以來台商實際到資額就一直呈負增長狀態，從台商投資較為集中的廣東省來看，台商投資增長趨緩與總體趨

---

[22] 製造業投資額引自高長「近年來兩岸經濟關係特點及台資企業創新分析」，該文是高長教授在2006年海峽兩岸產業合作發展論壇上發表的論文。製造業所占比重是根據大陸商務部公布的台商大陸投資協定金額計算得到。

[23] 詳見高長，「近年來兩岸經濟關係特點及台資企業創新分析」，該文是高長教授在2006年海峽兩岸產業合作發展論壇上發表的論文。

緩大體一致，其中廣東和中國大陸的資料是實際利用台資額，而江蘇省由於實際利用台資額的資料不完全，採用的是合同金額。

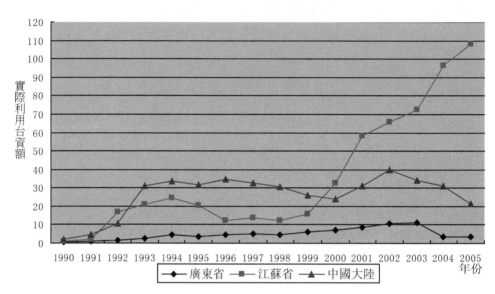

圖五：1990-2005年台商投資增長趨勢

說明：粵、蘇兩省資料來源於兩省台辦，全國的資料來源於商務部公布的資料。

　　對此一趨緩現象的解讀仁智互見，大致可分為「政治說」和「經濟說」兩大類，在「經濟說」中又可再分為「微觀說」和「宏觀說」兩類。

　　「政治說」即主要歸因於台灣民進黨當局對兩岸關係的破壞，尤其是它加強了對兩岸經濟交流的所謂「有效管理」，如對台商大陸投資的上限設置等。一個極其不穩定的兩岸關係及對兩岸經濟交流的控制，勢必會影響到台商大陸投資的意願。這種解釋主要反映在大陸學者的有關文章中。

　　「經濟說」主要是從影響經濟活動的諸多要素來分析趨緩原因，其中所謂「微觀說」即基於對某些具體地區的環境分析，解讀台商投資趨緩的原因，這較為突出地反映在對珠江三角洲地區近年來台商投資趨緩問題的分析。分析結論主要有兩個方面，一是隨著大陸改革開放的深化及長江中

下游地區發展，台商為了尋求市場開拓，必然要北上擴展；二是認為珠江三角洲地區投資環境不如長江三角洲地區，主要是制度執行中的規範性及當地提供的服務，與長江三角洲地區有一定差別。這類分析結論主要見諸於有關珠江三角洲地區與長江三角洲地區投資環境比較分析的文章中。

　　「宏觀說」則是從整個大陸發展環境變化來分析，具有代表性的分析結論是：（一）能到大陸來投資的台灣廠商基本都來了；（二）近年來大陸要素資源供給短缺，加之人民幣升值壓力及相關優惠政策的調整；（三）市場競爭的加劇，壓縮中小企業生存與發展的空間，削弱中小型投資者的投資意願。[24]

　　上述對台商大陸投資趨緩的分析結論有一定的說服力，但其說服力都不充分。首先，基於政治經濟學一般原理，政治環境對經濟活動的影響是不可否認的，但就台商大陸投資問題而言，這種影響究竟有多大則是一個難以確定的概念。眾所周知，台商大陸投資是在兩岸交流環境欠佳的背景下推動的，在相當大的程度上是市場這隻「看不見的手」推動的。「看不見的手」推動著台商千方百計地有效跨越橫亙在海峽兩岸的政治障礙，致使兩岸經濟交流出現高速成長局面，使得兩岸相互成為重要經貿夥伴。2000年民進黨執政給兩岸關係投下巨大陰影，但從2000-2002年三年間台商大陸投資無論專案、協定投資額或實際到資額都較之前有較大增長。[25]所以，如果說政治對台商投資大陸有負面影響，只是一個理論結論，還需進一步的量化分析結果支持。

　　其次，「經濟說」中的「微觀說」只能解釋局部變化的原因，但對全局性的趨緩現象解釋力不夠。相比較而言，「宏觀說」的解釋更具說服

---

[24] 同上。

[25] 據大陸商務部公布的資料計，2000年、2001年和2002年，台商大陸投資專案分別較上年增長22.15%、36.14%和15.65; 協議投資額則分別增長16.60%、73.01%和 -2. 31%；實際到資額分別增長 -9. 16%、31. 93%和26.43%。

力。大陸隨著經濟的持續高速增長，發展與資源的矛盾衝突日益尖銳，如在近年來珠江三角洲地區出現的「勞工荒」，在長江三角洲地區出現的「電荒」等問題，加之大陸對社會保障體系的建設，企業對員工的社保支出增加，這些變化對企業的經營成本及績效會產生一定影響。據我們的實地調研發現，在兩個三角洲地區的台資企業而言，平均勞動成本升高100元人民幣左右。另外，隨著大陸加入WTO，市場進一步對外開放，特殊優惠政策空間相對縮小，大陸民營企業的迅速發展等，也都會對台資企業尤其是中小企業的生存與發展形成一定的壓力，從而影響到他們的投資意願。

需要指出的是，如果用「能到大陸來投資的台灣廠商基本都來了」的說法來解釋趨緩問題，其解釋力是有限的。首先，這一解釋隱含著一個命題，即台灣製造業對外投資能力的測度，對此迄今為止沒有一個可供佐證的研究成果，其實用什麼指標體系來分析一個國家或地區的對外投資能力，學術理論界仍無一個具有共識的定見。其次，據台灣官方2004年的有關統計，在大陸投資的台灣企業之中，兩岸都設有製造部門的比重高達72.79%，而已經將製造業部分完全遷移到大陸的僅佔15.40%。[26] 儘管台商在兩岸都設製造部門有其產品和市場區隔、資訊及技術服務的便利等多方考量，但至少可以說明一點的是，並非台灣的製造業全都來大陸投資，至於能否來大陸投資則是一個動態的概念，是依據條件變化而調整，所謂條件主要是指基於成本要素的企業或產品競爭力的變化，因為製造業部門有一個共通性，即降低成本是企業或產品的立命之本，而大陸在要素成本方面與台灣在相當長時期內都會存在相對差，回顧過往近二十年台商大陸投資的產業和技術結構的發展演變，就不難理解這一點。所以，所謂「能來

---

[26] 資料來源為台灣經濟部統計處編，**製造業對外投資實況調查報告**。本文引自高長「近年來兩岸經濟關係特點及台資企業創新分析」，該文是高長教授在2006年海峽兩岸產業合作發展論壇上發表的論文。

的都來了」是有條件限制的解釋，而不能成為絕對性的解釋。

　　在上述種種解釋之外，其實不應忽略的一個重要原因是，台灣廠商的所謂「全球佈局」戰略思維的彈性不夠。台灣廠商本身是西方跨國公司全球佈局的獲益者，即從八〇年代開始，由於通訊和交通技術的日新月異，西方跨國公司得以把研發、生產和行銷過程進行空間上的分離，把製造生產環節，或以出售工廠，或以尋找代工夥伴的形式轉讓給勞動成本較低的國家或地區，自己集中資源於研發或行銷的壟斷，在國際分工中形成了外包模式，台灣的IT產業基本上就是在承接西方跨國公司代工業務（OEM）基礎上發展起來。進入九〇年代下半期以來，外包模式又有了新的發展，即由加工製造外包發展到了設計外包（ODM），台灣的一批IT企業因此提升技術層次，如仁寶、廣達、緯創、華碩、台達、明基、英業達等在筆記型電腦、手機、數位相機、個人數位助理（PDA）和網路設備等獲得不同程度的外包設計業務。由此可見，西方跨國公司的「全球佈局」發展戰略具有彈性，它根據市場拓展的需要不斷地對「全球佈局」進行空間和內含上的調整。例如，當中國大陸市場成為其關注點時，它就指定代工者要在大陸設廠生產，並委託台商針對大陸市場的需要或特點進行產品的相關設計。台商也依照西方跨國公司的「全球佈局」模式制定自己的「全球佈局」。具體而言即兩岸產業分工模式，這一模式大體把大陸僅界定為加工製造基地，而且還是中、低端產品的加工製造基地，高端產品生產、產品開發或研發及相關服務業則留在台灣。如果退回十年，台灣廠商的這種「全球佈局」模式是合理的，因為當時大陸的比較優勢，決定了只能在國際分工中扮演加工製造中、低端產品的角色。但面對大陸要素稟賦結構優勢（尤其在台商較為集中的兩個三角洲地區）發生變化的當今，台商沒能及時調整其「全球佈局」思維，仍堅持固有的兩岸分工觀念，把大陸視為一個中、低端產品的加工製造基地，這就難免導致發展空間萎縮的挑戰。因此，「台灣企業要摒棄舊的兩岸分工觀念，將兩岸分工由生產

製造分工升級為研發創新分工」。[27] 台灣廠商固有的兩岸分工模式不能很好地適應大陸發展環境的變化，業已成為台資在大陸發展空間萎縮的一個重要因素，改變觀念就成為台商在大陸持續發展的重要思考路徑。

　　根據大陸發展環境的變化，台資的發展面臨調整。一是進行空間上的調整，二是分工升級的調整。由於約五分之四的台資企業集中在珠江三角洲和長江三角洲地區，因當地生產要素成本上升及當地發展目標的變化，一部分傳統產業難免要對生存和發展空間重新選擇。近年來，廣東省政府積極提倡和鼓勵台商到粵西北地方投資，昆山市政府也在考慮如何「騰籠換鳥」的發展策略，從當地政府的這些發展考量上可以看出今後台商投資在空間上變化的趨勢（包括一部分現有台資企業的空間遷移），實際上近年來台商對華北、西南地區投資增加明顯或表現出來前所未有的熱情，就顯現空間調整的跡象。空間調整應是台商因應大陸發展環境變化策略的一個重要方面，而且是具有可行性的，因為：（一）大陸幅員遼闊且地區間發展差異較大，因而不同地區的發展能力和水準是會有落差的，這就為不同技術層次的台資企業提供多元的生存和發展空間；（二）經過二十多年的改革開放，大陸內地的基礎設施建設及幹部的觀念意識都有了很大的進步。換句話說，因過去相對封閉落後而導致的生產成本或交易成本較高狀況，得到了很大程度的改善。值得指出的是，內地一些地區已敏銳地感覺到了沿海地區台資企業面臨的發展局限，積極地準備迎接台商大陸投資在空間上可能出現的調整。一方面不斷派出幹部到沿海地區去學習吸引台資的經驗；另一方面，積極與台商接觸，並儘可能地做出相應的政策調整。[28]

---

[27] 見蕭萬長，「開放性創新是二十一世紀兩岸合作的契機」，該文是蕭萬長先生在2006年海峽兩岸產業合作發展論壇上發表的演講文稿。

[28] 筆者服務的研究所近年來受河北、四川等省一些地區的邀請，參與了他們加強吸引台資工作的規畫設計，在此過程中深深地感受到大陸內地的投資環境有了很大改善，而且在沿海地區逐漸失去的某些要素資源優勢如土地和勞動力的成本優勢，在內地依然存在。

從某種程度而言，空間調整是防禦性的因應之道，怎樣進行兩岸分工升級的調整才是進取性的發展策略。因此更多廠商尤其是 IT 大廠商如何轉變或調整與大陸的分工合作模式，是在大陸經濟發展轉型背景下顯得尤為突出的問題。對此，筆者以昆山為例在下面做出進一步分析。

參、昆山「從製造走向創造」的轉型

上世紀八○年代，昆山市是蘇州地區的一個農業縣。然而，在改革開放過程中，近十餘年來通過大量FDI的引進，昆山經濟呈現出了強勁的發展勢頭，在經歷了連續十幾年的高速增長後仍然後勁十足，按照不變價格計算，「十五」期間，昆山的年均經濟增長率為22%，2005年經濟增長率高達24.1%。[29] 昆山以人類發展史上罕見的發展速度，用約十五年時間完成了從農業經濟向工業經濟的轉變，同時實現城市化的社會結構轉變。2005年末，在浙江紹興召開的「中國最發達縣域經濟論壇」上，中國國家統計局根據統計資料，公布「中國十強縣」最新排名，江蘇昆山一舉取代連續四年穩居榜首的廣東順德，首次榮登十強縣榜首。[30] 從2005年昆山市與國內大城市經濟指標比較中，可以看出目前昆山經濟發展的地位。（見表一）

---

[29] 根據昆山市統計年鑑計算得到。

[30] http://news.tom.com/1002/20050923-2498585.html。

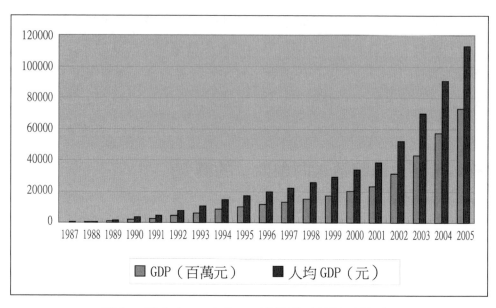

圖六：昆山市GDP人均GDP增長圖（1978-2005）

說明：根據歷來昆山市統計年鑑整理得到，由於資料口徑的原因，人均GDP統一按照戶籍人口計算。

表一：2005年昆山市與大陸大城市經濟指標比較

城市	國內生產總值（億元人民幣）	比上年增長	人均國內生產總值（元）	人均國內生產總值（折合美元）
上海	9,343.95	11.1%	67,417	8,313
北京	6,814.5	11.1%	44,969	5,457
天津	3,663.86	14.5%	35,457	4,328
廣州	5,115.75	13%	53,868	6,642
深圳	4,926.90	15%	60,507	7,483
蘇州	4,026.52	15.2%	66,826	8,240
昆山	730	24.1%	68,900	8,359

說明：本表資料系根據2005年各城市統計公報相關資料整理而成，人均按常住人口計算。

　　昆山之所以取得了如此迅速的發展，招商引資為其主要手段，成本和制度比較優勢為競爭力基礎，以IT製造業為其主導產業，形成了以FDI為推動經濟發展的引擎，以出口導向為主要發展模式。（見圖七）

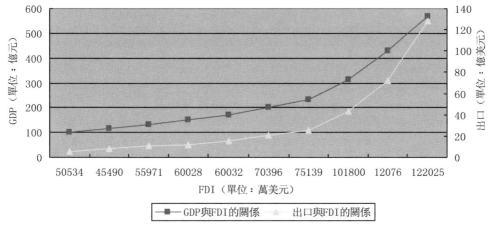

圖七：1995-2004年昆山市FDI與GDP、出口之間的關係

資料來源：根據昆山統計年鑑2005相關資料製作。

　　昆山作為一個基本以農業為主要產業的農業縣，在其工業化起步階段的要素稟賦優勢不外乎是成本較低的土地和勞動力資源，即用土地換取資本的投入是其基本的發展模式。據筆者實地調研得到的資料，昆山可作為非農業使用的土地總資源為139.15萬畝（約9.27萬公頃），經過近十餘年的發展，目前未利用土地僅佔土地總資源的0.04%（555畝），加上預留建設用地13萬畝，可利用土地為13.055萬畝。（見圖八）按昆山2020年發展遠景規劃，將需要建設用地達非農總土地面積的29.49%，即需要增加用地29.80萬畝，由此昆山建設用地資源將短缺16.8萬畝，約50%多。顯然，土地資源嚴重短缺已成為昆山發展模式面臨的嚴重約束之一。

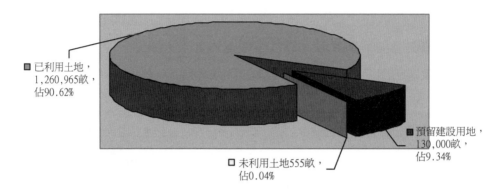

■ 已利用土地，
　1,260,965畝，
　佔90.62%

□ 未利用土地555畝，
　佔0.04%

■ 預留建設用地，
　130,000畝，
　佔9.34%

圖八：昆山市土地總資源狀況

　　昆山發展模式面臨的另一個約束，是產業生命週期。昆山現有FDI中，台商投資是其主要組成部分，且大多是出口加工型企業。從有關統計資料顯示，電子資訊產業佔約三分之二（見圖九）。必須指出的是，在電子資訊產業中又以個人電腦及其周邊設備，和以網路設備相關零件加工製造生產為主，這樣一種產品或產業結構存在產業生命週期約束憂慮。

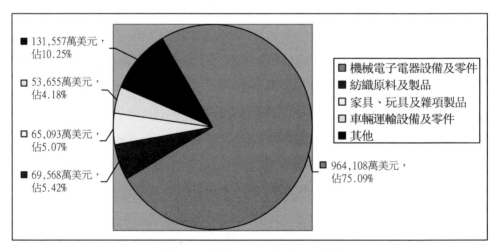

■ 131,557萬美元，
　佔10.25%

□ 53,655萬美元，
　佔4.18%

□ 65,093萬美元，
　佔5.07%

■ 69,568萬美元，
　佔5.42%

■ 機械電子電器設備及零件
■ 紡織原料及製品
□ 家具、玩具及雜項製品
□ 車輛運輸設備及零件
■ 其他

■ 964,108萬美元，
　佔75.09%

圖九：2004年昆山市出口結構

　　眾所周知，自1981年IBM的個人電腦問世，開始了IT產業的PC時代，啟動了IT產業的一個高速增長階段，這個階段帶動了個人電腦及其零部件或周邊設備加工製造業的蓬勃發展。PC時代在大約經歷15年之後，世界範圍內的通訊基礎設施與電腦的廣泛結合，又開啟了IT產業以網路為中心的時代來臨。當網路無處不在之時，IT產業的重心開始轉向網路上運行的多媒體內容，開啟以服務內容為中心的時代。（見圖十）這就是IT產業生命週期的軌跡。據專家預測，PC時代的頂峰期在大約九〇年代後半期，隨後就是衰退期，其經濟涵義是市場需求逐漸呈現「剛性」，電腦及周邊設備的製造利潤空間逐漸萎縮。對此，人們從電腦及零配件價格下降很快的消費者感受就可以得到認同。同時，技術的成熟和擴散使PC的科技含量日益減退，台灣於2005年已把PC產業從高科技產業名單中除名，就是一個很具說服力的證明。專家們的預測顯示，以網路為中心的時代頂峰大約在2010年左右，其後將進入衰退期。[31] IT產業生命週期對昆山的影響是，一方面，其主要產業的科技先進性將逐漸褪色；另一方面，當一個產業或一項產品的科技含量降低，意味著其產品的附加價值下降，由此為了維持一定的市場競爭力，它對要素資源低成本的要求會升高，這就勢必對昆山發展形成更大的壓力。

　　實際上，昆山已感受到來自土地資源約束和產業生命週期約束的壓力。為了維持經濟增長的連續性及主要產業的科技領先性，昆山於2005年就提出「從昆山製造向昆山創造轉型」的發展戰略，這具體體現了大陸經濟發展的轉型。「從製造向創造」這只是一個形象化的口號，其具體內涵的核心是轉變發展模式和產業升級。

---

[31] 參見（美）大衛・莫謝拉（Daivid C. Moschella），權力的浪潮（中譯本）（北京：社會科學文獻出版社，2002年）。

用戶數（百萬）

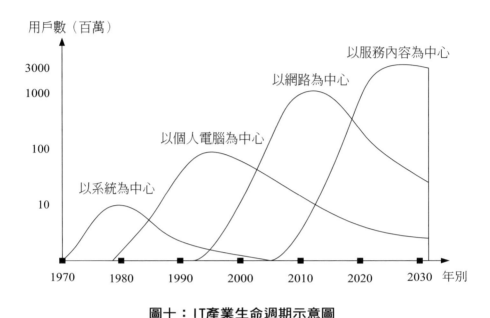

圖十：IT產業生命週期示意圖

資料來源：大衛‧莫謝拉（Daivid C. Moschella），權力的浪潮（中譯本）（北京：社會科學
　　　　文獻出版社，2002年），頁132。

　　就轉變發展模式而言，關鍵是要使有限的土地資源承載更大效益規模
的經濟活動，亦即土地與收益的比例要更大。為了落實這一目標，昆山的
變化思路有兩個方面，一是「騰籠換鳥」；二是提高資本進入的門檻，即
制定了每平方公尺土地的投資金額的最低限，其目的是要調整產業結構。
必須指出的是，「騰籠換鳥」是需要付出成本的，企業要遷移的成本，包
括遷移成本和沉沒成本兩大部分，如果完全由企業自身來承擔，企業尤其
是勞動密集型企業恐怕是難以承受的，在原有土地使用租期還未到期之
前，這些企業是不會主動「騰開鳥籠」的，這就會延緩產業升級的步伐。
所以，當地政府應考慮建立補償機制，才能使發展轉型得以順利推進，但
昆山政府似乎還未意識到這一點。而在廣東東莞，當地政府已出台鼓勵
污染較大FDI企業遷移到指定園區的政策，即給予遷移企業一定的經費補

貼，這將會成為「騰籠換鳥」過程中的一項重要政策。

　　在產業升級方面，昆山市政府在聽取了包括台商和台灣學者在內的專家學者的意見基礎上，經過反覆的討論後，初步確定了大力發展光電產業和生產性服務業，以此作為產業升級的目標。在這個目標中，光電產業是一個新興產業，而生產性服務業的核心內涵，是要提升當地台資企業的研發投入和研發層級，並由此使昆山成為兩岸相關產業合作研發、共創品牌的平台或基地，以達成「昆山創造」的目標。為了達成這一目標，昆山市政府在制度供給和資源配置等方面做出了相應調整，具體體現在如下幾方面：（一）投資優惠傾斜與鎖定目標於相關企業；（二）為了與台資企業加強研發合作，重點引進了大陸著名高校研發機構進駐昆山園區；（三）與台灣教育機構合作，興辦了中、高級適用人才培養學校；（四）進一步改善城市公共基礎設施建設，為研發人員的生活和工作創造一個良好的環境。當然，這一切都將伴隨著更大的財政投入。

　　對於台商而言，也需要做出相應調整，一個核心的問題是要調整其傳統的兩岸分工觀念，加大研發部門的投入或轉移力度。據台灣學者研究成果表明，雖然現已有部分台資企業在大陸設有研發部門，與大陸相關機構也進行了一些研發合作，但台商在大陸企業生產技術的90%以上仍來自於台灣母公司或外國研發機構，[32] 來自兩岸相關機構合作研發的僅占7.82%，[33] 這反映出兩岸研發合作程度還很低的事實。目前，昆山台資企業設有研發部門的比重達57.4%，[34] 高於大陸台資企業約50%的平均水

[32] 見劉孟俊，「1986年以來兩岸研發的合作與發展」，兩岸經驗20年（台北：天下遠見出版公司，2006年）。

[33] 資料來源為台灣經濟部統計處編，製造業對外投資實況調查報告。本文引自高長「近年來兩岸經濟關係特點及台資企業創新分析」，該文是高長教授在2006年海峽兩岸產業合作發展論壇上發表的論文。

[34] 引自清華大學台灣研究所副教授李保明博士於2006年7月在昆山調研得到的資料。

準，[35] 已有的研發機構以產品製程改進為主，約佔68.5%，研發以本地市場、本地生產為主，缺乏全球性產品和通用技術的研發，[36] 從研發或技術屬性而言，與台商在大陸的研發大體類似，大多屬於製程調整以及製程認證和工程支援等方面，[37] 研發機構或部門處於技術轉移單位的初級階段，這種狀況與台灣廠商對兩岸分工的認知是吻合的，但到了應做出相應調整的時候了，在昆山這樣的地區環境條件已對台商傳統的兩岸分工觀念亮起了紅燈。

大陸「十一五規畫」把「形成一批擁有自主知識產權和知名品牌、國際競爭力較強的優勢產業」，列為未來五年發展重要目標。同時在國家中長期科學和技術發展規劃中，把「加快建設國家創新體系」、「建設創新型國家」列為重大戰略決策，這不僅要求大陸的企業要轉變增長方式，對已進入或即將進入的包括台資在內的FDI也要順應這個發展趨勢，對於較發達的兩個三角洲地區尤其如此。對此大陸會在產業、稅收及其他相關政策，以及幹部績效考核機制等方面建立相應的促進機制。因此，在未來五年內昆山的台資將經歷一個產業升級的調整過程，這個過程包括部分台資企業的空間調整，及部分台商的兩岸分工策略的調整或資源的重新配置。昆山的發展走在了全大陸的前列，它正面臨的轉型調整也就代表大陸較發達地區未來的發展趨勢。

肆、結語

大陸經濟發展的轉型是經濟發展客觀規律使然，它勢必對包括FDI在

---

[35] 2005年12月「台商張老師」調查資料。

[36] 參見李保明等，「研發創新再造輝煌」，在2006年海峽兩岸產業合作發展論壇上演講的PPT。

[37] 參見高長，「近年來兩岸經濟關係特點及台資企業創新分析」，該文是高長教授在2006年海峽兩岸產業合作發展論壇上發表的論文。

內的廣大企業提出相應的調整要求。但是，在大陸這樣一個人口眾多、幅員遼闊且地區間發展差異較大的國家，經濟發展的轉型會呈現出一種空間的不均勻性，即較發達的沿海地區與廣大的內陸腹地，會因發展水準和能力以及由此衍生的目標差異，在經濟轉型方面出現不以人們主觀意志為轉移的地區落差，這就為部分台資企業的因應調整留下了空間調整的內涵，當然政府不可迴避地要考慮企業空間調整的成本分擔問題，這是大陸經濟轉型應付成本的一個組成部分。

另一方面，由於台資企業絕大多數集聚於大陸經濟較發達的珠江三角洲和長江三角洲地區，怎樣改變傳統的兩岸分工觀念（亦即所謂全球佈局觀念），是大多數台商尤其是技術密集型產業的台商不可迴避的問題。在把大陸尤其沿海地區僅視為降低生產成本的加工製造基地，在當前國際跨國公司加快與大陸研發合作及技術轉移，以技術合作換取或擴大大陸市場的情況下，恐怕台資企業的競爭優勢及生存發展空間就難免日趨萎縮。所以，加快與大陸的研發創新合作，提升產業升級是台商，面臨大陸環境變化的主要因應之道。

其實，台灣產業也面臨技術自主性不高、自創品牌不夠的壓力，這使得台灣經濟近幾年來面對韓國等競爭落於下風，台灣往日的經濟輝煌形象在逐漸消褪。如果台灣企業界能秉持一種開放創新的心態，加強與大陸的研發和創新合作，積極善用大陸人力資源和市場支持，以提高自身的技術研發和品牌創新能力，必將獲得「雙贏」的結果。正如台灣有識之士所言，「台灣幫助中國大陸創新進步，同樣的，中國大陸也在幫助台灣創新進步」。[38]

---

[38] 引自蕭萬長，「開放性創新是二十一世紀兩岸合作的契機」，該文是蕭萬長先生在2006年海峽兩岸產業合作發展論壇上發表的演講文稿。

參考書目

一、 中文部分

大衛・莫謝拉（Daivid C. Moschella），**權力的浪潮**（中譯本）（北京：社會科學文獻出版社，2002年）。

林毅夫等，「比較優勢、競爭優勢與發展中國家的經濟發展」，**管理世界**，2003年第7期，頁33-65。

林毅夫等，「比較優勢與發展戰略」，**中國社會科學**，1999年第5期，頁7。

林毅夫等，「要素稟賦、比較優勢與經濟發展」，**中國改革**，1999年第8期，頁29-32。

保羅・克魯格曼（Paul Krugman），**發展、地理學與經濟理論**（中譯本）（北京：北京大學出版社，2000年），頁35。

洪銀興，「從比較優勢到競爭優勢」，**經濟研究**，1997年第6期，頁22。

郝壽義、倪鵬飛，「中國城市競爭力研究—以若干城市為例」，**經濟科學**，1998年第2期。

高長「近年來兩岸經濟關係特點及台資企業創新分析」；蕭萬長，「開放性創新是二十一世紀兩岸合作的契機」2006年海峽兩岸產業合作發展論壇，會議論文。

國民經濟和社會發展統計公報，〈http://provincedata.mofcom.gov.cn/communique/index.asp〉。

國家統計局，〈http://www.stats.gov.cn/tjsj/qtsj/dzxgyqyzzcxtjzl/〉。

國家統計局「大型工業企業自主創新資料」，〈http://www.stats.gov.cn/tjsj/qtsj/dzxgyqyzzcxtjzl/〉。

斯蒂格利茨（Joseph Stiglitz），**經濟學**（中譯本）（北京：中國人民大學出版社，1997年），頁57。

經濟日報，〈http://www.chinataiwan.org/web/webportal/W2025892/Uliuf/A207893.html〉。

劉孟俊，「 1986年以來兩岸研發的合作與發展」，**兩岸經驗20年**（台北：天下遠見出版公司，2006年）。

盧永祥，**西方制度經濟學**（北京：中國發展出版社，2003年）。

二、英文部分

Michael. Enright, *The Pearl River Delta & The Rise of China* (U.S.: John Wiley & Sons Pte Ltd, 2005), pp. 67-96.

Harry W. Richardson, *Regional Economics* (U.S.: University of Illinois Press, 1978), p. 38.

昆山模式與區域經濟聯動研究

盛九元

（上海浦東改革與發展研究院研究員）

摘要

上世紀九〇年代以來，隨著長江三角洲經濟區域化的發展及都市圈的逐步形成，昆山經濟發展取得以下令人矚目的成就。從蘇州下轄相對落後的地區，一躍成為大陸百強縣之首，昆山在很短的時間內實現從農轉工、內轉外的歷史性跨越。昆山的發展在很大程度上既是大陸經濟迅速融入全球化進程的真實寫照，也是長江三角洲區域經濟在全球化、市場化推動下實現新一輪整合的縮影。

透過抓住機遇，有針對性營造親商、安商、富商的投資環境積極引進外資，同時主動推進區域聯動，昆山已發展成為大陸經濟發展中的示範區和樣板。而在這一過程中，以台商投資與區域經濟聯動為主要特徵的昆山模式日益成型，其中既包含著產業集聚效應，也有區域經濟一體化的溢出效應。本文通過對這一現象的剖析，系統描述昆山經濟現狀與發展趨勢，從而揭示這種發展現象對於長江三角洲地區的整體經濟發展的重要意義。

關鍵字：台商投資、外向型經濟、昆山模式、經濟聯動、區域整合

壹、研究的理論與方法

「昆山模式」的產生，在一定意義上是與台商投資為契機、迅速崛起的長江三角洲經濟密切關聯的。從昆山模式的基本態勢分析，形塑這一現象的既有都市圈經濟輻射效應，也有產業升級過程中的集聚效應，以及產業鏈延伸的深化。在上述三種效應的推動下，昆山模式的日益成型，不僅構建起目前昆山經濟快速發展的現狀，且為未來昆山模式的進一步演化發展提供堅實基礎。

為便於對上述效應的理解和認知，首先需要釐清這三種效應的理論框架。

一、都市圈經濟輻射功能理論是基於城市理論而形成的，[1] 其理論基礎是通過城市綜合功能的集聚，導致各種交易成本的降低，產生集聚現象的原因主要包括三方面：首先是區域內的比較交換優勢促使商業向城市集中，並形成城市商業的擴張；其次是生產的規模效益及運輸成本的節約推動城市工業的發展。最後，生產集聚的正外部效應加劇企業的集中程度，並使城市經濟的領域、範圍進一步擴展。全球經濟一體化的經驗顯示，大都市在區際乃至國際經濟競爭與合作中的作用日益重要。自法國學者戈特曼1957年提出「大都市經濟圈（帶）」概念以來，大都市圈已成為衡量一個國家或地區社會經濟發展水準的重要標誌。長三角大都市經濟圈城市化水準整體較高，城市體系完備。改革開放以來，長江三角洲的鄉鎮企業異軍突起，小城鎮建設加快，建制鎮和縣級市（小城市）的數量急劇增加。近幾年，這一地區開始由重點發展小城鎮，轉向重點發展大中城市，空間佈局再次由分散走向集中，各類開發區建設，成為原有城市外沿擴張的主要標誌。目前區內已有許多城市的郊區事實上已連成一片，形成都市帶。

---

[1] Arthur O' Sullivan, "WHAT IS URBAN AREA？2000, 1996, 1992, 1990", *Urban Economics*, (MCGRAW-HILL HIGHER EDUCATION, US), p. 7 .

長江三角洲都市經濟圈已處在向工業化中後期發展的階段。從經濟發展規律觀察，今後五年城市化進程將明顯加快。未來十年內，長江三角洲將有可能成為大陸區域經濟發展的重要增長極，以及亞太地區經濟最發達地區之一，並為具有較強國際競爭能力的外向型經濟示範區。透過高新技術對傳統支柱產業的改造，一個世界性的新型製造業基地可望在此崛起。而在這一過程中，由中心城市的綜合性輻射功能所導致的城市帶，將更有效地結合自身特點和發展優勢，形成具有特色的專業化衛星城市經濟區。目前，長江三角洲地區的這一發展形態已初具端倪，而滬昆經濟聯動中的這一特點已十分明顯。這既為未來滬昆經濟聯動奠定堅實基礎，同時也對今後滬昆經濟合作提出更高的要求，推動這一合作向機制化、協作化方向發展。

　　二、集聚理論是八○年代在國外興起的產業組織理論，其核心觀點是提出核心產業與周邊配套產業之間，應在區域性佈局上滿足產業集聚的規模效益或產業關聯的臨界度，[2] 當產業關聯的臨界度或產業集聚的規模效益達到飽和，則會出現產業集中度上的馬太效應，產業間就會呈現群聚現象。同時帶動與之相適應的研發、技術創新、生產性服務體系、大規模產業組織，以及完備的金融服務等活動，從而構成產業發展的良性迴圈，形成區域產業發展既合作又競爭的互動模式，推動產業系統的優化和發展。根據目前大量的產業集聚現象的實例分析，出現產業集聚的原因，大致可分為四個方面：1.多家廠商向同一供應商購買中間產品；2.多家廠商向同一上游企業供應零元件。上述兩種方式在高科技產業中較為普遍，由於這一產業發展風險大，因此上游研發廠商往往不自行生產零元件，而是採取外包方式進行生產，這種生產方式要求上下游廠商合作開發與完成外包件，所以彼此之間距離不能過遠，這就較易形成關聯廠商集聚

---

[2]　鮑克，中國開發區研究（北京：人民出版社，2002年），頁17。

現象；[3] 3.勞動力的集聚效應，這一狀況不僅有利於提高勞動市場效率，而且也有利於根據市場變動及時調整雇員結構，降低整體生產成本；4.溝通效應，隨著產業的集聚，管理人員、技術人員、一般員工之間的交流和知識傳播更為便捷。一般而言，集聚的規模越大，各種正式與非正式的觀念和資訊交流就愈加頻繁。目前已掌握的相關資料分析，從目前昆山廠商已初步形成集聚規模，但尚未達到集聚的臨界數值。因此，目前基本處於「工廠生產」形態，與之相關的研發、技術創新、生產性服務體系、大規模產業組織，以及完備的金融服務等活動尚未形成，產業發展還沒有形成真正的良性互動。因此，在今後發展過程中，需要進一步依托中心城市的綜合性服務功能，在基礎建設、產業發展、人才流動方面更好地與中心城市進行銜接，從而推動產業整體運行機制的良性發展。

三、產業鏈理論就是指以市場前景好、科技含量高、產品關聯度強的優勢企業和優勢產品形成鏈核。透過這些鏈核，以產品技術為聯繫，資本為紐帶，上下連結，向下延伸，前後聯繫形成鏈條（在這一形態中又包含著合同網路生產模式和溫特爾模式的形態，具體情形在有關台資企業生產模式再進行闡述）。這樣，一個企業的單體優勢就轉化為一個區域和產業的整體優勢，從而形成這個區域和產業的核心競爭力。產業鏈的作用在於：有利於形成規模效益，有利於形成整合功能和有利於形成創新特性、以及形成向周邊地區的輻射腹地問題，這也是其實現產業梯度轉移和產業銜接的客觀要求。產業的適時轉移，是高梯度發達地區產業結構調整的需要。當一個區域發展到一定階段後，若其成熟產業不適時擴散外移，就會產生衰退產業與創新產業各方面的衝突，導致產業擁擠。適時的產業轉移銜接，可以優化該區域的產業結構和產業鏈。並且，如果一些產業轉移至

---

[3] 參見美國丹佛地區高科技企業集聚效應研究，Agglomeration Economic among High-Tech Firm in Advanced Production Areas: The Case of Denver/Boulder, Lyons, American, Regional Studies 29 (1995), p. 35.

落後地區，可以增加落後地區的就業機會，提高當地居民的收入水準，相應提高消費能力，為產業轉出區創造經濟腹地。產業鏈轉移的一般規律是：在就近轉移、沿交通線轉移的同時，有時會選擇一些條件好的「極點」進行跳躍式轉移。這些「極點」，擁有比較先進的科學文化，較強的科技隊伍，比較優越的資訊、交通、金融與外部協作條件。昆山作為處於與中心城市經濟圈距離最近、交通便捷、具有獨特區位優勢的地區，再輔以靈活、適當政策，在產業鏈發展過程中就可以尋求到最有利的發展地位，這也是目前昆山現象產生的重要基礎。

貳、「昆山模式」的興起與發展

一、「昆山模式」的興起

（一）昆山的發展概況

　　20世紀八〇年代初以來，昆山闖出一條利用鄰近上海的地緣優勢，以自主開發為特徵的「昆山之路」。通過與上海的經濟聯動，從開發區建設到縣域經濟發展，再到「兩個率先」，內涵不斷豐富，水準不斷提高，路子越走越寬，顯示出強大的生命力。如今，昆山921平方公里的土地，已成為一塊投資創業的熱土。2005年每天引進的境外投資超過1000萬美元、實現的出口貿易超過一千萬美元、創造的財政收入超過一千萬元。[4] 2002年，全市完成國內生產總值314億元，三年翻一番；實現財政收入41.5億元，兩年翻一番；完成進出口總額84.7億美元，比上年增長71.1%。在2002年大陸一百名最發達縣市排名中，昆山綜合實力位居第五，人均國內生產總值位居大陸第一。[5] 自2005年起，昆山更一躍成為大陸百強縣排名

---

[4] 2005年10月18日對昆山市長張國華的訪談，張現為昆山市委書記。

第一，2006年繼續保持這一勢頭。

　　昆山的開放型經濟更為外界所矚目。到2006年9月底為止全市累計合同外資已達173.7億美元，引進外資專案四千七百多項，實際利用外資70.1億美元。其中，利用合同台資達107億美元，利用台資超過60億美元，台資專案數為二千六百多項，約佔江蘇省的四分之一、大陸的十分之一，成為大陸利用台資的三大密集區之一。[6] 2005年，昆山的IT產業已佔全市經濟總量的40％。自2003年起全市筆記型電腦、顯示器和數碼相機的產量均超過一千萬台。[7] 昆山已成為世界最大的筆記本電腦生產基地之一。可以說，通過與上海的經濟聯動，昆山用二十年時間實現了從農業小縣躋身全國百強前茅的大跨越，一座現代化工商城市奇蹟般崛起在長江三角洲。

（二）「昆山模式」的發展歷程

　　1. 所謂「昆山模式」，本質上是「蘇南模式」的延續與發展，其特點體現在以下三方面：

　　(1) 在地方政府主導下快速實現工業化，其主要表現是依托工業園區實現產業由低級階段向高級階段的跨越；

　　(2) 以資訊產業為核心，快速融入國際產業分工的大格局之中，實現與國際經濟的密切互動；

　　(3) 依托上海的都市綜合經濟功能，揚長避短、拾遺補缺，促進產業集聚效應的形成與發展。

　　2. 八〇年代以來，「昆山模式」的發展經歷了以下發展歷程：

　　(1) 奠基階段：上世紀八〇年代，上海工業向外急劇擴散，位於上海與蘇州之間的昆山，通過大量接納上海的工業轉移，鄉鎮企業迅速崛起，

---

[5]　昆山統計局編，昆山統計年鑑2003年（昆山：昆山統計出版社，2003年），頁1。

[6]　2006年6月與昆山市台辦王桂芬主任的訪談內容。

[7]　「昆山市台商投資報告」，2003年5月，昆山市台辦提供，計2頁。

昆山由此實現了從農業縣向工業城市的轉化，實現「農轉工」的歷史性跨越。這段時期，昆山緊緊抓住國家實施沿海開發開放戰略的機遇，自費創辦開發區，適時提出依托上海的思路，積極發展橫向經濟聯合，使一些上海產業轉移昆山，從而奠定工業發展基礎。

(2) 開創階段：九○年代初至中後期，昆山一方面緊緊抓住上海浦東開發開放，和昆山開發區獲國家批准等重大機遇，積極實施外向帶動戰略，利用上海的浦東效應打時間差、空間差，形成招商引資的第一輪高潮。平均每年引進外資的增長幅度超過50%，外資開始成為昆山經濟增長的主要動力，昆山實現「內轉外」的格局性嬗變。

(3) 拓展階段：九○年代後期，昆山通過「主攻台資」的戰略決策。五年中，利用外資達51億美元，實際利用外資達29億美元。[8] 昆山經濟開始步入以電子資訊、精細化工、精密機械製造為主導的產業發展新階段，實現產業鏈的「散轉聚」階段。

目前「昆山模式」已經呈現「低轉高」的發展特徵。近兩年來，在長江三角洲經濟聯動的總體戰略下，昆山明確重點發展高新技術產業，全力打造現代製造業基地，力圖通過產業創新，增強城市創新能力，提升城市綜合競爭力。

3. 「昆山模式」的發展存在的問題與障礙

「昆山模式」在制度性、體制性、機制性、發展環境等方面，都存在諸多問題，從而對今後的發展產生一定的影響。

(1) 體制性、政策性的障礙

首先，大陸多年實行中央、地方分稅制，而且企業按照註冊地繳稅。某地的企業遷至另一地，稅收也就隨之轉出。結果，遷出地的政府將失去一塊稅收，而遷入地則增加了相應的財政收入。這樣的傳統利益分配機制

---

[8] 「昆山市台商投資報告」，昆山市台辦提供，計2頁。

造成地區間企業移動和投資困難，妨礙產業佈局的合理化，制約著昆山產業調整的進程與力度；其次，由於行政區畫分割，使得各自為政的問題比較嚴重。這妨礙了經濟資源的自由流動和跨地區的經濟合作。長期的條塊分割管理，使得區域間協調難度加大，對推進經濟聯動產生消極影響；第三，由於行政分割，難以從規畫方面解決區域發展的協調性問題，以至於在不同地區之間，出現大量的非理性競爭，難以像國際各大著名都市圈般，每個城市都形成各自鮮明的功能。

(2) 機制性問題

首先，隨著企業經濟成分的變化，原來習慣以行政手段辦事的政府部門，可以掌握的行政手段減少，經濟聯動與協同發展將更需要借助市場力量，兩地政府都面臨調整行為方式的問題。其次，在對資源合理配置方面，政府的調控能力也相對下降。本地區外向型經濟中堅作用是加工貿易，自主知識產權的含量在整個對外經貿中的含量低，對外經貿活動更多地受制於境外資本。由此導致在經濟聯動中，外商對資源合理配置發揮著更重要作用，政府的調控手段則相對下降。

(3) 資訊障礙問題

這些問題不僅存在於政府的資訊公開、資訊資源分享方面，也來自市場訊息的扭曲、失真和人為的資訊阻隔。特別是企業兼併、產業轉移等方面，由於資訊封閉、滯後、失真，使相關方面無法有效合作、協同。這一障礙的存在不僅導致當地政府「黑箱政策」的流行，以及經濟發展與地方福祉的脫節。

(4) 產業競爭問題

由於有關調控手段的不完善，目前兩地地區存在產業同構問題，以致一定程度上影響了兩地的互補性。這會成為導致惡性競爭的因素，致使企業間的關聯與協作受到影響，妨礙了區域整體優勢的發揮。

二、「昆山模式」深化與發展的條件分析

（一）加入**WTO**後長江三角洲區域分工的深化，客觀上將有利於「昆山模式」的進一步深化。

加入WTO以後，國際資本在配置資源、發展新的中國業務、從事全球化經營時，將進行合理的地域優化佈局和配置。相關的實物生產、相關的專案，向昆山匯聚機會將進一步加大，這使得已具備較好發展基礎的昆山對外貿易和吸引外資等將會有更耀眼的發展。而在上海，國際資本在金融、服務等第三產業中的運作則成為特別引人注目的亮點。這種明顯的領域性差異的形成，將深化功能性分工關係，推進「昆山模式」進一步向專業化領域發展。

（二）國際產業、技術、資本大轉移，中國大陸從「世界加工基地」向「世界工廠」的轉化，為「昆山模式」的發展提供良好的外部機遇。

近來常有人士使用「世界工廠」的提法取代「世界加工基地」，來表述中國大陸以及包括長江三角洲在內的國內主要經濟區域。包括長江三角洲在內的大陸一些經濟發達區域，在世界製造領域將充當更為重要角色的大方向是確定無疑的。

長江三角洲地區擁有成為「世界工廠」的條件，包括在國際上的主要經濟區域中，長江三角洲地區具有成本優勢；勞動力綜合素質較高；基礎設施日漸完善；具有較高的產業配套能力；擁有國內外廣闊的市場需求。只要能夠不斷縮小與已開發國家的技術水準和生產規模等的差距，成為世界工廠將是必然的。

然而在「世界工廠」形成中，將在出現更大地域範圍的分工和產業落差現象，受綜合商務成本、經濟結構、對外開放條件、國際交往廣度和深度等因素的共同作用，上海在長江三角洲這一世界工廠中將發揮訂單中心、技術創新中心、設計中心、航運中心、服務中心等「中心」，這種定

位關係將為「昆山模式」的發展提供更大的空間。

參、「昆山模式」中的台商投資行為模式

一、昆山台商投資形態的演進及基本模式

（一）台商投資昆山現狀分析

從1990年第一家台資企業落戶昆山起，到2006年9月，昆山已歷年累計批准成立台資企業了二千六百多家，合同利用台資107億美元，實際利用台資超過60億美元，平均單項投資規模為800萬美元。[9] 根據已有的資料顯示，昆山的台商投資主要有四方面的特點：1.台資企業的主要投資領域為製造業，投資領域集中於資訊電子、精密機械、精細化工等行業；[10] 2.台資企業在整個昆山市吸引外資中佔據重要地位，在目前實際營運的1300項外資中，台資企業佔60%以上，其中尚不包括以外資名義註冊的台資企業。如果以實際情況分析，則台資企業佔昆山外資專案的80%；3.台商大企業投資比重不斷提升。截至2006年9月，在昆山投資額超過1000萬美元以上的專案超過400家，其中超過1億美元的專案15家，而台灣百大財團及上市上櫃公司在昆山興辦的專案也達到180多家，佔昆山台商投資總額的43%；[11] 4.投資專案以加工出口的裝配型製造業為主，生產產品中90%屬於出口產品，產業的外向關聯度大，但與地方經濟關聯度有限。

為吸引台商投資，昆山市政府積極依托中心城市的綜合性服務功能，借助上世紀九〇年代世界性產業轉移機遇，充分利用在交通、土地批租等

---

[9] 根據昆山市台辦統計資料，2006年10月，昆山市台辦提供，4頁之2。

[10] 根據昆山統計年鑑2005年資料整理，昆山人民出版社，2005年，頁154。

[11] 「昆山市人民政府工作報告」，2006年10月。根據昆山市市委書記張國華在「金秋經貿洽談會」上所做報告整理。

方面優惠靈活的政策優勢。從細微處著手，全面細緻地瞭解，把握台商訴求，營造出「親商、安商、富商」的整體環境，在短時期內迅速構建起吸引台資企業投資的區域平台，形成令人矚目的「昆山現象」。

　　綜合多方分析，昆山在吸引台商投資方面取得巨大的成功，不僅對推動昆山外向型經濟發展發揮積極作用，而且也使得昆山逐步成為全球IT產業鏈的一環，加快整體經濟發展水準的提升。但在這一過程中，昆山經濟整體發展尚存在三大環節的缺失：一是產業層次提升遲滯及配套廠商完善不足；二是本地民營企業發展程度不足；三是外商投資形態長期停留於「車間化」生產階段。這些缺失與不足和昆山所面臨的結構性問題相關聯，同時也會對昆山未來經濟發展產生直接的影響。

表一：2004年昆山市進出口總值表（按貿易方式及地區分）

單位：億美元

專案　　　分類	進出口總值	出口	進口	與2003年比較		
				總值	出口	進口
進出口貿易總值	235.42	128.40	107.02	69.1	78.0	59.5
一般貿易	24.42	12.79	11.63	51.9	47.3	57.4
來料加工裝配貿易	5.22	2.95	2.27	-5.1	-9.0	0.6
進料加工貿易	184.75	112.52	72.23	79.6	87.0	69.2
加工貿易設備	0.016	—	0.016	-85.5	—	-85.5
作為投資進口的設備及物品	9.99	—	9.99	19.1	—	19.1
保稅倉庫進出境貨物	8.44	0.13	8.30	90.2	145.9	89.5
出口加工區進口設備及物品	2.54	—	2.54	36.8	—	36.8
亞洲	138.39	43.90	94.49	52.5	36.4	61.3
北美洲	45.93	42.45	3.48	124.3	137.8	32.2
歐洲	44.37	36.83	7.54	81.4	86.7	59.4
台灣	39.99	6.10	33.89	43.7	36.6	45.1

資料來源：根據昆山統計年鑑2004年，頁186-187內容整理。

（二）昆山台商投資趨勢

　　從昆山整體經濟發展及台商投資趨勢分析，在未來相當長的時期內，昆山在推動地方經濟及吸引台商投資方面將繼續保持一定的優勢。具體而言，昆山經濟發展將呈現以下四方面趨勢：

　　1. 台商投資重點將繼續集中以電子資訊和精密機械等領域，昆山作為高科技產業加工裝配基地的作用將得到凸顯。

　　2. 隨著昆山經濟的發展和城市設施的逐步完善，尤其是長江三角洲大交通網絡的形成，昆山的整體人文社會環境將進一步完善。台商在昆山第三產業，如房地產開發、百貨零售、生產性服務、交通運輸、貨運代理服務等領域的投資將日益強化。

　　3. 作為高科技產業裝配和零部件供應基地，台商在生產性研發和行銷方面需求不斷增強，未來相關研發及輔助性機構在昆山的投資有待加強。

　　4. 在逐步形成高科技產業裝配和零部件供應基地的過程中，有關於台商產品的會展業務亦將隨之擴大。因此，未來在相關會展、商務方面的投資亦會逐步增加。

二、「昆山模式」運作的區域經濟背景

（一）長江三角洲城市帶成為亞太區域經濟板塊中的亮點。

　　大陸在亞洲所起的作用漸漸與美、日接近，以上海為中心的長江三角洲地區因為改革開放政策，較先形成制度化的投資環境和完整的產業聚落，與內地一些經濟尚不發達地區比較，更有吸引台資的魅力。尤其是長江三角洲地區的人文特點、制度化市場運作機制，決定其在吸引台資的優越性。這包括：總體觀念超前，相關政策具有可操作性、透明化；吸引外資的心態沉著、冷靜、理性；文化觀念上與台商相近；尤為重要的一點是在吸引台資的工作上非常積極主動。在這樣的發展格局下，曾有台灣學者稱，現在台灣不是在與大陸競爭，而是在與上海競爭，[12] 作為上海周邊的

昆山正處於這一區域的中心地帶。

（二）長江三角洲積極營造適應台商投資的整體環境，為其長期發展奠定良好的基礎。

　　長江三角洲地區有優越的區位優勢，它地處大陸東部沿海、沿江地區、西部開發三大開發帶交匯點，可以十分便捷的將產品面向全世界出口。較強的科技研發能力，較好的產業基礎和配套工業，能與台商移轉的產業結合。勞動力素質高、消費水準相對穩定、物流方便、服務優質高效。為進一步營造台商投資的整體環境，各地方政府均在不同程度上提出「親商、富商、安商」的服務理念。生活環境和社會治安等也有相當明顯的優勢。此外，良好的先期投資回報使得大批台商增資擴股，形成長期穩定的投資態勢。

（三）台商投資是「昆山模式」形成與發展的關鍵因素

　　1. 台商在長江三角洲地區的投資有助於推動這一地區的外向型經濟發展。

　　台資積極投資長江三角洲，既有著全力推動拓展內銷市場的願望，也在很大程度上透過與跨國公司的合作，保持強有力地出口競爭優勢。在投資過程中，台資企業將營銷經驗、研發技術、管理方式和服務配套模式一併帶入，在一定程度上幫助本地企業提高生產效率，提升國際競爭力。

　　2. 台商投資隨著區域經濟發展條件的變化，進一步向長江三角洲內部延伸，從而推動著這一地區區域經濟合作的深化與發展。

　　首先，以上海為中心的長江三角洲地區將對長江三角洲地區周邊城市

---

12 劉大年，「兩岸經貿關係現狀研究」，2002年台北兩岸經貿－進程與挑戰研討會論文集，台北市兩岸經貿文教交流協會主辦。

產生集聚狀的馬太效應。由於上海乃至上海周邊城市商務成本上升，將推動傳統勞動密集型產業向長江三角洲周圍發展。

其次，隨著長江三角洲高速交通網的構建，台商投資進一步沿滬杭線、滬甯線向三角洲地區內部延伸，且主要集中在可於一天內往返上海及周邊城市的地區範圍內（直徑約300公里）。台資企業已與部分高校及科研機構建立聯繫，試圖在高科技人才培養方面尋求合作，並為台資企業的研發中心尋求本地的人力資源，這將大幅加快台商企業本地化的進程。

此外，台商投資集聚將加大企業之間的競爭規模，在一定程度上推動台資企業向內地延伸。從目前情況分析，台資投資的高層次的專案會不斷增多，且多由傳統製造業向研發、銷售、物流中心轉型。投資產業領域將進一步擴大，其中電子及電器產品製造業、石油化工、精密機械製造業的比重將逐步加大，這在很大程度上有利於推動長江三角洲區域經濟的合作和產業延伸。

（四）「昆山模式」的基本特點及存在的問題

1. 外商直接投資成為昆山經濟增長的主導力量

昆山是大陸開放型經濟發展最快、最有成效的縣級市之一，已連續兩年被評為大陸百強縣第一名。上世紀九〇年代以來，伴隨經濟全球化進程加快，昆山經濟的持續快速增長吸引大量的外商直接投資。至2006年9月，昆山實際利用外資總額超過70億美元，外商直接投資已成為支援昆山經濟增長、促進競爭力提升的主要因素。

2. 製造業是昆山外商投資的主要領域

從外商直接投資的產業分佈看觀察。由於製造業在較長時期擁有巨大的本土市場，以及勞動力供給和低成本的資源環境等的比較優勢。昆山外商直接投資絕大部分流向製造業，2005年製造業的投資比例達外商直接投資的九成以上。製造業內部的投資結構顯示，引資已明顯向電子及通信設

備製造業等技術密集度高的高新技術產業傾斜，但非金屬礦物、化學、交通運輸設備、機械、服裝、食品、紡織等勞動密集型傳統產業，仍是外商直接投資的重點行業。

　　近幾年來，昆山立足於市場經濟，在國際、國內市場競爭的驅動下，通過實施工業化不均衡戰略、率先推進比較優勢較為明顯的產業發展與升級，產業結構的高級化及產業競爭力的明顯提高。從工業內部結構看，表現為重工業化跡象日益轉強，有較高技術含量以組裝加工為重點的製造業優勢正在進一步強化，IT產業的高速發展成為增長的新亮點。

　　3. 昆山經濟的全球化程度較高，但尚處於國際產業鏈末端，需要加快提升產業層次。

　　根據在昆山的田野調研情況，大多數外資企業基本是屬於裝配流水線，呈現「車間化」生產形態。仁寶電子的部門主管介紹，該企業的研發、設計、營銷、管理的核心部門都在台灣，昆山工廠主要是裝配車間，「處於產業鏈的最低層次」。而且，該工廠裝配的筆記型電腦的零配件，95％以上是該公司的台灣關聯企業所提供，包括先後遷入昆山一批企業，從非台資的大陸企業採購的零配件，僅佔5％以下。[13] 這種企業運作模式，在昆山非常普遍。

　　這類企業，可以有效地增加地方稅收、解決勞動力就業等問題，但對地方經濟的可持續發展，包括提高區域競爭力、形成自主知識產權、產業升級、構築發達的現代服務體系等的作用則較為有限。

　　4. 應力求提升「昆山模式」層次，避免「東莞模式」的弊端。

　　在學術界，類似昆山這種經濟發展模式被定義為「東莞模式」的延伸。其基本特徵為：

　　(1) 發展中地區利用外資全力發展外向型工業；

---

[13] 根據筆者對仁寶電子陳姓主管的訪談整理。

(2) 以吸引台資企業為主；

(3) 以勞動力密集型產業為主；

(4) 產品高科技、勞動簡單化；

(5) 區位條件（包括土地價格、勞動力價格、優惠政策、市場環境、周邊環境）發生變化時，容易形成空洞化，「鬆腳型工業」（footloose industry）會轉移到其他地區。

東莞先於昆山發展兩頭在外的裝配工業。到目前為止，東莞仍保持著一支超過500萬人以上外來的產業大軍，基本由江西、湖南、四川、貴州等內地農民工構成。2005年，東莞市國內生產總值超過1000億元人民幣，按可比價格計算，比上年增長18%，增長幅度已連續6年保持在18%左右的水準。[14]

東莞面臨的發展瓶頸是，第一，經過持續20年高速發展，土地供應接近枯竭，一些經營情況良好的企業擬增加投資規模，擴大工廠面積，但難以獲得所需的土地；第二，勞動力價格攀升，2005年，東莞全市平均工資為人民幣2.4萬元左右，已高於大陸許多地區；第三，整體社會經濟發展水準不高，地方治理格局尚未形成。在這種背景下，一些在東莞的台資勞動力密集型企業就開始轉移到長江三角洲地區或者越南等地區。這既是長江三角洲地區積極開展招商引資的結果，更是「鬆腳型」企業的自發行為。

基於上述判斷，隨著昆山土地供應量的逐漸減少，土地和勞動力價格攀升，昆山的勞動力密集型台資企業，也可能會尋求加快向外轉移。如果昆山沒有相應的產業升級和體制創新的策略舉措，很可能會出現外資減少、經濟增長速度下降、污染增加、環境惡化、產業空洞化等的問題。

---

[14] 「東莞市發展報告」，摘自http://www.huaxia.com。

肆、「昆山模式」中台商投資動因分析

一、台商投資區域選擇的基本因素

　　根據目前台商在昆山投資的現狀分析顯示，台商在投資的區位選擇上存在較明顯的布點偏好、區域規劃與尋租趨向。尤其是在高科技產業發展方面，這一佈局特點更加明顯。具體而言，包括以下四方面的特徵：

（一）中心城市的綜合服務功能與開發區規劃相結合。

　　昆山所處經濟區域有著較好的產業分工條件和區位選擇，而且基本能夠形成相對完整的配套體系，這就為外來投資構建起較完善的平臺。從對昆山地區台資企業的調研情況分析，不少台資原本是計畫投資於上海（尤其是浦東開發開放初期）。據不完全統計，昆山台資企業協會會員中有90%最初曾到上海進行過投資考察，[15] 但上海相對較高的投資門檻和商務成本，使得台商轉而尋求向距離上海較近的周邊地區發展。此時，將台商作為重點引資目標並在此基礎上積極進行開發區規劃的昆山，正好提供這一投資平臺：土地價格相對低廉（昆山經濟技術開發區土地價格大約是上海金橋開發區的1/3、張江開發區的1/4）；[16] 政府部門的高度重視、高效服務；[17] 規劃完整的開發區；距離上海僅1小時路程，以及與上海之間便捷的交通聯繫等。因此，在一個較短時期內，昆山就成為台商投資的重要地區。而昆山依托上海的中心城市綜合服務功能，針對台商需求所推出的一系列優惠政策，以及「親商、安商、富商」的社會發展環境，迅速推動

---

[15] 根據原昆山台協會長戚道阜在筆者調研中的情況介紹整理。

[16] 根據筆者在昆山台資企業調研走訪資料整理。

[17] 筆者在走訪中曾接觸的一個案例，一個台商上午剛拜訪昆山市有關領導，洽談有關台資意向，第三天同意此項投資的審批文件即已傳真給該台商。

形成目前台商投資雲集的格局。

　　從都市經濟圈理論角度分析，在中心城市經濟輻射範圍內的經濟區域，結合自身經濟發展條件和有利特點，制訂有針對性的政策，搶先構建起吸引、承接外來投資的平台，往往有利於迅速形成外來投資集聚的現象。而「昆山模式」正是在充分利用並創造性地發揮這些有利條件的基礎，將中心城市的綜合服務功能與區域性的開發區規劃有機結合起來的典範。

（二）產業集聚與生產配套功能專區相結合。

　　根據產業集聚理論，核心產業與周邊配套產業之間，應在區域性佈局上滿足產業集聚的規模效益或產業關聯的臨界度，當產業關聯的臨界度或產業集聚的規模效益達到飽和，則會出現產業集中度上的馬太效應，產業間就會呈現出群聚現象。同時帶動與之相適應的研發、技術創新、生產性服務體系、大規模產業組織，以及完備的金融服務等活動，從而構成產業發展的良性迴圈，形成區域產業發展既合作又競爭的互動模式，推動產業系統的優化和發展。從目前昆山經濟發展情況看，尤其是在台商大陸投資昆山後，在外向型經濟引導下，產業集聚效應已初步形成，其基本形態包括：多家廠商向同一供應商購買中間產品或多家廠商向同一上游企業供應零元件（這是昆山台商投資中最典型的現象，據統計台商彼此之間的採購比重已達到60%以上）、[18] 勞動力集聚，以及溝通效應的產生。2002年，廣達電腦進駐上海松江，相關的周邊設備與零配件廠商紛紛跟進，在大企業所處的地域形成完整的產業供應鏈。而仁寶筆記型電腦的配件有很多是由富士康供應。同時，富士康在接合器、鍵盤、機箱等配件上的生產能力又吸引了其他上下游廠商。[19]

---

[18] 根據原昆山台資企業協會會長戚道阜在接受筆者調研時的答詢整理。

　　但從目前已掌握的相關情況分析，昆山目前還基本處於「工廠生產」形態—生產配套功能專區，尚未達到集聚的臨界數值與之相關的研發、技術創新、生產性服務體系、大規模產業組織，以及完備的金融服務等活動尚未形成，產業發展還沒有形成真正的良性互動。因此，在今後發展過程中，需要進一步依托中心城市的綜合性服務功能，在基礎建設、產業發展、人才流動方面更好地與中心城市進行銜接，從而推動產業集聚和整體運行機制的良性發展。

　　此外，現階段的一個台商投資中的主要現象，是區域營運總部模式與加工車間形態的結合。其主要特徵是台商的區域營運總部集中於中心城市，而加工車間形態集中於大城市周邊區域，在這一分工模式下，區域間的經濟聯動愈加密切，而且彼此間的綜合競爭優勢得以充分發揮。同時，由於區域營運總部與加工車間形態的跨區域結合，對於推動地區區域經濟整體亦起到積極的推動作用。

（三）「1002」加工出口模式與「1小時經濟圈」相結合。

　　目前，台商對長江三角洲地區的投資已呈現群落化分佈格局，群落畫分基本涵蓋上海虹橋機場周邊直線距離100公里以內的高科技產業群落（所謂1002工廠與「1小時經濟圈」）和直線距離300公里以內的傳統產業和配套產業群落。從帶狀畫分則包括環杭州灣重化工業帶和環太湖IT產業帶。而上海—蘇州產業帶則主要體現出「1002」加工出口模式，與「1小時經濟圈」相結合的典型特徵。

　　台灣第二大筆記型電腦生產廠商仁寶集團的一位郭姓經理稱，在昆山的生產成本要比在上海低，昆山的交通非常方便，以昆山海關為中心的物流系統效率提高得很快，以前大約要1天半或2天才到，但現在只要6個小

---

[19] 根據昆山原台辦主任章文熬在接受筆者訪談時的答詢整理。

時就可以。[20] 在這一情況下，上海亦感受到周邊激烈的競爭壓力，在有關政策方面也開始進行一系列的調整，尤其是以虹橋機場為中心的國際貨運體系調整機制的力度進一步加大。目前，上海航空與台灣長榮航空所達成的貨物聯運協定（每天1班，往返運輸量為200噸），[21] 有力地推動著昆山航空運輸出口量的擴張。郭姓經理還透露，在有利的周邊環境推動下，目前昆山的這家廠產能擴充很快，仁寶電子已有意把集團的生產中心從海外轉移到昆山。

從今後高科技產業、尤其是IT產業的發展趨勢看，大陸作為「世界工廠」或次級產業中心的態勢已非常明顯。從另一角度而論，即大陸作為全球IT產業的加工裝配中心的格局已基本形成。在這種情勢下，區域經濟聯動中的「1002」加工出口模式，與「一小時經濟圈」相結合的模式將有著更大的發展空間。

（四）布點偏好與強烈的尋租動機相結合。

根據對台商投資地點選擇偏好的調查（對長江三角洲地區120家台資企業的走訪調研活動），顯示台商在選擇投資地點過程的利益最大化驅動外，其心理偏好在於著重於借助投資地點以提升企業。因此，表現出強烈的布點偏好與強烈的尋租動機相結合的特點。這一特點在長江三角洲地區，主要體現為在業務開展上依托中心城市，尋找周邊臨近地區的政策最優惠地區；而具體投資地點則根據調研和其他台商推介，透過與當地政府協商、談判以確定最終投資地。由於長江三角洲地區投資整體環境相對規範，一旦選擇好投資地區，台商整體經營的「在地化」程度，多會以較快方式和進程推進。

---

[20] 華夏網資料，摘自www.huaxia.com。

[21] 經濟日報（台北），2003年8月23日，第4版。

在昆山台商投資佈局選擇的布點偏好，與強烈的尋租動機相結合特徵尤為明顯。根據有關調研結果，不少昆山台商在對外宣傳中至今仍強調其投資地在上海，藉以提升企業知名度，這種情勢進一步強化台商佈局中的選擇餘地（在嘉善地區投資的台商亦存在此種情況）。[22] 而且在長期發展中，昆山的吸引台資政策亦對上海構成一定競爭壓力，從而有利於形成相互競爭與合作相結合的互動格局。

二、「昆山模式」與區域產業關聯效應分析

大陸根據對上海及周邊地區120家廠商（不分類）的調查結果顯示，投資誘因的排列次序如下：1.土地成本低（97）；2.租稅優惠（81）；3.勞動力成本低（72）；4.管理規範、政府效率高（57）；5.市場潛力大（54）；6.產業鏈完整（41）等等。

但如果將這一調查深化，有兩大問題浮現：一是在當前大陸各地區租稅優惠普遍化、土地成本趨同化背景下，企業的首要選擇是管理規範和政府效率高。其次是人才集中，再次是商務運作便利。二是高科技企業和大企業的首要選擇是市場卡位，尤其注重投資地的投資擴散效應。由此分析，當前地方治理結構與中心城市的輻射作用相結合，則有助於構建吸引台商投資新區位。

從上世紀九〇年代以來昆山台商發展情況分析，上海作為長江三角洲的經濟中心，無論是作為金融服務、運輸樞紐、產業發展高地，還是作為國際性都市文化的提供者，在昆山吸引台資過程中一直扮演著關鍵性角色。同時，作為長江三角洲地區最大的交通運輸樞紐，上海承接著大量的進出口轉運業務，這對推動上海「一個龍頭、四個中心」建設有著積極意義。昆山作為長江三角洲地區的進出口主要地區，對於綜合服務功能的需

---

[22] 根據在嘉善訪談陳姓、林姓台商的答詢整理。

求日益強烈。一方面，上海作為長江三角洲地區的物流集散中心，自2000年起每年的航空貨物吞吐量在60萬噸以上，其中1/10直接運往台灣，而尚有一半貨物因艙位有限無法通過航空運輸方式進行。據台灣航空公司測算，實際大上海地區台商每月以航空方式直接運往台灣的貨物應在1萬噸以上，目前的航空運輸量僅能滿足50%的需求。而在這部分以航空方式出口的貨物中，昆山佔有相當比重（昆山以航空方式出口產品基本通過上海空港）。另一方面，上海港口2005年的集裝箱進出口已超過1100萬ETU，[23]成為世界第三大集裝箱港口，發展勢頭極為迅速。根據上海口岸輻射能力和與台灣的間接貿易額分析，滬台間的間接貿易總額為80億美元。[24] 按上海港的運輸強度係數12.0計算，目前滬台之間的貨物貿易總量約為960萬噸，其中來自昆山的集裝箱量大約佔23%左右。[25] 此外，上海相關金融機構對開展與昆山台商之間的業務往來也極感興趣，包括上海銀行在內的多家金融機構已相繼開展對昆山台商的抵押貸款和融資業務，金額亦已達到一定規模。[26] 也就是說，現階段區域之間的經濟互動極為密切，彼此間有著強烈的經濟合作需求。但這種區域合作之間仍存在著不少障礙，主要表現為以下三方面：

（一）綜合服務功能協調差，傳統行政區劃障礙多。

從經濟發展的實際情況看，隨著昆山外向型經濟的發展和產業層次的提升，對於中心城市綜合性服務功能的需求日益強烈。而上海在整體經濟發展過程中，隨著經濟向外輻射程度的擴張，產業外移和對產業周邊專業

---

[23] 解放日報，2006年3月12日，第1版。

[24] 壽建敏，「長江三角洲台商投資與兩岸航運和經貿互動發展分析」，上海台灣研究，第三輯，2002年，頁179。

[25] 根據對上海國際貨運集團公司研究室沈研究員訪談整理。

[26] 根據對上海銀行公司金融部陳姓部門經理訪談整理。

配套服務的需求也逐步增長，尤其是在長江三角洲區域經濟一體化進程中，更需求強化自身主導產業，不斷提升經濟發展層次，才能夠保持持續性發展。換言之，區域經濟之間的互補性和聯動效應，導致兩地間更加密切的經濟關係，但實際上區域之間的經濟聯動受制於傳統行政區劃的障礙，仍處於自發性、功能性的合作階段，綜合服務功能協調差。不過目前隨著長江三角洲經濟一體化進程的加快，以及相關城市合作論壇的設立，在整體經濟規劃方面已開始逐步出現協調發展情況，如與上海安亭汽車相配套的花橋汽配產業專區建設等，已充分體現出經濟協調方面的主動意識和發展訴求。

（二）基礎建設一體化程度不高，關聯度有待進一步加強。

隨著長江三角洲區域經濟一體化進程的加快，尤其是上海綜合服務功能的日益完善，區域內大交通、大網路、大物流的構建已成為需求迫切解決的問題。儘管目前長江三角洲地區的基礎設施建設正處於高峰期，各地的基礎建設專案不斷上馬，但長江三角洲城市帶之間的基礎設施之間如何提高一體化程度、避免重複性，如何加強溝通、協調以增強有關設施之間的關聯度、提升運營效率，尚無區域內部的明確規劃，在這方面需要進一步加強溝通與協調。

（三）經濟區域合作規畫協調不足，專業化區隔需要進一步強化。

在長江三角洲區域經濟發展過程中，在當地政府的強力主導下，隨著跨國企業投資進程和技術擴散的速度，一直為人們所關注的的各地產業發展同質化問題日趨突出。這種情況極易導致地區間的惡性競爭和資源浪費，而且在這種無序競爭中，往往會出現強者愈強的馬太效應，導致超大型城市的擴展，而不利於中小城市的發展和城市群落的形成。現在，隨著長江三角洲區域經濟一體化的推進，整體區域規畫的重要性日益凸顯，中

小城市的專業化功能和綜合配套服務功能需要得到進一步強化，以更好地
體現出自身的發展優勢。而中心城市則應當更多發揮在綜合性服務功能方
面的長處，強調體現綜合規劃協調功能，充分發揮龍頭輻射作用，以進一
步拓展經濟發展的空間和腹地。因此，加強經濟區域合作規劃協調，強化
中小城市的專業化功能和綜合配套能力，應是推進區域聯動的立足點和著
眼點。

伍、結論與建議

　　昆山經濟經過十年的高速發展，以形成具有較知名度和影響的「昆山
現象」，無論是產業發展規模、社會經濟效益，以及城市綜合發展指標均
在同等規模城市中居於前列。隨著整體社會經濟發展水準的提升，目前昆
山的發展已進入新的階段。如何在原有基礎上取得新突破，尋求可持續發
展途徑，已成為最重要的課題。有鑑於此，提出筆者對相關問題的思考與
建議：

　　一、在區域經濟的發展規劃方面，應本著「優勢互補、互惠互利、長
期合作、共同發展」的宗旨，積極加強相互協作，努力實現區域經濟共同
繁榮。從目前情況分析，區域經濟一體化最後可能是由跨國公司先完成，
建議建立專家諮詢委員會，以市場為基礎，利益為紐帶，政府為主導建立
協調機制。

　　二、長期以來，昆山抓住國際產業轉移的歷史機遇，通過制訂積極有
效的引資政策，致力於改善投資環境，吸引大量海外尤其台商投資，促進
經濟的高速增長，形成令人矚目的「昆山現象」，為昆山的經濟發展奠定
了堅實的基礎。從未來發展態勢分析，昆山要繼續保持穩定高速的發展，
有必要在目前條件下，保持與強化已取得在投資總體環境方面的優越地
位，全力提升產業層次，型塑專業精密產品加工區和高科技產業配套區；

依托中心城市的綜合服務功能，型塑人力資源優勢，提高城市的發展空間，以及深化經濟發展內涵。

三、統計顯示，昆山的民營經濟僅佔昆山經濟總量的不到20%，這遠低於浙江的大部分地區。民營經濟發達，將形成對台資的良性競爭態勢，有利於昆山經濟的健康發展。只有這樣，才能夠擺脫單純的兩頭在外的加工的模式，實現昆山經濟全面可持續發展。

四、積極引導台資企業向高科技產業與服務業方向發展。

對昆山而言，在今後的發展過程中，需要引導投資重點進一步向以電子資訊和精密機械等的領域集中，強化昆山作為高科技產業基地的作用。同時，推動台資相關研發及輔助性機構在昆山的投資。另一方面，隨著昆山經濟的發展和城市設施的逐步完善，尤其是長江三角洲大交通網絡的形成，昆山的整體人文社會環境將得到進一步完善。在這種情況下，需要積極推動台商在昆山第三產業，如房地產開發、百貨零售、生產性服務、交通運輸、貨運代理服務、相關會展等領域的投資，以實現昆山的可持續增長。

參考書目

「投資沃土創新樂園，昆山與時俱進」，〈http://www.huaxia.com〉。

大衛‧莫謝拉著，高銛等譯，權力的浪潮—全球資訊技術的發展與前景（北京：社會科學文獻出版社，2002年）。

尹繼佐主編，現代化國際大都市建設（上海：上海社會科學院出版社，2002年）。

李銳主編，產業經濟學（北京：人民大學出版社，1998年）。

杜德斌，跨國公司RD全球化的區位模式研究（上海：復旦大學出版社，2001年）。

沃納‧赫希著，劉世慶、李澤民譯，城市經濟學（北京：中國社會科學出版社，1990年）。

卓勇良，空間集中化戰略—產業集聚、人口集中與城市化發展戰略（北京：社會科學文獻出版社，2000年）。

昆山市統計局編，昆山統計年鑑2002、2003年、2004年、2005年。

胡序威、周一星、顧朝林，中國沿海城鎮密集地區空間集聚與擴散研究（北京：科學出版社，2000年）。

高長，「台灣墊支產業兩岸分工與全球佈局策略」，〈http://www.china.com.cn〉。

盛洪，分工與交易（上海：上海人民出版社，1995年）。

郭萬達、朱文暉編著，中國製造—「世界工廠」正轉向中國（江蘇：江蘇人民出版社，2003年5月）。

陳文鴻、朱文暉，產業集聚與地區集中：世紀之交台商投資大陸的模式變化，香港理工大學中商業中心工作文稿（2001年）。

賀衛，尋租經濟學（北京：中國發展出版社，1999年）。

蔡秀鈴，論小城鎮建設—要素集聚與制度創新（北京：人民出版社，2002年）。

蔡來興主編，國際經濟中心城市的崛起（上海：上海人民出版社，1995年）。

鮑克，中國開發區研究（北京：人民出版社，2002年）。

邁克爾‧波特著，國家競爭優勢，李明軒、邱如美譯，北京：華夏出版社，1990年。

台商大陸投資：東莞模式

馮邦彥

（暨南大學經濟學院院長）

摘要

　　本文對台商投資東莞多形成的運作模式進行深入探討，指出其基本內涵，包括利用毗鄰香港區位優勢，形成「台灣接單、東莞生產、香港出貨」的運作模式，並納入全球生產網路體系。形成產品配套體系完備、產品品種齊全的「地方產業群」（local industrial cluster），以及當地政府致力建立完善的投資環境和政府與商會間良好互動關係。該模式無論是對投資東莞的台商，還是對東莞本身的經濟發展，都產生了巨大而深遠的影響，形成雙贏的局面。

　　不過，2000年以後，隨著台商逐漸將注意力擴展到以上海為中心的長江三角洲地區，特別廣東近年積極推動產業結構向重化業方向升級轉型，「東莞模式」的局限性已逐步凸顯，包括模式內隱含的資源外延擴張式的粗放型發展模式已經難以為繼，土地、勞動力、水、電等生產要素，正制約著經濟規模的持續擴張。台商的地方產業群粘性不足、紮根不深，容易發生區位轉移，使當地經濟發展隱含著危機。

關鍵字：台商、東莞模式、地方產業群、全球生產網絡體系、飛地經濟

作者馮邦彥，暨南大學經濟學院院長、暨南大學台灣經濟研究所所長、經濟學教授、區域經濟學博導、廣東經濟學會副會長、國務院海峽兩岸研究中心特約研究員。

壹、「東莞模式」的形成

　　東亞地區盛行的雁行理論（The Flying-geese Model）認為，亞洲國家產業轉移的路徑，從日本開始，依次是「亞洲四小龍」（包括韓國、台灣、新加坡、香港），再到中國大陸和東盟諸國，而轉移的基本原因則包括：要素成本的改變、外溢效果，以及連鎖效果等。八○年代後期，台灣的製造業在土地、勞動力等要素成本大幅上漲的壓力下，開始將其勞動密集型產業向東南亞地區和中國大陸轉移，形成「南向」與「西進」趨勢。

　　1987年以前，台商在海外投資的規模甚小，據台灣「投資審議委員會」的統計，1959年至1987年台灣的海外投資僅3.75億美元。1987年以後，台灣陸續開放民眾回大陸探親，取消戒嚴令，准許間接貿易，台商到大陸的投資開始增加。1988年，《廣東統計年鑑》開始出現台商在廣東投資的記錄，當年廣東簽訂台商投資專案29個，實際利用台資324萬美元。不過，這一階段，出於對大陸改革開放政策穩定性及長期性的擔心，台商的投資規模較小，大企業仍處觀望階段。

　　在台灣嚴令禁止直接投資，兩岸尚未實現「三通」的前提下，到大陸投資的台商主要是以香港為仲介進入內地。廣東珠江三角洲東部地區尤其是深圳、東莞、廣州等地，成為台商主要的集聚地區。當時，台資企業主要集中在毗鄰香港、交通便利的深圳、東莞等地，以「三來一補」等加工貿易的方式進行，通過香港外銷。根據東莞市「台辦」的資料，東莞是台商進入中國大陸投資最早的地區之一，從1987年到1991年，東莞共引進台商451家，平均每年113家，這是台商投資東莞的試探階段。[1]

　　1992年，鄧小平發表「南巡講話」，中國進入對外開放的新階段，台商對廣東的投資大幅增加，到1993年達到高峰。當年廣東簽訂台商投資項

---

[1] 封小雲，「關於台商投資的調研報告」，經濟前沿（廣州），2001年10-11月，頁25。

目增加到873個，協定利用台資11.4億美元，實際利用台資達2.7億美元，分別是1988年的30倍、13倍和82倍。這一階段，由於深圳在政策傾斜方面轉向支援高科技產業的發展，香港、台灣等地的一批「三來一補」企業遂遷移到交通同樣方便，但成本卻便宜得多的東莞地區，形成所謂「東莞現象」或「東莞模式」。這時期，東莞引進台商進入了迅速發展階段。據統計，1992年至1994年，東莞共引進台商959家，平均每年增加320家。

早期，台商在東莞等地的投資主要是勞動密集型產業，包括製鞋、家具、電線電纜、塑膠與五金、燈飾等。1997年亞洲金融風暴驟起泰國，並橫掃整個東南亞，東盟諸國的投資環境惡化，台商「南向」計畫失利，投資重點進一步轉移到中國大陸，「西進」凸顯。這一階段，台資企業投資東莞進入加速的發展態勢，每年引進台資企業均以約500家的速度增長。台商對廣東的投資轉向資本、技術密集型產業，特別是電腦周邊產業，包括聲寶、寶成、光寶、台塑、台達、國巨、群光等數十家知名大企業，以及上市公司也先後投資東莞地區。到2000年底，台商到東莞投資的企業已超過四千家，形成兩岸乃至全球矚目的集聚效應。當時，IBM大中華區採購副總經理李祖藩指出：「如果東莞通往深圳皇崗的公路被切斷，全球70%的電腦商都將受到影響。」

2000年以後，台灣的IT產業掀起新一輪向大陸轉移的熱潮，企業在「台灣接單、大陸生產」的比重逐步升高。這輪投資的重點以電子、資訊產業為主，進入大陸的IT類產品層次快速提高，監視器、顯卡、主機板、臺式電腦等產品移至大陸生產的速度成倍增長。不過，台灣IT產業向大陸投資的新一輪熱潮中，並沒有像以往那樣仍然集中在廣東珠江三角洲地區，長江三角洲的昆山、蘇州地區受到更多的關注。上海作為中國經濟中心的地位，得到了台商的普遍認同，其內控腹地、外聯全球的地理位置優勢迅速凸顯。

儘管如此，廣東東莞台商的發展始終保持高速增長的態勢。目前，東

莞引進的台資企業累積近七千家，約佔廣東台資企業的三分之一，佔全大陸總數的十分之一。其中，台灣上市公司在東莞投資的已超過100家，常住東莞的台商及台籍管理人員達數萬人。台商在東莞的一些鎮區，如長安鎮、厚街鎮、清溪鎮、石碣鎮、塘夏鎮等，更成為當地經濟發展主力。東莞已成為廣東乃至全大陸台商投資最密集的城市。

貳、「東莞模式」的內涵及其基本特徵

　　所謂「東莞模式」，有國內學者認為：這是對東莞外向型經濟發展道路的一種概括，是指由東莞提供土地，有可能是已建成的標準廠房，中國內地提供廉價勞動力，外商提供資金、設備、建設和管理的要素組合模式，所生產出來的產品大部分是出口到國外市場。在這種模式下，「東莞充分發揮人緣、地緣、政策優勢之時，以加工貿易為突破口，以外向性經濟為主導，迅速發展成為港臺製造業，乃至全球製造業的『加工廠』，被納入其全球生產網路體系中，為中國在國際製造業贏得一席之地。」[2]

　　不過，根據我們的研究，如果單從投資東莞台商的角度來看，所謂「東莞模式」，主要包含以下一些基本的內涵及特徵：

一、利用毗鄰香港區位優勢，形成「台灣接單、東莞生產、香港出貨」的運作模式，並納入全球生產網絡體系。

　　九○年代，台灣的勞動密集型產業，包括IT產業，由於受到產品價格下降和本地生產成本上升的雙重壓力，開始向外轉移。台商最初在大陸福建、廣東沿海地區設廠，並逐漸在東莞等珠三角地區集聚。當時，台商最重要的考慮因素就是利用廉價豐富的勞動力和土地資源，以降低生產成

---

[2]　李玉輝，「對東莞外向型的研究」，科技與市場，2006年6月，頁60。

本，保持其在國際市場的佔有份額。[3] 因此，投資東莞的台商，一般將其營運中心繼續留在台灣，負責管理、運籌、行銷、產品開發等業務；而將產品的生產製造工序安排在東莞。東莞等地台商的這種經營模式，可以說直接繼承港商在廣東珠三角地區的出口加工貿易形式，其主要原因是：(1)本地工業基礎薄弱，缺乏上下游產業支援，原料和產品市場兩頭都在海外；(2)海外投資者對內地政策的穩定性存在疑慮，投資行為具有試探性質，傾向於減少對本地依賴。因此，這種模式的目的是要充分利用當地價格低廉的土地和勞動力資源。

表一：台商企業投資大陸主要原因

（單位：％）

原因	非常重要（1）	重要（2）	不重要（3）	未回答（4）	（1）＋（2）
利用廉價豐富的勞動力	54.6	39.1	5.1	1.2	93.7
當地市場潛力	41.4	40.7	13.0	5.0	82.1
台灣經營環境惡化	28.9	51.3	12.2	7.6	80.2
有效利用資本技術	18.1	52.2	21.4	8.3	70.3
應國外客戶的要求	25.6	44.6	21.5	8.4	70.2
容易取得土地	19.3	49.3	22.4	9.0	68.9
廉價的原材料供應	24.3	40.7	26.7	8.3	65.0
當地政府的外資鼓勵政策	12.4	41.4	30.4	15.9	53.8
隨台灣的客戶企業投資	17.3	35.4	33.1	14.2	52.7
便於取得技術	8.4	29.2	49.0	13.4	37.6

資料來源：朱炎，「台灣資訊產業的成長及其對中國大陸的投資」，**台灣研究集刊**，2001年第2期，頁101。

---

[3] 朱炎，「台灣資訊產業的成長及其對中國大陸的投資」，台灣研究集刊，2001年第2期，頁100-101。

　　台商在珠江東岸的東莞等地區聚集，其中另一個重要因素是就是毗鄰香港。在兩岸的人員、貨物甚至大部分資金都必須以香港為仲介進行往來的情況下，台商在大陸投資的地域，很大程度以交通便利、毗鄰香港為優選。過去20多年，首先是香港，接著是台灣，大規模地將其勞動密集型產業轉移到廣東珠江三角洲，形成「前店後廠」的分工模式。Markusen（1996）指出：「這種外資驅動的產業網路是典型的衛星平台式的結構。」[4] 在這一過程中，香港演變成華南地區的工業支援中心，並重新確立其作為區內最重要貿易轉口港地位。而珠三角地區則憑藉毗鄰香港的區位優勢，發展成為國際著名的出口加工基地，被譽為「世界工廠」。眾所周知，香港是亞太區國際金融中心、國際性航運、航空中心和國際貿易中心的功能。據香港理工大學中國商業中心2000年的一項調查，香港的台資企業一般將其在香港的業務定位為財務控制中心的角色，主要為台資大陸公司提供轉運、接單、採購、行銷、財務調度、收取貨款、融資等服務，以提高效率並規避財務風險。這些企業在香港的資金運作，還可通過灰色地帶與廣東工廠結合起來，如將部分匯入大陸的「三來一補」的各種費用，透過地下渠道進入東莞，以逃避當地政府對管理費的徵收等。[5] 隨著台商在廣東的發展，香港作為其公司財控中心的地位已日益重要。

　　誠然，中國加入WTO後，對外開放加快，香港作為內地工業支援中心、貿易轉口港等傳統仲介角色淡化，但香港的服務業，包括金融服務業、電訊及互聯網業、貨運代理及物流業、批發及零售業、專業服務，以及廣告業、旅遊業將更能發揮其功能，為廣東珠江三角洲的廠商提供完善服務。香港因其作為國際貿易、航運中心、航空中心的地位，以及跨國

---

[4] Markusen A, "Sticky places in slippery spaces: a typology of industrial districts," *Economic Geography*, 1996, 72 (3), pp. 293-313.

[5] 陳文鴻、朱文輝，「產業集聚與地區集中：世紀之交台商投資大陸行為的變化」，香港理工大學中國商業中心，2001，頁14。

採購公司集中地的優勢，為客戶提供包括貨運、保險及品質檢查等「一站式」的服務，可發展成為亞太區重要物流中心。[6] 與長江三角洲地區相比，「香港因素」無疑是廣東東莞等地區吸引台商投資的重要優勢之一，尤其是對以外銷國際市場為主的台商而言。

二、形成產品配套體系完備、產品品種齊全的「地方產業群」。

從企業網路的角度研究產業群聚的發展，特別是在經濟全球化背景下研究地方產業群聚的競爭優勢，已成為當前國際產業領域的熱點之一。產業群的理論最早可以追溯到馬歇爾的產業區概念，馬歇爾認為集聚產生的外部性是集聚形成並發展的內動力，其地方化的優勢可歸納為：(1)具備專業技能的勞動群體；(2)形成前後向聯繫網路的相關支援產業集聚；(3)本地企業之間頻繁的資訊知識交流。在產業群聚理論中，運輸費用、勞力成本和規模經濟效益是促使群聚產生的動力。在產業群聚中，每個企業通過產業分工，專注生產一、兩個部件或產品的一、兩個部分，從而實現規模經濟效應，而由於群聚的關係，不同企業之間互相配合，又可獲得範圍經濟效應，從而大減低生產成本和交易成本，提高企業的競爭力。產業群聚模式在資訊科技產業表現得尤為明顯，美國的個人電腦產業就因為產業群聚效應而集中在矽谷地區。波特在其著作《國家競爭優勢》中，就將產業群聚與配套產業的完整性、創新性視為國家競爭理論的重要構成部分。

台商投資廣東珠三角的企業中，產業群聚效應表現得相當明顯。早期台商在廣東珠江三角洲的企業，基本上都是按製鞋、家具、五金、塑膠、電線電纜等產業在不同的地區或城鎮聚集起來。如在深圳，約三分之一集中在寶安區，其中消費性電子加工業聚集在西鄉鎮，陶瓷業聚集在沙井

---

[6] 馮邦彥，「台商在廣東珠三角地區的投資及發展前景」，特區經濟（深圳），2002年6月，頁35。

鎮，自行車製造業聚集在龍華鎮；在東莞，製鞋業集中在厚街鎮，家具業集中在大嶺山鎮，電線電纜業集中在虎門、石碣鎮等。到九○年代中後期，台灣IT產業，主要是電腦周邊產品製造業向大陸轉移，並逐漸聚集在深圳、東莞等地區時，產業群聚的特點更為明顯。當時，部分台灣大企業和上市公司，如台達、國巨、群光等相繼進入東莞或加大對東莞的投資，這些大企業在東莞落戶產生強大的雪球效應，帶動周邊和中下游企業向東莞聚集。如台達電子在東莞投資設廠後，就吸引了超過100家協作企業聚集其周圍，形成一個有明確分工和配套、互補的產業群體和產業鏈，即所謂的「地方產業群」或「商圈」。台商的產業集聚，在一些鄉鎮表現得尤為突出，如石碣鎮就集聚數百家電子電腦生產企業，包括台達、光寶等16家跨國公司在這裡設廠，其產品中有8種產品，包括電源供應器、電腦鍵盤、碎紙機、變壓器等產量均居世界第一位；清溪鎮生產的電腦機箱就佔全球份額的30%，居世界各產區之首。

　　這些「地方產業群」或「商圈」的形成，在IT產業中更顯突出。IT產業由於建設和市場變化快，企業必須依靠垂直分工和高效協作在市場競爭中贏得時間。台灣以中小企業為主的彈性專精生產網路，在台灣發展IT製造的全球代工中表現出強大的競爭力，同時也使其遷移具有整體移動的特點。當然，這種現象的形成，除了IT產業的特性及一般產業的規模經濟效應和範圍經濟效應等因素外，還與台商受中國傳統文化影響，極注重「人脈」網路有莫大的關係。黃朝暉（2000）認為，群聚性使台商喜歡在投資及日常生活中與熟悉的親朋好友相聚，互相照應。[7]

　　目前，東莞已發展成為全球最大桌面電腦零配件的加工出口基地，從事電腦IT產業的台資企業接近4,000家。早在九○年代末，東莞的電腦零配件生產就已形成完備的產品配套體系，從小到一顆螺絲釘的上游產品，

---

[7] 黃朝暉，「試析台資企業在廣東的投資活動」，暨南學報（廣州），2000年第4期，頁97。

到下游的桌面電腦整機配套，一應俱全，在東莞可配齊95%以上的桌面電腦整機所需的零部件。目前，東莞生產的電腦資訊產品在世界市場佔有份額超過10%的就有10多種。其中，電腦磁頭、電腦機箱及半成品佔40%，敷銅版、電腦驅動器佔30%，高級交流電容器、輸出變壓器佔27%，電腦掃描器、微型馬達佔20%，電腦鍵盤佔15%，電子元件佔12%。加工生產的電腦磁頭、主機板、顯示器、電源供應器、掃描器、微型馬達等產品產量均居世界前列。因此，東莞成為全球主要電腦製造商的零部件採購基地之一，IBM、康柏、惠普、貝爾等電腦公司都把東莞作為重要零部件採購基地。目前，一年一度舉辦的東莞國際電腦資訊產品博覽會，已成為繼美國拉斯維加斯、德國漢諾威和台灣之後，全球第4大電腦資訊產品博覽會。

　　東莞的產業集聚，在企業結構方面，還形成以大企業為龍頭，以中小企業為主體的模式。目前，東莞的台資企業中投資額超過一千萬美元以上的就超過150家，其中，寶成、光寶、台達、致伸等公司在東莞的投資總額都超過1億美元。需要指出的是，東莞雖然已集聚了數十家台資大企業或上市公司，但總體而言，仍以中小企業為主體，投資規模較小。據東莞台辦的統計，中小企業和「三來一補」企業仍佔總體規模的70%以上。這顯示，台商在東莞的投資仍以勞動密集型產業為主，即使是資訊科技產業，也主要是中低檔的電腦周邊產品，資本、技術含量仍不算高。

三、當地政府致力建立完善的投資環境和政府與商會間良好互動關係。

　　改革開放以來，廣東省及東莞市政府非常重視外資的引進工作，一直致力改善包括台商在內的外來投資者的投資環境。1978年以來，東莞用於基礎設施的投資就超過300億元，實現村村通路、通電、通水、通程式控制電話。踏入21世紀以來，東莞市政府提出「一網兩區三張牌」戰略重

點，加大基礎設施建設力度，改善城市環境，取得明顯進展。在「軟」環境方面，政府也越來越重視與國際慣例運作機制接軌，包括充分發揮市場作用，建立務實、高效的政務環境等。東莞市政府高度重視對台商投資的服務，2002年市政府成立台商聯絡小組協調會議制度，並正式發揮台商協會的主要作用，形成政府與商會之間良好互動關係。適應大批台商及其家屬、子女的社會需要，東莞還建立台商子弟學校，台商醫院也在籌建之中。總體而言，東莞已初步形成適合台商投資的良好環境。

參、「東莞模式」對台商及本地經濟效應

　　「東莞模式」無論是對投資東莞的台商，還是對東莞本身的經濟發展，都產生巨大而深遠的影響，形成雙贏的局面。

一、佈局東莞的台商得以在國際市場上繼續保持競爭優勢並發展壯大。

　　眾所周知，東莞生產的IT產品以其價格低廉，在全球具強大競爭力而聞名。2005年5月，美國《商業週刊》曾發表題為「《探究「中國價格」現象》」的文章，指出該刊曾派員到中國直接調查，發現中國能夠在全球市場擁有巨大競爭力的原因，其中包括中國經濟規模龐大，供給資源豐富；生產規模超大型，產品上下游供應配套體系完備，生產商可以在眾多供應商買到各種零件和原材料，以及當地完善的基礎設施等。[8] 東莞在加工貿易為基礎發展起來的PC相關地方產業群，由於處於巨大的國際市場與極具發展潛力的國內市場交界位置，優先佔據全球聯繫的有利地位，在

8　李傳志、張兵，「廣東東莞IT產業特點分析」，科技管理研究（東莞），2006年第3期，頁42。

成本優勢的基礎上，進入PC生產的全球分工體系，並迅速形成相關產品的本地生產配套網路。[9] 這種模式使投資東莞的台商在國際競爭中獲得極大優勢。

　　正因為如此，東莞許多台資企業都經歷了從小到大的快速發展歷程。如東聚電業有限公司1989年投資東莞時只有一千多平方米廠房和25個工人，到經過十幾年的發展，目前已成為擁有十家廠、近五千工人、總投資超過1億美元的台灣上市公司，進入台灣百大企業之列。又如寶成集團在東莞的裕元鞋廠，不僅發展成為世界第一的鞋業王國，而且實現向多元化發展，成功向高科技轉型。其自行規劃和投資建設的黃江裕元工業區，以高新技術產業為主，已有超過二十個投資專案，僅「精成科技」的投資額就達6.3億美元。

二、東莞經濟實現從農業社會，向工業經濟為主體的飛躍轉變。

　　改革開放二十多年來，外資特別是香港、台灣資本的投入，對東莞經濟發展的貢獻是有目共睹。在外資的推動下，東莞從一個典型的農業社會迅速轉變為廣東珠江三角洲的工業化重鎮，成為全球最大的電腦周邊產品生產基地、全國最大的出口產品加工製造基地之一。據統計，1978年，東莞的三次產業比重為44.6：43.8：11.6，到2005年已轉變為1.0：56.5：42.5，整個地區已達到工業化的中期階段。

　　改革開放之初的1978年，東莞的本地生產總值只有6.11億元，全社會固定資產投資總額2,319萬元，政府財政收入僅6,604萬元。到2005年，上述各項指標分別增長到1,378.23億元、597.24億元、331.91億元，分別增長224.58倍、2,595.7倍和501.89倍（表二）。東莞經濟發生巨變，居民收入

9　童晰、王緝慈，「東莞PC相關製造業地方產業群的發展演變」，地理學報（北京），第56卷第6期（2001年11月），頁727。

水準大幅提高，2005年居民個人可支配收入達22,882元。東莞經濟的飛躍發展，原因是多方面的，但其中外資包括港台資本的大舉投入，具有舉足輕重的影響。從海關出口總額來看，2005年，東莞海關出口總額為409.29億美元，其中外資企業出口總額就達235.33億美元，佔57%的比重。

表二：東莞經濟發展概況（1978-2005年）

	1978年	2005年	對比增長倍數
國內生產總值（億元）	6.11	1,378.27	224.58
海關出口總額（億美元） 　其中外資企業	0.77 —	409.29 235.33	530.55 —
固定資產投資（億元）	0.23	597.24	2,595.70
實際利用外資（億美元）	0.17	37.51	219.65
財政收入（億元）	0.66	331.91	501.89
居民個人可支配收入（元）	—	22,882	—

資料來源：東莞市政府網頁，www.dg.gov.cn。

肆、「東莞模式」的局限性及其面對的挑戰

實際上，2000年以後，隨著台商逐漸將注意力擴展到以上海為中心的長江三角洲地區，特別廣東近年積極推動產業結構向重化業方向升級轉型，「東莞模式」的局限性已逐步凸顯。其面對的挑戰亦日顯嚴峻：

一、「東莞模式」內隱含的資源外延擴張式的粗放型發展模式已難以為繼，土地、勞動力、水、電等生產要素正制約著經濟規模的持續擴張。

在「東莞模式」中，由於集聚的產業以勞動密集型為主，在全球產業鏈中所獲得的價值和利潤分成很少。經濟增長主要靠低成本的生產要素，包括土地、勞動力等投入的增加，形成一種資源外延擴張式的粗放型發展模式。在這種模式下，八〇年代以來因為廉價土地和勞動力的供應充足，東莞成為中國台商投資和經濟發展最快的地區之一。然而，踏入二十一世紀以後，隨著土地、勞動力等供應開始短缺，該模式的可持續性受到質疑。

從土地資源看，東莞本來是一個縣，1988年直接升級為地級市，沒有所轄的縣，土地面積原來就比較小，只有2,465平方公里，約合370萬畝。2003年，全市建設用地總量已經超過土地面積的1/3，再除去100萬畝不可利用的山頭、水面、農田保護區，實際可利用的工業用地只剩幾十萬畝，按現在的土地消耗速度，東莞的土地資源將在未來十年內消耗殆盡。東莞的土地競價已經由以前的每平方米一千六百多元，上升到最高價每平方米六千多元。

從勞動力資源看，由於從事勞動密集型產業，東莞經濟發展離不開龐大的農民工人群。2004年東莞外來務工人員超過500萬，與當地人比例達到3：1。由於過去十幾年來，東莞普通工人的工資幾乎沒有提高，一直維持在600元水準，自2003年以來，東莞已開始出現「民工荒」。2005年，當時任東莞市市長的劉志庚曾公開承認：「東莞確實存在勞工短缺的問題。2004年4、5月，我市勞動部門調查了全市1.5萬家企業，有17%的企業表示有用工需求，需求人數約為26.8萬人，同比增長36%。」[10] 據有

---

[10] 鄧錫蘭，「東莞市長解讀勞工短缺」，中國經濟週刊（北京），2005年第14期，頁28。

關方面調查，目前東莞企業短缺民工約為20萬至30萬。[11] 面對勞工短缺，台資企業只有增加工人工資或購買機器設備以減少工人，東莞台商協會會長、東莞巧集集團董事長張漢文就表示，目前該企業員工的平均工資已調升至1,000元以上。[12]

此外，缺水、缺電也開始制約經濟的增長。近年來，台資企業特別關注用電問題，在用電高峰期不少企業都面對「停三開四」的困境，電力短缺已成為制約東莞台商發展的又一瓶頸。據瞭解，2006年5月26日東莞用電負荷創歷史新高，最高負荷已達到722萬千瓦。東莞供電局預計2006年全年東莞最高負荷將達到830萬千瓦，同比增長17.25%；全市全年供電量預計達458億千瓦時，同比增長10.2%。預計2006年東莞全年電力供應缺口將達到240萬千瓦。在用水方面，東莞超過一半以上的鎮區都出現供水緊張狀況。

面對生產要素供應短缺的制約，以及「十一五」時期廣東產業結構向重化業轉型的壓力，近年來東莞市政府也開始積極推動產業升級，包括建設「東莞松山湖科技產業園區」等。該園區於2001年被批准為省級高新技術產業開發區，初衷只是為了應對蘇州的競爭，但市政府認為東莞當務之急是完成產業結構轉型，該園區的定位被調整為「東莞產業結構升級的龍頭」。在這種宏觀經濟背景下，東莞傳統的台資企業已面臨轉型的臨界點，除非增加企業產品的附加價值，向高增值或高科技轉型，否則將不得不遷往投資環境相對較差，但要素資源相對豐富的珠三角外沿地區。

---

[11] 何慶華等，「東莞企業缺工業狀況調查」，東莞理工學院院報，第13卷第2期（2006年4月），頁35。

[12] 程向明，「受困資源瓶頸東莞台商臨界轉型」，香港商報，2006年7月12日。

二、「東莞模式」中台商的地方產業群粘性不足、絮根不深，容易發生區位轉移，使當地經濟發展隱含危機。

　　「東莞模式」中還有一個重要的問題，就是台商所形成的「地方產業群」粘性不足。這些產業群都具有「兩頭在外、大進大出」的特徵，訂單、資金、技術、生產運籌乃至市場都在境外，東莞僅承擔加工環節。外商看中的是東莞廉價的土地和勞動力資源，以及東莞對外資的優惠政策，一旦東莞這些比較優勢消失，企業就會發生區位轉移。因此，這些地方產業群絮根不深。2000年以後，隨著上海華東地區的崛起，以及廣東出現土地、勞工供應短缺，部分台資企業即出現所謂「北擴」甚至「北移」的情況，就是一個明證。

　　更值得重視的，這些地方產業群的產業網路和人脈網路，是否在本地絮根，即台商這種整體的網路化植入，能否融合到當地產業網路和人脈網路之中，帶動本地創新網路的形成是值得關注的問題。[13] 王緝慈等人（2003）研究指出，東莞的台資廠有一些共同特點，它們幾乎都是台灣廠的外包型協力廠，管理方式和生產方式完全拷貝台灣廠，與台灣總部保持著複雜交織的密切聯繫，形成了一張彈性化的協力網路。他們在對東莞台商的訪談中發現，當地台商將大陸視為純粹大量生產的基地。他們在台灣採購，而非在大陸直接採購。即使有，也只是給台商大陸廠。其中的原因，主要是IT產業訂單變化大、資本密集度高，東莞當地傳統工廠無法滿足台商需求變化，台商對當地廠商多持懷疑態度等。[14] 李志傳等人（2006）的研究也認為：「台商企業只選擇自己圈子裏面的企業形成上下游交易合作關係，對當地相關產業前後關聯效應差。」[15] 在人脈方面，情

---

[13] 王緝慈、羅家德、童昕，「東莞和蘇州台商PC產業群的比較分析」，中國地質大學學報（社會科學版），第3卷第2期（2003年4月），頁7。

[14] 同上。

[15] 李傳志、張兵，「廣東東莞IT產業特點分析」，科技管理研究（東莞），2006年第3期，頁43。

況也是如此。人才是台資企業本土化很重要的因素，東莞台商也曾積極培育當地幹部，但流失很多，本土化進展並不順利。

因此，台商在廣東珠三角的經濟，往往被視為「孤島經濟」或「飛地經濟」，沒有很好地與當地的產業網路融合，這種狀況近年雖有改善，但仍然不理想。王緝慈等人（2003）認為「東莞地區，人才和供應商都是外來的，本地網路沒有形成⋯，高科技產業並未在當地形成龐大的零元件供應網路。如今一些東莞高科技台商的大廠已經紛紛有他移計畫，到其他地方發展。[16] 由於台商的地方產業群粘性不足、紮根不深，對地方經濟的拉動有限，而且隱含區位轉移的危機，這就可能直接或間接地影響當地政府的政策導向。一旦當地的內源型經濟及民營經濟成長起來，產業升級轉型成功，「東莞模式」的戰略地位將會受到挑戰。

伍、結語：「東莞模式」何去何從？

過去20年，「東莞模式」創造了中國經濟發展中的一個「奇蹟」，它的外向型經濟發展道路在中國沿海開放地區具有相當的代表性。毫無疑問，憑藉著其毗鄰香港的區位優勢、產業集聚的優勢、以及投資環境的優勢，「東莞模式」在未來相當長的一段時期內仍將具有強大的競爭力。

然而，必須強調的是，隨著中國經濟的發展，它的局限性也開始顯露。特別是隨著中國「十一五規畫」的展開，在投入要素供應短缺和價格上升的制約下，廣東傳統的經濟增長方式將加快轉變速度，產業結構向重化業、高科技方面升級轉型，特別是向石化、汽車、裝備製造、鋼鐵、生物工程、新材料、新能源方面發展，而傳統的勞動密集性產業則加快向廣東的東西兩翼和山區轉移。在這種特定的背景下，「東莞模式」的升級轉

---

[16] 王緝慈、羅家德、童晰，「東莞和蘇州台商PC產業群的比較分析」，頁9-10。

型勢在必行，否則將面臨被邊緣化的危險。

　　事實上，二十一世紀以來，全球經濟發展進入無國界時代，競爭加劇，造成IT產業生命週期縮短，IT產商傳統賴以發展的垂直整合模式已無法適應這一快速變化，這促使台灣的原材料或半成品供應商，加快跟隨下游製造企業遷移到大陸的步伐，傳統的產業分工格局正在重組。因此，「東莞模式」也存在轉型的客觀基礎和條件。事實上，近年來，東莞市政府也正積極推動產業的升級轉型，包括以松山湖科技產業園為龍頭，積極發展科技、教育，以及金融、物流、會展等生產性服務業，當地的民營經濟正進一步崛起，這些都為投資東莞的台灣廠商向高科技轉型、更深地將產業網路和人脈網路融入當地經濟提供可能性。而香港與內地「更緊密經貿關係」（CEPA）的建立、廣東提出的「泛珠三角」區域合作迅速推進，也為台商打入中國市場提供商機。

參考書目

王緝慈、羅家德、童晰，「東莞和蘇州台商PC產業群的比較分析」，**中國地質大學學報**（社會科學版）（北京），第3卷第2期，2003年4月。

朱佳佳，「『東莞模式』探析」，**經濟前言**（廣州），2002年11月。

朱炎，「台灣資訊產業的成長及其對中國大陸的投資」，**台灣研究集刊**（廈門），2001年第2期。

何慶華等，「東莞企業缺工業狀況調查」，**東莞理工學院院報**（東莞），第13卷第2期，2006年4月。

李玉輝，「對東莞外向型的研究」，**科技與市場**，2006年6月。

李傳志、張兵，「廣東東莞IT產業特點分析」，**科技管理研究**（東莞），2006年第3期。

封小雲，「關於台商投資的調研報告」，**經濟前言**（廣州），2001年10-11月。

洪詩鴻，「珠江三角洲地區IT產業的群聚和外資的區位優勢選擇」，**中華經濟協作系統第6次國際研討會論文**，2001年11月。

紀碩鳴，「東莞模式：兩岸三贏」，**亞洲週刊**（香港），1999年10月18-24日。

曹群，「東莞IT產業集群的可持續發展對策探析」，**哈爾賓商業大學學報**（社會科學版）（哈爾賓），總第82期，2005年第3期。

陳文鴻、朱文輝，「產業集聚與地區集中：世紀之交台商投資大陸行為的變化」，**香港理工大學中國商業中心**（香港），2001年。

程向明，「受困資源瓶頸東莞台商臨界轉型」，**香港商報**（香港），2006年7月12日。

童晰、王緝慈，「東莞PC相關製造業地方產業群的發展演變」，**地理學報**（北京），第56卷第6期，2001年11月。

童晰、王緝慈，「矽谷－新竹－東莞：透視資訊技術產業的全球生產網路」，**科研管理**，1999年9月。

馮邦彥，「台商在廣東珠三角地區的投資及發展前景」，**特區經濟**（深圳），2002年6月。

黃朝暉，「試析台資企業在廣東的投資活動」，**暨南學報**（廣州），2000年第4期。

鄒錫蘭，「東莞市長解讀勞工短缺」，中國經濟週刊（北京），2005年第14期。

劉慶瑞，「台灣的海外投資與貨幣危機」，世界經濟評論（日本），1998年6月。

東莞產業升級轉型台商因素影響探討

林江

（中山大學嶺南學院財政稅務系主任、教授、博士生導師）

鄧汜

（中山大學嶺南學院金融系碩士研究生）

摘要

　　東莞是台商在大陸投資最集中的城市，以往關於台商的研究大多聚焦台商對當地投資環境的評價，而較少探討台商與本土經濟發展形態的關係。近年來，大陸地區，包括東莞都在強調產業升級轉型，而台商在其中可以發揮的作用非常值得研究。本文以東莞台商在當地經濟發展中的貢獻作為切入點，初步考察結果是，台商為東莞經濟的發展做出突出貢獻，且為東莞產業的升級轉型奠定堅實的基礎。對於已在東莞紮根的台商來說，東莞市要進行產業升級對台商來說是一個挑戰，同時也是一次合作的契機。

　　本文的研究方法，是以產業集群理論為核心，以東莞的產業升級為主線，深入考察東莞的發展現狀，以理論結合實際的案例討論方式，探討兩種新型的產業集群，即跨行業的產業集群和跨製造業、服務業的產業集群是否會在東莞出現，並就如何促使其形成提出相應的建議。

關鍵字：產業升級、產業集群、產業服務業、合作、創新

壹、引言

　　1979年海峽兩岸恢復經貿關係以來，在兩岸各界人士的共同努力下，兩岸經貿往來迅速蓬勃發展起來。從投資的規模來說，到2005年底，台灣對大陸累計投資專案68,095個，合同台資金額896.6億美元，實際利用台資金額417億美元，居大陸吸引境外投資的第五位（前四位為香港、日本、美國、英屬維爾京群島）。若加上經第三地的轉投資，到2005年底，累計實際使用台資約為599億美元，約佔大陸使用外資總額的9.62%，居大陸吸引境外投資的第二位。[1] 從投資合作的領域來說，從八〇年代末「三來一補」的傳統製造加工業，到九〇年代末的電子資訊產業，再到最近的兩岸農業合作與旅遊合作新熱潮，無不反映投資和合作的多元化趨勢。從台商投資的路徑和覆蓋區域來看，從福建省到珠三角地區，再到長三角、環渤海灣經濟區，實現了點－線－面的全面鋪開。從兩岸的貿易額來看，2005年，兩岸的貿易總額再創新高，達912億美元，同比增長16.5%，台灣順差達581億美元，大陸已成為台灣的第三大出口地區。

　　顯然，台商已經把中國大陸定位為全球佈局的一個重要戰略要地。在經濟全球化的趨勢下，台商對大陸投資的未來發展趨勢會是怎樣的呢？近年來，大陸地區都在強調產業升級轉型。那麼，在產業轉型升級的大環境下，台商又將扮演怎樣的角色呢？這都是值得深入思考與關注的議題。本文將以台商在東莞的投資案例，作為思考與研究的切入點。選取該切入點，是因為東莞是台商在大陸投資成功的一個典範，也是最早的一個例子，台商在東莞的投資行為可以折射出未來台商對大陸的投資發展動向。

---

[1] 王建民，「2005年兩岸經貿形勢回顧」，海峽科技與產業，2006年第1期，頁10。

貳、研究方法

　　東莞的台商企業明顯的表現出產業集群的形態，因此本文將以創新的產業集群理論作為理論核心來考察東莞案例。在展開論述前，有必要對傳統的產業集群理論和相關的文獻進行簡單的回顧綜述，然後提出關於新型的產業集群的兩個假設（hypothesis）。

一、產業集群的定義

　　波特認為：產業集群（industrial cluster）是在某一特定領域內互相聯繫的、在地理位置上集中的公司和機構集合。產業集群包括一批對競爭發揮重要作用的、相互聯繫的產業和其他實體。

二、產業集群形成原因的文獻綜述

（一）馬歇爾的規模經濟理論

　　馬歇爾在1890 年出版的《經濟學原理》中提出「外部規模經濟」的重要概念，把專業化產業集聚的特定地區稱為「產業區」。馬歇爾認為：同一產業越多的企業聚集於一個區位，就越有利於企業所用生產要素的聚集，就會降低整個產業的平均生產成本，並且隨著投入品越來越專業化，生產效率就越能提高，這一區域內的企業也就變得更具競爭力。

（二）熊彼特的技術創新論

　　熊彼特注意到創新成群出現的現象，技術創新及其擴散促使具有產業關聯性的各部門的眾多企業形成集群。也就是說，具有產業關聯的各部門企業為了滿足自身的技術創新需求，及獲得相關創新支援，從而集中在一起形成技術創新的企業集群。

（三）科斯的交易成本理論

由於交易成本的存在，企業有一種不斷將相關企業一體化的傾向，以通過規模經濟來降低交易成本。但當一體化達到一定程度後又會產生規模不經濟，因為企業為維持其組織的完整性，需要支出昂貴的組織成本。因此，企業開始嘗試不把所有的企業都一體化，而是透過資金、技術或是人員等紐帶與某些企業保持較為緊密的聯繫，這樣就逐漸形成了企業集群。

（四）邁克爾‧波特的競爭優勢理論

波特認為：在同一產業中，企業集群比在地理位置上分散的企業具有競爭優勢，主因是能提高企業集群內企業的生產力、能夠促進創新、有利於新的企業形成。

不論是傳統的工業區理論，還是現代的新產業區理論和競爭優勢理論，都分別從不同的角度探討基於專業化協作、規模經濟、技術創新等理論基礎上的企業集群現象，指出了企業集群發展的必然性。

三、大陸學者對產業集群化的動因及機理研究綜述[2]

2001年，王輯慈教授主持了國家自然科學基金課題—「新產業區理論及其在我國的應用研究」，這是大陸第一位對產業集群進行系統研究的專家。出版第一本專著《創新的空間—企業集群與區域發展》，並提出五種產業集群類型。

2001年，徐康寧的研究表明，在開放經濟條件下，產業集群有可能使產業後起的國家超越原先在該產業上有優勢的國家，形成較強的國際競爭力。2002年，謝強、黃凱等研究新區發展的問題在於產業集群機制缺失。

---

[2] 秦夏明、董沛武、李漢鈴，「產業集群形態演化階段探討」，中國軟科學，2004年第12期，頁151。

2002年，李新春在珠江三角洲專業鎮產業集群化成長的分析，提出產業集群形成的三種類型。

　　大陸學者的主要貢獻在於：1. 發現了大陸日增的產業集群，並對我國產業集群狀況進行了分類；2. 研究了我國產業集群的機制，並指出培養具有地方特色的企業集群，營造區域創新環境，以強化區域競爭優勢，是增強國力的關鍵。

四、創新的產業集群的兩個假設（Hypothesis）

　　根據已有的研究，產業集群往往表現在同一個產業內的相關企業集群，這種產業集群狀態在東莞的分布也十分明顯。例如家具行業的企業集群、製鞋業的企業集群、電腦加工業的企業集群等等。

　　本文在對東莞的調查研究的基礎上，創新的提出東莞會出現全新的產業集群形態。該產業集群形態首先表現為不同行業的企業集群。不同行業的企業集群，不是無序、混亂的集群，而是以某個主導型產業為中心的不同行業的集群。其主導型產業與集群內的其他產業具有高度的相關性，其作用類似於法國經濟學家弗朗索瓦‧佩魯（ F. Perrour）在二十世紀五〇年代提出的「增長極理論」的「推動性單位」。[3] 具體從東莞來說，即會出現以電子資訊產業（IT產業）為主導性產業的不同行業的產業集群。這是本文的第一個假設。該假設的提出源於兩大背景，一是中國大陸提出「以資訊化帶動產業化」的政策，而東莞正處於產業升級轉型的發展階段；二是台商對東莞的投資集中於電子資訊產業，而且台商在出口轉內銷的在地化（localization）策略下，也要進行產業升級，這都為該新型的產

---

[3] 譙薇、宗文哲，「中小企業集群形成原因的文獻綜述」，財經問題研究，2004年第3期，頁88-89。所謂「推動性單位」就是一種起支配作用的經濟單位，當它增長或創新時，能誘導其他經濟單位增長。推動性單位可能是一個工廠或者是同部門內的一組工廠，或者是有關共同合同關係的某些工廠的集合。

業集群的出現埋下伏筆。屆時，東莞台商的IT產業將作為資訊技術的提供者和資訊技術的使用者的聯結載體，把整個第二產業的不同企業都聯結起來，形成跨行業的產業集群。

　　當然，這種跨行業的產業集群，不會自動實現，而必須借力於產業服務業，這就引出了本文的第二個假設：東莞將出現服務業、製造業的集群。這是一個全新的產業集群，集群裏面的企業不僅有屬於第二產業的不同行業的企業，還有屬於第三產業的不同行業的企業。值得注意的是，兩種假設的產業集群並非一前一後的出現，兩者的地位也並非孰重孰輕，而是互為基礎，互相促進。跨行業的產業集群的形成，必然要求有產業服務業作為支援力量；而能提供不同的產業服務的企業聚集於製造業周圍，也必然要求該地區有需要不同服務的製造業企業集聚在一起。在下文的討論中，我們發現產業升級是實現這兩個假設的重要誘因。

　　本文的研究方法是，以產業集群理論為核心，以東莞的產業升級為主線，深入考察東莞的發展現狀，以理論結合實際案例的討論方式，探討這兩種新型的產業集群是否會在東莞出現，並就如何促使其形成提出相應的建議。

參、東莞與台商的現狀分析

一、成就總結—奇蹟

　　（一）東莞由農業大縣轉型成為國際性的加工製造業基地。

　　2005年，東莞市生產總值達2,182.44億元，同比增長19.3%，增速比全省高6.8個百分點，是珠三角地區增長速度最快的城市。工業總產值達4,470億元，同比增長22.2%；外貿進出口總額743.72億美元，同比增長15.3%，其中出口總額409.29億美元，同比增長16.3%；合同規定外商投資

額29.8億美元，實際利用外資14.6億美元。[4] 東莞奇蹟受到各界的重視，與世界的關注。

由於本文研究的背景是東莞的產業升級，因此必須對東莞的製造業進行進一步考察。

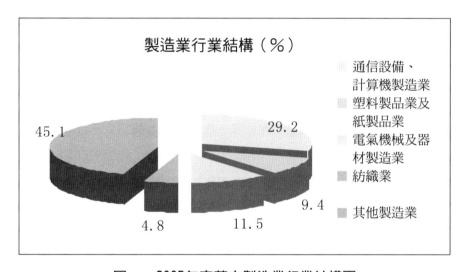

圖一：2005年東莞市製造業行業結構圖

資料來源：東莞統計局編，東莞統計年鑑2006年（東莞：東莞統計出版社，2006年），頁7-10。

由圖一東莞的製造業行業結構，可以看到IT產業已成長為東莞的支柱產業，佔東莞製造業行業約三分之一強。更具體的從表一電子資訊產業發展表，可以看到IT產業的增長速度，有數年比整個工業的平均增長速度高，而IT產品值佔工業的比重也是越來越高，2004年曾高於50％。IT產業的發展壯大，為東莞的產業升級奠定一定基礎。

---

[4]　東莞統計局編，東莞統計年鑑2006年（東莞：東莞統計出版社，2006年），頁10，其中實際利用外資採用新的統計口徑，不含對外借款。

表一：東莞電子資訊產業發展表

指標名稱／年份	2001	2002	2003	2004	2005
同口徑全部工業增長速度(%)	21.45	25.9	26.5	25.4	19.3
其中：電子資訊產品製造業增長速度(%)	19.17	41.9	25.4	34.2	13.7
電子資訊產品製造業佔同口徑全部工業比重(%)	33.72	37.2	40	54.3	45.3

資料來源：東莞統計局編，**東莞統計年鑑2005、2006年**（東莞：東莞統計出版社，2005、2006年）。

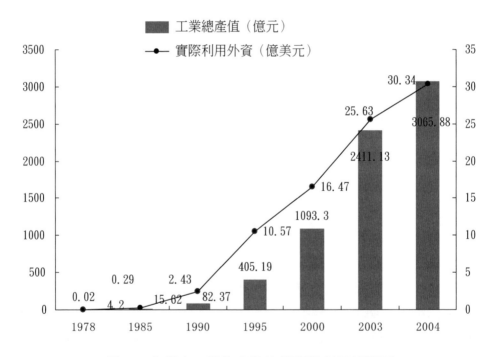

圖二：東莞市工業生產總值與實際利用外資圖

資料來源：東莞統計局編，**東莞統計年鑑2005年**（東莞：東莞統計出版社，2005年），頁8。

　　圖二，顯示東莞工業生產的發展，得益於不斷擴大的外國直接投資。東莞充分利用國際產業轉移的有利時機，憑藉臨近香港的地理優勢，在二十世紀八〇年代早期通過發展以「三來一補」為主的加工貿易，成功承

接港台的服裝、製鞋、家具等傳統製造業的轉移，成為大陸重要的外向型出口加工基地，實現由農業向製造業基地的轉變。及至九〇年代，隨著台灣勞動力成本的上漲，台灣的電腦資訊製造業開始向大陸轉移，東莞再次成功地承接這一次的產業轉移，成為國際上著名的電腦製造業基地，以及電子產業全球生產網路的重要組成部分。而在下文的討論中，可以看到東莞的支柱產業，IT產業是台商逐步從台灣移植發展起來的。

（二）台商對東莞投資密集，為東莞產業升級打好基礎。

東莞是台資較早登陸創業之地，目前已成為大陸台資企業最集中的地區之一。據東莞市台辦統計，到2006年7月為止，歷年累計引進台資企業已達4,372家，約佔台資企業在大陸投資總數的十分之一，廣東省的三分之一，累計協定投資總額達49.55億美元，實際利用台資已達38.03億美元。

從台商投資的行業來看，這些企業涵蓋電子資訊、通信設備、紡織服裝、塑膠五金和家具等三十多個行業，且以IT產業為主導，約一千四百家，佔總數的四分之一。從2000年至今，投資或增資超過一千萬美元的60個台資專案中，IT產業33家，佔55%。東莞的電子產品製造企業90%以上是台資企業，2004年電子與資訊產品出口31.106億美元，比上年增長19.8%，佔全市高科技產業出口總值的57.6%。[5]

因此，從產業升級的角度來看，台商對東莞經濟發展的貢獻，主要表現在以下幾方面：

1. 對經濟總量的貢獻。據測算，東莞利用外資（不含對外借款）與GDP間的相關係數為0.9772，如果僅考慮外資投入單因素的影響，每增加1美元投資，可增加現價GDP 5.3元。因此，東莞市有了長足的發展，經濟

---

[5] 李傳志，張兵，「東莞IT產業特點分析」，工業技術經濟，2005年7月，第7期，頁33。

實力大增強，居東莞吸引境外投資的第二位的台商貢獻不可忽視。

2. 建立現代的加工製造業，包括家具、電腦零組件及其裝配等，其中IT產業作為東莞的支柱產業的作用日益明顯。目前，東莞共有電子產品製造企業三千六百多家，生產電腦配件為主，電腦資訊產品在世界市場佔有份額超過10 %的有10多種（參見表二），成為全球主要電腦製造商的零部件採購基地之一。東莞電子資訊產業已經呈現產業鏈條比較長、關聯度大而且配套齊全的產業特點，一台整機電腦的95%的零部件在東莞都有企業生產，因而IBM的亞洲區副總裁說，如果東莞到深圳的高速公路塞車，全球將會有70%的電腦產品缺貨。這反映了東莞台資IT企業已成為全球電腦產品加工鏈條中的重要一環。

表二：東莞IT產業產品佔世界市場份額

產品名稱	佔世界市場分額(%)
電腦磁頭、電腦機箱及半成品	40
敷銅板、電腦驅動器	30
高級交流電容器、行輸出變壓器	27
電腦掃描器、微型馬達	20
電腦鍵盤	15
電子元件	12

資料來源：李傳志，張兵，「東莞IT產業特點分析」，工業技術經濟，2005年7月，第7期，數據整理所得。

（三）經過多年的發展，台商的分佈基本形成現代的產業集群形態，為產業升級提供有利條件。

早期，台商在東莞的企業，基本上都是按製鞋、家具、五金、塑膠、電線電纜等產業在不同的地區或城鎮聚集起來。比如說，製鞋業集中在厚街鎮，家具業集中在大嶺山鎮，電線電纜業集中在虎門、石碣鎮等。

及至九〇年代中後期，台灣IT產業，主要是電腦周邊產品製造業向大

陸轉移，產業群聚的特點更為明顯。當時，部分台灣大企業和上市公司，如台達電、國巨、群光等相繼進入東莞或加大對東莞的投資，這些大企業在東莞落戶產生了強大的雪球效應，帶動了周邊和中下游企業向東莞聚集。如台達電子在東莞石碣鎮投資設廠後，就吸引了超過100 家協作企業聚集其周圍，形成了一個有明確分工和配套、互補的產業群體和產業鏈。到二十世紀九〇年代末，東莞已發展成為全球最大桌面電腦零配件的加工出口基地，從事電腦產業的台資企業超過二千家，電腦產品年出口值達76億美元。

目前，群聚在東莞清溪鎮、石碣鎮的電腦資訊企業就有400多家，這些企業逐漸吸引上下游企業群聚，其上下游產業體系均十分完整，形成產業鏈，即所謂的「地方產業群」（local industrial cluster）。產業群聚的形成，有利提高地區產業的國際競爭力。由於國際市場的不斷變化，生產企業在管理上需要靈活機動，上中下游廠商的群聚，可減少原材料採購的時間及成本。

當然，東莞的迅速發展，佔東莞吸引境外投資第一位的港資企業也做出重大貢獻。正是九〇年代初港資企業在東莞的投資，給東莞製造業打下堅實基礎，才引發台資IT企業紮根東莞。但是相比港資企業，台商企業代表著東莞產業的未來發展方向：一方面，台商企業比港資企業更具有產業集群的形態，這是未來產業發展的必然趨勢；另一方面，從產業結構來看，台商企業是東莞產業結構調整轉型的方向。因此，台商企業將會發揮越來越重要的作用。

總而言之，台商不僅對東莞經濟做出重要貢獻，更為東莞的產業升級打好基礎。這個基礎不僅表現於現代加工業的建立，更表現在產業升級的核心產業— IT 產業的迅速發展；而台商在移植台灣產業的同時，在東莞形成了有規模效應的產業集群，也成為東莞產業升級的有利條件。

當然，台商對東莞產業升級的支援是無意識的，因為這只是「無心插

柳」之為，台商通過把台灣的IT產業移植到東莞，節約了勞動成本，使得台灣的十多種IT產品的產量位居全球前三名。

二、面臨挑戰一求變

（一）東莞迫切需要產業升級轉型

「東莞模式」在中國城市經濟發展史上堪稱奇蹟，但是隨著改革開放的進一步深化，中國加入WTO後，東莞的發展模式開始受到挑戰，具體表現在：

1. 學習效應使得東莞的地緣優勢不再明顯。長三角的蘇州、昆山等城市借鑑東莞的模式，以更優惠的稅收、土地等政策來吸引新一輪的台商投資，台商也開始到江蘇長三角一帶、環渤海經濟開發區等進行投資。

2. 東莞現有產業以傳統製造業為主，產業集群企業大多處於低附加價值的加工製造環節，而高附加價值的研究與開發和營銷、物流等環節非常薄弱。集群中的企業大部分是勞動密集型、粗放型，處於國際垂直分工的下游或末端，獲得知識和技術擴散較少，只能分得國際市場微薄的利潤份額。據統計，一個滑鼠，在美國市場的售價是24美元，通路商能賺8美元，品牌商賺10美元，而東莞的貼牌加工商只能賺0.3美元。此外，東莞除外資之外，沒有自己的知名品牌，只是作為著名跨國公司的代工廠，也使得自己處於整個製造業價值鏈的最低端。

3. 微薄的收益卻以極大的能耗為代價。資料顯示：改革開放以來，東莞生產總值每增加1個百分點，就要消耗一千二百畝左右的土地。2003年東莞每度電產出生產總值3.34元，而全大陸的平均水準是6.19元。

4. 根據東莞十多個鎮區所做的調研所得，東莞正面臨外商投資企業的雙重壓力：對於相對大型的外資企業，他們普遍反映東莞投資軟環境未如人意；而對於中小型企業而言，他們普遍反映的是政府效率不高。特別需要指出的是，雖然東莞已經形成了一個頗具規模的製造業加工體系，但是

卻缺乏為該製造業加工體系提供服務的生產性支援服務體系，包括產品設計、測試、包裝、會計、融資服務、資訊服務等，從而嚴重制約東莞產業結構升級的步伐。

東莞要改變以上尷尬的不利局面，必須求變—實行產業升級轉型。

（二）東莞台商也需要產業升級

投資大陸是台灣經濟自身發展的內在需求。台灣經濟為典型的外向型經濟，產業結構調整與轉移是其經濟自身發展規律的內在需求，是經濟全球化的必然，是不可逆轉的經濟規律。全球製造業向大陸這個巨大市場的聚集，考慮到成本因素及「產業群聚」和「市場佔領」等非成本因素，台灣將進一步加速其產業外移大陸。同時，投資逐漸本土化，是近年來台商投資大陸的另一個明顯趨勢。傳統上，台商以「兩頭在外」（原料從台灣進口，產品回運或直接向國外出口）的「三來一補」（來料加工、來件裝配、來樣加工、價格補償貿易）加工貿易型投資為主，「當地化」程度不高。但是，近年來台商在大陸的投資，不僅在採購、銷售環節，而且在用人、融資及產品研發等方面，都出現了本土化的趨向。[6] 因此，國際分工、本土化策略都決定了台商需要產業升級。

美國麻省理工學院教授梭羅（Lester Thurow）曾指出：在全球化衝擊下，有兩種營利方法，一是及早至低工資國家投資生產以降低成本；二是發展知識經濟，生產外人無法生產的產品以提高產品的附加價值。[7] 台商早就意識到通過把產業轉移到大陸來降低成本，雖然在未來的一段時間內，台商仍舊可以獲得不菲的利潤，但是隨著勞動力成本對利潤的貢獻率逐漸下降，利潤增加的可能性會越來越低。因此，台商必須進行產業升

---

6 孫升亮，「台商投資『路線圖』」，決策，2005年7月，頁37。
7 陳博志，台灣經濟戰略：從虎尾到全球化（台北：時報文化公司，2004年），頁129-130。

級。

而且在東莞不斷強調產業升級轉型的今天，台商可能會處於不利的地位：

1. 新舊衝突

東莞台商以勞動密集型的製造業為主體，對以資本和技術密集型為主體的高新科技產業的發展貢獻不大。在傳統的勞動密集型產業，如食品、飲料、塑膠製品、橡膠製品、紡織成衣、木竹製品等佔相當大的比例。這些產品大多屬於下游加工業，技術層次較低，投資規模不大，多屬於台灣中小型企業。即使是電子業也是以鍵盤、滑鼠、機殼等低技術層次的零元件為主。這些傳統製造業，難以支援東莞的先進製造業的建立和發展。

2. 技術外溢效應不明顯

台資企業在大陸投資多以獨資形式出現，為了保護對先進技術的壟斷，合資企業往往竭力避免核心技術在當地過快外溢。一般情況下，核心技術都是在台灣研究開發，然後直接移植到大陸進行生產。顯然這與準備產業升級的東莞長遠發展方向是相背離的。2004年，全市電子與資訊技術類的研究開發經費1.82億元，約佔其銷售收入的0.1%，與國家高新技術企業2003年的研究開發經費投入佔產品銷售收入2.9%相比，明顯偏低。

3. 溝通相對隔絕

台商與東莞本地社會相對隔絕，與本地民營企業和外資企業也沒有太多的往來，更談不上合作。雖然大陸與台灣在歷史、文化上具有親和性，親緣、鄉緣等社會關係網路為台商在大陸投資，以及台資企業家與大陸企業家的交流奠定文化基礎，但是不同的制度環境及技術水平往往又阻礙了企業家間的溝通對話、相互理解和信任。台資企業投資的溢出效應和學習效應不明顯。台商比較滿足於自己的「小圈子」生活，長久下去不利於台商在東莞本地的可持續發展。

東莞台資企業與當地民營企業關聯度低。造成這種現象的原因主要有

以下幾點：首先，東莞台資企業在大陸投資設廠後，仍然與台灣的原材料、機器供應商等上游企業保持著緊密的「供應商－生產商－貿易商」的網路聯繫。而伴隨著九〇年代台灣網路遷移至東莞，東莞台資企業的採購更多集中在東莞本地的台資企業；其次，東莞當地民營企業較難融入台資網路的一個重要原因是存在著技術上的障礙。當地的台資企業多為世界上著名的跨國大企業代工，產品質量存在嚴格標準，而當地民營企業由於普遍低效率，又缺少足夠資金購買先進設備，因此短時間內也難以滿足外資企業的技術要求。

另一方面，東莞的台資企業之間也很少來往，而與台灣總部保持生產上的密切聯繫。例如設在東莞長安鎮的微峰電子廠，該廠是純粹的來料加工廠，為台灣微星（MSI）加工主板，該廠與主板製造名牌企業「技嘉」、「華碩」同為台資企業，卻很少來往，並將其視為主要的競爭對手。這些企業的高級管理層都是台灣人，他們負責管理東莞廠的生產並負責協調莞台之間的聯繫。中級管理人員是大陸人，負責台資企業的實際生產運作。研發的總部全部在台灣或美國，基本都是台灣人，在東莞一般只設立品質管理部門，由大陸的研發人員負責質量管理、品質檢驗等環節。

東莞台資企業用這種嚴格的垂直一體化生產管理和研發模式，代替區域內平行的交流和溝通，新產業區理論中強調的獨特社會文化氛圍在東莞尚未形成，阻礙知識和資訊在當地的傳播，也抑制本地化創新網路的形成。

東莞亟需實現產業升級以獲得經濟的進一步發展，而台商也需要實現產業升級來佔據全球產業分工中的有利地位，那麼，這是否為兩者進行合作提供了一個契機呢？

肆、東莞與台商產業升級的合作契機分析

一、東莞產業升級，需要台商發揮主導作用

　　產業升級，是「政府搭台，企業唱戲」。產業升級轉型必須由起主導作用的企業牽頭，其他企業予以跟進、配合與支援，政府主要發揮協調和政策支援的作用。所謂「牽一髮而動全身」，東莞必須先找出在產業升級中，能發揮主導作用的企業。

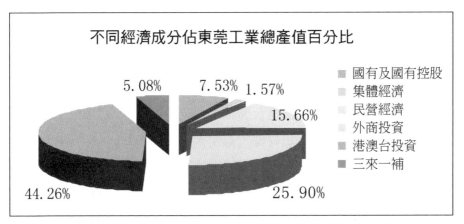

圖三：2004年不同經濟成分佔東莞工業總產值比重

資料來源：東莞統計局編，東莞統計年鑑2005年（東莞：東莞統計出版社，2005年），頁103，數據整理所得。

　　透過調查分析，發現東莞的企業構成，決定了能發揮龍頭作用的，必然是台商。原因如下：

（一）東莞國企難擔大樑

　　參考其他地區產業升級的經驗，產業升級中起主導作用的，往往是當地的大型國有企業。因為國有企業相比當地的企業，更具有優勢，比如說

資金雄厚，管理先進，技術完備，人才集聚，而且熟識當地市場的實際情況，與政府聯繫緊密，可調動的資源豐富。但是從東莞的實際情況來看，東莞本來僅僅是一個農業小鎮，能迅速發展起來主要是靠外部資本輸入。外來資本的迅速發展並沒有帶來國有及國有控股企業的發展，反而呈現了某種程度上的「擠出效應」。從1984年到2004年，東莞的國有企業數目是每況愈下，由歷史峰值的78家下降到13家。在2004年，國有經濟成分對東莞工業總產值的貢獻率僅為7.53%。因此靠國企來實現產業升級的路在東莞走不通。

表三：東莞主要年份國有及國有控股企業單位數

年　份	全市工企業單位數	國有及國有控股企業	百分比（％）
1984	2,329	69	2.96
1990	9,892	78	0.79
1995	15,215	70	0.46
2000	16,975	23	0.14
2001	18,094	20	0.11
2002	21,313	19	0.09
2003	21,935	19	0.09
2004	22,156	13	0.06

資料來源：東莞統計局編，**東莞統計年鑑2005年**（東莞：東莞統計出版社，2005年），頁105。

（二）民營企業是支援產業升級的重要力量，但不是主導力量

在政策的扶持下，東莞的民營科技企業得到迅猛的發展，民營科技企業研發力量顯著增強。目前，民營科技企業佔全市高新技術企業總數的三分之一強，湧現出北大方正、中成化工、志成冠軍、沙田順發、東方集團、五星、華冠、金正、步步高、福地巨龍、怡景水杯、唯美陶瓷等一批國內外著名的民營科技企業，研製出「中成化工」保險粉、「方正」

電腦、「志成冠軍」UPS與「東方」UPS、「金正」VCD與「步步高」DVD、「福地巨龍」醫院管理軟體、「金河田」電腦配件、「五星」太陽能等國內外知名品牌產品。

民營企業已經成為東莞資訊技術、生物醫藥技術、新材料技術等高新技術領域中最活躍的企業群體，作為東莞發展高新技術產業，實現產業升級的一支重要力量，但是民營經濟還不能成為東莞產業升級的主導力量。這是因為：

其一，民營經濟對東莞的工業產值貢獻率僅為15.66％，相比外商經濟、港澳台經濟的規模還有較大的差距；

其二，產業升級需要的投資期限較長，風險也較高，這與民間資本的特性是衝突的。民間資本一般投資在期限短、資金回收速度快、風險偏低的傳統行業。

表四顯示，東莞的民營企業雖然發展很快，但是主要集中在傳統行業。據統計，按照民營企業的行業規模、生產規模來排名，排前五的有四個屬於傳統行業，包括紡織業、金屬製品行業、塑膠製品行業和造紙及紙製品業。而唯一作為高科技產業的IT業，雖然在生產規模和行業規模上位居第一和第二位，但是從企業數目的總量來說，僅佔民營企業數目的3.95％；而其他四個行業除了紡織業佔30％左右，其他三個規模以上的行業所佔比例都低於10％。這說明，東莞民營企業目前仍比較的分散，沒有形成一定的產業規模，產業集聚程度不高。

表四：民營企業數目、投資行業規模與生產規模

	企業數目		行業規模	生產規模
	企業數目	百分比	億元（排名）	億元（排名）
紡織業	2,212	30.56	9.70；＃5	10.3；＃4
金屬製品行業	716	9.89	11.72；＃4	11.74；＃3
塑膠製品業	600	8.29	12.31；＃3	8.5；＃5
造紙及紙製品業	474	6.55	19.48；＃1	15.14；＃2
電子及通信設備製造業	286	3.95	12.71；＃2	30.06；＃1

資料來源：東莞統計局編，**東莞統計年鑑2005年**（　東莞：東莞統計出版社，2005年），頁110-111，整理所得。

（三）外資企業的佈局不會成為東莞產業升級的主力軍

在東莞，美資、日資企業對東莞工業總產值的貢獻率為25.9％，位居第二，是東莞的第二經濟實體。但是外資企業主要以裝配為主，很少在東莞設置研發（R&D）部門。他們的研發部門一般設立在長三角，而在東莞設立研發機構的外資企業往往同時在其他地方也設立研發機構，當公司考慮撤併研發機構時，往往首先將在東莞的研發機構撤銷。

全市一萬五千二百多家外資企業中，在東莞設立研發機構的只有184家，所佔的比例是1.2％，絕大部分外資企業主要是生產技術成熟及改進型產品，而沒有在本地設立從事基礎性研究的研發部門，多以適應市場的產品開發為主，致使東莞市整體研發水平不高。而從表五和表六顯示在東莞設立的184家研發機構的投入資金少，研究人員也不多。從短期來看，外資企業對華的佈局策略，顯示其研發機構的設立政策不會改變，因而外資企業R&D部門的缺位，使得其在東莞的產業升級中，難以發揮主力軍的作用。

表五：東莞外資企業研發機構投入資金對照表

累計投入研發資金額	企業數目	百分比（％）
500-1000萬美元	12	6.5
200-500萬美元	20	10.9
100-200萬美元	20	10.9
50-100萬美元	23	12.5
低於50萬美元	111	60.3

資料來源：「東莞市科技發展現狀分析報告」，東莞市政網。

表六：東莞外資企業研發機構人數對照表

研究人員數目	企業數目	百分比（％）
500人以上	1	0.5
100-500人	12	6.5
50-100人	16	8.7
低於50人	155	84.2

資料來源：「東莞市科技發展現狀分析報告」，東莞市政網。

（四）港資的產業服務業是東莞產業升級的助推器

　　長期以來服務業在香港經濟中一直發揮重要的作用，特別是上世紀八〇年代中期以後，隨著香港製造業的大部分轉移內地，香港的服務業為兩地間的投資和貿易活動提供各項服務，各類服務業也相應得到全面高速發展，實現從製造業向服務業的經濟轉型。今天的香港已經是一個比較成熟的服務經濟社會，服務業在經濟總量中已佔絕對優勢。從產值構成上看，目前香港服務業的產值在香港GDP 中的比重已接近九成，香港服務業的淨出口額呈逐年上升的趨勢。

　　香港服務業的發展有兩個特徵：一是以生產性服務為主；二是以服務珠三角及周邊地區為主。其中最有競爭力的是貿易相關服務、運輸與後勤服務、商業服務、基建與地產服務、通訊傳媒與觀光旅遊服務。香港製造

業在經濟中僅佔5%，86% 的比重是服務業，這種經濟結構決定了它必須有經濟腹地，它與經濟腹地的互動不僅是生產基地的配置，更重要的是要使香港的優勢及高增值的產業能隨時隨地進入腹地，為腹地提供服務。

　　由此可見，香港已經通過其製造業環節的功能釋放，使自身產業結構從製造業為主，向以服務業為主的轉化。目前，港資主要通過在CEPA的框架下尋求與深圳、廣州等珠三角城市的合作機會，因而港資可以成為東莞產業升級的助推器，為東莞的產業升級提供法律、會計、保險、金融等方面的產業服務，但不可能成為主力。

（五）台資可以在東莞產業發揮主導的作用

　　由上文的論述，顯示台商IT產業移植到東莞，並表現出一定程度的產業集群狀態，這為東莞經濟的發展做出了重要的貢獻，而更重要的是為東莞產業升級奠定了良好的基礎。一旦企業間形成集體的行動與力量時，亦會反過來影響原來對其產生制約的制度安排。[8] 正是這樣，在東莞極需實現產業升級以獲得經濟的進一步發展，台商需要實現產業升級來佔據全球產業分工中的有利地位的背景下，東莞需要台商發揮主力軍的作用，而台商也不會錯失東莞產業升級的合作契機。

　　東莞的外向型經濟，決定了國企、民企不可能在產業升級中作為主力，而只能依靠外部力量來實現；而港資、日資、美資都無法作為產業升級的主力。因此，就目前而言，台資可以在東莞產業發揮主導的作用。雖然現階段，台資在東莞的直接投資總額並不是第一位的，但是在東莞的支柱產業—IT產業的發展中，台商已起了領軍人的作用。在即將進行的產業升級中，台商也可以發揮主導作用。

8　王信賢，「物以類聚：台灣IT產業大陸投資群聚現象及理論辨析」，經濟全球化與台商大陸投資策略、佈局與比較（台北：晶典文化事業出版社，2005年），頁104。

二、台商不會錯失合作契機

九〇年代中期之後，台商對大陸投資的結構出現明顯變化。一方面，下游的製造業帶動上端的石化業及電力等基礎設施投資；另一方面，隨著台灣以資訊電子產業為代表的高科技產業的崛起，以及國際產業分工的形成，台灣電子電器業、精密儀器業等技術密集型產業對大陸的投資不斷升溫，使得以食品飲料業為代表的勞動密集型產業投資比例不斷下降，單件的平均投資金額明顯增加，一向對大陸投資保持謹慎態度的台灣大中型企業逐步成為主力軍。從總的形勢來看，台商對大陸的投資由傳統的勞動密集型產業，逐步向資本密集型與技術密集型轉移，產業的升級出現明顯的階段性。那麼，東莞台商產業升級可採取怎樣的策略呢？是投資長三角還是佈局珠三角呢？

其實，長三角和珠三角各有優勢；進軍大陸市場，長三角有優勢；擴張國際市場，珠三角有優勢。特別是內地與香港簽署CEPA協定以後，廣東製造業的優勢和香港以物流為核心的現代服務業優勢的結合，粵港澳出現整體融合提升，以世界上最具活力的經濟區域和中心態勢呈現國際市場。

再次，「泛珠江三角洲」的提出，也為台資企業提供了一個新的發展機遇。由於有香港和澳門兩個特別行政區，「泛珠三角區域」在全大陸的重要地位十分突出。而且交通網絡完善，也將使台商把目光投向周邊勞動力、土地和原料成本較低的省區，尤其有利於早期投資在珠三角傳統產業的轉移。

另外，投資珠三角還有一個佈局東盟自由貿易區戰略考慮。中國和東盟10國已經簽署自由貿易區協定，將形成一個世界上最大的自由貿易區，市場商業機會是巨大的。從地緣和產業等方面考慮，佔據珠三角更有利於佈局東盟自由貿易區。

既然佈局珠三角可以分享CEPA框架下「泛珠三角」的商機，和利用

「東協自由貿易區」的便利。那麼，在珠三角中，台商又應該如何看待東莞的地緣優勢呢？

　　東莞毗鄰香港，又身處廣州和深圳兩個中心城市之間，具有良好的區位優勢。目前長江三角洲形成了上海－蘇州－無錫－常州的產業帶，蘇州離上海80公里左右，上海是長江三角洲的輻射源和支撐點，而珠江三角洲則相應有香港－深圳－東莞－廣州的產業帶，東莞離香港100公里，香港作為國際金融中心、生產性支援服務中心、航運中心，對東莞的輻射作用一點都不亞於上海對蘇州的輻射作用。而且，東莞還身處廣州和深圳兩個中心城市之間，該兩個中心城市對東莞也會產生輻射作用，如果處理得當，東莞在珠江三角洲的區位優勢要優於蘇州在長江三角洲的區位優勢。

　　因此，立足東莞，蘊藏著巨大的商機和發展空間。台商不應該錯失東莞產業升級的良好合作契機，完成產業升級，提早佈局，佔據全球分工和產業價值鏈的有利地位。

三、東莞與台商合作升級的理論與現實條件分析

　　上文論述了台商與東莞合作的必要性，那麼，從理論和現實條件來看，是否可行呢？

　　根據產業集群理論，大量相互關聯的企業因生產過程社會分工細化，或因利用共同資源擴大生產能力，或因企業連鎖發展的需要，在地緣上的「聚集」。這種聚集有利於擴大生產規模，優化生產結構，提升企業的關聯效應，大幅度提高企業的生產利潤。從產業升級的角度來看，由於高技術產業非常注重產業鏈的培育，並且受集聚經濟的影響較大，所以形成產業集群的地區更容易消化高科技產業的風險，進行產業升級的阻力會更小。

　　此外，要實現產業升級，產業服務業是必需的助推器，IT產業（資訊技術產業）的發展是決定性的因素，配套的相關專業人才，如金融、會

計、保險、法律方面的人才，還有進行技術研究的研發機構，以及政府相關優惠政策的支援和引導，也是必不可少的客觀條件。

根據以上條件，我們來實際考察東莞台商產業升級的條件：

（一）產業集群分析

台灣產業的分工相當細，生產一個產品會涉及到很多廠家。因此，台灣企業都講究「群聚」效應，如果一個行業的領導企業進入一個地區，那麼其下游的配套企業就會跟著過來，在當地形成一個「群聚效應」。主打廠家帶來配套企業，配套企業又帶來更多的下游企業，這是台商的分工模式所決定。

東莞台商在進駐過程中透過台商協會，把台灣在外向型加工製造業發展過程中形成的產業網路和人際網路整體移植到了東莞，形成東莞的台資企業網路，並藉台灣與全球保持緊密聯繫。

特定廠商之所以聚集在同一產業區域內，主要是廠商可以相互支援、協調配合，更好地獲取市場信息，並節約企業發展成本，獲取更高的比較利益，還可在產業區域附近取得所需的關鍵生產要素與服務支援。廠商之間的網路關係，形成產業在區域的集聚性，尤其以在高科技產業中的電腦業為代表。隨著一些台灣的電腦企業紛赴大陸設立加工廠，帶動上下游關鍵產業也到當地投資，由此形成以大企業為中心、大量專業化分工協作的配套企業、關聯企業及下游企業一體進駐的趨勢。從上游的IC設計，到中游的IC製造，到下游的封裝測試，再到IC的通路模組，其關聯產業都相繼投資大陸，從而也藉此形成完整的產業鏈。台商在不自覺中，為東莞的產業升級奠定良好基礎。

（二）產業服務業分析

生產服務業被稱為「把專業化的人力資本和知識資本引進商品生產部

門的飛輪」。隨著東莞製造業結構調整，製造業的價值增量很大一部分將由生產服務業的發展來實現。生產服務業涵蓋的內容非常廣泛，是產業分工深化的表現，企業要充分發揮核心競爭力，就必須把自己所不擅長的部分業務外包出去，從而更加聚焦於自己的核心業務，而相關的專業外包公司也能提供更加專業、優良的服務，降低企業的成本。製造業開發市場，就是聚集營銷人才、進行產品設計和研發、產品運輸與儲存、廣告、保險、會計和法律服務等的過程，其中每一環節都伴生服務需求。

表七：受訪東莞外資企業使用的生產性支援服務業來源

單位：%

	香港	珠江三角洲	中國	亞洲	其他
專業服務	11.3	13.5	27.8	2.3	3.4
資訊和仲介服務	4.5	6.9	17.4	3.1	4.3
金融服務	7.8	11.2	23.7	1.8	2.6
貿易相關服務	19.6	9.7	15.1	2.9	3.5

資料來源：林江，朱文暉，莞港台科技產業園區協同發展研究，中山大學城市與區域研究中心，2002年，頁23。

　　從表七顯示，調查企業所採用的生產性支援服務業的來源比較廣泛，除了來自香港外，還有珠江三角洲和中國內地提供的服務。此外，亞洲和其他國家也佔了一定的比例。但香港生產性支援服務除「與貿易相關服務」的比例高達19.6%以外，其餘各項低於珠江三角洲和中國大陸提供的服務比例，這說明不斷壯大的東莞及珠江三角洲的企業，越來越需要高素質的仲介機構為他們提供市場營銷、融資、理財、管理方面的增值服務。但由於制度的差異等因素影響，使他們不能便利地享受香港提供的服務。目前，粵港兩地生產要素不能自由流動，限制東莞和珠江三角洲利用香港的生產性支援服務業，影響區內企業的成長壯大；也使得香港生產性支援

服務業不能便利的服務內地市場，造成金融商貿中心與其服務的腹地市場脫節。事實上，東莞作為國際產業資本在亞太地區重要的「生產車間」，和全球最重要的製造業基地之一，發展勢頭強勁，對生產性服務業的需求日益增長。因此，利用好東莞的地理優勢，抓住國內服務業擴大對外資開放和CEPA第二階段實施的歷史機遇，加強莞港兩地在生產性支援服務業領域的合作，將為東莞產業升級提供良好的配套條件。

　　因此，東莞進行產業升級，滿足理論上產業集群、配套產業服務業的條件，台商只要抓住機遇，在實現自我產業升級的同時，幫助東莞市實現產業升級，必會促成跨行業的產業集群與跨製造業、服務業的產業集群的出現。

四、東莞與台商的現實發展趨勢

　　事實上，台商已經在慢慢轉變觀念，或者說是商人的直覺使得他們開始初步引入產業服務業。比如早在1999年，台商就自發組織了電博會，顯示了現代產業服務業的初步發展。而最近台商投資東莞的現實案例，更證明東莞與台商要合作升級的發展趨勢：

（一）勞動密集型企業向資金技術密集型轉變

　　如東莞寶成集團的裕元鞋廠是家勞動密集型企業，現向高科技行業轉型。其自行規劃和投資建設的黃江工業園區以高新技術產業為主，已經有21個投資專案，其中「精成科技」的投資額達6.3億美元。這說明勞動密集型企業是可以轉型為資金技術密集型企業，這是企業增加營利能力的重要舉措，也是企業要持久發展的必由之路。

（二）高科技企業繼續增資擴廠

　　帶有先進技術的龍頭企業已成為產業集聚的核心，呈現出企業數量

多、行業多元化、規模大型化、層次高級化的特點，形成以龍頭企業為核心，大、中、小型企業分工合作、上下游聯動、配套完善的台商投資產業集聚。隨著大眾、微星、鴻友、源興、致福、國巨、美格、技嘉等許多著名企業的進駐，東莞的 IT 產業集聚迅速擴張，在東莞形成了大、中、小型企業配套完善的 IT 產業集聚。

（三）研發基地加盟東莞

台商對大陸投資的技術水準、產業層次不斷升級，為滿足大陸瞬息萬變的市場需求以及配合生產基地向大陸快速轉移的需要，台商開始在大陸設立研發基地或將台灣的研發基地向大陸轉移，呈現出研發本土化趨勢。為佔領大陸巨大的潛在市場，台灣的上市、上櫃公司等知名公司加速向大陸轉移，如光寶、漢陽等企業開始把東南亞或台灣的生產線全部遷至東莞。隨著研發基地的加入，台商投資產業集聚進入了研發、製造、銷售同步發展與自我不斷升級與完善的成熟階段。隨著台灣十大電腦廠商的加速投資，投資產業層次不斷提升，東莞的產業集聚出現產業升級的趨勢，產業集聚開始由勞動密集型向資金技術密集型轉變，研發基地的加盟更加速了這一進程。

（四）以高科技園區作為合作的發動機

園區具有高起點規劃、高標準建設、高效能管理的特點，而且有利於形成產業的聚集效應，園區經濟已成為各地經濟新的增長點，也將成為新一輪台商投資的熱點。

東莞政府致力於對產業結構和生產力佈局的調整，以提高引進水平、提高參與程度、提高自主開發能力為核心，積極加快對國際技術、產業轉移的承接載體—科技園區的建設，科技園區建設如火如荼。松山湖科技產業園、東部工業園、西部沿海產業帶的開發建設全面啟動，園區的總體規

畫、基礎建設、招商引資等工作持續進行，尤其是在松山湖科技產業園的帶動下，各鎮區逐步改變了「滿山放羊」的傳統招商引資模式，掀起了高起點規畫、高標準建設、高效能管理科技園區的熱潮。松山湖科技產業園，園區規畫控制面積72萬平方公里。在招商物件上，堅持「三為主」：即以國際國內大企業和知名企業為主，以招引高新技術產業專案為主，以招引國內大企業研發機構為主。該園區的建設，將成為東莞與台商合作進行產業升級的起點。

雖然東莞的台商 IT 集群面臨著區位優勢削弱、產業升級和制度創新的挑戰，但台資 IT 產業紮根東莞的基礎在慢慢變化，因此它不會走向衰弱。現階段東莞 IT 產業升級的關鍵在於：從低檔的勞動密集型產品向技術含量高、產業附加價值高的技術密集型產品的轉變；在吸引擁有相關技術的企業進駐的同時，加強學習，引入優質的產業服務業，促進自身技術創新能力的提高，促進生產高技術產品的上下游配套的「商圈」形成。IT產業群的升級轉型，必然會發揮主導型的作用，從而吸引不同行業的企業（資訊技術的使用者）聚集在IT產業的周圍，形成跨行業的產業集群；而同時，該集群將吸引能提供給不同產業以不同服務的產業服務業企業聚集在其周圍，從而出現一個跨製造業、服務業的新型的產業集群。

伍、加強政府與台商合作的建議

在東莞市第十一次黨代會上，市委提出了「一城三創五爭先」的發展戰略和工作思路。其核心在於「三創」，即技術創新模式、創新發展環境、創新發展能力。科技興市與提高技術創新能力，是增強東莞經濟競爭力的必然選擇。[9] 最近，東莞又適時地提出「科技東莞」的策略設想，即

---

9 資料來源：「2005年東莞市國民經濟和社會發展統計公報」，東莞市政網。

以科技為本，全面提高東莞城市的競爭力。這些發展戰略的提出，為台商進行產業升級提供了友好的政策環境。台商應當積極回應政府的政策，在東莞的產業升級中發揮主導作用。

　　根據上文的分析，我們就政府與台商如何在東莞的產業升級中加強合作，提出以下建議：

一、優先發展電子資訊產業，營造創新的「推動性」單位。

　　區域競爭優勢表現為產業競爭優勢，而產業競爭優勢又取決於企業競爭能力。培育區域競爭優勢，應從培育企業競爭力入手，而區域政府的作用，應是為企業提供有效服務，鼓勵建立必要的商會、行會，使企業形成「既競爭，又合作」的關係，協助創新和升級。具體而言，東莞市政府要充分發揮地方政府的引導和調控作用，把地區有限的人力、物力、財力集中，優先發展電子資訊產業。幫助台商IT企業實現產業升級，營造創新的「推動性」單位，使得資訊技術的使用者，從加工製造業的訂單管理，物流配送，市場研究，到高科技行業的生物製藥、海洋技術的研究開發，都可以獲得資訊技術提供者的支援，為其他企業的創新和發展起誘導和推動作用，最終促成跨行業的產業集群的形成。

二、優先引進香港的產業服務業，加強台資企業、地方民營企業與港資企業的合作。

　　根據肯尼（M. Kenny）針對矽谷發展經營提出的「第二經濟體」（Economy Two）的概念，認為矽谷存在兩種經濟體，此二經濟體在分析層次上可分離，但在運作層次上是相互作用的。「第一經濟體」是既存組織的傳統活動，即產學研的結合，其目標是獲利與成長；第二經濟體即代表制度創新，主要的活動是孕育新興產業，由創業者、律師、投資機構（包括風險基金與銀行等）所組成，其目標是創立新事業，而不僅是製造

生產的問題。[10] 這說明產學研的結合為制度創新奠定基礎，而產業服務業的進一步引進，將會孕育新興產業，創造巨大的生產力。

　　這說明，一方面政府應該協助企業，由企業牽頭舉辦東莞產業升級的研討會，聽取業界各方面的意見和建議，尋求珠三角地區高校的技術支援，實現產學研的有機結合；另一方面，政府應該優先引進香港優質的產業服務業，為東莞的民營企業、台資企業的產業升級提供法律、會計、保險、金融等方面的產業服務，從而促成跨製造業、服務業的產業集群的形成。

陸、結論

　　本研究以產業集群理論為核心，與法國經濟學家弗朗索瓦・佩魯（ F. Perrour）提出的「增長極理論」的觀點共鳴，創造性的提出東莞將出現兩種新型的企業集群形態，即跨行業的產業集群與跨第二、第三產業的產業集群。同時，按照新制度經濟學的觀點，一旦企業間形成集體的行為與力量時，亦會影響本來對其產生的制度安排，東莞台商已經形成了一定規模的IT產業集群。那麼，進一步考察東莞台商與東莞的互動，東莞有無現實的條件和可能性出現該兩種新型的產業集群，就很有必要了。

　　台商IT產業移植到東莞，並表現出一定程度的產業集群狀態，這為東莞經濟的發展做出了重要貢獻，而且更重要的是為東莞產業升級奠定良好基礎。在東莞極需實現產業升級以獲得經濟的進一步發展下，東莞需要台商發揮主力軍的作用，這是因為東莞的外向型經濟，決定了國企、民企不可能在產業升級中作為主力，而只能依靠外部力量來實現；而港資、日

---

[10] M. Kenny, *Understanding Silicon Valley: The Anatomy of an Entrepreneurial Region* (California: Stanford University Press, 2001), pp. 83-87.

資、美資都無法作為產業升級的主力。另一方面，在台商需要實現產業升級，佔據全球產業分工中的有利地位背景下，台商也不會錯失東莞產業升級的合作契機，因為立足東莞，蘊藏著巨大的商機和發展空間。「政府搭台，台資唱戲」，兩者通力合作，必會改善東莞的產業結構，贏得一個共同發展的局面。東莞進行產業升級，滿足理論上產業集群、配套產業服務業的條件，台商只要抓住機遇，在實現自我產業升級的同時，幫助東莞市實現產業升級，必會給東莞跨行業的產業集群與跨製造業、服務業的產業集群的出現創造良好條件。

從東莞的發展現狀觀察，以電子資訊產業為主導性行業的跨行業產業集群正在實現，雖然目前實現的程度還不夠，但是在政府「以資訊化帶動產業化」的政策下，台商必將會在其中發揮越來越重要的作用；而另一方面，跨製造業、服務業的產業集群目前還沒在東莞出現，這需要東莞政府優先引進香港的產業服務業，加強台資企業、地方民營企業與港資企業的合作。在第二種新型的產業集群中，港資企業起著重要的作用，但是同時，作為主導性行業的台商IT企業進行產業升級而衍生出來的對產業服務業的需求，會吸引香港服務業落戶東莞，也是促成跨製造業、服務業產業集群的重要誘因。因而，台商因素將同時在兩種新型產業集群的形成中發揮日益重要的作用。

值得注意的是，本文對東莞的產業升級和新型產業集群出現的趨勢研判，是基於東莞和台商的發展現狀和既有的現實條件來預測的。而該趨勢能否出現，取決於東莞政府、東莞台商、東莞當地的民營企業、香港的服務業能否通力合作。如何把握機遇，構建一個良好的平台，來推動多方合作互利，促使該趨勢的實現，是一個重要而長久的議題。同時，東莞作為中國大陸台商投資的成功範例，該發展趨勢也可以給未來在大陸其他地區投資的台商有益的啟示。

參考書目

一、中文部分

王信賢，「物以類聚：台灣IT產業大陸投資群聚現象及理論辨析」，經濟全球化與台商大陸投資策略、佈局與比較（台北：晶典文化事業出版社，2005年），頁73-80。

王建民，「2005年兩岸經貿形勢回顧」，海峽科技與產業，2006年第1期，頁10-13。

「東莞市科技發展現狀分析報告」，東莞市政網。

李傳志、張兵，「東莞IT產業特點分析」，工業技術經濟，2005年7月，第七期，頁10-13。

東莞統計局編，東莞統計年鑑2005年（東莞：東莞統計出版社，2005年）。

封小雲，「CEPA推動大珠三角區域經濟整合的浪潮」，開放導報，2004年12月第6期，頁32。

孫升亮，「台商投資『路線圖』」，決策，2005年7月，頁37。

陳博志，台灣經濟戰略：從虎尾到全球化（台北：時報文化公司，2004年）。

陳德昇，「經濟全球化與台商大陸投資：策略與佈局」，經濟全球化與台商大陸投資策略、佈局與比較（台北：晶典文化事業出版社，2005年），頁149-157。

張傳國，「CEPA對台商的影響及潛在商機」，中國外資，2004年第5期，頁41-43。

張傳國，「台商大陸投資的產業集聚問題」，台灣研究集刊，2005年第5期，頁13-18。

秦夏明，董沛武，李漢鈴，「產業集群形態演化階段探討」，中國軟科學，2004年第12期，頁151-157。

譙薇、宗文哲，「中小企業集群形成原因的文獻綜述」，財經問題研究，2004年第3期，頁88-91。

二、英文部分

M. Kenny, *Understanding Silicon Valley: The Anatomy of an Entrepreneurial Region* (California: Stanford University Press, 2001), pp. 83-87.

港資與台資變遷對東莞發展影響：比較觀點

楊春

（香港中文大學亞太研究所研究助理教授）

廖海峰

（美國猶他州立大學地理系博士研究生）

摘要

　　本文以南中國的東莞為例，探討過去二十餘年海外華人資本，特別是港資和台資在中國大陸的變遷及其對地方經濟發展的影響。通過對東莞市港台資的對比研究，本文認為東莞市的港資企業與台資企業在產業結構、投資動機、市場導向、企業組織，以及應對當地經濟制度變化方面都呈現出迥然不同的發展模式。而這兩種模式，主要是根植於港資與台資企業不同的「母地區」特徵，及其與投資東莞的互動效應，並最終對東莞的地方經濟發展造成不同影響。

關鍵詞：台資企業、港資、進入模式、珠江三角洲

壹、 前言

　　外資是改革開放近三十年來中國大陸，尤其是沿海地區經濟發展的主要動力之一。值得注意的是，從中國大陸的外資來源地來看，來自海外華人聚集的國家或者地區的資本即所謂的海外華人投資（overseas Chinese investment），特別是港台資一直佔主導地位。[1] 回顧現有的關於海外華人投資（overseas Chinese investment）的文獻中，有關「關係」（guanxi, interpersonal relations） 的討論一直備受關注。一般認為以華人社會特有的文化背景為基礎的「關係」在華人企業對外投資的過程中扮演著十分重要的角色。[2] 針對「關係」的作用，最近有學者提出，隨著經濟全球化進程的推進，華人企業正逐步嵌入到全球經濟體系中，很多原有海外華人投資的共有特點包括「關係」正發生明顯的轉變。來自於不同地區的海外華人，在投資策略與投資接受地（host regions）之間的互動等方面均存在著許多的差異，並對原來海外華人投資研究中過分強調「關係」的統一觀點提出了挑戰。[3]

---

[1] A. Smart, "The Emergence of Local Capitalisms in China: Overseas Chinese Investment and Patterns of Development" in *China's Regions, Policy and Economy: A Study of Spatial Transformation in the Post Reform Era*. ed. S.M. LI and W.S. Tang (Hong Kong: The Chinese University Press, 2000): 65-96; Y. Wei, X. Liu, D. Parker and K. Vaidya, "The regional distribution of foreign direct investment in China," Regional Studies, 33, no. 9 (1999): 857-867.

[2] H. W. C. Yeung, "Local politics and foreign ventures in China's transitional economy: The political economy of Singaporean investments in China," *Political Geography*, 19 no. 7 (2000): 809-840.

[3] Y. T. Hsing, "Ethnic Identity and Business Solidarity: Chinese Capitalism Revisited," in *The Chinese Diaspora: Space, Place, Mobility, and Identity* ed. L.J.C. Ma and C. Carolyn (Lanham, Md.: Rowman & Littlefield, 2003): 221-236; A. Smart and J. Y. Hsu, "The Chinese Diaspora, Foreign Investment and Economic Development in China," *Review of International Affairs* 3, no. 4 (2004): 544-566; C. Yang, "Overseas Chinese Investments in Transition: The Case of Dongguan," *Eurasia Geography and Economics*, 47 (2006): 604-621.

　　據中國大陸的統計，2004年中國大陸實際利用外資中有43.3％來自於
海外華人投資（overseas Chinese investment），其中接近90％來自於香港
與台灣，分別佔大陸實際利用外資額的32.5％與5.4％，並在大陸外商直接
投資（FDI）的各個來源地中排第1位與第4位。由於早期進入中國大陸、
主要是珠江三角洲的港資與台資企業，同是從事以出口為導向的勞動密集
型的製造業為主，以往的研究一般都將兩者作為一個整體，極少對其進行
對比分析。[4] 然而，需要指出的是，隨著中國大陸的經濟轉型與港台資企
業本身的變化，港台資企業在近年已出現了截然不同的發展趨勢。例如在
完成早期的製造業轉移以後，港資企業在近年正逐漸向服務業轉移。[5] 而
與之不同，台資企業雖然從整體上仍保留勞動密集的特點，但從九〇年代
末期開始，來自台灣的投資出現了大規模向電子資訊類產業轉移的現象，
並逐步從珠三角的桌面電腦產業投資演變為2000年以後在長三角地區集聚
的筆記型電腦產業投資。[6]

　　針對港台資企業近年來新的發展趨勢，以及以往對於這兩種海外華人
投資對比研究的不足，本文希望以中國大陸港台資最集中的珠三角地區的
東莞市作為案例，對比分析港台資企業自八〇年代以來逐步變遷的歷程，

---

[4] C. Yang, "Overseas Chinese Investments in Transition"；Yang, C., "Divergent Hybrid
Capitalisms in China: Hong Kong and Taiwanese Electronics Clusters in Dongguan," *Economic
Geography* 83, no. 4 (2007) : 395-420.

[5] C. Yang, From market-led to institution-based economic integration: the case off the Pearl River
Delta and Hong Kong, China, *Issues& Studies*, 40 (2) (2004) : 78-119.

[6] Y.-R. Yang, and C.-J. Hsia, "Spatial clustering and organizational dynamics of trans、border
production networks: a case study of Taiwanese IT companies in the Greater Suzhou Area, China,"
Environment and Planning A 39, no. 6 (2007): 1346-1363; J. Wang and X.. Tong, "Industrial
Clusters in China: Embedded and Disembedded?" in *Linking Industries Across the World: Process
of Global Networking*, ed. C.G. Alvstam. and E.W. Schamp. (UK: Aldershot, 2005): 223-242;
J.Y. Hsu, "The dynamic firm、territory nexus of Taiwanese informatics industry investments in
China," *Growth and Change* 37, no. 2 (2006): 230-254.

並比較港台資企業產業結構變化，市場策略與進入模式（entry mode），以及與地方政府互動的基礎上，進一步探討這兩種資本的變遷對於地方經濟發展的不同影響。

貳、 文獻回顧一海外華人投資的母地區效應

自1990年代起，有關海外華人投資的研究不斷增多。[7] 一般認為，與西方的大型跨國企業對比，海外華人企業具有規模小、較靈活等特點，在對外投資的過程中，海外華人企業往往需要面對資源不足、遠離市場地等問題。[8]

在現有有關中國大陸外資企業的大量文獻中，對於外資企業的母國效應（home region-effects）的討論一直是研究的熱點之一。[9] 不難發現，現有的研究均傾向於把港台資企業作為一個整體來與西方的跨國企業進行對

[7] For example Y. T. Hsing, "Blood, thicker than water: Interpersonal relations and Taiwanese investment in southern China" *Environment and Planning A*, 28 no. 12 (1996): 2241-2261; H.W.C. Yeung, "Business networks and transnational corporations: A study of Hong Kong firms in the ASEAN region" *Economic Geography* 73, no. 1 (1997): 1-25; J. Smart and A. Smart, "Personal relations and divergent economies: a case study of Hong Kong investment in south China," *International Journal of Urban & Regional Research* 15 no. 2 (1991): 216-233.

[8] J. A. Mathews, *Dragon multinational: a new model for global growth*. (New York: Oxford University Press, 2002).

[9] Y. D. Luo, "Strategic traits of foreign direct investment in China: A country of origin perspective," *Management International Review* 38 no. 2 (1998):109-132; H.S. Sun, "Entry modes of multinational corporations into China's market: a socioeconomic analysis," *International Journal of Social Economics* 26, no. 5 (1999): 642-659; H.X. Zhao and G. T. Zhu., "Location factors and country of origin differences: An empirical analysis of FDI in China," *Multinational Business Review* 8, no. 1 2000): 60-73; C. He, "Location of foreign manufacturers in China: Agglomeration economies and country of origin effects," *Papers in Regional Science* 82, no. 3 (2003): 351-372.

比研究，[10] 鮮少有研究深入討論這兩種海外華人投資的異同。同時，對於海外華人投資的研究亦主要關注於以「關係」為基礎的文化親近，及其在海外華人企業跨國投資中的作用。此外，大部分現有的文獻都是基於1980年代與九〇年代對港台資企業的觀察。例如Henry Yeung對東南亞港資企業的研究，[11] Smart and Smart等人對於珠三角港資企業的分析[12] 以及以邢幼田為代表的台灣學者對珠三角台資企業的實證研究等。[13] 有關2000年以後海外華人資本之演變及分析的實證研究相對欠缺和不足。

　　Yeung（2004）提出「雜合性」（hybridity）的海外華人資本主義的概念（Hybrid Overseas Chinese Capitalism）。他認為海外華人企業在過去的30年已在原有的「關係」網絡基礎上加入了許多現代的公司治理的元素。[14] 因此，對於海外華人投資的研究應有一個更為全面的、與現實更貼近的視角。基於以「關係」為出發點的現有研究的局限性，Hsu and Saxenian（2000）也認為所謂的「關係」在以海外華人為主體的跨國企業合作過程中的作用確實有誇大的成分，其他因素包括市場機制、理性的經濟運作、生產過程、技術進步等將更為重要。[15] 針對「關係」本身無法完

---

[10] K. C. Fung, H. Iizaka, and S. Parker, "Determinants of U.S. and Japanese direct investment in China," *Journal of Comparative Economics* 30, no. 3 (2002): 567-578; B. Park and K. Lee, "Comparative analysis of foreign direct investment in China: Firms from South Korea, Hong Kong, and the United States in Shandong province," *Journal of the Asia Pacific Economy* 8, no. 1 (2003): 57-84.

[11] H.W.C. Yeung, "Business networks and transnational corporations".

[12] J. Smart and A. Smart., "Personal relations and divergent economies".

[13] Y. T. Hsing, "Blood, thicker than water: Interpersonal relations and Taiwanese investment in southern China," *Environment and Planning A* 28, no. 12 (1996): 2241-2261.

[14] H. W. C. Yeung, *Chinese capitalism in a global era: towards hybrid capitalism*. (London: Routledge, 2004).

[15] J. Y. Hsu and A. Saxenian, "The limits of guanxi capitalism: Transnational collaboration between Taiwan and the USA," *Environment and Planning A* 32, no. 11 (2000): 1991-2005.

全解釋海外華人投資新的變遷過程的現實，更多的學者在最近的研究中考慮把「關係」以外的正式與非正式的制度因素納進來，以全面考察海外華人投資在全球化條件下的新發展趨勢。Wu（1997）就指出，在台商投資中國大陸的過程中，台商與中國大陸的官僚機構合作的基礎並非基於文化親近的「關係」，而是地方政府的尋租行為以及「官」與「商」之間的討價還價。[16] Qiu（2005）與Wang（2000）通過對山西這個內陸省分的外資企業研究，也說明了地方的非正式制度在吸引外資方面有著更重要的作用。[17] Yang and Hsia（2005）在東莞案例研究的基礎上，提出東莞地區出口加工企業的管理制度正成為台資電子企業開拓國內市場的障礙。而這種制度壁壘對東莞從出口的「飛地」轉變為開拓中國大陸內銷市場的「橋頭堡」，已造成十分不利的影響。[18] 與以上的研究相對應，Chiu and Wong（2004）試圖通過對比分析海外華人企業母地區的工業政策，解釋來自不同地區例如台灣與香港的電子類跨國企業不同的升級與發展路徑。[19] 最近，Yang（2006）首次對東莞港台資的發展進行對比分析，[20] 揭示其不同的發展路徑及影響，並從投資來源地的不同特徵加以解釋。

---

[16] J. M. Wu, "Strange Bedfellows: Dynamics of government、business relations between Chinese local authorities and Taiwanese investors," *Journal of Contemporary China* 6, no. 15 (1997): 319-346.

[17] Y. Qiu, "Personal networks, institutional involvement, and foreign direct investment flows into China's interior," Economic Geography 81, no. 3 (2005): 261-281; Wang, H. "Informal institutions and foreign investment in China," *Pacific Review* 13, no. 4 (2000): 525、556.

[18] You-Ren Yang and Chu-Joe Hsia, "The Local Embeddedness of the Transborder Production Networks and the Evolution of Local Institutions: A Case Study of the Greater Dongguan Area, China," in *2nd Symposium on Cross Strait, New Economic Geography* (June 20-22, Taipei, Taiwan, 2005).

[19] S. W. K. Chiu and K. C. Wong. "The hollowing-out of Hong Kong electronics: Organizational inertia and industrial restructuring in the 1990s," *Comparative Sociology* 3, no. 2 (2004.): 199-234.

[20] C. Yang, "Overseas Chinese Investments in Transition", *Eurasian Geography and Economics* 47: 604-621.

接著，Yang（2007）進一步以電子業為例，比較港台資電子企業集群的不同型態及在東莞產生的截然不同的地方「資本主義」（divergent hybrid capitalisms），並從全球生產網絡（global production networks）理論，解釋投資來源地及其與接受地之間的互動關係對海外投資企業的生產組織（business systems）的影響，以及對投資接受地的經濟發展帶來不同的效果。[21]

　　綜合以上的文獻，雖然來自於不同地區海外華人企業的異質性，以及原有過於強調「關係」觀點的局限性已日益受到關注，但必須指出的是，以往的研究往往只是從單一的被投資地或者來源地（母地區）的制度變化來看這個問題，很少有研究能對海外華人企業尤其是港台資企業的變遷作一個較為全面的分析，並對兩者各異的發展模式提出一個較為滿意的解釋。[22]

　　延續上述相關研究，透過對東莞地區約60家港台資企業（港資企業與台資企業各30家）及有關地方官員的實地訪談，本文希望從對比分析的角度，研究港資企業與台資企業在同一個被投資地區－東莞的不同變遷軌跡，探討他們對於本地制度變遷所採取的不同的應對策略，分析這兩種資本在新的歷史條件下與被投資地區的互動模式，並討論這兩種海外華人資本對東莞地方發展的影響。

---

[21] C. Yang, "Divergent Hybrid Capitalisms in China: Hong Kong and Taiwanese Electronics Clusters in Dongguan," *Economic Geography*, 83 (4): 395-420.

[22] 實際上，對於外資企業針對中國內地市場興起所作的策略調整特別是出口與內銷策略的變化的研究正受到關注（Buckley and Meng, 2005）。例如，Buckley and Meng（2005）就指出，自從中國加入WTO以後，中國大陸過去強調出口的吸引外資政策已發生改變，內銷市場也已經成為引進外資政策的重點。同時很多外資企業也根據這一變化調整了原來以出口為主的策略改為出口與內銷並重，這也反映了原來以出口導向與市場導向劃分外資在中國大陸的投資動機的不足（Yang, 2006）。

參、 中國大陸東莞市港台資企業對比

　　自上世紀八〇年代開始，珠江三角洲由於得改革開放之先，並鄰近港澳，成為港台資本最為集中的地區之一。[23] 而港台資本在珠三角地區的聚集以東岸的東莞市最具代表性（見圖一）。

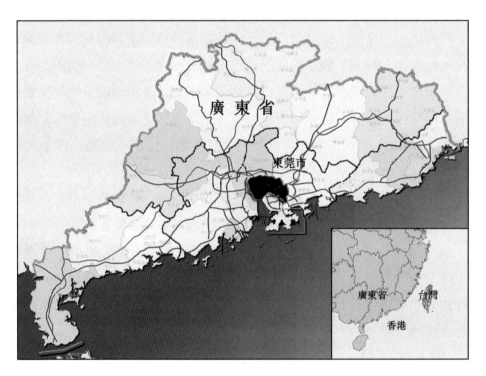

圖一：東莞市區位示意圖

---

[23] C. S. Lin, Red Capitalism in South China: Growth and Development of the Pearl River Delta. (Vancouver: UBC Press, 1997); V. F. S. Sit and C. Yang, "Foreign-investment-induced exo-urbanisation in the Pearl River Delta, China," *Urban Studies* 34, no. 4 (1997): 647-677.

　　以投資額計算，2005年東莞的港資與台資分別佔中國大陸所有港台資的6.3％與7.8％，這個數字亦佔到廣東省總數的14.2%與26.5％。根據2003年香港工業總會的調查，東莞的港資企業的數目已達18,100家，佔中國大陸港資企業總數的三分之一。[24] 另外，據廣東省政府所做的調查，2004年東莞地區的台資企業數目亦超過3800家，佔整個廣東省台資企業數的三分之一強，位列廣東各市之首。由於港台資企業大部分以出口為導向，1998年以來，東莞的出口額一直居於中國大陸各大城市前列，僅僅排在上海與深圳之後。[25]

一、　總量與地位的變化

　　從歷史上看，香港一向都是中國大陸外來投資最大的來源地。[26] 而就東莞來說，如圖二所示，1990年以前香港是東莞外資的唯一來源地。但自1990年代初以來，台資開始進入東莞，並在1992年成為東莞的第二大外資來源地。截至2005年底，雖然港資仍佔東莞歷年實際利用外資的49%，台資的比重已經從1991年的2.4％增加到2005年的34%（見圖二）。

---

[24] 香港工業總會，珠三角製造—香港製造業的蛻變（香港：香港工業總會，2003）。

[25] See note 20 above.

[26] L. J. C. Ma and C. Cartier, *The Chinese Diaspora: Space, Place, Mobility and Identity* (Lanham, MD: Rowman and Littlefield, 2003).

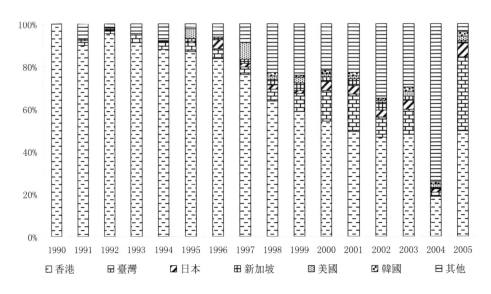

圖二：東莞市外資來源的變化，1990-2005。

資料來源：東莞市統計年鑑，1991-2006。

　　隨著台資的不斷流入，東莞部分鎮區的台資投資規模甚至已經超過港資。例如在清溪鎮，台資累計投資規模已經佔整個清溪外資總量的77%，而港資僅佔20%。需要特別注意的是，在東莞有很多台資企業實際是通過香港作為第三地投資。從企業數來看，港資企業的數目雖然達到9,000家，約佔東莞整個外資企業數的70%。但在投資額1千萬美金的約650家港資企業中，就有344家，約一半左右是台資企業，即所謂的「假港資」。因此，我們可以認為東莞台資企業的實際數目很可能大於大陸官方的統計數字。

　　隨著台資企業，特別是以電腦製造業為主體的電子企業大規模進駐，東莞當地政府對台資企業與港資企業的態度亦隨之發生微妙的變化。某位在1980年代末就到東莞投資的港商提到：

「港資企業現在的地位根本沒有辦法與1980年代相比，地位不斷下降。相反從事高科技製造的台商、韓商、日商在這裡更受歡迎。以前給予港資企業的特權也沒有了。」（企業訪談記錄，2005年4月與2006年3月）

港資企業在東莞的地位變化也可從地方政府的政策反映出來。舉例來說，之前所提及的清溪鎮政府在2004年就根據不同來源地的外資企業提出新的招商政策，其核心可以歸結為一句話，謂之：「抓緊台資使放心，握緊日資不放鬆，引入歐美下狠功，觀察港資行不行」。[27] 從中可以看出，東莞的地方政府更歡迎科技含量更高的來自台灣、日本的外資企業，而不是早期從事勞動密集型製造的港資企業。

二、產業結構轉變

港台資企業的變遷還反映在他們不同的產業結構變化上。在八〇年代末、九〇年代初，港台資基本都集中在以出口為導向的製造業，包括玩具、鞋子、紡織等等。東莞在這個階段也迅速從一個農業縣發展為全球一系列輕工業產品包括紡織品、鞋子、玩具的生產基地。到了九〇年代中後期，由於台灣資訊業廠商的大量遷入，東莞又發展為全球著名生產電腦週邊設備的產業聚落（cluster）。[28] 如表一所示，由於母地區截然不同的產業升級過程，港資與台資企業在東莞也經歷了不同的產業結構轉變。具體來說，台資企業轉變為以生產電腦週邊產品為主（17%），而港資企業則

---

[27] 清溪鎮政府、廣州中山大學廣東發展研究院，清溪鎮企業紮根戰略研究（東莞，清溪，2006）。

[28] J. Wang and X. Tong, "Industrial Clusters in China: Embedded and Disembedded?"; You-ren Yang, "The Local Embeddedness of the Transborder Production Networks and the Evolution of Local Institutions,"

還是保持其勞動密集型的特點，主要集中於塑料製造（15%）、紡織與製衣（13%）等行業。

我們以著名的台資企業裕元集團為例，說明台資企業與港資對比，更為進取的轉型策略。裕元集團是世界上最大的運動鞋代工廠商，在大陸、越南、印尼等地均設有生產基地。2004年，裕元集團的總產量已佔到全球市場鞋子銷售量的17%。裕元投資於珠三角的歷史可以追溯到1988年，當時裕元集團旗下的寶成集團開始在珠三角地區投資，並在珠海設立了第一個大型製鞋工廠。其後，1989年裕元又在東莞的高步鎮設立其全球運動鞋的生產基地。到了九〇年代，裕元集團開始轉型，業務從原來的代工鞋子，拓展到相對技術含量較高的電子製造業，並在1997以後，開始在東莞的黃江鎮建設另一個大型工業園區－裕元工業園區。到2005年底，黃江裕元工業園區聘用員工達到10萬人以上，並已經建成包括精誠集團在內的6個與電子製造相關的工廠。其實裕元集團的多樣化戰略只是東莞地區台資企業升級換代的一個縮影。實際上東莞台資企業的升級換代與台灣地區的經濟轉型分不開。例如一位台商在訪談中談到：

表一：東莞市港台資企業的產業結構對比（2006）

產業	港資企業		台資企業	
	企業數	百分比（投資額）	企業數	百分比（投資額）
通訊設備、計算機及其電子設備製造	882	8.5	883	17.4
塑料製品業	1,599	15.4	658	12.9
紡織服裝、鞋、帽	1,401	13.5	481	9.5
金屬製品	867	8.4	422	8.3
電氣機械與器材	—	—	357	7.0
玩具	793	7.7	—	—

資料來源：根據東莞市外經貿局企業數據庫，2006整理。

　　「台灣的製造業在上世紀的九〇年代特別是在金融危機以
後開始轉型。在政府的大力支持下台灣著力於發展電子信息產
業……儘管台灣政府有限制，但台灣的電子信息產業還是不斷把
其較為低端的勞動密集型部分遷往大陸，特別是東莞這一帶。」
（企業訪談記錄，2005年5月）

　　與台資企業向電腦為主的電子製造業轉移形成了鮮明的對比，港資企
業自從在八〇年代末完成大規模的製造業北移以後，並沒有出現產業升級
的現象，而只是部分轉向服務業投資。特別是在2000年以後，由於有大陸
與香港更緊密經貿關係安排（CEPA）的支持，港資背景規模較小的服務
業企業更易於進入內地市場，這使得港資企業更樂意投資於服務業。正如
東莞當地一位多年從事外貿工作的高級官員提到：

　　「港資與台資企業的巨大差異主要是因為兩地不同的經濟或
工業政策。香港在1997之前奉行的是『積極不干預』的政策，到
97之後，這個政策感覺上並沒有大的改變。我記得很多次與香港
來的官員討論（東莞）港資企業的產業升級的問題。他們（香港
官員）給我的感覺是（香港）政府不用管太多應該由市場主導
（企業的行為）。」（官員訪談記錄，2005年10月）

三、各異的產業組織：以電子產業為例

　　除了產業結構的不同，港資企業與台資企業在同行業內的產業組織也
存在很大的差異。以電子產業為例，港資企業的投資往往基於個別的企業
決定，而台資企業則存在著相對明顯的群聚效應（cluster）。

　　田野調查顯示，港資電子企業間的聯繫特別是上下游企業之間的供
應關係明顯要比台資企業弱。如東莞寮步鎮的一家全球知名港資無線電話

生產廠商的CEO在訪談中提到：

> 「港資電子企業傾向於單打獨鬥。與台資企業相比，我們不
> 善於相互合作。我們的供應商不一定會跟著我們。我們的做事方
> 式跟台資企業很不一樣。」（企業訪談記錄，2006年7月）

　　很多港資電子企業的老闆在訪談中表示，港資企業一般比較喜歡「賺
快錢」，有所謂的「打帶跑」的特點。[29] 而港資企業的競爭力在於較低的
生產成本與快速變化的商業機會把握。在這樣的競爭策略的指導下，港資
企業往往比較忽視長遠的產品創新與技術改造，只是一味的以轉換其產
品線以迎合市場、求得生存。正如Riedel（1974）所指出，港資製造業的
老闆在某個程度上更像是一個商人（merchant enterpriser）而不是真正意
義上的工業家（industrialist）。[30] 港資企業的這種競爭策略在某種程度上
也導致港資企業之間的關係，更多是以競爭為主，上下游企業的聯繫也
以短期的合同較多，缺乏一種長期的聯繫，是一種「單打獨鬥」的模式
（Yang，2007）。

　　與港資企業相比，台資企業則更強調合作，其上下游企業間的聯繫也
明顯很多。這點最明顯反映在電子行業。根據我們的訪談結果，有50%以
上台資電子類企業在訪談中提到，上下游企業的聯繫是他們投資中國大陸
的主要原因之一。

　　以東莞石碣鎮為例，其電子產業自1990年代以來的快速發展就得益於
台資電子企業的群聚效應。在1992年，石碣鎮通過積極的招商引資，引入
了一家從事電腦電源生產的大型台資企業。由於這家大企業的帶動，有

---

[29] See note 21 above.

[30] James Riedel, *The industrialization of Hong Kong* (Tubingren: Mohr, 1974).

300家為這個企業做配套的台資供應商也在九〇年代中後期到石碣或東莞地區投資設廠，以維持原有的在台灣的供應關係。現在這家大型台資企業在東莞本地的供應商數目就達到一千四百家，其中大部分也都還是台資企業。正如一位被訪的台商提到：

> 「台資電子企業傾向於集體的遷移，其實很難區分誰先誰後。我們的習慣就是把原來台灣的網絡在一個新的地方延續。」
> （企業訪談記錄，2006年4月與7月）

從東莞本地電子產業的發展來看，台資企業的這種群體遷移與緊密聯繫的特點也加快了東莞電子產業，特別是與電腦生產有關的供應鏈形成。現在東莞的電腦整機配套率已經達到95%，從鍵盤、顯示器、主機板的生產到最後的電腦組裝都可以在東莞本地完成。

四、進入模式（entry mode）的轉變

港台資企業的變遷也體現在他們應對新的在地條件，開拓大陸市場的過程中所採取的截然不同的策略。

在中國加入WTO以後，由於內銷市場的興起，港台資企業正逐步轉變其出口導向的策略，並致力於開拓中國大陸的內銷市場（詳細的討論可參考Yang, 2006）。[31] 但在東莞當地的制度環境中，外資企業要開拓內銷市場並非是一件容易的事情。

眾所皆知，大部分早期到東莞投資的港台企業主要採取一種「三來一補」的進入模式。這樣的模式最大的特點就是讓外資企業在東莞從事「外發加工與裝配」（outward processing and assembly）的生產活動。在這樣

---

[31] See note 20 above.

的模式下，港台企業一般只允許採取「大進大出」的方式進行生產，即所有的原材料都必須進口並把全部的產品出口，而東莞的工廠只負責加工與裝配。這種模式在早期中國大陸政治環境不確定的條件下，曾有助於吸引港台資企業，並為港台企業快速在東莞建立自己低成本的生產基地提供方便。然而隨著中國大陸內銷市場的興起與本地供應鏈的完善，「三來一補」的企業模式以及其對於「大進大出」的要求，反而成為港台資企業的制肘，使他們不能把產品在當地銷售，以及在當地採購原材料。然而有趣的是，針對這一限制，港台資企業分別採取了不同的應對策略。

就台資企業來說，越來越多的台資企業採用所謂新建「獨資廠」的策略。也就是說，除了原來的主要從事出口為導向生產的「三來一補」廠外，台資企業還會在東莞建設新的「獨資廠」，以從事開拓內銷市場的業務，並發展出獨特的「三資＋三來一補」的模式。根據我們在2006年2月對150家台資企業所做的調查，有21％的台資企業正採用這種「三資＋三來一補」的企業模式，以方便企業開拓中國大陸市場。

與台資企業不同，港資企業在避開「三來一補」的限制方面採取了轉為「民營企業」的本地化策略。具體來說，港商會與東莞當地的親戚朋友合作，並由他們出面成立一個假的「民營企業」，而自己則充當幕後的老闆。根據我們的訪談，在這樣的合作模式下面，這些與港商合作的當地人，一般要和港商簽訂一個協議，並主要負責企業與當地政府的溝通協調。轉變為「民營企業」後，這些披著「民營企業」外衣的港商，可以更方便的避開中國大陸對外資企業在稅收與進出口方面的諸多規定管制。同時，也能更容易的把產品銷往中國大陸市場或從中國大陸的供應商那裡採購原材料。另外有港資企業在訪談中也表示，在出口方面，現在對民營企業的限制也越來越少，他們預計更多在東莞的港資企業，都願意轉為「民營」。

五、與當地政府的溝通

　　以Smart 和 Hsing 等人為代表對早期珠三角港資與台資企業的研究均認為以「關係」為核心的，港商與台商和東莞地方官員的互動，對於港台企業在東莞的運營有積極的幫助。然而，經過十多年的變遷與磨合，東莞台商似乎已經厭倦了所謂「講關係」的溝通模式。特別是在電子業為主體的台商群聚東莞以後，台商更多的是團結起來，以集體的力量與當地政府進行對話。很多台商甚至認為所謂的個人關係對於企業來說並沒有好處，甚至是一個負擔。他們願意用正式、公開的方式表達自己的意見。此外，由於台灣與中國大陸缺乏正式官方的溝通管道，這種對話往往是通過當地的台商協會來進行。成立於1993年的東莞台商協會是中國大陸最早成立的地方台商協會之一，最初只有360個會員。之後不斷快速擴張，到2005年會員數達到三千三百家。在東莞所有的32個鎮區，都有各自的台商協會分會。台商協會的組織很健全，均設有專門的小組，例如海關組等與東莞市政府架構內的各個對口部門進行溝通聯繫。通過這些聯繫，台商協會在東莞的影響力不斷擴大，並且成為企業與政府間的橋梁。正如東莞台商協會清溪分會的一位會員所指出：

> 「台灣人在東莞往往感到孤單與弱勢，我們不像港商與當地人講同樣的方言、有同樣的文化傳統…在海峽兩岸這種情況下，誰能站出來代表我們？協會就是給我們創造了一個很好的平台。當政府有新規定出台的時候，如果我們單獨的去諮詢，政府可以不理睬，但如果通過協會，一般都會獲得回應。」（企業訪談記錄，2005年5月）

　　與台商相比，港商與東莞政府的溝通仍多數依靠個人關係，而且效果沒有台商協會好。其實頗具諷刺意味的是，在1997以後，隨著香港跟

中國大陸地區，特別是珠三角地區的經濟聯繫不斷增強，尤其是2003年的CEPA協議的簽訂，更標誌著香港與內地的合作從所謂的市場驅動（market driven）模式轉為有更多正式制度支持（institution based）的互動模式，香港與大陸官方高層對話不斷增多。[32] 但這類官方往來的加強似乎沒有給在珠三角投資的港商，包括東莞的港商帶來實質性的影響。相反的，在與當地政府溝通方面，大部分的東莞港商還更習慣於通過個人關係與政府官員打交道，解決一些企業的問題。在通過港商協會與政府聯繫方面，港商的積極性比台商要差很多。舉個例子來說，雖然港商到東莞的時間更長，但並非每個鎮都有自己的港商協會，其影響力相對來說也遜色於台商協會。

　　綜上所述，東莞的港台資企業無論在當地的地位、產業結構、企業間組織、進入模式的轉變以及與當地政府的溝通方式等各個方面，都呈現出不同的演變趨勢與發展模式。這種種的不一樣也反映了港台資企業不同的母地區特點，以及他們與被投資地（東莞市）當局的各異互動效果。下面我們就這兩種資本對東莞本地的經濟發展影響做更深入的對比討論。

肆、港台資對東莞地方發展的不同影響

　　由於港台資企業不同的特點及其迥然各異的變遷軌跡，使他們對東莞地方發展的影響也不盡相同。這種不同主要表現在對本地相關產業的帶動效應、東莞工業用地的開發模式和吸引外資政策的轉變這兩大方面。

---

[32] C. Yang, "From market-led to institution-based economic integration: the Case of the Pearl River Delta and Hong Kong, China," *Issues & Studies* 40, no. 2 (2004): 78-119.

一、對本地產業不同的帶動效應

　　對於發展中的國家與地區，外資企業的引入除了創造稅收、提供就業以外，更重要的是通過引入外資企業帶動本地相關產業的發展。就東莞的港台資企業來說，本文認為由於港資企業與台資企業不同的特點，特別是其企業間上下游聯繫方式的不同，對本地產業發展的帶動效應也不一樣。

　　首先，港資企業的聯繫較為多變，並以短期合同為主，其從事的行業也大多以勞動密集的加工業，例如紡織製衣業為主。隨著港資企業與本地供應商的聯繫增多，特別是通過所謂的後向聯繫（backward linkages），東莞與港資製造業相關的本地行業獲得了很大的發展。[33] 以大朗鎮為例，自1980年代引入第一家港資的針織毛衣企業起，大朗鎮當地的小企業就開始為港資企業作配套或擔當港資企業的分包商，並迅速發展壯大。經過20多年的發展，大朗鎮約三千家毛織企業中，有超過一半是本地的民營企業。2002年，大朗鎮被大陸方面的紡織工業協會命名為「中國羊毛衫名鎮」，年產羊毛衫達到2億件（套），60%以上的產品出口到美國、歐洲與日本的市場。當地從事毛衣生產的本地民營企業家，回憶起大朗的毛織行業發展歷程時稍有感慨的指出：

> 　　「一開始，確實是港資廠帶動民營企業。我當時就是給港資廠加工，接港資的單來做。這個港資企業本身產品90%以上出口，僅幾個percent留在國內的零售店內銷。大朗的民營企業早期就跟港資廠接單，現在港資廠來大朗投資已經很少有單給我們民營企業做。相反我們主要是直接對香港那些貿易行，直接從那邊

---

[33] E. R. Thompson, "Clustering of foreign direct investment and enhanced technology transfer: Evidence from Hong Kong garment firms in China," *World Development* 30, no. 5 (2002): 873-889; E. R. Thompson, "Technology transfer to China by Hong Kong's cross-border garment firms," *Developing Economies* 41, no. 1 (2003): 88-111.

拿單回來做。」（企業訪談記錄，2006年7月）

　　與港資企業較明顯的帶動效應不同，台資企業特別是電子企業對東莞本地電子行業的發展推動並不強。如圖三所示，從2001到2005年，東莞本地與電子資訊主要是電腦製造相關的企業，整體產值只佔東莞該行業產值的十分之一。而且與外資的電子企業，主要與台資企業相比，其增長前景並不樂觀。

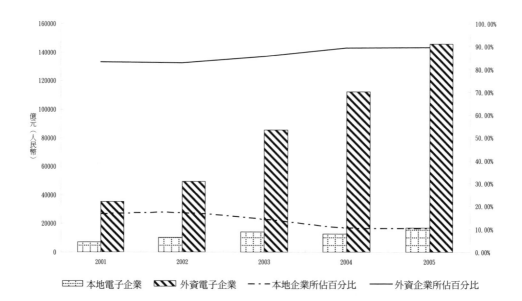

圖三：東莞市本地與外資電子企業的產值分佈

　　此外，從東莞市最新公布的民營企業50強的名單分析，[34] 只有三家與電腦週邊產品直接相關的本地企業能進入該名單。這很大程度上反映了台

---

[34] 所謂的本地企業在本文中主要是指中國大陸以民營企業註冊的企業，因為東莞市在改革開放以前是一個農業縣，其國有企業的數量很少，所以後來東莞的本地企業多數是民營企業。

資企業，特別是電腦製造企業的進入，對東莞本地的相關產業的拉動效果不強。這種現象一方面固然與電子行業的本身技術含量較高的特點有關，但另一方面，也與台資電子企業本身的企業網絡的特點息息相關。由於台資電子企業往往習慣於把上下游各個環節的生產都一起遷移到被投資地，並形成相對封閉的產業網絡。對於本地企業來說，要加入台資電子企業生產網絡的難度不小。如某位大型台資電子企業的高層管理人提到：

「本地的企業發展是很快，但他們大多只能做較為低端的供應商，而很奇怪的是本地企業發展最快的是那些給我們廠區做後勤配套的企業。例如製作工作服之類的。」（企業訪談記錄，2006年9月）

港台資對東莞本地產業不同的帶動效應，也可以從東莞的專業鎮的發展來觀察。2006年廣東省政府公布全省300多個專業鎮的名單及其企業組成的特點。在東莞有7個專業鎮榜上有名（見表二）。其中大朗、虎門

表二：東莞市的專業鎮

專業鎮	主導的特色產業	主導產業占全鎮工業產值比重	企業構成
清溪鎮	通訊設備、計算機及其電子設備製造	60%	台資企業
石碣鎮	通訊設備、計算機及其電子設備製造	72%	台資企業
虎門鎮	紡織服裝、鞋、帽	—	本地企業與港資企業
石龍鎮	通訊設備、計算機及其電子設備製造	72%	日資企業
長安鎮	通訊設備、計算機及其電子設備製造	68%	港台資企業
大朗鎮	紡織服裝、鞋、帽	39%	本地企業
厚街鎮	家具	45%	本地企業、港台資企業

資料來源：根據廣東省政府與羊城晚報，2006；Bellandi and Di Tommason, 2006整理。

均是港資帶動的，以本地企業為主或者本地企業發展比較突出的專業鎮。但對於台資帶動的專業鎮，例如之前提過的石碣鎮、清溪鎮，本地產業的發展仍不能令人滿意（見表二）。

二、招商模式和政策的轉變

　　港台資本的不同的特點對於東莞整個招商模式以及引進外資政策也產生了不同的深遠的影響。

　　由於早期進入東莞的是港資企業，而港資企業的特點是規模相對較小，單打獨鬥，所以港商往往只是單獨與當地的村或者鎮層級政府聯繫，決定建設工廠的地點與鎮區。這也導致了港資企業相對於台資企業在東莞各個鎮的分布比較分散（見圖四與圖五）。此外，由於港資企業在工業用地的規模等方面要求也不高，因此早期以港資為主要對象的東莞模式多數是以村鎮為單位，通過小規模的工業用地開發來招攬港商，並形成了所謂「村村冒煙，遍地開花」的工業用地開發模式。在招商的具體的工業政策方面也欠缺明確的目的，形成所謂的「滿天星星，唯缺明月」的現象。

　　然而，自九○年代起，特別是更多的規模較大的台資電子企業遷入東莞以後，這種缺乏明確的產業政策的招商模式的弊端開始顯現。最顯著的體現就是，在第二波自從九○年代末開始的台資電子企業往大陸轉移的過程中，東莞的地位明顯下降，並逐步被後來的長三角的蘇州市及其下面的昆山市所超過。當然，昆山的崛起也讓東莞市政府在近幾年意識到原有的招商政策與工業用地開發模式的弊端。為了引進更高層次包括台資企業在內的跨國企業，在2001年，東莞啟動號稱東莞歷史上最大的項目－松山湖工業園區項目，希望通過優美的園區環境，引入大型的高科技企業，並協助東莞進行產業的升級。但從目前的情況看，松山湖工業園區似乎並沒有達到預期的目標，松山湖可能只能發展為東莞「第33個鎮」，而不是原來所設想的富有創新動力的產業集群。

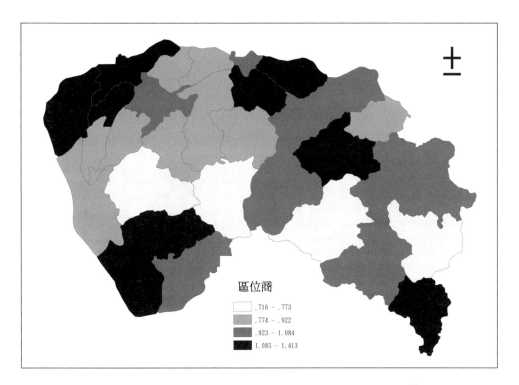

圖四：港資企業在東莞的分佈（以區位商計算）³⁵

---

35 區位商主要是用於量度某個地區的比較優勢或者較為突出的產業。這裡我們採用的區位商
來衡量港台資企業在東莞內部各個鎮分布的相對集中趨勢。其計算公式為：區位商＝（A鎮
的港／台資企業個數佔該鎮的外資企業的百分比）／（整個東莞港／台資企業數佔全部外
資企業數的百分比）。例如A鎮的港資企業數的區位商的值高於B鎮（或大於1），證明該鎮
港資企業相對於B鎮（或整個東莞的平均水準）具有相對集中的特點。

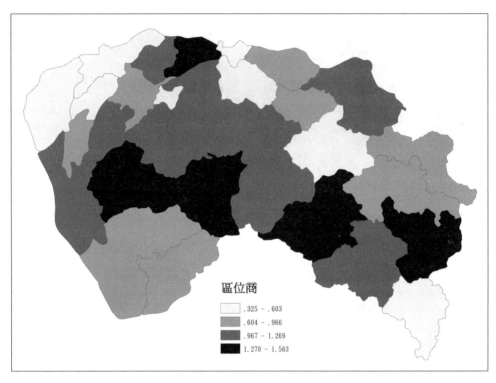

圖五：台資企業在東莞的分佈（以區位商計算）

伍、結論

　　本文主要分析了過去二十年港台資企業在東莞不同的變遷軌跡，並證明了東莞的發展，已經從原來八〇年代主要依靠港資企業，轉變為九〇年代以後，主要由台資企業推動的模式。台資的進入也改變了東莞的產業結構，並直接導致了東莞的產業升級。而更為關鍵的是，港台資本正採取不同的策略來應對中國大陸不斷變化的情勢，例如正在興起的內銷市場以及東莞當地新制度變化等，這些又都與港、台資企業的母地區特點以及母地區與被投資地區的互動，有著不可分割的關係。

　　對於港資企業，作為過去27年東莞最大的外資來源，已經在東莞的發展過程中發揮關鍵的作用，並對東莞本地的相關勞動密集型產業發展有關鍵的影響。然而從21世紀初開始，台資正取代港資成為東莞發展的主要動力，雖然其對本地產業的帶動效應仍有待發揮，但可以預見，東莞未來的產業升級很大程度上還需要依靠以台資企業，特別是從事電腦製造的台資電子企業。不過，由於缺乏足夠的本地政策支持，東莞對台資高科技企業的吸引力不斷下降。而自2000年以後台資電子企業所出現的「北移」或者「北擴」的趨勢，正不斷的刺激著東莞市乃至廣東省政府官員的神經（Yang, 2005）。

　　回應海外華人投資研究中關於「關係」的討論，本文認為未來有關海外華人投資的研究，應更多從「雜合性」的視角考慮他們不同的母地區效應（home imprint），[36] 以期在經濟活動全球化的大背景下，對海外華人投資的變遷有更全面的認識。

---

[36] H. W. C. Yeung, "From followers to market leaders: Asian electronics firms in the global economy," *Asia Pacific Viewpoint* 48, no. 1（2007）: 1-25.

參考書目

一、 中文部分

香港工業總會，珠三角製造─香港製造業的蛻變（香港：香港工業總會，2003年）。

清溪鎮政府、廣州中山大學廣東發展研究院，清溪鎮企業紮根戰略研究（東莞），2006年。

二、 英文部分

Chiu, S. W. K. and Wong, K. C., "The hollowing-out of Hong Kong electronics: Organizational inertia and industrial restructuring in the 1990s," *Comparative Sociology* 3, no. 2 (2004): 199-234.

Fung, K. C., Iizaka, H.,and Parker, S., "Determinants of U.S. and Japanese direct investment in China," *Journal of Comparative Economics* 30, no. 3 (2002): 567-578.

Hsing, Y. T., "Ethnic Identity and Business Solidarity: Chinese Capitialism Revisited," in *The Chinese Diaspora: Space, Place, Mobility, and Identity* ed. L.J.C. Ma and C. Carolyn (Lanham, Md.: Rowman & Littlefield, 2003): 221-236.

Hsu, J.Y., "The dynamic firm、territory nexus of Taiwanese informatics industry investments in China," *Growth and Change* 37, no. 2 (2006): 230-254.

Hsing, Y. T., "Blood, thicker than water: Interpersonal relations and Taiwanese investment in southern China," *Environment and Planning A*, 28 no. 12 (1996): 2241-2261.

He, C., "Location of foreign manufacturers in China: Agglomeration economies and country of origin effects," *Papers in Regional Science* 82, no. 3 (2003): 351-372.

Hsu, J. Y., and Saxenian, A., "The limits of guanxi capitalism: Transnational collaboration between Taiwan and the USA," *Environment and Planning A* 32, no. 11 (2000): 1991-2005.

Luo, Y. D., "Strategic traits of foreign direct investment in China: A country of origin perspective," *Management International Review* 38 no. 2 (1998): 109-132.

Lin, C. S., *Red capitalism in South China: growth and development of the Pearl River Delta* (Vancouver:

UBC Press, 1997).

Mathews, J. A., *Dragon multinational: a new model for global growth* (New York: Oxford University Press, 2002).

Ma, L. J. C. and Cartier, C., *The Chinese Diaspora: Space, Place, Mobility and Identity* (Lanham, MD: Rowman and Littlefield, 2003).

Park, B. and Lee, K., "Comparative analysis of foreign direct investment in China: Firms from South Korea, Hong Kong, and the United States in Shandong province," *Journal of the Asia Pacific Economy* 8, no. 1 (2003): 57-84.

Qiu, Y., "Personal networks, institutional involvement, and foreign direct investment flows into China's interior," Economic Geography 81, no. 3 (2005): 261-281.

Riedel, James, *The industrialization of Hong Kong* (Tubingren: Mohr, 1974).

Smart, A., "The Emergence of Local Capitalisms in China: Overseas Chinese Investment and Patterns of Development" in *China's Regions, Policy and Economy: A Study of Spatial Transformation in the Post Reform Era*. ed. S.M. LI and W.S. Tang (Hong Kong: The Chinese University Press, 2000): 65-96.

Smart, A. and Hsu, J. Y., "The Chinese Diaspora, Foreign Investment and Economic Development in China," *Review of International Affairs* 3, no. 4 (2004): 544-566.

Smart, J. and Smart, A., "Personal relations and divergent economies: a case study of Hong Kong investment in south China," *International Journal of Urban & Regional Research* 15 no. 2 (1991): 216-233.

Sun, H.S., "Entry modes of multinational corporations into China's market: a socioeconomic analysis," *International Journal of Social Economics* 26, no. 5 (1999): 642-659.

Sit, V. F. S. and Yang, C., "Foreign-investment-induced exo-urbanisation in the Pearl River Delta, China," *Urban Studies* 34, no. 4 (1997): 647-677.

Thompson, E. R., "Clustering of foreign direct investment and enhanced technology transfer: Evidence from Hong Kong garment firms in China," *World Development* 30, no. 5 (2002):

873-889.

Thompson, E. R., "Technology transfer to China by Hong Kong's cross-border garment firms," *Developing Economies* 41, no. 1. (2003): 88-111.

Wei, Y. , Liu, X., Parker, D. and Vaidya, K., "The regional distribution of foreign direct investment in China," *Regional Studies*, 33, no. 9 (1999): 857-867.

Wang, J. and Tong, X., "Industrial Clusters in China: Embedded and Disembedded?" in *Linking Industries Across the World: Process of Global Networking*, ed. C.G. Alvstam. and E.W. Schamp.(UK: Aldershot, 2005): 223-242.

Wu, J. M., "Strange Bedfellows: Dynamics of government business relations between Chinese local authorities and Taiwanese investors," *Journal of Contemporary China* 6, no. 15, (1997): 319-346.

Wang, H. "Informal institutions and foreign investment in China," *Pacific Review* 13, no. 4 (2000): 525-556.

Wang, J. and Tong, X., "Industrial Clusters in China: Embedded and Disembedded?"

Yang, C. (2004) "From market-led to institution-based economic integration: the case of the Pearl River Delta and Hong Kong, China," *Issues & Studies* 40 (2):78-119.

Yang, C. (2006) "Overseas Chinese investments in transition: the case of dongguan," *Eurasian Geography and Economics* 47: 604-621.

Yang, C. (2007) "Divergent hybrid capitalisms in China: Hong Kong and Taiwanese electronics clusters in Dongguan," *Economic Geography*, 83(4): 395-420.

Yang, C. (2009) Strategic coupling of regional development in global production networks: redistribution of Taiwanese personal computer investment from the Pearl River Delta to the Yangtze River Delta, China," *Regional Studies*, 43(3): 385-407.

Yang, You-Ren, and Chu-Joe Hsia. (2005) "The local embeddedness of the transborder production networks and the evolution of local institutions: a case stuy of the Greater Dongguan Area, China," in *2nd Symposium on Cross-Strait New Economic Geography*. June 20-22, Taipei,

Taiwan.

Yang, You-Ren, and Chu-Joe Hsia. (2007) "Spatial clustering and organizational dynamics of trans-border production networks: a case study of Taiwanese IT companies in the Greater Suzhou Area, China," *Environment and Planning A*, 39 (8): 1346-63.

Yeung, H. W. C. (1997) Business networks and transnational corporations: a study of Hong Kong firms in the ASEAN region," *Economic Geography* 73 (1): 1-25.

Yeung, H. W. C. (2000) "Local politics and foreign ventures in China's transitional economy: The political economy of Singaporean investments in China," *Political Geography* 19 (7): 809-840.

Yeung, H. W. C. (2004) *"Chinese capitalism in a global era: towards hybrid capitalism,"* London: Routledge.

Yeung, H. W. C. (2007) "From followers to market leaders: Asian electronics firms in the global economy," *Asia Pacific Viewpoint* 48 (1): 1-25.

大陸蘇州與昆山電子業
台商稅務問題探討*

陳明進

（國立政治大學會計系教授）

林怡伶

（資誠會計師事務所資深查帳員）

摘要

本文以台灣上市櫃等七家電子業公司進行案例研究，探討台商在大陸稅務管理面臨之問題。本文之發現歸納如下：

一、在台灣母公司之功能價值鏈上，受訪之電子業台商多將其大陸子公司定位為製造代工廠，利潤率較低。因此，大陸稅務成本為一重要考量。

二、在大陸納稅情況上，受訪電子業台商之大陸子公司多數已開始適用二免三減半優惠期間，因此2008年大陸新企業所得稅法施行後，取消外資企業二免三減半優惠，對其稅務成本將有相當大幅度增加。

三、在組織管理上，受訪之電子業台商普遍將大陸子公司定位為母公司的一個製造部門，低估實際上大陸子公司是當地一個獨立法律個體之稅務複雜性及風險。

四、在管理文化上，受訪之電子業台商較傾向集權式管理者，大陸子公司製造代工的利潤率通常決定於台灣母公司管理當局，交易訂價較趨向成本加成，忽略市場價格的標準，導致其兩岸移轉訂價的稅務風險較高。

關鍵詞：台商企業、電子業、大陸投資、租稅成本、移轉訂價

* 本文相關內容曾刊載於98年3月財稅研究第41卷第2期，大陸電子業台商稅務問題研究。

壹、前言

　　中國改革開放後，為促進經濟發展，以優渥的租稅優惠吸引各國外商前往投資，[1] 創造出舉世矚目之經濟成長。台商以同文同種及地理之便，於1980年代即前往大陸投資，早期投資以勞力密集型產業為主，主要著眼於大陸勞工、土地成本低廉、租稅優惠眾多，至今技術密集製造業已逐漸取代傳統產業成為主流，在各項製造業中，又以電子零組件為大宗，大陸已成為我國電子業廠商最重要的製造基地。

　　然而，隨著中國經濟發展躍進新的階段，對於低附加價值、高耗能源、汙染性之產業，已不再列為歡迎投資之招商對象。同時對於內、外資企業長期存在租稅待遇差異的現象，也基於租稅公平原則，朝向統一稅制，使外商企業在中國投資所面臨的稅務成本及風險逐漸提高。尤其，自2007年起，中國對於外資企業的相關稅法規定，採取諸多重大變革。例如，2007年3月16日通過的《企業所得稅法》，統一內外資企業所得稅稅率，取消獨厚外商投資企業的租稅優惠；2007年3月27日國家稅務總局國稅函【2007】363號《關於加強轉讓定價調查分析的通知》，要求中國各地稅局加強關聯企業交易的相關財務分析及查核，集團內部移轉訂價策略日益重要；2006年11月8日中國國家稅務總局發布《個人所得稅自行納稅申報辦法（試行）》，規定自 2007年起年所得12萬元以上的納稅人須向稅務機關自行納稅申報，台籍幹部的薪資所得不再僅以扣繳完成納稅義務。此外，自2007年起，土地使用稅、車船稅之課徵對象也將擴及外資企業。上述稅務法令變革的施行，對於長久以來享受優惠租稅政策的台資企業而言，對其大陸營運可能增加的租稅成本及風險影響不容低估。

　　隨著台商西進大陸，有關大陸稅制及對台商影響，已引起許多文獻關

1　截至2006年底，中國全國累計批准外資企業59.4萬戶，實際使用外資6,919億美元。2006年
　外資企業繳納各類稅款7,950億元，佔全國稅收總量的21.12%。（引自關於《中華人民共和
　國企業所得稅法（草案）》說明）

注及探討，但較少以實際個案訪談方式，進行研究有關台商在大陸經營面臨稅務問題及其租稅管理模式之實況。有鑒於此，本文乃以台灣上市、上櫃及興櫃電子業公司在昆山及蘇州地區轉投資之七家大陸子公司進行實地深度訪談，探討目前電子業台商在大陸投資的租稅負擔情形，以及2007年新頒行之稅務法令對台商的影響及因應之道，並對電子業台商在稅務風險控管的實務操作提出評論及建議。本文研究目的如下：

1. 瞭解電子業台商大陸營運之租稅負擔情形及主要稅務問題。
2. 探討2008年新《企業所得稅法》施行對電子業台商之影響及其因應之道。
3. 探討在兩岸嚴查移轉訂價的情勢下，對電子業台商之影響及其因應之道。
4. 探討《個人所得稅自行納稅申報辦法（試行）》對台籍幹部個人所得稅租稅負擔的影響及其因應之道。

貳、文獻探討

一、台商大陸投資概況

根據經濟部投審會資料[2]指出，截至2007年8月為止，台灣核准對中國大陸投資案件共36,235件，總金額高達611.36億美元，遠高於台商對國外其他地區之投資。以歷年累計投資總額統計觀之，台灣企業在大陸投資的主要地區為江蘇省（31.77%）、廣東省（25.86%）、上海市（15.14%）。行業別主要為製造業，約佔九成，其中又以電子零組件製造業（15.89%）、電腦、電子產品及光學製品製造業（15.28%），以及

---

[2] 引自經濟部投審會2007年9月20日發布之96年8月核准僑外投資、國外投資、對中國大陸投資統計速報<http://www.moeaic.gov.tw/>。

電力設備製造業（9.14%）等為最大宗。這些統計數據顯示，在台商全球佈局下，中國大陸已為台商最主要的經營據點之一。

　　在台灣對大陸投資的產業結構部分，技術密集製造業已逐漸取代傳統勞力密集產業。在製造業採購環節部分，根據經濟部統計處歷年「製造業對外投資實況調查報告」[3]顯示，台商在大陸製造所需原物料由台灣採購的比重逐漸下降，但由大陸當地採購的比重卻年年上升，2005年台商事業所需原物料和零組件在大陸當地採購的比重已高達五成，直接運用當地資源的情形日漸明顯（高長與蔡依帆，2006）。早期台商在大陸製造生產的產品多為外銷，但隨著中國內銷市場的開放，台商逐漸將市場版圖擴展至大陸地區，大陸台商事業的產品在當地市場銷售的比例不斷攀升，至2005年台商產品在大陸當地銷售約占48.8%（高長與蔡依帆，2007）。

　　在台商兩岸事業分工部分，經濟部統計處「95年製造業對外投資實況調查報告」[4]指出，大陸台商事業的技術來源，八成六以上由台灣公司所提供，顯示目前台商兩岸布局策略下，仍由台灣母公司統籌管理，負責集團經營決策、財務調度、研發和行銷等活動之主導，大陸子公司則主要負責製造功能。

　　高長與吳世英（1995）調查製造業台商赴大陸投資對設廠地點的考量因素，調查結果發現，大多數製造業台商認為租稅的獎勵性措施為設廠的重要因素。喻名鼎（2000）以經濟部投資審議委員會所編印之「對大陸投資事業名錄」為研究對象，進行問卷調查，探討台商赴大陸地區投資考量之租稅負擔因素。其問卷結果發現，中國地區性相關的租稅優惠政策對台商租稅負擔具有相當高程度的影響。此外，黃紀穎（2001）對蘇州地區的管理委員會，以及內、外資高科技企業進行訪談研究，探討中國租稅優惠

---

[3]　參考經濟部統計處資料<http://2k3dmz2.moea.gov.tw/GNWEB/news/hot_html/NEWinv95.htm>。

[4]　同前一附註。

政策對企業設立於國家級高新技術產業開發區（高新技術區）之影響。該文的訪談結果發現，中國大陸53個高新技術區發展係以三資企業為主導，內資企業設立於該區較少，且租稅優惠政策對吸引外商進駐高新技術區有立即的效果。謝明勳（2001）以台灣上市（櫃）公司為研究對象進行問卷調查，蒐集台商對於大陸租稅環境之意見。調查結果顯示，多數台商認為(1) 在中國大陸投資，其租稅負擔有日益增加的趨勢；(2) 中國稅務稽徵機關的查稅活動變得頻繁，且私下與稅局人員關說的情況仍普遍存在；(3) 多數台商在投資前的租稅規劃過於簡單，並未充分享有大陸稅法合法給予的租稅優惠，受訪台商認為中國較具吸引力的租稅優惠政策依序為五免五減半、免稅進口自用設備、關稅減免優惠、二免三減半，以及企業所得稅稅率減半徵收等。

　　以往文獻指出台商在大陸經營的投資動機，主要考量有(1) 大陸當地勞工工資低廉、勞動力充沛；(2) 土地成本低廉；(3) 語言、文化、背景相似；(4) 地緣優勢；(5) 優惠的租稅待遇等因素（嚴宗大與李惠琴，1990；何雍慶，1993；戴愛坪，1998）。這些文獻都指出，降低生產成本及租稅負擔是台商赴大陸投資的重要因素，也反映台商面臨市場的壓力主要為成本競爭。

二、2007年新頒行稅務法令引介

　　上述現有文獻探討顯示，中國對外資的租稅優惠措施是台商赴大陸投資的重要考量因素之一，但隨著中國大陸逐步推動稅制改革，台商在大陸經營的租稅環境也將增加新的挑戰，以下簡要介紹中國稅制及2007年新頒行的重要稅務法令。

（一）中國稅制概覽

中國稅制經過多次的改革轉變，逐漸形成一套完整稅法體系，目前

共有21個稅目，依其性質大致可分為五類，分別為：(1) 所得稅類，包括企業所得稅、外商投資企業和外國企業所得稅、[5] 個人所得稅；(2) 流轉稅類，包括增值稅、消費稅、營業稅和關稅；(3) 資源稅類，包括資源稅、城鎮土地使用稅；(4) 財產和行為稅類，包括房產稅、城市房地產稅、車船稅、印花稅、屠宰稅及契稅；(5) 特定目的稅類，包括固定資產投資方向調節稅（暫緩徵收），筵席稅、城市維護建設稅、土地增值稅、車輛購置稅及耕地使用稅。依據中國國家稅務總局的國家稅收統計報告[6] 指出，中國稅收主要來自於流轉稅及所得稅，分別占整體稅收66.10%及25.33%。在各稅目中，增值稅為最大宗稅收來源，約佔整體稅收34.26%，其次為內資企業所得稅佔整體稅收14.74%、營業稅佔整體稅收13.63%、個人所得稅佔整體稅收6.52%，以及外商投資企業和外國企業所得稅佔整體稅收4.08%。

（二）2007年企業所得稅法變革

2007年3月16日中國第十屆全國人民代表大會通過《企業所得稅法》，將於2008年1月1日正式施行，新稅法體現四個統一精神：(1) 統一內資、外資企業適用的企業所得稅法；(2) 統一並適當降低企業所得稅稅率，企業所得稅最高名目稅率為33%降為25%；(3) 統一規範稅前扣除辦法和標準，外資企業不再享有較優惠的薪資扣除標準、捐贈費用扣除標準等；(4) 統一稅收優惠政策，實行「產業優惠為主，區域優惠為輔」的新稅收優惠體系，取消生產性外商企業二免三減半、再投資退稅、出口退稅

---

[5] 2008年以前，中國內資企業（包含國有企業、集體企業、私營企業、聯營企業、股份制企業）適用《企業所得稅暫行條例》，外資企業（包含中外合資經營企業、中外合作經營企業、外商獨資企業和外國企業）適用《外商投資企業和外國企業所得稅法》。

[6] 國家稅務總局統計資料，<http://www.chinatax.gov.cn/n480462/n480498/n480887/index.html>。

延長減半徵收、特定地區優惠稅率等普惠性租稅優惠。不過對重點扶持和鼓勵發展的產業與項目擴大租稅優惠，如高新技術產業企業可適用15%的優惠稅率，由原來僅限定設立於國家高新技術產業開發區的企業擴大到全國範圍，而從事符合規定條件的環境保護、節能節水或技術轉讓等項目之所得，可免徵所得稅。

　　此外，新企業所得稅法也加入特別納稅調整及反避稅條款，包括：(1) 規定關聯企業交易移轉訂價之調整及應提供之資料；(2) 對於境外低稅率地區受控企業的強制利潤分配、防杜資本弱化；(3) 對不具合理商業目的安排致減少應納稅收入或所得額之調整；(4) 引進居民企業和非居民企業的課稅觀念，將在中國大陸具實際管理功能，但未正式成立法人資格的企業視為居民企業，就境內外所得課稅；另外，非居民企業則應就與中國境內機構、場所有實際聯繫的所得部分予以納稅。最後新稅法也取消外資股利匯出免稅的優惠，將對外資在大陸子公司盈餘匯出課徵扣繳稅款。

（三）移轉訂價相關通知

　　目前各國稅務機關競相實行移轉訂價以維護稅收主權，1998年大陸國家稅務總局頒布《關聯企業間業務往來稅務管理規程（試行）》（國稅發【1998】59號，該法規架構了中國移轉訂價的基本架構，對於「公平交易原則」、「關聯企業的確定」、「重點調查審計對象的選擇」、「調整方法」均做出明確的規定，其後國稅發【2004】143號、【2004】118號、【2005】239號則再次闡明和補充移轉訂價的相關規定。

　　根據稅務機關所發布選擇重點調查審計對象的一般原則包括：(1) 生產、經營管理決策權受關聯企業控制的企業；(2) 與關聯企業業務往來數額較大的企業；(3) 長期微利或微虧卻不斷擴大經營規模的企業；(4) 與設在避稅港的關聯企業發生業務往來的企業；(5) 與集團公司內部關聯企業比較，利潤率低的企業；(6) 巧立名目，向關聯企業支付各項不合理費用

的企業等類型公司，易受稅務機關移轉訂價查核。台商企業往常習慣透過租稅天堂進行交易，或透過利潤分配安排，拉長大陸子公司虧損期間，以延後定期減免稅的開始適用年度。在這些重點調查審計的原則下，台商慣常以三角貿易操作或母子公司間交易條件未依循市場標準的作法，均可能成為中國稅局查核移轉訂價的重點對象。

此外，2007年國稅函【2007】236號，以及國稅函【2007】363號頒行，要求各地稅務機關加強移轉訂價的查核，並增加受調查企業的申報責任。國稅函【2007】236號《關於調查承擔單一生產功能外商投資企業和外國企業納稅情況的通知》，認為在大陸設立的外商投資企業，根據國外母公司的總體經營計畫，按照產品訂單從事產品加工製造，只承擔單一生產功能，該類企業通常應保持一定的利潤率水準，原則上不該出現虧損。國稅函【2007】363號《關於加強轉讓定價調查分析的通知》，要求中國各地稅務機關加強被調查企業的功能風險分析，受查企業必須填寫「企業功能風險表」，並要求稅務機關加強對被調查企業關聯交易的相關財務分析，這些措施將使得集團企業的移轉訂價交易申報資訊更加透明化。

（四）《個人所得稅自行納稅申報辦法（試行）》

中國大陸個人所得稅主要採行分類所得稅制，以扣繳作為完稅義務，但2006年11月8日國家稅務總局發布國稅發【2006】162號《個人所得稅自行納稅申報辦法（試行）》，規定自2007年起年所得12萬元以上的納稅人必須在納稅年度終了後3個月內，填寫「個人所得稅納稅申報表」，向主管稅務機關辦理納稅申報。此一政策對大陸台商企業幹部的影響廣泛，台商企業之負責人、台籍幹部實際年所得超過12萬人民幣者，即須依規定自行申報納稅。此外，為避免個人少報收入逃漏稅，大陸國家稅務總局亦頒布國稅發【2005】205號《個人所得稅全員全額扣繳申報管理暫行辦法》，要求稅務機關應以個人身分證照號碼或個人納稅編碼為標識，收集

個人的基礎資訊、收入及納稅資訊，逐步建立個人收入與納稅之檔案，故大陸稅務機關對年收入達到12萬元人民幣以上的外籍台商個人資料，已著手建檔掌握資料。

參、研究方法

一、研究設計

　　本研究主題探討電子業台商目前租稅負擔情況、面臨之稅務問題及其管理因應方式，屬探索性之研究，故本研究以個案訪談方式進行，設計半開放式之問卷，透過實地深度訪談，以所觀察現象作為研究素材。研究步驟包括資料蒐集、具體現象之觀察、探討實務現況與理論之關係，評述發現之結果。最後，對台商在大陸經營之稅務管理實務提出改善建議。

二、研究對象

　　自2000年起，台商大陸投資的地理分布主要集中於江蘇、昆山地區，投資產業以電子零組件、電腦、電子產品及光學產品製造業為主，本研究以蘇州及昆山地區電子業台商作為研究對象，經聯繫取得同意後，以七家公司股票在台灣上市、上櫃或興櫃市場交易之電子業台商企業進行實地訪談。由於地區及產業相近，訪談結果對於電子業台商企業應具有較高之代表性及參考價值。七家台商公司分別以代號A、B、C、D、E、F、G表示。

　　表一介紹受訪個案公司之台灣母公司及受訪子公司背景資料。七家受訪公司的資本額平均約為（新台幣）198億元；近三年（2004-2006年）平均毛利率最低為5.85%，最高為21.61%，平均為12.87%；近三年（2004-2006年）平均純益率最低為-31.19%，最高為9.29%，扣除一家虧

損公司外，其餘六家公司近三年平均純益率約為6%。七家公司進入大陸投資均經過第三地間接投資，至2006年底為止，在大陸投資金額平均約為38億元，受訪子公司於大陸成立時間多超過五年以上，扣除一家虧損公司外，其餘六家公司2006年於大陸營運之受訪子公司純益率最低為0.25%，最高為16.72%，平均約為5.32%。

表一：受訪個案公司相關資料

個案 母公司	A	B	C	D	E	F	G
市場別	上市	上櫃	興櫃	上市	上市	上市	興櫃
產業別	電腦及週邊設備業	電腦及週邊設備業	光電業	電腦及週邊設備業	光電業	光電業	電子零組件業
主要經營業務	為ODM專業供應商，提供資訊及通訊產品之設計、製造服務。	電腦電子組件之買賣業務、各種電化製品零件之加工製造買賣業務。	電腦週邊及通訊相關零組件產品製造	電腦及附屬設備軟硬體設計製造加工、微電腦系統產品開發設計與製造內外銷	液晶顯示器、有機發光顯示器之製造銷售	光學資訊儲存相關產品之製造加工買賣	各種電路板之製造加工買賣業務
2006年外銷比重	99.9%	97%	45%	99%	70%	80%	77%
受訪個案子公司所在地	昆山加工出口區	昆山市	蘇州市	昆山加工出口區	蘇州市	昆山加工出口區	昆山市

三、資料蒐集

本研究的資料蒐集主要係赴大陸蘇州、昆山等地，進行實地訪談樣本公司在大陸之子公司，根據研究主題預先擬定訪談問卷，問卷內容採取半開放性的問題，[7] 並經過實務專家協助修訂。問卷內容主要分為四大部

分，分述如下：

（一）公司之基本稅務狀況：詢問受訪公司在大陸面臨之稅務狀況，包括：(1) 對大陸稅務成本的重視程度；(2) 在大陸經營之主要稅目負擔程度；(3) 大陸經營獲利狀況；(4) 目前企業所得稅申報稅率以及所享有的租稅優惠；(5) 目前在大陸經營面臨之主要稅務問題及因應對策。

（二）新《企業所得稅法》之影響：詢問大陸2008年施行新《企業所得稅法》對受訪公司之影響，包括：(1) 對公司租稅負擔增加程度及其因應對策；(2) 大陸租稅優惠政策變動對公司未來投資的影響。

（三）移轉訂價議題：詢問受訪公司問題包括：(1) 台灣母公司與大陸子公司間，或大陸關係企業間之關係人交易情形及主要交易類型；(2) 大陸近年嚴查關聯企業移轉訂價對公司的影響及其因應對策；(3) 公司依兩岸稅務部門要求制定的移轉訂價策略是否可能發生牴觸或矛盾，有無因應對策；(4) 當兩岸移轉訂價策略發生抵觸，公司以滿足何處稅局要求為首要考量。

（四）台籍幹部個人所得稅議題：詢問《個人所得稅自行納稅申報（試行）辦法》對台籍幹部的租稅負擔提高之程度以及可能因應措施。

本研究共實地訪問七家電子業台商公司，受訪對象主要為台商大陸事業的當地相關部門主管，如總經理、副總經理、財務部門經理或人事部門經理，受訪對象層級為能直接回答問卷問題者，每家訪談時間約為2-3小時。

四、研究限制

由於本研究係屬探索性研究，透過七家個案公司進行深度探討，先天

---

[7] 由於本問卷研究非屬結構性之問題，無法對回答之結果進行信度及效度之測試，但本問卷之問題均經受訪公司親自填答及現場詢問的程序，應可避免填答錯誤發生。

性存在樣本無法含括全體台商電子業之代表性公司，且受訪者回答問題難免涉及自己主觀認知等缺點。此外，由於部分稅務議題及因應措施，可能涉及公司經營機密或引發稅局關注之可能性，受訪公司在提供資料或回答問題時難免較為保守，可能限制訪談蒐集資料之完整性。

肆、訪談結果與研究發現

本研究訪問結果及發現彙總整理如下：

一、受訪公司之基本稅務狀況

（一）對大陸稅務成本的重視程度

表二彙總受訪公司對大陸稅務成本重視程度之調查結果。受訪之電子業台商，對其在大陸子公司的功能定位幾乎多為「代工製造」，或母公司品牌之製造廠，訂單多數係由母公司接單，再轉由大陸子公司代工或製造。由於代工的生產利潤較低，公司競爭利基主要為降低成本，故受訪公司對大陸稅務成本相當重視。其中唯一自有品牌之E公司，因製造母公司自有品牌之產品，毛利率較高，故該公司對在大陸子公司稅務成本的重視程度，相較其他受訪公司為低。可見台商對大陸稅務成本的重視程度，與其大陸子公司功能定位及產品利潤率有關。

表二：受訪公司對大陸稅務成本重視程度（家數）

非常重要	相當重要	還算重要	普通	不太重要	非常不重要
2家	4家	1家	無	無	無

（二）大陸主要稅目負擔情形

　　表三列示本研究調查受訪公司在大陸主要稅目的負擔程度。結果發現電子業台商因所享有的租稅優惠差異，使功能定位類似的大陸子公司有不同的所得稅負擔程度。目前七家受訪公司中，僅一家公司為虧損狀態，其他六家獲利的受訪公司中有三家設立於特定減免地區，可享受15%的企業所得稅優惠稅率。多數受訪公司正處於「生產性外商二免三減半優惠」之減半期間，稅率減半後所得稅申報稅率為15%（二家公司）及7.5%（二家公司），而有一家公司雖然已逾減半期間，但因符合出口企業延長稅率減半優惠條件，故目前申報稅率為10%。

　　在流轉稅部分，由於受訪的台資企業其主要業務為加工製造，在大陸製造所需的原材料或半成品，多由海外關係企業或廠商提供，故一般而言其增值稅、關稅負擔較重，營業稅負擔則非常輕。但三家受訪公司設於保稅區100%代工產品外銷，可享有增值稅、關稅免徵優惠，這兩項稅目的負擔反而較輕，顯示在大陸設廠地點是影響稅負的一項重要因素。

　　在其他稅目部分，受訪公司提及印花稅及城鎮土地使用稅可能成為潛在重要的稅務成本之一，值得台商企業注意。根據《中華人民共和國印花稅暫行條例》第2、3條規定，簽訂各類經濟合同，如購銷合同、借款合同、技術合同、財產租賃合同等，均必須根據應納稅憑證的性質，分別按比例稅率或按件定額方式，計算應納印花稅額，且合同形式不僅限於有正規格式的合同，也包括具有合同性質的單據及憑證，若大陸稅局將合同形式擴及電子下單，對於目前台商大陸子公司以產業群聚建構電子交易網絡的經營模式，將會有很大的衝擊。[8] 此外，國務院於2007年1月1日起，將「城鎮土地使用稅」的徵收範圍擴大到外商投資企業和外資企業，亦即外

---

[8] 依據國務院令第11號頒布之《印花稅稅目稅率表》規定，購銷合同應按購銷金額之3%課徵印花稅。

商企業除依法經由出讓取得的土地使用權者外，其餘使用土地均應依土地用途和土地等級所屬的收費標準，繳納土地使用費。整體觀之，台商大陸子公司在所得稅課徵上，已逐漸進入減半課稅之租稅優惠期間，且在大陸對於課稅規定認定趨嚴及增加新稅下，對於微利的台商電子業在大陸從事加工事業，其稅務成本的規畫更顯重要。

表三：受訪公司各稅目負擔程度（家數）

負擔程度 稅目	很重	有點重	普通	不太重	非常輕
企所稅	無	3家	2家	2家	無
增值稅	無	2家	1家	無	4家
營業稅	無	無	無	無	7家
關　稅	無	1家	1家	1家	4家

（三）受訪企業適用租稅優惠情況

　　表四彙整七家受訪企業目前適用的租稅優惠項目。訪談結果發現，七家電子業台商在中國大陸普遍享有優惠稅率，故實際繳納的稅率遠低於法定最高企業所得稅率（33%）。電子業台商普遍享有「一般生產性外商之二免三減半」優惠，若加上在投資初期規劃廠房地點設於特定地區，則可進一步適用經濟特區、沿海經濟技術開發區、高新技術產業開發區的優惠稅率，對企業所得稅負擔的降低有最直接且顯著的效果，也是受訪公司主要適用的租稅優惠項目。此外，半數受訪公司採用再投資退稅進行租稅規劃，推測除趕搭新稅法施行前的稅負優惠期限考量外，可能與台商公司仍看好大陸未來發展、積極布局投資當地的策略有關。除了上述定期減免優惠外，外商投資企業尚可利用購買國產設備抵減稅額、研發費用額外抵減所得額，或加速折舊等方式來降低租稅負擔，惟受訪公司中僅少數企業提及將以這類優惠項目進行租稅規畫。新企業所得稅法施行下，二免三減

半期間過渡結束後，這些租稅優惠項目的爭取應更為重要。至於在流轉稅部分，由訪談結果發現，100%出口外銷的台商企業，如能將廠房設立於保稅區，則是降低增值稅、關稅負擔的最直接方法。

表四：受訪公司享有租稅優惠一覽表

租稅優惠項目		家數
一般生產性外商二免三減半		5家
特定地區減免	沿海經濟技術開發區	1家
	高新技術產業開發區	1家
	經濟特區	1家
保稅區		2家
再投資退稅		3家
其他	出口企業延長稅率減半	1家
	研發費用額外抵減所得	1家
	購買國產設備抵減稅額	無

（四）目前面臨的主要稅務問題

　　表五為受訪公司反映目前在大陸經營面臨之主要稅務問題，可分為兩大部分：一為2008年新稅法的影響；二為兩岸移轉訂價查核。扣除一家虧損公司外，其餘六家受訪公司實際申報稅率均在15%以下，平均稅率約為11.67%。2008年新稅法施行，過渡期結束後，受訪公司將直接適用25%稅率，平均稅率將提高約13.33%，是原來稅率之二倍以上，將嚴重侵蝕台商電子業在大陸經營的稅後利潤率。

　　此外，過去台商在全球稅負極小化的考量下，往往透過移轉訂價策略將部分利潤保留在海外，大陸子公司基於價值鏈分工配置較少的利潤，但此一利潤配置的合理性，在兩岸稅務當局陸續頒布移轉訂價查核法令，嚴查關聯企業交易的情勢下，頻受大陸稅局的挑戰與檢視，甚至動輒被補

稅，台商在大陸經營的稅務風險將大幅增加。

表五：受訪公司面臨之稅務問題統計

目前面臨稅務問題	家數
－2008年新稅法衝擊	3家
－移轉訂價查核	4家

二、新《企業所得稅法》之影響

（一）新企業所得稅法對公司的影響程度及其因應對策

2008年新企業所得稅法施行後，取消外商投資企業兩免三減半、特定地區優惠稅率以及再投資等租稅優惠，統一內外資企業所得稅稅率為25%。對長久以來享受租稅減免，實際繳納稅率低於25%的台資企業而言，存在稅務成本增加的隱憂。根據訪談結果顯示，新稅法對受訪台商稅務成本影響程度不一，主要視受訪台商目前享有的租稅減免程度，以及2008年後是否仍處於租稅優惠過渡期，或是否能申請獲准享有高新技術優惠稅率而定。表六為新稅法施行對受訪公司稅率提高程度之調查結果，多數受訪公司認為新稅法將會提高其實質租稅負擔，有3家個案公司表示，新稅法對其稅率影響很大，未來稅率將提高10%以上，1家個案公司認為未來稅率將提高5%-10%，但其餘3家公司認為2008年後公司仍處於租稅優惠過渡階段，新稅法施行對公司尚無立即影響。

表六：2008年新稅法對受訪公司實質繳納稅負影響

2008年新稅法對受訪公司實質繳納稅負影響	家數
－稅率提高10%以上	3家
－稅率提高5%-10%	1家
－稅率提高5%以下	無
－稅率不受影響	3家

　　雖然大陸2008年施行新稅法對台商企業的稅務成本衝擊不小，但訪談七家受訪公司對新稅法的因應之道，卻發現多數公司仍較為被動。七家受訪公司中，有2家個案公司尚未提出因應的方案；其餘5家公司中，有3家公司表示未來將爭取適用高新技術產業優惠，1家公司表示考慮在2008年以前新設轉投資大陸子公司，重新適用兩免三減半的優惠，爭取五年的過渡期間；只有1家公司提及將爭取其他可行的租稅優惠，如研發費用額外抵減、購置節能、節水設備等。

（二）租稅優惠政策變動對公司未來投資計畫的影響

　　新企業所得稅法中，除了提供高新技術企業優惠稅率外，對於企業從事符合獎勵條件之環保、節能、節水、技術轉讓等項目之所得，均予以免稅。針對中國租稅優惠政策變動部分，訪談結果僅有2家受訪公司表示願意調整近期投資計畫，以爭取其他可行的租稅優惠項目，而其他5家受訪企業表明公司短期內之投資計畫不受租稅優惠措施影響。顯示台商企業在租稅規劃仍局限於往昔重視身分及地區之租稅減免，對於提升企業營運效率及環保概念的租稅優惠較為忽略。

　　配合中國大陸當前產業政策之調整方向，租稅優惠政策已由「區域導向」轉為「產業導向」；取消對外商普遍性的租稅減免措施，改為對高新技術企業獎勵。[9] 台商電子業如仍繼續從事低產值、高耗能產業，勢必增加其大陸營運之稅務成本，對經營獲利有重大的侵蝕。配合中國大陸鼓勵高新技術、環保節能之產業政策，台商企業應有更積極正面之對策，致力提升技術開發、增加產品技術含量，並兼顧環保、節能之要求，申請適用高新技術企業租稅優惠，以克服租稅成本增加對於獲利之侵蝕，並積極提高公司在大陸經營之利潤率。

---

[9] 高新技術企業無論是否設立於國家獎勵的高新技術產業開發區，一律可享受15%的優惠稅率。

三、移轉訂價議題

　　根據訪談結果發現，電子業台商仍多採集權式管理，由台灣母公司直接掌控大陸子公司管理及業務，分工方式為大陸負責製造生產，台灣母公司仍統籌行銷接單、財務調度、研發等功能。在集團內部利潤分配，大陸子公司製造代工的利潤率，通常決定於台灣母公司管理當局，交易訂價趨向採成本加成方式，惟此一訂價模式容易忽略市場價格的標準，而提高大陸稅局查核母子公司間移轉訂價之風險。以下探討受訪公司關係人交易情況及兩岸移轉訂價查核影響之發現。

（一）關係人交易情況

　　受訪公司在大陸地區多有兩家以上的關係企業，其中有三家公司其台灣母公司與大陸子公司有關係人交易，但大陸關係企業中彼此間並無交易；而其他四家公司則在台灣母公司與大陸子公司或大陸子公司彼此間，均有關係人交易。此外，在受訪公司關係人交易類型方面，母子公司間或大陸子公司間的交易均無太大差異，以進銷貨為最主要交易類型。此一結果與受訪公司以兩岸功能分工方式進行三角貿易的安排有關。其次為有形資產的購銷、轉讓和使用，大陸子公司生產製造所需的機器設備等，會向母公司購買或承租。僅有一家公司回答其關係人交易類型主要為提供勞務，並無進銷貨交易，此與該大陸子公司生產製造採來料加工方式，以加工收入模式取代購銷收入模式，帳上僅賺加工費的交易安排有關。因此，這些兩岸母子公司間的關係人交易類型，反映出電子業台商企業對於兩岸經營個體的功能分工與定位。值得注意者，多數公司未提及涉有無形資產之關係人交易，顯示電子業台商可能忽略人員支援、專利技術移轉或技術合作開發等實務作法，也可能涉及母子公司間移轉訂價交易之風險。

（二）兩岸嚴查移轉訂價的影響及因應之道

根據2005年國家稅務局統計資料指出，在中國累計開業的25萬家外商投資企業中，虧損者高達51%，並且普遍存在「長虧不倒」的現象，引起大陸稅局開始調查外資企業虛虧避稅的現象。尤其對於外資企業以移轉訂價，進行租稅規避的方式，引起大陸稅局的高度關切。[10] 近年來，反避稅查核已成為大陸各地稅務機關的重點稅務工作之一，[11] 台商在兩岸分工的模式下，以成本加成的關聯交易計價模式，開始受到大陸稅局的挑戰。

表七彙整大陸稅局嚴查移轉訂價對受訪公司的影響程度，有4家受訪公司表示受到移轉訂價查核的影響很大。主要原因在於多數受訪台商將大陸子公司定位為加工製造廠，進行三角貿易之交易模式。由於其母公司在台灣多為上市公司，大陸稅局容易掌握集團獲利的資訊，對於台商以製造功能的價值貢獻度較低，而配置給大陸子公司利潤率較低的操作理由，往往會提出質疑。在面臨大陸稅局的移轉訂價查核挑戰時，3家受訪台商表示其主要因應之道為和大陸稅局人員協商，保留合理利潤率在大陸，僅有1家受訪公司考慮要將三角貿易模式由購銷方式改為代工方式，降低大陸子公司認列之營收，爭取大陸稅局之認同。綜觀其因應之道，本研究發現受訪公司幾乎未考量與稅務機關正式簽署預先訂價協議（advanced pricing agreement）或是以集團全球佈局的角度，利用租稅協定、調整投資架構及內部訂價政策等制度面作法，達到合理解決移轉訂價稅務問題，反而遷就於習慣與稅局人員協商的作法，此一實務作法也反映出台商企業尚未建立完整的稅務管理制度，以及大陸地區人治重於法治的現況有關。

---

[10] 人民網，2005年11月1日，<http://finance.people.com.cn/BIG5/1037/3819619.html>。

[11] 例如，2007年中國國家稅務總局發布國稅函【2007】236號以及【2007】363號等通知，對移轉訂價查核做了更明確且具體的要求。

表七：大陸稅局嚴查移轉訂價對受訪公司的影響程度（家數）

	影響非常大	影響大	普通	不太有影響	無任何影響
家數	無	4家	1家	2家	無

（三）兩岸移轉訂價策略發生抵觸或矛盾的可能性與因應對策

1998年大陸國家稅務總局頒布了國稅發【1998】59號「關聯企業間業務往來稅務管理規程（試行）」，而我國於2004年12月頒布「營利事業所得稅不合常規移轉訂價查核準則」。依據上述法令，兩岸稅局皆可針對不合常規的關係人交易進行調整補稅，但兩岸稅局間並不互相承認移轉訂價之對應調整，可能使台商在兩岸皆面臨重複補稅之矛盾。針對此一問題，本研究調查結果（如表八）顯示，有3家受訪企業認為在簽訂移轉訂價交易合約時，兩岸稅務上可能產生矛盾，其餘四家公司中有3家公司不確定是否可能發生矛盾，1家未表示意見。而若兩岸稅務互有抵觸時，4家訪談公司表示將視個案公平決定兩岸合理利潤率之配置，有2家公司明確表示將以滿足大陸稅局徵稅要求為首要目標，顯示台商企業感受大陸稅局的壓力較台灣稅局來得大。

表八：受訪公司兩岸移轉訂價策略發生矛盾的可能性及因應對策

兩岸移轉訂價策略是否可能產生矛盾	家數
－可能產生	3家
－不確定是否會發生矛盾	3家
－視個案解決	4家
－滿足大陸稅局為首要目標	2家
－滿足台灣稅局為首要目標	無

四、台籍幹部個人所得稅議題

根據大陸個人所得稅法規定，台籍幹部常年在大陸工作的薪資所得，無論支付地為何，原則上均應視為中國境內的薪金所得。2007年以前，中國大陸個人所得稅係採分類所得稅制，薪資支付僅須由扣繳義務人代為扣繳，納稅義務人無須另行申報納稅。然而，大陸國稅發【2006】162號《個人所得稅自行納稅申報辦法（試行）》規定，自2007年起，年所得12萬元以上的納稅人必須在納稅年度終了後3個月內，向主管稅務機關辦理納稅申報。因此，台籍高級幹部年薪資超過12萬人民幣者，在隔年3月底尚有須向大陸稅局辦理納稅申報之義務。此一改變，加重台籍幹部須自行申報納稅之租稅義務，增加其短漏報大陸薪資所得的稅務風險。此外，依照台灣之稅法規定，中國大陸來源所得也須自行向台灣稅局申報個人綜合所得稅，故台籍幹部長期在大陸工作，其所取得的薪資收入，無論在何處支付，均會落於台灣與大陸的徵稅範圍，即使兩岸稅局允許已納稅額扣抵，如果台籍幹部刻意在兩地均短漏報所得，仍可能發生雙重課稅的不利影響。

表九彙整《個人所得稅自行納稅申報辦法（試行）》對台籍幹部租稅負擔提高程度之調查結果，3家受訪公司認為個人租稅負擔有相當程度地提高，3家公司認為影響程度不大，1家公司未表示任何意見。此外，歸結台籍幹部對於須向大陸稅局申報的因應之道，多數採取與當地稅局協商之方式，將其薪資所得調高至大陸稅局容許的程度，以符合自行申報納稅之規定。這些作法固然反映現行大陸稅局人治色彩濃厚的現狀，台籍幹部採取稅局所容許的最簡便、迅速的解決之道。但長期而言，台籍幹部在大陸潛在的稅務風險，仍未全然解決。尤其我國與大陸未簽訂租稅協定或建立租稅協商機制，違反稅法規定可能引起個人在兩岸訴訟的不利後果，仍應加以正視。

表九：《自行納稅申報辦法（試行）》對台籍幹部租稅負擔提高程度

	非常高	有點高	普通	不太高	無影響
家數	1家	2家	2家	無	1家

伍、研究結論與建議

　　本文以台灣上市、上櫃及興櫃電子業公司在昆山、蘇州轉投資之七家大陸子公司進行案例研究，探討電子業台商在大陸經營之租稅負擔情形以及稅務管理所面臨之問題。本研究發現：(1) 受訪之電子業台商在集團的功能價值鏈分布上，多將大陸子公司定位為製造代工廠，分配之利潤率較低。因此，多數受訪公司視大陸稅務成本為一項重要的經營成本；(2) 目前多數受訪公司獲利情況穩定，主要租稅負擔為企業所得稅及內銷之增值稅，由於2008年前多數公司仍享有二免三減半及特定地區優惠稅率，其所得稅實際平均繳納之稅率約為10%-15%，遠低於最高名目稅率33%。增值稅最高稅率為17%，雖然係大陸最大宗的稅收來源，但由於台商公司兩岸產業分工多採三角貿易模式，在大陸製造之產品多數進行外銷，且部分公司直接設廠於保稅區，故平均而言，受訪電子業台商公司認為增值稅負擔並不重。(3) 2008年中國新企業所得稅之施行與近年兩岸嚴查移轉訂價，是現今台商在大陸經營主要的稅務挑戰，截至2007年底多數受訪之電子業台商公司已進入「二免三減半」的稅率減半之優惠期間，新稅法取消外資企業普遍性租稅優惠後，受訪公司若無法享有高新技術企業15%之優惠稅率，在稅率減半的優惠期間結束後，其大陸稅務成本將會大幅度增加，嚴重侵蝕公司代工微薄的利潤率，不利企業競爭。(4) 在管理文化上，受訪之電子業台商對大陸子公司多採取集權式管理，大陸子公司製造代工的利潤率通常決定於台灣母公司管理當局，移轉訂價較趨向成本加成，忽略市場價格的標準，導致台商在兩岸移轉訂價的潛在稅務風險較高。(5) 整體

而言，在組織風險的管理上，受訪之台商電子業公司普遍將大陸子公司定位為母公司的一個製造部門，低估了實際上大陸子公司是當地一個獨立法律個體的稅務複雜性及風險。(6) 在個人所得稅部分，全年所得在人民幣12萬元以上者必須自行申報納稅之規定，可能加重台籍幹部的稅務負擔及短漏報所得風險，但本文認為台籍幹部及台商企業對於個人所得稅應自行納稅申報之潛在問題仍未重視，因應對策多採與稅局人員協商，調高納稅所得至徵納雙方可接受的範圍，缺乏長期完善的解決方案。

在訪談的過程中，本研究發現台灣上市櫃公司在大陸經營投資子公司，基本上願意依法誠實納稅，以降低稅務風險，維護公司形象。然面臨大陸稅法改變，或嚴格進行稅務查核工作時，多數台商公司採取較為被動的對策，以和大陸稅局協談解決問題為主，而非以集團整體的角度，積極地檢視公司交易模式、交易條件，調整其稅務管理的政策。即使現今多數電子業台商在大陸投資子公司的廠房規模、員工人數及訂單數量，可能已遠超過台灣母公司，但在兩岸分工的模式下，仍由母公司採集權式管理，大部分的營運決策仍由台灣母公司統籌負責，將大陸子公司視為集團內部的一個生產據點，並未建立一套完善的大陸經營之稅務管理體系。

針對大陸2008年新企業所得稅法的施行與兩岸嚴查移轉訂價議題，本文提出以下幾點建議：

一、投資及交易架構之調整

台商在中國大陸的佈局，幾乎都透過免稅的第三地，如英屬維京群島或是薩摩亞間接轉投資大陸，利用三角貿易的手法，將部分利潤保留在低稅率的境外公司。新企業所得稅法中，對關聯企業交易轉讓訂價之調整、境外低稅率地區受控企業利潤強制分配，以及不具合理商業目的安排致減少應稅所得額等，均有反避稅的原則性適用。故建議台商企業應重新檢視集團整體佈局架構及交易分工模式，考量境外免稅地區控股公司存在的必

要性，善加利用租稅協定降低集團整體稅負，如新加坡與中國大陸及台灣均有簽定租稅協定，或香港與中國內地有密切經貿往來，並與中國有簽定租稅協定，設於這些地區之控股公司或交易對象，可以減少查核移轉訂價之風險，並享有股利、利息、權利金匯出的優惠扣繳稅率。[12] 唯須注意，設於香港之控股公司必須為在香港進行管理或控制之實體公司，才能符合居民企業之規定，享受扣繳稅率之優惠。[13]

此外，移轉訂價法令強調交易安排的合理性及公平性，台商企業有必要重新檢視以往與關聯企業所簽定的長期購銷或服務合約，以確保集團內部利潤率的分配與風險、職能的負擔能符合兩岸稅局之期待。例如，有些台商企業長年利用應收關係人帳款、代收代墊款項等會計科目，進行不合營業常規之交易安排，易受到大陸稅局的挑戰，建議公司應將這類具爭議之科目結清，以減少未來稅務機關進行查核的風險。

二、高科技優惠稅率之爭取

大陸新企業所得稅法採取以「產業優惠」為主的獎勵政策，支持高附加價值、低污染、低耗能的產業發展，對於國家需要重點扶持的高新技術企業，按15%的優惠稅率徵收所得稅。電子業台商在大陸多從事加工製造事業，部分產品技術含量並不高，建議台商企業應正視產品技術升級，以因應中國未來的租稅獎勵方向。如此不僅可適用高新技術企業優惠稅率，減輕企業所得稅負擔，也可享有較高的出口退稅優惠，[14] 降低增值稅成本。

---

[12] 2006年8月中國內地和香港正式簽署《內地和香港特別行政區政府關於對所得避免雙重徵稅稅和防止偷漏稅的安排》。根據該安排規定，若香港公司持有大陸公司股權超過25%，則取得大陸的股息稅率為5%，其他情形稅率為10%。此外，利息及權利金扣繳稅率為7%。

[13] 參考香港稅務局2006年12月29日公佈之《稅務條例釋義及執行指引第44號－內地和香港特別行政區政府關於對所得避免雙重徵稅和防止偷漏稅的安排》。

[14] 根據財稅【2007】90號規定，自2007年7月1日起，取消553項「高耗能、高污染、資源性」產品的出口退稅優惠。

三、利用過渡期進行再投資及購買國產設備規畫

　　2008年後，外（台）商投資企業不再享有再投資退稅，以及購買國產設備抵減稅款之租稅優惠，甚至對於股利匯出課以預提所得稅（扣繳稅款），故建議台商企業對於帳上歷年累積的保留盈餘，必須有良好的規劃。若公司計劃未來將繼續擴大中國經營規模或大陸佈局，應於2007年底前完成再投資，以享有再投資退稅或追加投資優惠。若公司近期有增擴生產線，購買機器設備之計畫，可在2008年前採購國產設備，以享有所得稅抵免的優惠；若公司近期無計畫再增加大陸投資，或擬赴其他地區投資，則可於2007年底前進行股利分配，適用目前股利匯出免預提所得稅的優惠。

四、利用稅前扣除項目進行租稅規畫

　　新企業所得稅法中，統一內外資企業的稅前扣除標準，台商企業相較於內資企業，不再享有較優惠的扣除限額。由於台資企業以往在大陸多能適用二免三減半之優惠，所得稅負擔較低，故在租稅規畫部分，較不重視研發費用額外扣抵以及稅前扣除限額之減稅效果，未來租稅優惠期間結束後，建議台商企業可利用研發費用額外扣抵，或折舊計提方式、壞帳提列等方法，合法降低公司所得稅負擔。

五、移至越南投資仍須記取大陸經驗

　　2008年起大陸取消外商普惠型的投資優惠，非國家鼓勵投資型之企業，其土地取得將較不易，台商在大陸仰賴的低稅負、低成本之優勢不再。故目前已有一些大型台商企業考慮轉往越南發展。[15] 固然，目前越南

---

[15] 目前越南大型的台商及指標投資案包括統一集團、台塑集團、鴻海集團、寶元公司鞋廠、中興紡織、味丹公司、三陽機車、台南紡織、大亞電線電纜公司等。（引自大紀元時報，<http://news.epochtimes.com.tw/7/9/18/65778.htm>）

政府鼓勵投資，對於外商企業提供「四免四減半」等租稅優惠，以及土地、天然資源及人力供給等條件配合度高，可作為大陸往昔低稅負招商基地之替代。[16] 但台商即使以越南投資作為大陸投資之替代，仍須記取大陸經濟發展的經驗，仰賴地主國家提供低稅負及低生產因素成本的競爭優勢，僅是短暫的。長期而言，地主國家只會歡迎高新技術、低污染、低耗能之產業。因此，台商企業仍應以利用地主國低稅負及低生產因素成本的優勢，發展技術優勢，並力行環保、節能之生產政策。

六、利用個人免稅所得項目進行租稅規畫

台籍幹部長年在大陸工作所取得的薪金所得，無論支付地在何處，將會發生兩岸稅局重複課稅的不利影響。隨著兩岸資訊交流愈趨透明化，台商企業及台籍幹部都必須注意逐漸升高的稅務風險。此外，台籍幹部如在大陸工作長達五年以上，若被視為中華人民共和國稅務公民，則必須就全球所得在大陸課稅。因此，建議台商對於派駐大陸台籍幹部薪酬稅負不宜再以支付地點規避，可改以配合員工激勵制度及支付工具之規劃，合法降低兩岸重複課稅之風險。例如，以免稅補貼或員工認股權制度取代部分現金薪金，減少課稅所得。

七、建立完善之集團稅務管理政策

隨著大陸經濟的迅速發展，中國政府對於會計及稅法遵循要求日漸嚴格。建立良好的會計制度，遵循稅法誠實納稅，才是控管集團稅務風險的最有效方法。尤其是中國對於逃漏稅案件尚無追繳限期之規定，罰責相當重。因此，以長期的角度來看，集團企業在兩岸面臨日漸複雜的營運及交

---

[16] 根據越南計畫投資部統計，1988年至2005年，台商在越南投資的有效案件共有1,436件，佔全部外資案件的23.76%，投資金額為78億3,404萬美元，佔外資總額的15.34%。（引自大紀元時報，<http://news.epochtimes.com.tw/7/9/18/65778.htm>）

易型態，必須制定完善的稅務管理政策，含括聯屬企業、台籍幹部，乃至兩岸股東等相關個體之稅務成本，確保公司及相關個體均能合法遵循稅務法令，才能有效控制企業經營之稅務成本。本文訪談之七家個案公司，在大陸經營亦多抱持願意合法繳稅的態度，才能因應大陸不斷變革中的會計及稅務環境，值得赴大陸經營的台商企業參考。

參考書目

一、中文期刊

高長、蔡依帆，「台商投資大陸與兩岸產業分工發展趨勢」，**兩岸經貿月刊**，第183期（台北：2007年3月），頁2-6。

劉孟俊、連智勇、陳靜怡，「台商大陸投資採當地化的概況與影響因素—以電子業為例」，**經濟情勢暨評論季刊**，第11卷3期（台北：2005年12月），頁62-70。

戴媛坪，「食品業赴大陸投資之研究」，**經濟情勢暨評論季刊**，第4卷1期（台北：1998年5月），頁144-167。

二、論文

黃紀穎，（2001年），「中國大陸租稅優惠政策對其高科技產業之影響—國家級高新區」，淡江大學大陸研究所經濟貿易組碩士論文。

喻名鼎，（2000年），「台商赴大陸投資之租稅優惠與租稅負擔之考量」，逢甲大學會計與財稅研究所經濟貿易組碩士論文。

謝明勳，（2001年），「台灣上市（櫃）公司赴中國大陸投資租稅優惠及規畫之研究」，中原大學會計學系碩士論文。

三、其他

何雍慶，（1993年），「台商大陸投資動機與行為之研討」，跨越大陸投資障礙研討會論文集。

高長、蔡依帆，2006年12月，「貿易、投資與兩岸產業分工之發展」，中國經濟資料庫之中國經濟情勢座談會第三場演講稿。（論文來源：http:// http://ics.nccu.edu.tw/document/newsletter/12_02.pdf，2007年10月27日下載。）

高長、吳世英，「台商與外商在大陸投資經驗之調查研究—以製造業為例，經濟部投資審議會委託研究計畫」，**中華經濟研究院**（台北：1995年）。

嚴宗大、李惠琴，「台商大陸投資及其對台灣產業的影響」，**中華經濟研究院**（台北：1990年6月）。

台商投資企業會計資訊的內部治理效應：
東莞的個案研究

盧　銳

（廣州中山大學嶺南學院副教授）

摘要

　　會計資訊的治理效應，表現為對外的資訊披露功能與對內的管理控制功能。本文專注於後者，並通過問卷調查，對中國大陸廣東省東莞市的台商投資企業管理會計實務，以及內部控制體系建設的現狀進行實證研究。研究結果顯示：管理會計的各種方法已在這些企業中不同程度地推行，也取得一定成效。但企業在財會人員參與學習培訓以及參與財務決策、提升內部部門管理報表的需求方面還有待加強；本量利分析方法以及其他成本費用管理方法需要加強和完善；企業在長遠規劃以及預算管理效果方面還有待提高。

　　東莞台資企業的內部控制體系建設還處於被忽視狀態，企業主雖然很注重貨幣資金的控制、權力的集中，但卻忽視企業整體內部控制體系的建設。企業今後應該在內控環境建設、風險評估工作、改進控制措施、完善資訊溝通以及加強監督檢查等方面有所作為。

關鍵詞：台資企業、會計、治理效應、管理會計、內部控制

壹、引言

　　會計資訊對於現代企業治理具有極為重要的作用。企業是一系列契約
的聯結，會計資訊對於制定、實施、加強和維護組織契約具有非常重要
的作用。[1] 會計資訊的治理效應主要表現在：資訊披露功能和管理控制功
能。資訊披露功能主要體現為向企業的外部股東、債權人、政府等利益相
關人提供資訊，幫助緩解企業與外部利益相關人之間的資訊不對稱問題，
這中間主要通過財務會計工作得以實現。管理控制功能在於：幫助企業解
決內部委託代理鏈條上的資訊不對稱問題，透過內部管理資訊系統和控制
系統，促進各級管理層、員工改善經營決策和生產效率，加強內部評價、
獎懲與控制，提升企業績效和股東財富，這主要通過管理會計以及推動內
部控制體系建設得以實現。在一國資本市場的發展過程中，政府往往強調
對外資訊披露功能的統一和規範，而管理控制功能多由企業自行組織實
施。不同的企業應用管理會計方法以及構建內部控制系統的實施程度、方
式和成效往往存在很大差別。

　　雖然會計資訊的內部治理效應在實務中重要，但是會計學術界一直
忽視和欠缺相關研究，這也對會計資訊在實務中的功能造成不利影響。
[2] 本文通過對廣東省東莞市台商投資企業實施問卷調查，實證分析會計資
訊在這些企業的治理過程中所發揮的作用。本次問卷調查是在東莞台商協
會和東莞市國稅局的協助下完成的，共發放問卷313份，實際回收調查表
51份，其中有效調查表48份。回收問卷的企業所在地主要集中在經濟較具
代表性的長安鎮、常平鎮和莞城區。該問卷主要圍繞管理會計、內部控制
和背景資料三大內容展開調查（詳見文後附錄）。其中，管理會計部分主

---

[1] 桑德著、方紅星等譯，會計與控制理論（大連：東北財經大學出版社，2000年），頁1-9。
[2] 南京大學會計系課題組，「中國會計作用－現狀與判斷」，會計研究（北京），第11期
（2000年11月），頁37-48。

要包括財會人員的盡職程度和時間分配、內部管理報表、成本費用管理方法、本量利分析、預算管理、業績評價等方面內容；內部控制部分主要包括：內部控制總體評估、內部控制環境評估、風險評估的完善程度、內部控制措施的完善程度、資訊溝通完善程度、監督檢查的完善程度等方面。背景資料主要涉及填表人年齡、職務、所在企業的行業、規模、績效與融資結構。問卷表均由企業財務人員或總經理、董事長填寫。

　　通過對回收的問卷進行量表化處理和統計檢驗，本文初步發現東莞台資企業在管理會計的運用方面已經取得了較大成效，但在某些領域還存在不足，而且在內部控制方面尤有欠缺。目前僅在貨幣資金控制方面比較嚴格，缺乏對內控控制體系的統籌規畫。本文的研究有助於實證考察目前台商投資企業管理會計與內部控制的現狀，並提出今後完善會計資訊治理作用的建議，同時也對中國大陸其他企業具有借鑑意義。

　　本文的內容安排包括：管理會計方面的問卷調查，其次是內部控制方面的問卷調查結果，以及管理會計、內部控制因素對企業績效影響的迴歸檢驗。最後是本文結論與限制因素。

貳、管理會計問卷調查

　　目前經典的管理會計教材[3]將管理會計的內容定義為以成本為基礎的企業決策與以業績評價為主要內容的企業控制。按照這一思路，在問卷中設計與之相關的具體問題，以便反映東莞市台商投資企業管理會計的現狀。

---

[3] Zimmerman, J. L., Accounting for Decision Making and Control, 5th ed. (New York: McGraw-Hill Companies, 2005).

一、財會工作的盡職程度

　　財會工作的盡職程度可以從四個方面得以考量：定期報送會計報表、定期財務分析資料、財務人員在會議上發表意見、介紹或學習先進理念和方法。調查表按照盡職稱度從弱到強設置了5個檔次（量表值分別為1、2、3、4、5）。財會工作的盡職程度一定程度上，也反映財會人員在企業的地位和受到重視的程度。

　　我們通過對回收的問卷結果進行均值統計，發現定期報送會計報表的得分為4，定期分析財務資料和財務人員在會議上發表意見的得分略高於3（實際均值分別為3.08和3.10）， 介紹或學習先進理念和方法的得分為2.5。其中顯示，企業主對財務人員定期報送報表的要求較高，因此會計人員盡職程度較高。但是，財務人員在介紹或學習先進理念方法方面還比較薄弱，這需要從財務人員自身提高學習動力和企業主加強員工培訓兩方面去完善。

二、財會工作中的時間精力分配

　　為了反映財會人員的工作內容與精力分配，將會計人員的工作內容區分為會計核算、財務分析、協調外部關係、會計監督、預算管理、績效考核、營運資金管理、籌資管理、投資管理、與領導溝通等方面。我們把佔用時間精力的比例分為1（1%以下）、2（1-5%）、3（6-10%）、4（11-20%）、5（20%以上）共五層次。表一是回收問卷所反映的各工作內容所佔時間精力的量表均值。

表一：財會工作時間精力分配的量值表

會計核算	財務分析	協調外部關係	會計監督	預算管理	業績考核	營運資金管理	籌資管理	投資管理	與領導溝通
4.04	2.40	2.65	2.56	2.29	2.31	2.13	1.83	1.92	2.35

　　雖然表一的結果可能受到填表人職務、工作崗位的影響，但是還是能從其中感受財會人員工作分配的基本概況。表一的結果顯示，會計人員主要的工作重點仍在會計核算方面，此外，協調外部關係、會計監督、財務分析、與領導溝通也是工作的內容之一。相對而言，籌資管理、投資管理等決策內容，財會人員較少參與。這說明，財會人員參與公司財務決策的程度可能還不是很高。

三、內部管理報表的內容與需求部門

　　內部管理報表的內容涉及面越廣、內部管理報表的需求部門越多，往往預示著在企業內部管理會計資訊系統發揮作用的程度較高。本文按照有無（即啞變數）該報表或有無該部門報表需求的方式，在問卷設計相應問題。相應的問卷統計結果如表二、表三所示。

表二：內部管理報表的內容統計

	貨幣資金管理	應收帳款管理	存貨管理	固定資產管理	產品成本資訊	費用明細資訊	人工成本明細	產品銷售利潤	資負表	利潤表	現金流量表	財務分析	主要經營指標明細表	預算表	業績考核表
次數	44	47	44	47	41	34	26	30	31	27	19	25	11	34	29
比例(%)	92	98	92	98	85	71	54	63	65	56	40	52	23	71	60

表三：內部管理報表的需求統計

	領導	財務部門	生產部門	銷售部門	供應部門	其他部門
次數	48	48	34	23	9	4
比例(%)	100	100	71	48	19	8

從表二顯示，目前東莞台資企業內部提供的管理報表，已經涵蓋絕大多數常用的管理報表。除了現金流量表和主要經營指標明細表的使用率較低以外，其他報表都為至少半數以上的企業所使用。主要經營指標明細表在大陸公有制企業中使用較多，且一部分內容也涵蓋在業績考核表中，這可能是造成該表使用較少的原因。現金流量表的使用率較低，則說明台商還沒有充分重視現金流量的管理。結合後文關於內部控制的調研結果來看，台商可能在現金收支控制方面比較嚴格，但本身並沒有做好對現金流量的分析。而現金流出、流入的分析對於企業風險管理具有非常重要的作用，因此今後還應該在這一方面有所改進。

表三反映的是內部管理報表需求部門的統計。其中除了領導和財務部門是基本需求部門以外，生產部門、銷售部門、供應部門、其他部門對內部報表的需求逐級大幅遞減。這本身就說明在企業內部，部門與部門之間仍處於資訊分割、各自為政的狀態。部門與部門之間必須互通有無、資訊透明，才能準確地做出經營決策，提升企業整體利益，同時也便於科學的進行績效考核。因此，只有加強管理會計資訊系統建設，充分發揮會計資訊的治理作用，構建合理的績效考評體系，才能提升企業部門和員工關注自身業績的積極性，內部報表的需求部門也將會增多。

四、成本費用管理方法

成本核算、控制，以及基於成本分析的經營決策，是管理會計中的重要內容。在問卷中歸納目前主要的成本費用管理方法，透過對問卷企業所採用的成本費用管理方法的分析，可以瞭解該企業成本管理的現狀，表四是統計的結果。

表四：成本費用管理方法統計

	劃分固定與變動成本	劃分可控與不可控成本	目標成本倒推法	實行標準成本制度	實行計畫成本法	制定部門費用定額	費用分類歸口管理	品質成本管理	成本差異分析	作業成本管理
次數	5	11	4	31	16	8	14	20	8	21
比例(%)	10	23	8	65	33	17	29	42	17	44

從表四顯示，使用較多的成本費用管理方法是標準成本制度、作業成本管理，以及品質成本管理。這與本文所回收的調查樣本絕大多數屬於工業製造類企業相關。這也說明，不少企業已經開始利用這些較為先進的成本管理方法。但從總體上看，台商投資企業成本費用管理方法的使用還不夠普及、使用率偏低。例如，將成本按其成本性態劃分為固定成本與變動成本的企業只佔10%，這也意味著管理會計中諸多經典的，包括本量利分析在內的成本分析和各種經營決策辦法將無法實施。

五、本量利分析方法的使用

嚴格意義上的的本量利分析是建立在成本性態劃分（即固定與變動之分）的基礎上，利用成本、業務量和利潤之間的基本關係進行的各種分析與決策活動。包括計算邊際貢獻、稅前利潤、經營槓桿、保本分析、保利分析、定價決策、自製或外包決策、其他決策（如特殊訂單決策、設備購置決策）等。但是，在統計回卷結果時，發現在很多企業沒有完全理解本量利分析的含義，他們看到「計算稅前利潤」、「保本分析」、「定價決策」、「其他決策」等選項時也都打勾做了選擇。因此，導致這些選項的統計比例較高。同時，我們發現，「計算邊際貢獻」的比例約為7%，這個比例與前面成本費用管理方法統計中「劃分固定與變動成本」的比例10%，是比較吻合一致的。由此顯示，實施嚴格意義本量利分析的企業佔

總樣本數的比例還很小。

在隨後的分析企業未採用本量利分析的原因時，多數企業都選擇了財務會計未提供相關資料（54%）、其他經濟資訊不充分（56%）、原始資訊取得成本高（46%），以及缺乏資料加工工具（56%）。由此顯示，本量利分析使用還有待每一個企業提高自身素質，做好充分的資訊收集與加工準備，不斷實踐探索適宜自己企業的管理會計方法。

六、預算管理

預算管理是管理會計的重要內容，是保證企業策略目標和經營計畫得以實現的關鍵步驟。在問卷中設計預算方法和預算效果的調查。表五是有無該預算方法的統計結果。

表五：預算方法統計

	固定預算	彈性預算	增量預算	零基預算	定期預算	滾動預算	其他預算	未採用預算管理
次數	26	9	5	1	17	7	9	2
比例(%)	54	19	10	2	35	15	19	4

從表五顯示，目前企業最常用的預算方法，還是固定預算和定期預算。這些都屬於傳統的預算方法。一般來說，彈性預算、零基預算、滾動預算是比較精細化的預算管理方法，但同時對企業的實施要求也比較高。具備條件的台資企業今後應該努力轉向這些較為先進的預算方法。

本文還統計企業對自身預算管理實施效果的評價。按照很差、差、一般、較好、非常好設計1、2、3、4、5五個等級。回收問卷的統計均值結果為2.95。可見，企業對自身預算管理的效果並不滿意。這有待於今後分析原因，開展更加有效的預算管理活動。

七、其他方面

比如，為考量業績評價，問卷中涉及到公司是否考慮引入「平衡記分卡」（balance scorecard）系統。回收的統計結果顯示在48家樣本中有4家企業宣布近期始引入，有4家企業宣布已經實施但效果不好。其他樣本分別處於不準備引入和準備引入階段。

此外，問卷中涉及管理會計的理論方法在企業的未來應用前景的判斷，統計的均值結果介於「可以嘗試一下」與「應該引入」之間。可以看出，實務界對管理會計的需求尚不強烈。

再如，問卷中還問及管理會計，在企業運用時最主要的依靠力量，統計結果顯示，大部分企業認為，管理會計的應用最主要取決於財務人員的素質，其次是領導的重視和其他部門人員的配合。

最後，在問及台資企業的管理會計，與大陸本土企業的管理會計有何不同時，大部分回收的問卷表示沒有特別之處，也有少數問卷表示出褒貶不一的看法。包括：台資企業投資人缺乏長遠的策略規畫，使得管理會計工作無所適從；台資企業管理層次和效率較高，較有效運用管理資訊，提升產業升級、組織再造與創新等。

參、內部控制問卷調查

2006年7月15日，中國大陸財政部會計司會同有關部門發起成立企業內部控制標準委員會，研究制定企業內部控制規範。這是海內外多種因素共同作用、共同影響的結果。安然、世通等財務舞弊和會計造假案件發生後，眾多研究顯示，內部控制存在缺陷是導致企業經營失敗並最終鋌而走險、欺騙投資者和社會公眾的重要原因。大陸經濟的健康發展也迫切呼喚加強內部控制。從現實情況看，許多企業管理鬆弛、內控弱化、風險頻發，資產流失、營私舞弊、損失浪費等問題突出。內部控制作為公司治理

的關鍵環節和經營管理的重要舉措，在企業發展壯大中具有舉足輕重的作用。

　　借鑑國際著名的COSO報告框架，企業內部控制標準委員會已經制定中國大陸《企業內部控制規範》的初稿，[4] 並已於2007年4月正式對外徵求意見。按照這一規範的定義，內部控制，是指由企業董事會或類似決策機構、管理層和全體員工共同實施的，旨在合理保證實現以下基本目標的一系列控制活動：（一）企業策略；（二）經營的效率和效果；（三）財務報告及管理資訊的真實、可靠和完整；（四）資產的安全完整；（五）遵循國家法律法規和有關監管要求。本文所定義的內部控制的內容，既包含管理會計中以預算、業績評價為主導的企業控制系統，同時也包含管理會計中所沒有的控制要素。按照《企業內部控制規範—基本規範》，有效地內部控制，取決於內部環境、風險評估、控制措施、資訊與溝通、監督檢查五個方面。

　　事實上，內部控制中財務控制的重要性，決定了財會部門是企業內部控制體系建設的主力軍。因此，根據內部控制規範的基本要求，設計了問卷的第二部分，以期對東莞台商投資企業內部控制的現狀做一摸底調查。具體調研結果如下：

一、《企業內部控制規範》和企業內部控制的總體評價

　　調查顯示，有48％的受訪者知道《企業內部控制規範》的制定和徵求意見事宜，還有一半的受訪者不知道此事。當問及受訪者對企業目前內控控制的總體評價時，平均意見為2.39，介於「一般，有需要改進之處」與「基本完善」之間。不過這個評估實際上是受訪者的初評值。問卷接下來

---

[4] 徵求意見稿包括《企業內部控制規範—基本規範》和17項具體規範，詳情請參見中國大陸財政部網站<http://www.mof.gov.cn /news/20070305_2047_24970.htm>。

要求受訪者對內部控制的五大要素進行具體評價。

二、內部控制環境

　　內部控制環境是內部控制框架中的第一個要素。按照內控規範的分類方法，將內部控制環境的評價內容分為：治理結構、內部機構設置與權責分配、企業文化、人力資源政策、內部審計，以及反舞弊機制六個方面。評價水準設置了很差（1）、差（2）、一般（3）、好（4）、很好（5）五個等級。問卷統計的結果如表六。

表六：內部控制環境評價

治理結構	內部機構設置與權責分配	企業文化	人力資源政策	內部審計機制	反舞弊機制
2.77	2.85	3.21	2.69	2.63	2.71

　　從總體來看，受訪者對企業內部控制環境的評價都偏低，只有企業文化建設相對較好。這說明，台資企業在治理結構、內部機構設置和權責分配、人力資源政策、內部審計和反舞弊方面存在不足。在台資企業內部，老闆一人說了算、不放權、什麼事都要管、重用親信、忽視內審等現象，可能是產生這一結果的部分原因。

三、風險評估

　　風險識別是指及時識別、科學分析影響企業內部控制目標實現的各種不確定性因素。風險評估工作一般應按照目標設定、風險識別、風險分析和風險應對四方面展開。同樣，本文區分五個評價等級。表七是回收問卷對這四個方面評價的統計結果。

表七：風險評估完善程度的評價

內控目標設定	風險識別	風險分析	風險應對
2.33	2.5	2.75	2.31

表七同樣顯示，企業目前內控評估工作的完善程度還不令人滿意。

四、控制措施

內部控制的具體措施包括：職責分工控制、授權控制、審核批准控制、預算控制、財產保護控制、會計系統控制、內部報告控制、經濟活動分析控制、績效考評控制以及資訊技術控制等內容。表八是回收問卷的統計結果。

表八：內部控制措施完善程度的評價

職責分工控制	授權控制	審核批准控制	預算控制	財產保護控制	會計系統控制	內部報告控制	經濟活動分析	績效考評控制	資訊技術控制
3.40	2.65	2.52	2.69	3.48	2.88	2.92	2.60	2.71	2.75

表八顯示，除了職責分工控制和財產保護控制相對較完善以外，其他方面的評價結果仍然不令人滿意。

五、資訊與溝通

資訊傳遞與溝通工作是否有效，是影響內部控制成效的重要方面。按照設計的五級量表，回收問卷的統計均值為3.23。這表示東莞台資企業在資訊與溝通工作方面基本令人滿意。

六、監督檢查

　　監督檢查是企業對其內部控制的健全性，合理性和有效性進行監督檢查與評估，形成書面報告並做出相應處理的過程，是實施內部控制的重要保障。監督檢查工作的完善程度可以從四個方面衡量。回收問卷的統計結果見表九。

表九：監督檢查完善程度的評價

持續性監督檢查	專項監督檢查	監檢機構的專業能力和職業道德	內控檢查評估報告
2.65	2.79	2.92	2.44

　　表九的結果顯示，目前企業的監督檢查工作仍然不足。

　　因此，綜合前面內控五個要素的分項統計結果來看，東莞台資企業的內部控制現狀的評價值並不高（低於3），而這與開始對企業內部控制的總體評價的結果（略大於3）有所差異。由此顯示，填表人對企業內部控制本身存在著認知偏差，填表人及其所在企業對內部控制的具體要求還缺乏深入的瞭解。

七、其他方面

　　比如，在問及企業推行《企業內部控制規範》有無組織保障時，多數意見認為主要看老闆意志而定，也有意見認為會受到其他因素以及成本因素的影響。

　　再如，問卷中要求企業勾選出認為是最重要的五個內部控制具體規範，經過最後的統計、採購與付款、存貨、成本費用、銷售與收款，以及對外投資這五個方面的內控規範被認為是最重要。

　　最後，在問及台資企業的內部控制相對於大陸一般企業的內部控制有

何特點時，有受訪者反映比較重視貨幣資金、能夠嚴格執行和落實內部控制的各項作業迴圈等意見。

肆、管理會計和內部控制因素對績效影響的實證檢驗

在問卷的最後部分要求企業填寫背景資料，包括填表人的年齡、職務、企業所處的行業、資產規模、最近年度的績效指標權益淨利率ROE，以及資產負債率。從填表人情況來看，年齡主要介於30-39歲之間，職務以一般財務人員和財務經理最多，佔85%，財務總監、總經理、董事長約佔15%。從企業所處的行業分佈而論，屬於第二產業的企業數佔65%，還有17%的企業屬於跨第一、二產業，屬於第三產業的企業佔8%，其他跨二、三產業以及跨一、二、三產業的企業分別佔4%。企業的資產規模、權益淨利率，以及資產負債率情況如下面表十。

表十：企業的資產規模、績效與資產負債率統計

資產	1,000萬以下	1,000-5,000萬	5,000萬-1億	1-3億	3億以上
次數（比例）	22 (46%)	19 (40%)	2 (4%)	2 (4%)	3 (6%)
權益淨利率	小於0	0-5%	5%-10%	10%-30%	30%以上
次數（比例）	0 (0)	17 (35%)	23 (48%)	6 (13%)	2 (4%)
資產負債率	小於0	0-20%	20%-40%	40%-60%	60%以上
次數（比例）	1 (2%)	24 (50%)	16 (33%)	3 (6%)	4 (4%)

背景資料還有一個非常重要的作用，即檢驗管理會計變數和內部控制變數對績效的影響成為可能。本文以代表績效的權益淨利率指標（ROE）作為因變數，以行業（IND）、資產規模（ASS）、負債率（DEBT）為控制變數，然後分別將問卷主體部分得到的各企業的管理會計變數值、內

部控制變數值作為解釋變數，可以檢驗目前東莞台資企業管理會計工作和內部控制工作對企業績效的影響。因此，構造以下回歸模型：

$$ROE = a_0 + a_1 X_1 + a_2 X_2 + \cdots\cdots a_n X_n + \text{Control Variables} + \varepsilon$$

考慮到問卷表中變數較多，且變數與變數之間關係較為複雜，因而採取stepwise逐步迴歸方法，系統會自動刪除共線性嚴重的變數，並優選出擬合優度最高的回歸模型結果。迴歸區分三種情況：第一種是只考慮管理會計變數和控制變數；第二種是只考慮內部控制變數與控制變數；第三種是將管理會計變數、內部控制變數、控制變數一起合併。迴歸的結果如表十一所示。

從表十一中model 1 的結果來看，劃分可控成本、會計人員在會議上發表意見、資產負債率，以及業績考核變數對績效有提升作用，但比較奇怪的是目標成本倒推法具有顯著降低作用。從Model 2的結果來看，內部控制變數中解釋績效的最好變數就是治理結構。Model 3是將各種變數綜合起來後的回歸結果，顯示：會計人員會議發表意見、資產負債率、業績考核，以及治理結構仍然與業績顯著正相關，此外還增加計算邊際貢獻、授權控制、固定預算等顯著正相關變數。審核批准變數與業績顯著負相關，可能說明過多的審核批准、管得過死，並不利於企業績效改善。從總體上來看，管理會計和內部控制變數對績效會產生顯著影響。

表十一：迴歸模型的檢驗結果

	Model 1	Model 2	Model 3
intercept	.769* (1.788)	1.764*** (5.031)	1.194*** (3.588)
劃分可控成本	.347*** (3.098)		
會議發表意見	.415*** (3.741)		.212** (2.508)
目標成本倒推	-.284** (-2.617)		
資產負債率	.265** (2.467)		.176** (2.398)
業績考核	.239** (2.071)		.270*** (3.805)
治理結構		.447*** （3.313）	.280*** (3.153)
計算邊際貢獻			.485*** （6.358）
授權控制			.652*** （4.842）
固定預算			.369*** （4.759）
審核批准			-.411*** （-3.965）
F 值	9.275	10.975	20.449
Sig.	.000	.002	.000
Adj. R2	.468	.181	.849

說明：***、**、*分別表示在1%、5%和10%水準上顯著。括弧中的數為t值，已經White異方差修正。

伍、結論與研究局限性

　　本文以管理會計方法的運用與內部控制體系的構建和運行為研究主體，透過問卷調查，實證考察會計資訊以及財會人員在中國大陸廣東省東莞市的台商投資企業治理中的作用。結果顯示，管理會計的各種方法已在這些企業中不同程度地推行，也取得一定成效。目前仍然存在的不足包括：財會人員參與學習培訓以及參與財務決策方面需要加強；內部管理報表的需求有限；成本費用管理方法不夠先進；本量利分析方法使用較少，預算管理效果還有待提高。此外，東莞台資企業的內部控制體系建設還處於被忽視狀態，企業主雖然很注重貨幣資金的控制、權力的集中，但卻忽視企業整體內部控制體系的建設。這些是企業今後應該積極加強的，具體措施包括：內控環境建設、風險評估工作、控制措施的改進、完善資訊溝通，以及加強監督檢查等方面。本文最後還採用逐步回歸方法獲得管理會計變數、內部控制變數對績效產生顯著影響的實證證據。本文的結論對於學術界進一步開展會計理論研究，以及大陸台商投資企業從事實務工作具有一定的借鑑意義。

　　本文的局限性在於：第一、問卷的設計還有待完善，包括：問題的設計可以更深入，比如預算管理效果好或不好的原因等，以及選項或量表值的設計還有不足。第二、問卷的發放控制不夠嚴格，從而增加了因填表人原因產生的調查偏誤。第三、問卷回收的控制不力，導致回收率不高、樣本量偏小。此外，調查採取的是企業財務人員自我評價的方法，這也可能對研究結果造成一定影響。這些缺陷有待於以後的研究中進一步改進。

參考書目

一、中文部分

桑德著、方紅星等譯，**會計與控制理論**（大連：東北財經大學出版社，2000年，頁1-9。

南京大學會計系課題組，「中國會計作用－現狀與判斷」，**會計研究**（北京），第11期（2000年11月），頁37-48。

中國大陸財政部會計司，「企業內部控制規範徵求意見稿」，中國大陸財政部官方網站，<http://www.mof.gov.cn/ news/20070305_2047 _24970.htm>。

二、英文部分

Zimmerman, J. L., *Accounting for Decision Making and Control, 5th edition*, (NewYork : McGraw-Hill Companies, 2005).

附錄：東莞台資企業管理會計與內部控制的問卷調查

尊敬的先生／女士：

　　您好！基於研究的需要，我們設計了這份問卷，懇請您幫助回答，不勝感激。

　　本問卷為無記名問卷，請您獨立回答問卷中的問題，回答無所謂對錯，只要反映您的真實情況和看法就是最佳答案，就會對我們的研究有很重要的價值。

　　我們鄭重聲明：此次調查無任何商業目的，其結果只用於統計分析，不會出現貴公司的具體資訊；我們會為您和貴公司保守秘密。如果您需要本次調查的分析結果或其他要求，請與我們聯繫，我們十分願意為您服務。

　　期盼您能撥冗填答，並儘快寄回。衷心感謝您的支持！祝萬事如意！

　　郵編：510275地址：廣州市新港西路135號　中山大學嶺南學院

　　聯繫人：盧銳 博士　電話：013826269380 020－84110651

　　傳真：020-84114823　Email：lurui@mail.sysu.edu.cn

管理會計：

1. 會計工作在企業中是否受到領導重視可以通過以下四個方面得到一定程度的反映：向領導定期報送會計報表、定期提交財務分析資料、財務人員在會議上發表意見、介紹或學習先進財會理念和方法。我們將這些財會工作的盡職程度區分由弱到強5個等級，請在對應方格內打勾。

表一：財會工作的盡職程度

財會工作	弱		盡職程度		強
	1	2	3	4	5
定期報送會計報表					
定期財務分析資料					
財務人員在會議上發表意見					
介紹或學習先進理念和方法					

說明：1代表很不盡職，2代表不太盡職，3代表一般，4代表比較盡職，5代表非常盡職。

2. 財會人員的工作內容很多。下表將瞭解財會人員的工作精力分配，請通過打勾選擇每一項工作內容對應的時間精力分配的比例。

表二：財會工作中的時間和精力分佈

佔用時間精力比例	會計核算	財務分析	與外部協調關係	會計監督	預算管理	財務業績考核	營運資金管理	籌資管理	投資管理	與企業領導溝通
1%以下										
1-5%										
6-10%										
11-20%										
20%以上										

3. 企業內部的管理報表一般可分為資產管理類、成本費用和銷售利潤類以及其他內部管理類。資產管理類報表主要有貨幣資金管理、應收賬款管理、存貨管理和固定資產管理四種管理報表；成本費用和銷售利潤類報表主要有產品成本資訊、費用類明細、人工成本明細和產品銷售利潤四類；其他內部報表主要包括資負表、利潤表、現金流量表、財務分析、主要經營指標明細、預算表和業績考核表等管理報表。若貴公司存在上

述內部管理報表，請在下表的對應方格內打勾。

表三：內部管理報表的內容

	貨幣資金管理	應收賬款管理	存貨管理	固定資產管理	產品成本資訊	費用類明細	人工成本明細	產品銷售利潤	資負表	利潤表	現金流量表	財務分析	主要經營指標明細	預算表	業績考核表
有 無															

4. 請在下表中通過打勾選出貴公司內部管理報表的需求部門。

表四：內部管理報表的需求部門

	領　導	財務部門	生產部門	銷售部門	供應部門	其他部門
是否						

5. 成本費用的管理方法很多。若貴公司存在某種成本費用管理方法，請在下表的對應方格內打勾。

表五：公司採用的成本費用管理方法

	劃分固定與變動成本	劃分可控與不可控成本	目標成本倒推法	實行標準成本制度	實行計畫成本法	制定部門費用定額	費用分類歸口管理	實行品質成本管理	進行成本差異分析	實施作業成本管理
有 無										

6. 請在下表中打勾選出貴公司將成本劃分為固定成本與變動成本以及進行本量利分析的目的。

表六：公司本量利分析的目的

	計算單位邊際貢獻或邊際貢獻總額	計算稅前利潤	計算經營槓桿	保本分析	保利分析	敏感性分析	定價	自製或外包決策	其他經營決策	未實施本量利分析
是										
否										

7. 若貴公司未實施本量利分析，請在下表中打勾選出其原因。

表七：公司未實施本量利分析的原因

	財務會計未提供相關資料	其他經濟資訊不充分	原始資訊取得成本過高	缺乏資料加工工具	對預測持懷疑態度	其他
是						
否						

8. 請在下表中打勾選取公司採用的預算方法。

表八：公司採用的預算方法

	固定預算	彈性預算	增量預算	零基預算	定期預算	滾動預算	其他預算	未採用預算管理
是								
否								

說明：固定預算是以預算期內某一業務量水準為基礎編制預算；彈性預算是按照預算期可預見的各種業務量水準編制的預算；增量預算是在基期成本費用水準的基礎上，結合預算期業務量和成本改善措施編制的預算；零基預算是指在編制預算時，對所有預算支出均以零為基底，從實際需要與可能出發，逐項審議並確定各項費用開支的預算成本；定期預算是指以不變的會計期間作為預算期編制的預算；滾動預算是將預算期與會計年度脫離開，隨著預算的執行不斷延伸補充預算，逐期向後滾動編制的預算。

9. 您認為貴公司預算管理的實際效果（　　　　　）。

　　A、很差　　　B、差　　　C、一般　　　D、較好　　　E、很好

10. 貴公司是否考慮引入「平衡記分卡」業績評價系統？（　　　　　）。

　　A、不準備引入　　　B、準備引入　　　C、剛剛引入

　　D、已實施，效果不好　　　E、已實施，效果一般

　　F、已實施，效果很好

11. 您認為管理會計的理念、方法和工具在貴公司未來的運用前景如何？

　　（　　　　　）

　　A、不理解管理會計　　　B、沒什麼作用　　　C、可以嘗試一下

　　D、應該引入　　　E、需要大大加強

12. 您認為貴公司加強管理會計的運用最主要依靠的是（　　　　　　）。

　　A、領導重視　　　B、財務人員素質提高　　　C、其他部門、人員配合

　　D、資金投入　　　E、管理會計的創新與完善

　　F、好的軟體和顧問公司　　　G、其他

13. 您認為與大陸其他企業相比，台資企業的管理會計有何特點？＿＿＿＿＿

＿＿＿＿＿＿＿＿＿＿＿＿＿＿＿＿＿＿＿＿＿＿＿＿＿＿＿＿＿＿＿＿＿＿＿

＿＿＿＿＿＿＿＿＿＿＿＿＿＿＿＿＿＿＿＿＿＿＿＿＿＿＿＿＿＿＿＿＿。

內部控制：

14. 您是否知道財政部會計司在2006-2007年組織了相關專家制定《企業內
　　部控制規範》（包括基本規範和具體規範），目前已向社會公佈徵求意
　　見稿，該規範將要求大型企業、上市公司必須執行，中小企業參照執
　　行？（　　　　　　）

　　A、是　　　　　　　　B、否

15. 內部控制，是指由企業董事會或類似決策構、管理層和全體員工共同
　　實施的、旨在合理保證實現以下基本目標的一系列控制活動：（一）企
　　業戰略；（二）經營的效率和效果；（三）財務報告及管理資訊的真
　　實、可靠和完整；（四）資產的安全完整；（五）遵循國家法律法規和
　　有關監管要求。有義務對外提供財務報告的企業，應當確保財務報告及
　　管理資訊的真實、可靠和完整，具備條件的，還應同時實現其他控制目
　　標。您對貴公司目前內部控制的總體評價如何？（　　　　　　）

　　A、不完善，存在明顯漏洞　　　B、一般，有需要改進之處

　　C、基本完善　　　D、非常完善

16. 您認為貴公司目前的內部控制環境如何？請在下表對應方格內打勾。

表九：公司目前內部控制環境的評價

內控環境的關鍵點	很差	差	一般	好	很好
	1	2	3	4	5
治理結構					
內部機構設置與權責分配					
企業文化					
人力資源政策					
內部審計機制					
反舞弊機制					

17. 貴公司是否對影響內控目標實現的各種不確定因素進行風險評估？請在下表內對風險評估相關工作的完善程度打勾。

表十：風險評估工作的完善程度

風險評估相關工作	很差	差	一般	好	很好
	1	2	3	4	5
內控目標設定					
風險識別					
風險分析					
風險應對					

18. 請您在下表中打勾選擇貴公司已經採用的內部控制措施的完善程度。

表十一：公司內部控制措施的完善程度

內部控制措施	很差	差	一般	好	很好
	1	2	3	4	5
職責分工控制					
授權控制					
審核批准控制					
預算控制					
財產保護控制					
會計系統控制					
內部報告控制					
經濟活動分析控制					
績效考評控制					
資訊技術控制					

19. 為了有效地實施內部控制，企業應當加強內、外部各方面資訊的傳遞與溝通工作。您認為貴公司目前的資訊與溝通工作的完善程度如何？

（　　　　　　）

A、很差　　B、差　　C、一般　　D、好　　E、很好

20. 企業應當加強對內部控制及其實施情況的監督檢查。下表中列出了監督檢查工作的關鍵點，請結合貴公司情況給予評價。

表十二：監督檢查工作的完善程度

監督檢查的關鍵點	很差	差	一般	好	很好
	1	2	3	4	5
持續性監督檢查					
專項監督檢查					
監督檢查機構的專業能力和職業道德					
內控檢查評估報告					

21. 您認為，貴公司推行《企業內部控制規範》是否有足夠的組織保障？
（　　　　　　　　）

　A、沒有　　　B、有　　　C、成本太大，難以實施

　D、需要看老闆意志　　　E、受其他因素影響

22. 您認為下列內控具體規範中最重要的五個規範是（　　　　　　　）。

　A、貨幣資金　　　B、採購與付款　　　C、存貨　　　D、對外投資

　E、工程項目　　　F、固定資產　　　G、銷售與收款　　　H、籌資

　I、成本費用　　　J、擔保　　　K、合同　　　L、對子公司的控制

　M、財務報告編制　　　N、資訊披露　　　O、預算　　　P、人力資源政策

　Q、電腦資訊系統　　　R、關聯交易　　　S、資產減值　　　T、公允價值

　U、企業合併與分立　　　V、衍生工具　　　W、仲介機構聘用

23. 除了上述列出的內控具體規範以外，您認為財政部會計司還應該制定哪些業務的內部控制規範？_____

24. 您認為相對於大陸其他企業，台資企業的內部控制有何特點？

　　_____

　　_____。

背景資料：

25. 您的年齡是（　　　　　　　　）。

　　A、30歲以下　　　B、31-39歲　　　C、40-49歲

　　D、50-59歲　　　E、60歲以上

26. 您的職務是（　　　　　　　　）。

　　A、其他　　　B、財務部經理　　　C、財務總監

　　D、總經理　　　E、董事長

27. 您所在單位的所屬行業是（　　　　　　　）。

　　A、第一產業（農業）　　　B、第二產業（工業）

　　C、第三產業（服務業）　　　D、跨一、二產業

　　E、跨一、三產業　　　　F、跨二、三產業

　　G、跨一、二、三產業

28. 您所在單位的規模屬於（　　　　　　　）。

　　A、資產1,000萬元以下　　　B、資產1,000萬-5,000萬

　　C、資產5,000萬-1億元　　　D、資產1億-3億　　　E、資產3億元以上

29. 您所在單位最近年度的權益淨利率處於（　　　　　　　　）。

說明：權益淨利率＝年度淨利潤/年末股東權益，該指標可以反映企業的
　　　盈利能力。

　A、小於0　　B、0-5%　　C、5%-10%

　D、10%-30%　　E、30%以上

30. 您所在單位的最近年度的資產負債率處於（　　　　　　　　）。

注：資產負債率＝年末負債總額/年末資產總額

　A、小於0　　B、0-20%　　C、20%-40%

　D、40%-60%　　E、60%以上

台商投資與地方政府談判、互動策略

王珍一

（文化大學財務金融系助理教授）

摘要

　　中國大陸自1978年進行改革開放政策以來，決定從計畫經濟之垂直整合轉為市場經濟之平行整合，並兼顧中央及地方利益，故促成其近年來經濟快速發展與成長。近十餘年來，在台灣處於成熟期或衰退期的「傳統產業」，紛赴大陸投資設廠以延續其企業經營活力，基於台灣與中國大陸間所存之特殊政治、經濟關係，台灣至中國大陸的商人（簡稱台商）與中國大陸地方政府之互動愈發密切。

　　本文試以理論觀點先論「談判」之一般意義，以台商及中國大陸地方政府之角度，分析其談判利益及優、劣勢，同時考量當地領導人的背景及其利益，分別提出台商與地方政府之談判策略，討論雙方在互動時所面臨之挑戰，並提出使台商投資與地方政府談判更順利、互動更和諧之可行談判策略。本文所舉台商與地方政府互動之談判實例，主要係筆者之實務，以及汲取自其他台商及地方政府之經驗。

關鍵字：台商、談判、權力、利益、策略

壹、研究問題的重要性

　　中國大陸自1978年進行改革開放政策以來，從計畫經濟向市場經濟轉型，並兼顧中央及地方利益，故促成其近年來經濟快速發展與成長。近十餘年來，在台灣處於成熟期或衰退期的「傳統產業」紛赴大陸投資設廠以延續其企業經營活力，基於台灣與中國大陸間所存之特殊政治、經濟關係，台灣至中國大陸的商人（簡稱台商）與中國大陸地方政府（簡稱地方政府）之互動愈發密切。台商因地理位置、語言相通、文化認同，以及比較利益的原則，選擇中國大陸作為使企業獲利和永續發展的根據地。而中國大陸因同文同種的民族情感，以及為能快速接受先進國家的技術及商業知識，也極為願意和台商合作從事商業活動。

　　台商和中國大陸為了彼此的需求，利用談判來解決問題，以獲得整體利益。換言之，如何獲致理想的談判結果，是談判的過程中首要的課題。本文試圖以理論觀點闡釋「談判」之一般意義，以台商及中國大陸地方政府之角度，各分析其談判權力及利益，同時考量當地領導人的背景及其利益，分別提出台商與地方政府之談判策略，討論雙方在互動時所面臨之挑戰，並提出使台商投資與地方政府談判更順利、互動更和諧可行之談判策略。

貳、理論架構

一、 談判之定義

　　對於「談判」（negotiation）一詞之定義，多位外國學者各有其不同之看法。William I. Zartman認為：談判是一種試圖結合不同立場，形成單一且一致共識之決策過程；[1] Fred C. Ikle則認為：談判是當事各方提出具

體且明確的方案，以達成相互交換之協議與共識，或即使存有許多利益上的衝突，亦能形成一個共同的利益；[2] G. I. Nierenberg將談判定義為接受雙方存有互異需求之前提下，共同尋求最大利益的過程；[3] Carnevale和Lawler則視談判為一種藉由溝通共同解決問題的方式，亦即兩個或兩個以上的利益個體，試圖在某些不同利益認知之議題上達成一致協議之過程。[4] Walton and McKersie對談判一詞之定義為：談判是兩個或兩個以上的社會個體之間的互動，目的在於界定或重新界定彼此之間互賴的條件；[5] Lax和Sebenius認為談判係兩個或兩個以上當事者之間因存有衝突，試圖透過策略性的互動以產生共同決策的行動，並藉此取得較其他行動方案為佳之過程。[6] Fisher，Ury和Patton對談判的定義是想要從他人身上獲得某些利益的基本手段，當雙方必須與意見相左的對方共享利益時，而為達成協議所進行的相互溝通與妥協的過程。[7]

　　國內及中國大陸學者對於談判一詞之定義，與外國學者所持之觀點立論大致相同，惟更重視文化及國情因素對談判過程及結果所產生之影響。國內學者戴照煜認為談判是參與各方共同就其爭論點進行討論，且由各方

[1] William I. Zartman, "Negotiation: Theory and Reality," in Diane B. Bendahmane and John W. McDonald, Jr., ed, *International Negotiation: Art and Science* (Washington, D.C.: Department of State Publication, 1984), p. 1.

[2] Fred Charles Ikle, *How Nations Negotiate* (New York: Frederick A. Praeger, 1964), pp. 3-4.

[3] G. I. Nierenberg，鄭麗淑譯，談判的策略（台北：遠流出版社，1985年），頁1。

[4] Peter J. D. Carnevale, and Edward J. Lawler, "Time Pressure and the Development of Integrative Agreements in Bilateral Negotiations," Journal of Conflict Resolution 30 (1986), pp. 636-659.

[5] Richard E. Walton, and Robert B. McKersie, *A Behavioral Theory of Labor Negotiations: An Analysis of a Social Interaction System*, 2nd ed. (NY: ILR: Ithaca, 1991), p. 3.

[6] David A. Lax, and Sebenius, James K., *The Manager as Negotiator: Bargaining for Cooperation and Competitive Gain*, (New York: The Free, 1986), p. 11.

[7] Roger Fisher, and William Ury, and Bruce Patton, *Getting to Yes: Negotiating and Agreement Without Giving In*, 2nd ed. (London: Random House, 1991), p. xiii.

分歧的觀點移向分享的觀點之過程。[8] 劉必榮認為談判並非劍拔弩張的爭仗，它只是解決衝突、維持關係或建立合作架構的一種溝通方式。因此，談判是一種技巧，也是一種思考方式。[9] 中國大陸學者周敏和王笑天指稱談判是雙方以語言溝通為工具，為求取自身最大利益而共同尋求一致意見的交往行為。[10] 中國大陸政治鬥爭的史觀認為談判如果不是為了現實利益或政治宣傳，就是為了階級鬥爭的需要，因此談判純粹是為了政治上的利益。[11]

　　綜合以上學者對談判之定義，吾人認為談判發生之必要條件包括：第一，談判雙方間必須存有一個無法容忍的僵局；談判是為了解決僵局，故為求談判的進行，必須創造一個僵局，若僵局沒有產生，則談判不會發生，因為不需要；第二，談判雙方須體認靠其一己之力，無法解決此一僵局。若談判之一方能容忍此一僵局，或是靠自己的力量可以解決這個僵局，談判亦不會發生，因為談判必須是一個雙方或多方共同形成決策的過程；第三，透過談判解決問題是可行，可欲的。解決問題的方法除了談判之外，尚包括武力、法律等其它方法，但如果在諸多解決問題的方法當中，僅有談判是可行的，且是較佳的解決問題方案時，談判就有發生的可能。換言之，談判雙方皆知不談判的成本太高，可能因此付出太大的代價，且談判雙方瞭解唯有透過談判，其結果及利益是最高的，因此雙方才會談判。[12]

---

[8] 戴照煜，「談判人的反生產性行為」，貿易週刊（台北），177期，（1992年7月），頁7。

[9] 劉必榮，談判聖經，第一版，（台北：商周出版社，1996年），頁14-17。

[10] 周敏、王笑天，東方談判謀略（北京：解放軍出版社，1990年6月），頁7。

[11] 毛澤東，「關於重慶談判」，毛澤東選集，第四卷（北京：人民出版社，1964年），頁1158。

[12] 劉必榮，談判（台北：商周出版社，1996年），頁4-7。

（一）談判權力

　　Fisher, Ury和Patton將談判的權力界定為說服對手順從自己意旨的能力。[13] Bacharach和Lawler認為欲瞭解談判的真實意義，必須先瞭解談判者如何解讀、運用與操縱權力。[14] 他們主張權力是談判的本質，且權力是一種經努力的程序所獲取的成果、潛力或可能引用的戰術性行動。Kobrin定義談判是雙方權力的互動，而這種權力在於掠取對方所擁有可用的資源，而這些資源的形式包括有形、無形、具體或潛藏未露的。[15] 吳秀光則認為談判過程中所發生的權力，具有比較性的概念。[16] 換言之，即使就客觀的衡量標準來論斷，對方擁有高度且優良的權力與資源，倘我方所擁有的權力與資源多於或優於對方，則對方即處於弱勢。反之，即使就客觀的衡量標準來論斷，對方擁有的權力與資源並非有力且充實的，倘我方所擁有的權力與資源少於或較對方為差時，則對方即處於優勢，此即為權力的比較性。因此，權力的結構與競合，可以簡化為一切靜態資源的總和。在談判之中，各方的權力必須經由比較的過程，才能顯示其大小與優劣。蕭振寰認為權力就是談判雙方手上所握有的籌碼，以及雙方對於運用籌碼的實際能力與意願及追求談判的結果。[17] Pruitt定義權力是一方能夠提出要求，並讓對方讓步的能力。換言之，他認為拒絕談判的權力，亦是一種對權力的

[13] Roger Fisher,and William Ury, and Bruce Patton, *Negotiation: Strategies for Mutual Gain* (CA: Sage, 1993), pp. 1-13.

[14] Samuel B. Bacharach, and Edward J. Lawler, *Bargaining: Power, Tactics and Outcome* (San Francisco: Jossey-Bass, 1988), p. xi.

[15] Stephen J. Kobrin, "Testing the Bargaining Hypothesis in the Manufacturing Sector in Developing Countries," *International Organization*, 44 (Autumn 1987), p. 611.

[16] 吳秀光，政府談判之博奕理論分析（台北：時英出版社，1998年），頁97-98。

[17] 蕭振寰，「談判的理論與實務──中美著作權系列談判個案研析」，國立台灣大學碩士論文（1991年），頁19-20。

認知。[18] Cobb和Elder說權力是一個關係互動的概念，即發生談判關係之一方影響，或要求他方從事違背意願事情的能力。[19] Zartman則認為權力是使他方改變立場或再重新評估立場的能力，亦即使另一方在立場上改變或意圖改變的能力。[20]

依談判權力理論觀之，談判雙方通常擁有不同權力的結構，若兩造的權力結構相同，或雙方對於權力的認知不同時，談判行為即不會發生。因此，談判只有在不對稱的權力結構且對權力之認同具有共識之情形下才會產生。Wall亦指出，談判權力較強的一方通常不願意進入談判程序，因為談判者往往需要放棄一些既有的資源，以換取對方的資訊或合作，但較強一方的談判者通常都不願意犧牲放棄既有的資源，故而談判無從發生起，此種具備絕對優勢之談判者拒絕談判的現象，將一直持續到弱勢談判者足以增加強勢談判者之「不談判的成本」，或者是增加強勢談判者之「談判的效益」時，方能改變此種現象。[21] 劉必榮教授在研究不對稱結構下的談判行為時指出，權力強者為維持其權力，並要求弱者談判的方法有二：第一、以說服力量要求弱者談判。倘談判的目的在於解決僵局，且無法靠一方力量以武力、法律或其他方法解決時，則強者只能設法增強弱者的信心，使其敢於談判；第二、以威脅力量迫使弱者談判。[22] 在此一情勢之下，權力弱者可以運用「小題大作」的方式來強化自己的權力，使其擁有要求與強者談判的籌碼，其可能運用的策略有三：[23] 一是增加議題，如數

---

[18] Dean G. Pruitt, *Negotiation Behavior* (New York: Academic, 1981), p. 87.

[19] Roger W. Cobb,and Charles D. Elder, *Participation in American Politics: The Dynamics of Agenda-Building* (Baltimore: Johns Hopkins University, 1983), pp. 22-23.

[20] William I. Zartman, *The 50% Solution* (New Haven: Yale Uniersity, 1983), p. 15.

[21] James A. Jr. Wall, *Negotiation: Theory and Practice* (Glenview, IL: Scott, Foresman and Co., 1985), p. 138.

[22] 劉必榮，「不對稱結構下的談判行為分析」，東吳政治學報（台北），第二期（民國82年3月），頁227-231。

[23] 劉必榮，談判聖經（台北：城邦文化出版社，1996年），頁37-48。

量的增加或談判項目的增加；二是結盟，意即結合其弱者以增加自己的權力；三是把情勢升高，如上街頭，或是造成既成事實。

（二）談判之利益

談判實務經驗或理論研究之探討重點，在於討論談判者如何將實質利益極大化，亦即倘能在談判過程中獲取最大實質利益，即認定為是一場成功的談判。惟在探討談判利益之前，吾人首先須清楚界定所謂的「利益」及「立場」二者在談判過程中所顯現的定義與意涵。一般而言，所謂立場係談判者對談判對方所提之要求，而所謂利益係為談判者提出這種要求之原因。[24] 通常談判的當事人本身並無法清楚區分立場與利益之間異同之處，但當談判者公開表示同意與不同意的具體要求，或意見主張予談判對方時，就是在表達所謂的立場。而於談判過程當中，談判者針對特定議題而產生之具體要求或主張時，其所呈現出關切、需求、慾望或恐懼等心理行為，就是當事者極欲爭取本身利益之表現。綜上所言，吾人可以藉由聆聽對方說他們「想要甚麼」來瞭解他們的立場，藉由知道對方「真正想要甚麼」來瞭解對方真正的利益所在。[25] 所謂的談判利益，其形式並不限於具體有形的實體利益。此外，有效資訊的交流，可以讓談判雙方擁有更多有關對方利益的訊息，使他們更容易獲取雙方立場的共同點，進而幫助雙方達成其目標，故有價值的資訊往往在談判的過程中扮演關鍵性的角色。[26]

談判過程之中，對衝突的正確認知及適切的處理，常會發現甚或共同

---

[24] 同註12，頁168。

[25] C. Provis, "Interests vs. Position: A Critique of the Distinction," *Negotiation Journal*, vol. 12 (1996), pp. 305-324.

[26] Jeffery Rubin, "The timing of ripeness and the ripeness of timing," *Timing the De-escalation of International Conflicts* (NY: Syracuse University Press, 1991), pp. 240-243.

創造出新的談判利益，美國學者Fisher曾指出，衝突的發生往往是源自於人們習慣對於某種特定立場的堅持。[27] 衝突來自雙方認知上的歧見，談判過程中，各方若能嘗試瞭解他方之想法，考慮到在相對立場背後所存在的共同利益可能遠比衝突利益多時，則談判雙方即有誘因及動機去化解認知上之歧見並尋求共同利益，而最終消除衝突。

吾人亦可以把自身的利益擴大到彼此的共同利益，作法就是「把餅作大」。利益分享者在瓜分利益大餅時，倘要使所有人的利益均能同時放大，唯一的作法即是將該利益大餅做大。通常談判的過程中，雙方可以透過衝突的產生，將資源總和擴大，使談判雙方皆能增加利益所得。另一種把餅作大的形式並非增加整體可分配資源，而是對舊問題提出新的界定與詮釋，使得談判雙方在已對舊議題做出不可讓步承諾的情況下，另闢解決方案，增加彼此的利益，而不致受限於立場之爭。

相關學者對於談判雙方究竟應採行爭取共同利益，或是自身利益策略之意見各有不同。Walton和McKersie認為：談判雙方應致力於彼此的互惠互利之中以獲取雙贏，惟Snyder和Diesing則認為應將注意力集中於衝突利益，即自身利益之上，而非共同利益上。[28] 另Greffenius和Gill指出將高壓和利誘手段交叉運用，可以達成從對抗到合作的雙贏談判關係，亦即「蘿蔔─棍棒」策略可兼收嚇阻及互惠之效。[29] 此一軟硬兼施、威脅利誘的策略與孫子兵法中所提的「利以誘之」似有異曲同工之處。吾人在談判時不但要維護自身的利益，還可以用利去引誘對方棄守底線，[30] 意即給對方一

---

[27] 同註7，頁41-57。

[28] Glenn H. Snyder, and Paul Diesing, *Conflict Among Nations: Bargaining, Decision Making and System Structure in International Crises*, Princeton (N.J. : Princeton University Press, 1977), pp. 23-24.

[29] Steven Greffenius, and Jungil Gill, "Pure coercion vs. carrot-and-stick offers in crisis Bargaining," *Journal of Peace Research*, vol.29, no.1 (1992), pp. 39-52.

[30] 劉必榮，談判兵法（台北：先覺出版社，2004年），頁269-274。

個甜頭，然後誘敵深入，以解決其衝突。

（三）談判之戰術與策略

談判理論中有關談判戰術之探討，見諸於文獻之種類頗多。Pruitt認為談判的行為可區分為競爭型及協商型兩種。競爭型之談判行為主要戰術包括：立場及表象堅定、對談判對手施以時間壓力、降低談判對手的抗爭，以及改善談判雙方對立關係或情緒等類型。協商型之談判戰術主要包括：對談判對方釋出或交換部份利益及共同協商解決問題等二種類型。[31] Wall則將談判戰術區分為：理性型戰術及非理性型戰術，並認為大部分的談判者均試圖在談判的過程中，藉著說服、威脅、報償、嚇阻等各種方式以改變對方的談判決策及行為，同時使談判對方了解他們是理性的談判溝通者，故大部份的談判過程均屬理性型的戰術。相對地，當談判者因為對方大幅讓步，而改變其原有策略及想法致使談判破局，此即談判者運用所謂的不理性戰術。[32]

劉必榮指出談判的權力結構和戰術之間，存有密切的互動關係，而權力必須經由戰術的運用方能影響談判結果。然而，新的談判結果卻可能同時反向回去影響談判權力。[33] 由此可見，力量的大小並不會直接影響談判結果，而且權力與戰術呈現相互影響之關係，戰術的運用受到權力結構的限制，而權力結構仍須賴戰術的運用加以改變。談判戰術的選擇奠基於權力結構的評估，其過程大概可以分為以下三個步驟：（一）評估我方及對方的談判權力；（二）在既有的權力認知下，考慮使用談判力量之可能性；（三）在既定權力情勢下，評估我方的戰術選擇，並預期對方將採行

---

[31] C. Pruitt, *Negotiation Behavior* (New York: Academic, 1981), pp. 71-81, 91-101.

[32] Michael Poole, *Industrial Relations: Origins and Patterns of National Diversity* (London: Routledge & Kegan Paul, 1986), pp. 12-13.

[33] 同註12，頁223。

何種談判戰術。[34] 因此，在決定採取何種談判戰術之前，首要之務即衡量我方實力。

談判是一種當事者之間互動的過程，而戰術是完成談判行動方向或目標的一種權宜性手段。[35] Karras認為戰術運用之目的係企圖由談判桌上尋求最佳結果，舉凡議程的設定、讓步、威脅、肢體語言的應用、結盟、最後通牒、造成既成事實等談判手段之運用均是被用來創造有利於本身的談判情勢，並藉以達成談判目標或防守自身談判立場的戰術。[36]

談判策略部分，學者對其分類大致相同，主要區分為競爭策略、閃避策略、妥協策略、合作策略、讓步策略。[37] 由於談判者的策略選擇，是依據對自己及對方所獲資源及相對競爭優勢等考量因素，故其策略乃依環境及優勢、資源等競合情形權變運用。故實際上談判者所採取之策略，在理論上往往並非最佳選擇方案（optimal alternative）。[38]

參、實證研究

吾人皆知近年來中國大陸快速崛起，其豐沛的勞動力及廣大的市場潛力已成為全世界注目的焦點。又其經濟發展面向多元化的市場特性，致使任何一個國家的企業無不趕搭這股熱潮進入中國大陸市場，希望能利用其市場潛能及豐沛低廉的勞動力以延續企業活力及競爭力。台商挾其與中國

---

[34] 同註13，頁156。

[35] 黃鈴媚，談判與協商（台北:五南出版社，2001年），頁10。

[36] Chester L. Karrass, *The Negotiating Game* (New York: Thomas Y. Crowell., 1970), p. 150.

[37] Afzalur M. Rahim, "A Measure of Styles of Handling Interpersonal Conflict," *Academy of Management Journal*, Vol.26 (1983), pp. 368-376.

[38] Dean G. Pruitt, "Strategic Choice in Negotiation," *The American Behavioral Scientist*, vol. 27, no.2 (1983), pp. 167-194.

大陸同文同種及優異的管理經驗、研發技術等優勢，成為全世界進入中國大陸市場最為積極者。尤其台商赴中國大陸投資設廠者，多為勞力密集的產業，且台灣的市場已大多趨於飽和，前往中國大陸投資可以有效強化其競爭力，而形成台商西進中國大陸市場之明顯趨勢。由於全球的企業皆欲跨足中國大陸市場，故台商於該市場經營所面臨之競爭對象，除了當地企業之外，尚包括全世界各國的跨國大型企業，即多國籍企業。如何能順利在中國大陸投資設廠，首要之務須先與當地地方政府溝通、談判，使其相信相較於其他國家之企業，與台商合作投資，對於地方政府而言具有較佳優勢。因此，台商和地方政府在談判前必先判斷談判前的情勢，意即瞭解權力分配情形，進而瞭解雙方利益之所在。然後再根據自身的利益決定所要採取的談判策略。

一、地方政府談判權力來源

　　依談判理論觀之，中國大陸地方政府相對於台商而言，各地方政府各有其特殊且具低替代性之談判權力。主要包括：其一是地理區位優勢、飲食習慣、原料來源及氣候條件；其二是國民所得與教育水準；其三是土地資源及基礎建設；其四是地方政府官員本身所擁有之政治權力及人脈關係。

　　就地理區位優勢而言，沿海地區即擁有港口運輸的交通優勢，故可以利用其臨海及優良的港口設備進行進出口貿易業務，且大部份台商所生產的產品皆出口至台灣或其他歐美地區。早期以勞力密集為主之台商大多群聚在廣東省沿海一帶，因此福建廣東省各地方政府，即以其優越且特殊臨海的區位優勢為談判權力，與台商進行設廠談判，期能與之合作。以A集團為例，該集團所產銷之酒產品，因其主要之目標市場在日本，故臨海且擁有優良港口設備的瀋陽市，相對於該集團之談判立場而言，即取得地理區位上之權力，故該集團即在於瀋陽市設立酒生產基地以就近出口，取得

海運交通運輸之利。惟該集團所主要生產之產品為餅乾及休閒食品類等，是以中國大陸本身為其主要市場腹地，即是以內銷導向為主之行銷策略，故並不需尋求沿海城市設廠基地，僅以生產據點為中心向外輻射，且在合理的運輸成本之內之區位即可。故臨海出口之區位優勢對於該集團之經營特性而言，相對於其他以外銷導向之台商，即不具經營上之優勢。

　　就飲食習慣及原料來源而言，華南地區盛產大米，且以米飯為主食，華北地區盛產小麥且以麥麵為主食。A集團所產銷餅乾之主要原料為大米，故位於華南地區米倉位置之長沙市，相對於該集團之談判立場而言，即擁有飲食習慣及原料來源之權力，故該集團即於長沙市成立首家產銷餅乾工廠。反之，B集團所產銷之方便麵，以麵粉為主要之原料來源，且華北地區以麥麵為主食，故該集團即以位於華北地區之天津市為主要生產及銷售基地。

　　就氣候及溫度條件而言，由於氣候及溫度常為影響企業選址設廠的重要因素，亦為地方政府在談判時重要的權力。例如瀋陽市常年氣溫較低，低溫之氣候特性適合釀製酒，故A集團在此一重要的氣候條件因素下，於瀋陽市設立酒工廠。另對於一般企業而言，華南及華北地區因冬季不太下雪，夏季又不會太熱，為有利於設廠之條件，故當地地方政府即擁有相對較佳的談判權力。

　　就國民所得與教育水準而言，A集團所產銷之產品於中國大陸市場開發之初，即採行較高所得水準之市場區隔行銷策略及中高價位之訂價策略。因為該集團認為在中國大陸一胎化政策之下，家庭對兒童消費之預算提高，且為塑造高品質、高檔次之產品形象，故將產品定位為中高價位之兒童休閒奢侈品，因此在選擇廠址時，即須考量所在地方政府之人均所得水準之因素。另依研究顯示，教育水平較高者通常其社經地位及所得水準亦較高，而所得水準高意味著較高的消費能力，故亦為誘使台商設廠的重要原因之一。因此長沙、南京、上海、北京等一級城市就佔有此一優勢，

加諸該等地方政府皆有重點大學培育各種人才，故該等城市之教育水準亦較高，因此在當地投資設廠，較無優質人力資源來源匱乏之問題。例如該集團計劃設置一處農業養殖畜牧加工休閒觀光農場，因南京市政府所擁有的大學城之中設有農業重點學校，專事培養各種畜牧養殖業人才等條件有利的人力資源條件，故該地方政府在談判立場上即擁有權力。

　　就土地資源及基礎建設而言，江南地區在水利交通等基礎建設完備、氣候溫潤，以及物產豐富等有利條件下，自古以來即為富饒之地，為中國經濟發展之重鎮。此外，中央政府因宏觀調控政策考量，已禁止各地方政府新設經濟開發特區，故土地價格較其他地區明顯偏高，故土地資源之稀有性即成為地方政府對於選擇台商時有相當強度之談判權力。反之，東北或西北地區在交通不便、氣候欠佳、相關基礎建設未臻完善等不利環境條件之下，該等地區之地方政府所擁有的權力較為薄弱，故需在土地價格或其他配套措施上上給予更大的讓步，藉以強化其談判權力基礎，C集團將珠海的工廠大部份遷至煙台即為一例。[39] 此外，中國大陸部份地區尚未完全開發，為吸引台商進駐，故將土地以外的基礎建設及配套措施一併提供，如下水道、污水處理廠、廠內管線、圍牆等設施，甚或是廠房亦一併興建完畢，吸引台商標竿企業投資設廠，以提高其他台商進駐之意願。例如：上海松江區，以其大上海地區之城市魅力、優良經營環境及相應扶持政策，利用「築巢引鳳」之策略，爭取D公司等世界級晶片領導廠商進駐，上海松江區政府在土地、稅收等各方面積極扶持，創造良好的經營環境。故完善土地資源、基礎建設，並在當地政府相關建設政策之配合下，

---

[39] 李莉、常青，「市長掛帥，煙台市赴台灣經貿考察取得豐碩成果」，國際在線消息（中國大陸），2004年5月14日17:19:31。http://66.102.7.104/search?q=cache:sQ_Jz09iEicJ:big5.chinabroadcast.cn/gate/big5/gb.chinabroadcast.cn/3821/2004/05/14/81%40159676.htm+%22%E5%B7%A5%E5%95%86%E6%99%82%E5%A0%B1%22%22%E9%B4%BB%E6%B5%B7%22&hl=zh-TW&lr=lang_zh-TW。

會成為地方政府相當有效的談判權力。反之，倘缺乏相關的地利優勢，地方政府則須提供其他有利之條件以補強其談判權力之不足。例如土地價格、週邊基礎建設和稅賦優惠等。

就地方政府官員本身所擁有之政治權力及人脈關係而言，地方政府與中央政府關係之密切程度，亦為地方政府重要的談判權力來源之一。一般說來，若是地方政府的官員升遷至該省區政府任職，或該省區政府官員升職至中央政府，則地方政府不論在政策上，抑或在可提供台商的條件上，均擁有較大的彈性空間。主要係因該等政府官員於任職地方政府期間，具備與台商談判之經驗，已經建立了良好的溝通管道。因此當他們在省區或中央政府任職時，對於有關台商之利益及衝突已有相當程度之瞭解，因此較易針對問題解決。地方政府也因有由上而下、由中央至地方的政治權力的傳承與支援，以及對於談判對手資訊之掌握，而擁有談判之權力。故對台商愈熟悉之地方政府，對其談判的能力愈強。此外，各地方政府為了服務台商而成立「台辦」，一方面配合中央政府的統戰政策，刻意突顯中國大陸對台商血濃於水的民族情感，強化台商赴該地投資並與其談判的意願；另一方面可藉此瞭解台商在投資設廠過程中，其真正的需求與所面臨的問題，獲得有用的資訊，並加以解決，增加台商與其談判的信心。在此過程當中，其他台商看到地方政府如此的服務，也願意跟進，達成雙方互動的結果。

二、地方政府權力使用的風險及限制

就地方政府權力使用風險之角度觀之，原本全世界各國的企業皆欲赴中國大陸及早設廠，以搶佔市場先機，因此形成企業必須提出足夠吸引地方政府的條件，才能獲得地方政府的青睞。惟地方政府亦非因此使權力極大到完全不需要和企業談判，只等著篩選企業，原因之一是地方政府核批企業投資設廠之後，須擔負招商企業營運績效欠佳的風險。例如，倘核准

設廠之企業營運及獲利情形欠佳，在土地、政策優惠措施等資源有限的情形下，將降低該經濟開發區之經營效率及地方政府的稅收，進而影響該地方政府之招商績效及領導人之升遷機會。例如，南京市江凌開發區招商之初，雖然引進了營收及獲利良好的企業，如A集團及E公司，但部份企業在取得土地之後，營收及稅收並不如預期，如F集團，說明了地方政府在招商時有其風險性。[40]

　　就地方政府權力使用限制之角度觀之，地方政府之權力會受限於中央政府。中國大陸自1978年進行改革開放政策以來，決定從計畫經濟轉型到市場經濟，同時兼顧中央及地方利益，造成其經濟的快速發展與成長，意即中央政府開始不斷下放經濟發展及管理權至各省區。。此一地方分權化（decentralization）的結果，[41] 不僅造成各省區經濟發展自主權的日益加大，同時各省區自主性大增，便強調其在經濟發展過程中所顯現之特色。[42] 因此，地方政府在規劃自身之經濟發展時，多以地方之實際需要為主要考量，自難免與中央政府之整體規劃政策有所抵觸。尤其2004年中國大陸中央政府實施宏觀調控以來，大上海、南京等江南經濟區，由於近年來其招商績效及經濟發展較為顯著，故成為首要審核檢討之目標，相關經濟發展及招商計畫之權力即被明顯限縮。

---

[40] 2003年5月訪談南京開發區區長記錄。

[41] David S.G. Goodman, *The Politics of Regionalism: Economic Development, Conflict and Negotiation," China Deconstructs: Politics, Trade and Regionalism* (New York: Routledge, 1994), p. 1.

[42] H. Hendrischke, *Provinces in Competition: Region, Identity and Cultural Construction, The Political Economy of China's Provinces : Comparative and Competitive Advantage.* (New York: Routledge, 1999), p. 2.

三、台商談判權力來源

　　以談判兩造的權力結構觀之，相對於中國大陸地方政府而言，台商之談判權力較對方為小。因為期望進入中國大陸市場投資設廠之競爭者來自全世界，地方政府可以選擇合作的對象眾多，且中國大陸極權統治之本質，政府所擁有的決策權力相當大，在面臨此一不對稱的權力結構下，欲與中國大陸地方政府談判，台商可以運用「小題大作」的方式來增加自己談判權力。台商向以製程技術管理及整合上、下游產能為專長，不論是已具備獨立完整之上、下游生產鏈企業群之大型企業集團，例如：A集團、B集團、G集團等國內大型企業，其在中國大陸市場的投資佈局範圍涵蓋食品產業上下游事業，或由旗艦企業引導相關上、下游廠商群赴大陸投資設廠之投資模式，均能產生所謂的「雁行效應」以發揮群聚效益（economy of cluster）。例如：H公司、C集團等公司均邀集上下游廠商或衛星工廠同赴大陸投資設廠，此外對於中小型企業的台商，可以加入台商協會，共同集結力量以增加其權力。前述幾種方法即利用談判理論中「議題增加」、「結盟」等策略，藉由群聚效益以強化其談判權力。因為台灣的標竿企業在地方政府投資設廠具有指標意義，且具有帶動效果，因此談判之權力不可小覷。

　　此外，台商本身仍擁有許多特殊且低替代性的談判權力。主要包括：其一是提早進入中國大陸市場之早發優勢，以及同文同種之文化特質。由於較其他國家企業較早進入市場，故較能充分掌握中國大陸市場之特殊結構與需求，又同文同種的文化優勢，不論是語文的表達、思維邏輯的掌握均遠非其他國家企業所能比擬，中國文化非常重視「人情」和「關係」，[43] 因此，在「人情至上」之原則下，便與重視事實根據、書面協議、法律

---

[43] E. L. Yao, "Bargaining face-to-face with the Chinese," *Business Marketing*, vol. 73, no. 2 (1988), pp. 64-65.

效力與完全依賴書面契約的西式談判風格截然不同。[44] 換言之，台商對中國大陸政府而言，使用同一種語言，表達同一種感情，可以強化談判時的溝通效果，對於談判的結果具有相當之助益。此外，地方政府由於同為中國人的特殊情感，也願意和台商建立良好的關係，給予較好的優惠，台商因此良性循環，重複投資，甚至好幾個台商會呼朋引伴，一同前往中國大陸投資，增加談判的權力。

其二是赴中國大陸投資設廠之台商，除試圖利用中國大陸廉價且優秀的勞動力、便宜的土地及廠房設備等優勢，以增加企業本身的競爭優勢之外，亦同時將於台灣近三十年來成功的管理及技術發展經驗引進中國大陸，間接促使中國大陸之企業管理及經營技術，得以在短期間內迅速發展提升。企業管理技術與經驗仍有文化的限制，因此台商的管理模式對於中國大陸企業之適用，以及契合程度仍遠高於其他國家的管理制度，且在相同文化及語言背景之下，管理理念與經驗的傳承效果才得以極大化。又台灣早在數十年前即引進實施歐美先進的企業管理制度及經驗，並歷經多年的磨合、修正而發展出一套較適合中國人的管理模式，故台商正可適時適地扮演中國及西方之間管理文化的媒介，此即為台商在進行談判時一項相當有效的權力來源。

其三是中國大陸對台灣在政治上仍負有統戰任務。台商在商言商，可利用此一特殊的政治任務創造出有利於己的談判權力，多爭取一些投資設廠的優惠條件，使地方政府在完成其任務的同時，台商亦可得到應得的利益，達到雙贏的談判目的。在談判當中的權力強弱是會改變的，因此中國大陸有句順口溜是「有權不用，逾期作廢」，正是說明談判的時機若是正確，則可增加自己的權力。

---

[44] N. J. Adler, *International dimensions of organizational behavior* (Boston Massachusetts: Kent Publishing Co., 1986), pp. 41-43.

　　其四是運用地方政府及中央政府之間權力競爭，創造有利於己的談判權力。例如：2004年中國大陸中央政府實施宏觀調控以來，地方政府之招商權力即遭限縮，因此經營績效良好且對當地政府之經濟貢獻程度較高的台商，即可趁勢與之談判，共同解決彼此的僵局，符合彼此的需要。當時某市即以其轄區內的A集團作為其楷模標竿企業，說明該企業符合中央所要求的政策，如該企業使用當地大量的勞動力，使用土地面積和所創造的營收及稅收成正比，且為開發區內非電子業類成績最佳者，致中央政府減除對南京市嚴厲的審查。A集團即利用宏觀調控的政策，所造成地方政府及中央政府之間權力競爭情勢，強化了該集團的談判權力。這些皆為談判理論中所述的「借力使力」的權力創造模式。

　　台商和中國大陸地方政府互動之密切，可由中國大陸商務部的資料略知一二。大陸商務部於2004年5月27日公布2003年大陸出口前200大企業，其中台資企業鴻富錦精工業（鴻海工業）、達豐（廣達）、及名碩（華碩）分居前三名；共有28家台資企業入榜，較2002年增加5家。[45] 因此，各地方政府皆紛紛來台灣，一方面是實地觀察台灣經濟發展情形，另一方面也積極地拜訪企業，期能說服至中國大陸各地設廠。欲使台商和地方政府的談判過程順利，並進而促成良好的談判結果，雙方必須充分了解對方之談判利益。

四、地方政府的談判利益

　　對地方政府而言，引進台商的利益主要包括：其一是基於使用相同的語言及可相互理解的文字，故可以快速學習台商的管理經驗，並了解台商的經營理念，以及和與世界各國的談判技巧，進而增進自己的談判及管理

---

[45] 胡石青，2004年兩岸經貿關係大事記，http://big5.china.com.cn/chinese/TCC/haixia/761800.htm。

技巧。其二台商赴大陸投資設廠多屬勞力密集的產業，若能引進好的台商，則一方面解決地方政府勞動力過剩的問題，且可增加地方政府本身及上繳中央的稅收，進而加強地方政府與中央的關係。其三是地方政府除發展工業，對於中央的農業政策也必須顧及，而台商至各地方發展農業不在少數，不但解決地方政府的三農問題，且將先進的農業技術傳授給當地政府及人民，促進地方政府的發展與生活水準，同時地方政府也兼顧中央政策。其四是完成政治上以經濟包圍政治的統戰任務。

　　此外，在考慮地方政府利益的同時，亦要同時考慮地方領導人之利益。一般台商常認為對地方政府的利益，即是對地方政府領導人的利益。其實不然，甚而部份台商認為赴大陸投資，賄賂官員是必要之惡，此係對於地方領導人的利益認知有所誤解所致。雖然台商與地方政府領導官員之間建立密切友好關係是必要的，因為在談判過程當中，良好的關係意味著溝通管道的暢通，並增加談判雙方的互信。不過賄賂並非良策，因為現今大陸官員升職之要件，除了上級單位審核之外，尚有同僚之間的互評，收受賄賂情事一旦證明屬實，對官員個人前途發展影響甚鉅，故其隱含的風險相當高。地方領導人最終談判利益在於仕途之升遷，倘若招商引資成效卓著，該地方政府因而稅收增加、失業率降低、人均所得提高與人民生活改善，此為升遷重要的考評事項。台商只要在投資設廠之後能助其達成前述之經濟目標，不需靠賄賂亦可獲得較優惠的條件。此外，地方領導人引進台商，不僅是為了增加地方政府的稅收，同時也常為自己第二生涯規劃。現今中國大陸實施政府官員國際化及年輕化的政策，意即五十五歲必須退休，台商在領導人退休之後多半樂意聘任其為顧問，因為各地方領導人對於地方政府的組織及政策較為熟悉，另一方面對於資訊的取得較為方便，因此有時考慮地方領導人的利益優先於地方政府的利益。

五、台商的談判利益

　　對台商的利益而言，其一是赴中國大陸投資具有接近市場及生產基地的地理位置優勢，倘兩岸得以直接通航，則此點談判利益將益形重要。其二是台商至中國大陸設廠，因擁有同文同種的文化特性，故赴大陸任職的台籍幹部僅須注意思維模式的不同，並不需要特別的職前訓練，如語言、食衣住行及文化的認識等。因此台商可以花費較少的職訓費用，員工眷屬之接受程度亦較高。其三是台商在台灣即使受限於土地小、資源少，以及幾乎無外援的情況之下，已發展一套經營企業的獨特模式，在逆境中取得高度的成就，倘能將此一企業管理經驗傳承到大陸，加上當地的充沛的土地、勞動力及原物料等資源及高潛力的市場，為台商創造新的營運契機，此為台商最大的談判利益。

六、談判的策略

　　綜上所述，吾人得據以判斷台商與地方政府各有其談判之權力與利益，且兩造間之互動相當密切，雙方亦期望能維持良好的關係，在利益上亦常有相互依賴之情形，雙方基本上是希望共同合作創造雙贏的談判結果。至於雙方是否強力主張自己的談判權力，以及權力結構的強弱情勢如何，則端視談判當時的主客觀條件而定。因此依照談判策略理論觀之，台商及地方政府應採行合作或是讓步的策略。作法是雙方會提高對方的期待，也提高對方的所獲，同時也將對方的選項拉高，意即提供較多的資訊，使談判的挫折降低，談判的可欲性提高，意即增加談判的效益。

　　各地方政府所採取的戰術內涵不盡相同，因為各地方政府各有其自身特有的經濟條件，以及經營之重點項目，因此各地方政府會提出一些配套措施以便達成以上的策略來招商引資。亦即先釋出一些小利或是甜頭作為讓步，以吸引台商做進一步的協商。常見的方法包括：一、土地可出售或可出租，以提高台商資金及土地用途的彈性，甚至地方政府出資為台商興

建工廠等，Ａ集團於某縣之工廠即由該縣政府出資金協助興建，且三個月內便完工開始量產營運；二、在可行的範圍內可以給予比中央政府規定更優惠的稅率，例如兩免三減半的政策可以放寬到五免五減半的優惠；三、協助處理因建廠所面對的問題，如遷出廠址住戶的安置及補償問題，生產要件如人才、原物料、基礎建設之取得與加強等問題。但地方政府在釋出善意、提高對方期待的同時，亦會同時要求台商之營運實績，如年度營收量值，僱用用多少勞動力，取得土地和產值是否呈正向關係，以便保障地方政府之談判利益，並達成目標。

台灣企業常藉由前往中國大陸投資設廠以擴大其營運版圖，增加競爭優勢。因為中國大陸擁有台商所需要，且台灣地區匱乏的有形及無形的資源。例如勞動力、原物料、土地、文化相同等。但除了幾家巨型台商，如鴻海、華碩、統一、裕隆集團等之外，其餘台商的營運規模多遠遜於國外大型跨國企業，故與地方政府的談判籌碼即相形見絀。台商可利用加入台商協會，集結較多的中小型台商等結盟策略，以增加其權力，再透過台商協會和地方政府或當地台辦單位談判，以獲得較佳的談判協議。此外，部份台商至中國大陸以外，如東南亞或中南美洲等比台灣經濟條件落後的國家，由於不熟當地的法律及政策，加上語言不通及文化的迥異，因此設廠或談判時皆特別小心。按照一般常理判斷，台商赴大陸投資也應如此。但目前兩岸關係尚不明朗，加上中國大陸的民族意識較為強烈，若台商的心態不正確，誤認中國大陸之經營及政治環境與在台灣相同，且將個人的政治意識和便宜行事的心理移植到中國大陸，可能易遭致談判破裂的結果。因此台商和地方政府談判時應以利益為主，不應落於立場之爭。

由於台商亦採用合作或是讓步的談判策略，因此必須與地方政府負責該項目的官員談判。因為根據談判理論，面對面溝通較能建立並維持良好的關係。為達成自身的利益，除土地成本、稅率優惠，或是水電供應等企業經營之大原則須堅持外，其餘細節方面，台商可以對地方政府釋出相對

之善意與利益，例如盡量使用當地的勞動力、盡力配合地方政府的政策、當地方政府需要急難救助時，台商應盡力幫忙，並將該等貢獻歸向地方政府，如此雙方皆在各取所需的情況下完成雙方的目標，獲取最大的利益。

肆、結論

　　在中國大陸近年來在改革開放政策指導之下，各地方政府之經濟發展程度及招商成效已成為其地方治理績效的重要衡量指標。本文所探討台商與地方政府兩造之間，就投資設廠此一主要議題進行談判，在接受雙方各存有互異需求及互賴條件前提下，共同尋求最大利益，且藉由協商溝通的方式共同解決問題的過程，提出學理根據與實務印證。其結果發現台商藉此一談判過程得以獲取其企業經營及發展潛力，為股東創造最大的財富利益。相對的，地方政府得以藉此獲取稅收、就業人口增加等經濟實質利益，以提昇其地方治理效能。此一行為模式即為典型的透過談判及協商過程，將雙方各自之利益極大化，符合學者對於談判一詞所設定的定義及其應發揮的社會功能。

　　大陸可供台商選擇作為投資設廠的地方眾多。反之，全世界欲進軍大陸市場之企業亦不知凡幾，而特定台商與特定地方政府之間能夠發生談判的機會，主要係因為談判雙方對於彼此之權力與利益均有共同認知，同時雙方擁有不同的權力結構，且台商與地方政府間欲將對方所能提供的資源，藉由談判的過程轉化成為本身的利益，證諸本文所述台商及地方政府之談判權力與談判利益，結果顯示地方政府運用其氣候、溫度之天時條件、地理區位及原料來源之地利優勢，以及豐沛人力資源之人和特性等談判權力，誘使台商將其有利於己的資源，如成熟且符合中國人特性之管理經驗與技術、投資設廠之資金、稅賦收入等，轉換成為自己的談判利益進而成為地方治理的重要政績之一。而台商相對於地方政府，大致而言其談

判的權力強度顯然較弱，故常需藉由「增加議題」、「結盟」等方法提高其談判權力，以勸誘地方政府同意其投資設廠之申請，並轉化成為其擴展大陸高潛力市場之經濟利益，故談判之功能實質上即是雙方利用本身擁有的特殊權力去換取自己所欲求得的利益，相關談判學理已在實證研究過程中得到驗證。

　　台商和地方政府的互動愈發密切，雙方互賴的情形愈嚴重。台商的行為會影響地方政府治理的理念，同時藉由和台商合作，得到一些台灣的資訊及經驗，間接促使該地方之經濟、社會日趨繁榮進步。而台商亦可藉由與中國大陸地方政府之合作，得以開發耕耘高潛力的市場，擴大企業營運規模，提升企業於全球的競爭力，進而使企業永續發展。這些目標需要靠台商和地方政府多次的談判方能完成。而成功的談判要仰賴分析權力大小及分配情形，各自的利益為何，並決定所採取的策略，才能成就完美的談判。

參考書目

一、 中文部分

(一)專書及期刊論文

毛澤東，「關於重慶談判」，**毛澤東選集**，第四卷（北京：人民出版社，1964年）。

吳秀光，**政府談判之博奕理論分析**（台北：時英出版社，1998年）。

周敏、王笑天，**東方談判謀略**（北京：解放軍出版社，1990年6月）。

黃鈴媚，**談判與協商**（台北：五南出版社， 2001年）。

劉必榮，「不對稱結構下的談判行為分析」，**東吳政治學報**（台北），第二期，1993年3月。

劉必榮，**談判**（台北：商周出版社，1996年）。

劉必榮，**談判兵法**（台北：先覺出版社，2004年6月）。

劉必榮，**談判聖經**（台北：商周出版社，1996年）。

鄭麗淑譯，**談判的策略**（台北：遠流出版社，1985年）。

蕭振寰，「談判的理論與實務─中美著作權系列談判個案研析」，國立台灣大學碩士論文（1991年）。

戴照煜，「談判人的反生產性行為」，貿易週刊（台北），177期。

(二)網路資料

李莉、常青，「市長掛帥，煙台市赴台灣經貿考察取得豐碩成果」，國際在線消息（中國大陸）， 2004年5月14日17:19:31 ，http://66.102.7.104/search?q=cache:sQ_Jz09iEicJ:big5.chinabroadcast.cn/gate/big5/gb.chinabroadcast.cn/3821/2004/05/14/81%40159676.htm+%22%E5%B7%A5%E5%95%86%E6%99%82%E5%A0%B1%22%22%E9%B4%BB%E6%B5%B7%22&hl=zh-TW&lr=lang_zh-TW。

胡石青，2004年兩岸經貿關係大事記，http://big5.china.com.cn/chinese/TCC/haixia/761800.htm。

二、　英文部分

Adler, N. J. (1986). *International dimensions of organizational behavior* (Boston Massachusetts: Kent Publishing Co., 1986).

Bacharach, Samuel B., and Lawler, Edward J., *Bargaining: Power, Tactics and Outcome* (San Francisco: Jossey-Bass, 1988).

Carnevale, Peter J.D. and Lawler, Edward J., "Time Pressure and the Development of Integrative Agreements in Bilateral Negotiations," *Journal of Conflict Resolution* 30 (1986).

Cobb, Roger W., Elder, Charles D., *Participation in American Politics: The Dynamics of Agenda-Building* (Baltimore: Johns Hopkins University, 1983).

Fisher, Roger, and Ury, William, and Patton, Bruce, *Getting to Yes: Negotiating and Agreement Without Giving In*, 2nd ed. (London: Random House, 1991).

Fisher, Roger, Ury, William, and Patton, Bruce, *Negotiation: Strategies for Mutual Gain* (CA: Sage, 1993).

Greffenius, Steven, and Gill, Jungil, "Pure coercion vs. carrot-and-stick offers in crisis Bargaining," *Journal of Peace Research*, vol.29, no.1, (1992).

Goodman, David S.G., "The Politics of Regionalism: Economic Development, Conflict and Negotiation," *China Deconstructs: Politics, Trade and Regionalism*, (New York: Routledge, 1994).

Hendrischke, H. (1999), "Provinces in Competition: Region, Identity and Cultural Construction, "*The Political Economy of China's Provinces : Comparative and Competitive Advantage* (New York: Routledge, 1999).

Ikle, Fred Charles, *How Nations Negotiate* (New York: Frederick A. Praeger, 1964)

Kobrin, Stephen J., "Testing the Bargaining Hypothesis in the Manufacturing Sector in Developing Countries," *International Organization*, 44, (Autumn 1987).

Karrass, Chester L., *The Negotiating Game* (New York: Thomas Y. Crowell., 1970).

Lax, David A. and Sebenius, James K., *The Manager as Negotiator: Bargaining for Cooperation and*

Competitive Gain (New York: The Free, 1986).

Pruitt, Dean G., *Negotiation Behavior* (New York: Academic, 1981).

Provis, C., "Interests vs. Position: A Critique of the Distinction," *Negotiation Journal*, vol.12 (1996).

Pruitt, C., *Negotiation Behavior* (New York: Academic, 1981).

Poole, Michael, *Industrial Relations: Origins and Patterns of National Diversity* (London: Routledge & Kegan Paul, 1986).

Pruitt, Dean G., "Strategic Choice in Negotiation," *The American Behavioral Scientist*, vol.27, no.2 (1983).

Rubin, Jeffery, "The timing of ripeness and the ripeness of timing," *Timing the De-escalation of International Conflicts* (NY: Syracuse University Press: Louis Kriesberg and Stuart J. Thorson, 1991).

Rahim, Afzalur M., "A Measure of Styles of Handling Interpersonal Conflict," *Academy of Management Journal*, Vol. 26 (1983).

Snyder, Glenn H., and Diesing, Paul, "Conflict Among Nations: Bargaining," *Decision Making and System Structure in International Crises*, Princeton, (N.J. : Princeton University Press, c1977).

Walton, Richard E. and McKersie, Robert B., *A Behavioral Theory of Labor Negotiations: An Analysis of a Social Interaction System*, 2nd ed. (NY:ILR: Ithaca, 1991).

Wall, James A. Jr., *Negotiation: Theory and Practice* (Glenview, IL: Scott, Foresman and Co., 1985) , p. 138.

Yao, E. L., "Bargaining face-to-face with the Chinese," *Business Marketing*, vol.73, no.2 (1988).

Zartman, William I., "Negotiation: Theory and Reality," in Diane B. Bendahmane and John W. McDonald, Jr., ed, *International Negotiation: Art and Science* (Washington, D.C.: Department of State Publication, 1984).

Zartman, William I., *The 50% Solution* (New Haven: Yale Uniersity, 1983).

東莞台商投資與財務管理：以輔導廠商為例

吳春波

（聯豐國際管理顧問公司總經理）

摘要

隨著中國加入WTO和國內與國際市場接軌，其國內市場結構的變化和競爭的加劇，台商仍選擇投資東莞，有其區位、市場與產業的考量。研究台商東莞投資與財務管理，並探討其投資環境，如服務、管理、海關報關和社會治安等問題，仍有其實用與學術意義。

就從相關理論與觀點，利用輔導實證及蒐集第一手資料，剖析台商東莞投資觀點。在營運活動中，加強公司治理機制，建構內部控制體系、成本抑減措施、績效衡量及預算管理等合理化運用是本文研討重點課題。

關鍵詞：公司治理機制、內部控制、成本抑減、績效衡量、預算管理

壹、 前言

東莞台商投資的本質意涵，不外乎是確立低成本營運活動，包含著充沛的人力運用與低工資、低土地成本、市場廣大及當地政府租稅優惠與其他獎勵措施等相關政策，並追求利潤最大化（profit maximization）及股東財富最大化（stockholder's wealth maximization）的目標，以延續企業經營權益。

東莞具備低廉的勞工和土地成本，又毗連香港，貨暢全球的大陸邊陲小城。此外，東莞遠離中央，傳統計畫經濟模式的行政壟斷力量薄弱，經濟發展以外資為主要驅動力，發展國際代工擁有明顯區位優勢，因而能承接來自香港和台灣的產業轉移。[1] 基於上游與下游供應商及買家不斷外移，相關週邊產業與零組件逐漸群聚集中在東莞。

過去許多前往東莞的台商經營投資者，看到的是中國大陸經濟開放所帶來的成長契機，未有細密的規劃與分析，或受當地政府政策的吸引，就投入巨額資金設廠經營。其中有部分廠商確實績效顯著，推升企業營運規模與擴張營運地盤，但亦有些可能已默默退出市場，不為人知。[2]

本文研究重點：就東莞台商輔導廠商個案中，投資前後之財務管理的問題意識，就公司治理機制、內部控制體系、財務績效衡量、預算管理，以及成本抑減措施與策略，驗證其推動與執行中的瓶頸與挫折。此外，運用何種方法，協助東莞台商在營運活動中，得到預期的效益，並提升其核心競爭能力，才是財務管理工作者的首要目標。[3]

---

[1] 袁鶴齡，亞洲地區經濟發展的契機與挑戰（台中：若水堂股份有限公司，2003年），頁187。

[2] 陳振祥，「影響企業經營決策之因子」，大陸台商經貿：台商張老師月刊，2006年9月。

[3] 謝劍平，財務管理—新觀念與本土化（台北：智勝文化事業有限公司，1999年6月再版），頁14。

貳、　理論與觀點

　　利潤最大化是企業經營目標，作為績效衡量的指針，有許多應考量的範圍與方向。包括對外投資策略、資金、當地政府的政策，交通運輸的便捷性、人力資源的充沛性、土地取得等成本因素。公司發展治理機制的規範，以及企業整體各項作業循環與流程合理的管控，並引導經理人思考長期策略，成本控管並提升核心競爭力，及未來發展計畫。透過預算管理的過程，能夠事先發掘經營活動中可能面臨的瓶頸與障礙，以不斷改進的承諾為管理基石。

一、對外投資理論

　　（一）「對外投資」可區分為「直接投資」與「間接投資」。而直接投資的理論由於時期之不同而有不同理論定義。例如：產品循環理論、產業組織理論、內部化理論、折衷理論和要素稟賦理論。國內探討台商對外投資的文獻，如投資區位選擇、進入模式與經營績效等議題。[4]

　　（二）長期投資方案，可歸類為六項：維持性替換（replacement for maintenance）、成本降低型替換（replacement for cost reduction）、既有產品或市場的擴充、新產品或市場的擴充、強制性投資（mandatory investment）與其它投資。投資方案的產生是最受忽視的步驟，尤其是中小企業在經營活動持續發展進程中，無法歸納出確實有效而有系統的作法。如無投資方案，則後續的步驟都是空談，沒有良好的投資方案，則後續的評估實際上都是浪費時間與資源（參見圖一）。[5]

---

[4]　劉建林，「台商赴大陸投資報表損益資訊內涵之研究」，國立成功大學會計系碩士論文，94年6月，頁6-8。

[5]　葉日武，**財務管理**（台北：前程企業管理有限公司，1998年），頁500。

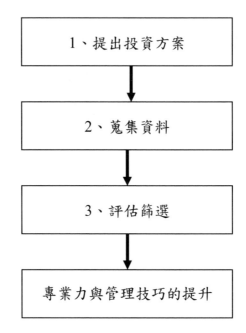

```
┌─────────────────────────┐
│    1、提出投資方案         │
└─────────────────────────┘
            ↓
┌─────────────────────────┐
│    2、蒐集資料            │
└─────────────────────────┘
            ↓
┌─────────────────────────┐
│    3、評估篩選            │
└─────────────────────────┘
            ↓
┌─────────────────────────┐
│  專業力與管理技巧的提升    │
└─────────────────────────┘
```

圖一：投資（資本預算）方案作業流程

　　對於各種投資方案之經濟效益評估方法，大致上可為五種方法：1. 還本期間法（payback period method）：企業在評估投資方案時，通常會考慮方案獲得投資報酬的時間長短。還本期間法又稱回收期間，是指原始投資額獲得回收所經過的年數，利用該投資的未來現金收入來回收；2. 會計報酬率法（accounting rate of return method）：又稱簡單報酬率法，是以管理階層定義的會計利潤，而不是以現金流入來衡量投資方案的報酬率；3. 淨現值法（net present value method）：採用淨現值法必須先選擇一個折現率，通常是公司對任何投資所要求的報酬率，將方案的未來現金流量調整到現值，這些未來現金流量折現值合計數減掉原始投資，可得到該方案的淨現值（net present value，NPV）；4. 內部報酬率法（internal rate of return method）：方案執行期間預期可獲得之利率稱之，是使一方案現金流出現值等於現金流入現值的利率，此法與淨現值法不同之處在於淨現值法係採

預定折現率；5. 獲利能力指數（profitability index）：用現金流量的現值減去最初的投資金額，如果將兩者的關係改為相除，就可以得到一元最初投資所獲得的現金流量現值，此一數字稱為獲利能力指數，亦有人稱之為效益成本比（benefit／cost ratio）。

二、公司治理理論

　　現代企業經營活動型態，其所有與支配分離或所有與經營分離的前提下，剖析如何合理、有效管控，不受所有人控制的經營者。促其能在「股東利益最大化」的目標下，從事經營活動，企圖以此股東主權或股東支配論點與作法，制衡且舒緩經營者支配可能引發之不當結果，其公司治理理論架構於焉成型。

（一）代理理論

Jensen and Meckling（1976）等學者認為：代理關係（agency relationship）是一位或一位以上的經理人雇用並授權給另一位代理人，代其行使某些特定行動（包括一般的商業行為），而他們彼此間亦存在契約關係，代理成本是指因代理問題所產生的成本，是為解決代理問題所發生之監督，以及約束成本之和，包括監督成本、約束成本與剩餘成本。Oviaff（1988）曾提出幾項能使管理階層與股東利益一致，有效降低代理問題的方法，

　　如激勵效率資本市場、內部獎勵措施、接管或購併威脅、董事會的監督、機構投資者的監督和加強管理監督。

（二）公司治理架構

　　公司治理主要是防止董事會，或管理階層做出不當的企業決策的一個機制。Alkhafaji（1990）將公司治理定義為：是一種結構及權力的形式，

用以決定與組織運作相關的各群體間的責任與權力。從「財務管理」的觀點分析，則是用來降低管理階層與股東、以及股東與債權人之間的代理問題與成本的一套機制，使資金的提供者，能確保公司經營者能以最佳之方式運用其資金，而賺取應得的報酬。[6]

三、內部控制

馬秀如（1998）認為：內部控制係一個為下列各類目標之達成，提供合理保證的過程，如營運效果及效率、財務報導之可靠性，以及相關法令之遵循，並反映以下四項基本觀念：

（一）內部控制是一個過程，內部控制是達成結果的方法，本身不是結果；（二）內部控制因人而產生效果。它不是只有手冊及表格而已；（三）內部控制只能為企業管理階層，及董事會提供合理的保證，不能提供絕對的保證；（四）內部控制可與欲達成之目標配合，而劃分成一種或多種類別；各類內部控制可相互區分，但卻又相互重疊。

但內部控制即使有效，就不同的目標而言，其有效程度亦有異。內部控制無法合理保證目標本身將被達成，因有其限制，包括：在決策制訂時的人為判斷可能有誤；人為的缺失，使制度發生故障，或因兩人或兩人以上的串謀而被規避，而且管理階層還有踰越內部控制制度的能力。另外的一個限制因素，則考量控制相關的成本和效益。[7]

四、績效衡量系統

要設計一套完美的績效衡量系統實非易事，但若能有效掌握適切的方

---

[6] 林群凱，「上市公司財務危機預警模式—以非財務資訊及不同預測模式建構」，國立成功大學會計系碩士論文，頁14-16。

[7] 馬秀如，內部控制—整體架構（台北：財團法人中華民國會計研究發展基金會，1998年6月），頁97。

法與原則，依Kanji（2002）指出，重視以下七項原則，為建構良好的績效衡量系統的準繩：（一）對於績效各種明確的目的與相互關係觀點的提供；（二）能與組識之價值與策略相連結；（三）基於關鍵成功因素與績效之互動；（四）有依據的、可靠的並易於運用的；（五）作為建立的比較，與進度的監控；（六）可將適當行為的激勵與獎酬制度連結；（七）能展現改善機會與改進策略的建議。

Dixon（1990）則認為：績效衡量系統與公司所發展的活動和執行的策略相呼應，其成功的績效衡量系統，須具備以下五個特徵：（一）支持並與企業的作業流程，營運目標一致；（二）透過簡單的指標來傳達信息；（三）能顯示如何有效率地符合顧客的期望與需求；（四）提供指標讓所有員工了解他們的決策與活動如何影響整個企業；（五）支持組織學習與持續改善。

五、預算管理

王怡心（2004）認為：透過預算可使營運計畫具體表達，同時預算可作為控制的基準，所以規劃（planning）、控制（controlling）和預算（budget）三者的關係密不可分（參見圖二）。

此外林財源（1999）認為：預算管理活動，其實施目的有五：（一）訂定企業長期和短期的目標；（二）幫助企業預計收益與成本；（三）幫助將計畫（即預算）協調並溝通所有管理層級，協力執行年度的每項計畫；（四）評估企業整體或部門別的績效，以激勵員工爭取好績效；（五）作為有效財務控制的正式基礎。

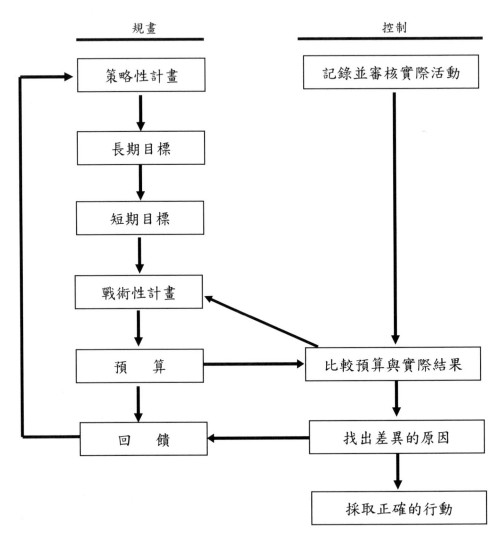

圖二：預算與規畫和控制的關係

　　預算僅注重成本的減少，而不注重價值的增加；只強調上下級的垂直命令與控制，預算管理缺乏彈性，造成對市場變化反應遲鈍等。甚至有些企業根本未曾考慮過正式的編制預算，更談不上用預算管理，來作為改善企業經營效率的有效工具。而僅運用歷史數據和主觀判斷，做出表面文章

的年度全面預算，只是徒勞無功。事實上，預算真正要發揮其輔助經營戰略、目標實現的功用，有必要考慮所有直接影響公司經營績效的因素，並非僅是涵蓋所有會計科目的預計財務報表。

因此，預算管理是要與績效管理體系相結合，形成一個完整的、廣義上的企業績效控制系統，預算才能夠扮演起戰略監控的角色。預算是一種系統的方法，用來規劃如何取得足夠資源，來支應企業的財務、實物及人力等需求，以實現企業經營戰略目標。企業可以通過預算，來監控戰略目標的實施進度，有助於控制開支，並預測企業未來的現金流量與利潤。故在預算執行的過程中，企業各階層管理者運用管理報告，定期對預算執行情況進行分析。其中，管理報告的主要內容，包括定期的財務分析，與非財務指標的衡量。管理者可以藉助各種層次不同的管理報告，來監控經營計畫執行進度，針對有偏差部分，迅速採取相應的行動方案，及時解決問題。若有必要，甚至可以對原有的全面預算體系，和關鍵績效指針體系，做出必要的調整，使其更能適應公司實際經營情況和市場環境。[8]

六、成本抑減

成本抑減的基本原則為必須持久辦理，應有全盤計畫和充分資料，並發掘機會。成本抑減的措施包括：全面動員通力合作；觀察工作尋覓機會；決定先後訂立次序；分析計畫逐步改進；按照計畫付諸實行；監督實施考核結果。實施範圍包括：原料、人工、製造費用、技術、管理費用、作業流程、運輸倉儲和會計處理。

成本抑減的機會，存在於企業內每一部門、每一角落，成本抑減的方法是：六「何」（6W）檢討法：Why（為什麼）、What（這項工作的目的何在？）、How（這項工作如何能更好完成？）、Who（何人為這項工

---

[8]　余緒纓、王怡心，成本管理會計（上海：立信會計出版社 2004年10月），頁225。

作的恰當人選？）、Where（何處開展這項工作，更為恰當？）、When（何時開展這項工作，更為恰當？）；ABC重點法分析：它是根據事物在技術或經濟方面的主要特徵，進行分類排列，分清重點和一般，從而有區別地確定管理方式的一種分析方法。由於它把被分析的對象分成A、B、C三類，故稱ABC分類法；標準化和簡單化：對在作業系統調查分析的基礎上將現行作業方法的每一操作程序和每一動作進行分解，以科學技術、規章制度、和實踐經驗為依據，以安全、質量效益為目標，對作業過程進行改善，從而形成一種最佳化作業程序，逐步達到安全、準確、高效、省力的作業效果。簡單化是解決問題的最佳方法，讓工作者清楚明白，在什麼時間或場所應該處理或不應該處理之作法。成本抑減的措施與策略，是帶動企業全員成本意識、目標管理、溝通協調、持續改善，以提升企業的競爭力。[9]

參、個案1─台商在東莞投資策略與思維

　　東莞（黃江）國○精密公司台商個案，從經營者到東莞地區考察，與前往投資設廠，前後歷經約計八年之久，其投資策略僅於「成本降低型替換及擴充性投資」框架為主軸。該公司業務著重於模具製造、電子、電器、電腦與家電及機械等設備之端子與延長線等零組件之製造。隨著上、下游廠商外移，企業在投資前的考量有以下幾點：訂單的來源、原有廠商互動機制、設廠與設備及短期營運資金之估計金額、土地成本、當地政府招商的優惠條件、租稅減免政策等。不過，因未能合理估計現金流量，亦未以何項的經濟效益評估方法，作為執行過程中檢討之依據與回饋的參考，投資方案執行過程如何控管，及其要點所影響該案的成效因素，與績

---

[9]　陳奮，成本控制的原理和方法（台北：中華企業管理發展中心，1979年8月），頁245。

效評估的準則及風險因子等，未在投資計畫前具體明確的列述。不過，本案投資後，三年來的經營成效，帶給該公司跳躍式成長。經營者有鑑於成長中所引發的隱性困擾，如中堅幹部管理能力、溝通、協調與問題解決的能力，以及責任擔當意識薄弱等，尋求輔導方案。

　　輔導前，就經營者敘述未來經營的方向與理念，以及預期效益達成共識。輔導確立以「有效降低支出，提高利潤」為目標。

一、　專案規劃：

　　輔導個案，係依企業經營管理層之需求，先作 1-2 天期日之診斷、初步瞭解並描述客戶現階段整體的狀況，指出存在的問題與缺失，與企業期望未來的目標，做探討分析，提出行動指導規畫書，內容說明透過教育訓練、制度建置、研討、需求、考核、追蹤、分析檢討等手法、步驟，期能與公司要求之目標政策一致。

　　（一）教育訓練管理課程安排。

　　（二）各循環之關鍵績效指標（KPI）研討與實施。

　　（三）各循環試行並檢討作為營運績效改善之依據。

　　（四）八大內部控制－會計作業流程合理化輔導建置。

　　（五）成本結構研討分析與成本降低方案實施。

　　（六）年度經營預算編制與控管。

　　（七）財務資訊運用解析，對現狀問題提供持續改善與增進效能的資訊參考。

　　（八）制度擬定前應用與運作之解說。

　　（九）階段性檢討會議。

　　（十）專案執行之定期檢討與跟催。

二、 專案計畫執行說明：

專案執行為達成經營管理階層的政策與目標，在其執行過程與成效，於計畫中說明達成的事項，並於期間檢視、檢討分析、考核與績效衡量。

（一）協助各項管理制度之建立或修訂。

（二）建立合理的會計作業程式。

（三）協助會計制度及成本會計處理之建立。

（四）協助財務管理資訊電腦化。

（五）專業力與管理技能提升（有關財務管理與成本管理等全面經營管理技巧，在職教育訓練）。

（六）有效降低支出（過去輔導經驗10-15%），提高利潤。

三、 專案計畫任務組織及職責說明

為達到上述專案既定的政策與目標，為有效的控管，在組織中，確定應有的任務與職責，並明確表明專案成敗，繫於任務組織與職責派任。

（一）任務組織架構

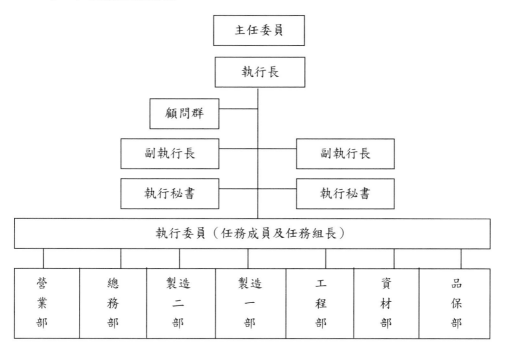

（二）職責說明

- 主任委員：最高主管擔任掌理本專案之運作，指揮監督各委員之工作。
- 顧問群：由顧問公司輔導顧問安排相關課程與實作演練，並協助進行相關制度之規畫與建立。
- 執行長：承主任委員之命，為本專案計畫之主持人，負責推動及維持專案計畫之運作，以達成本專案目標。
- 副執行長：協助執行長執行其相關業務。
- 執行秘書：負責本專案會議決議事項之跟催與彙總等相關事宜。
- 執行委員：負責有關業務之開會討論調整、提議及會議決議事項之執行。
- 任務執行委員：負責各循環作業程式書之彙編。

（三）實施策略

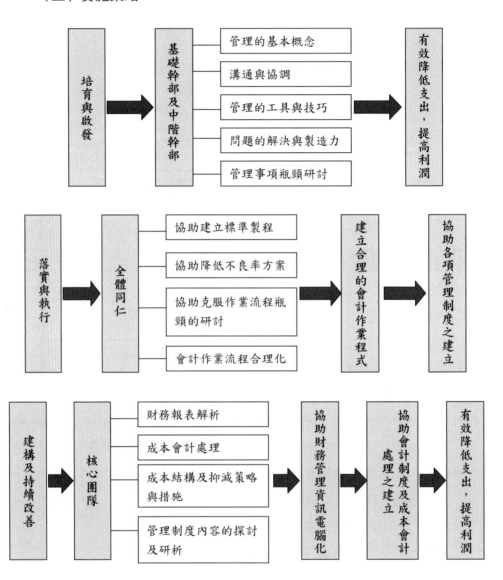

（四）導入方法及範圍

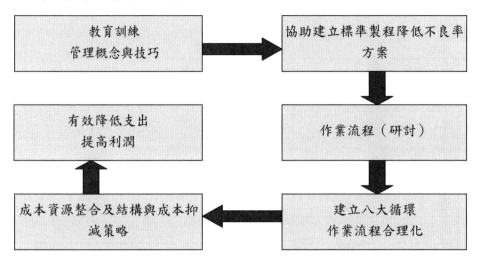

導入時，先將診斷時，所提示的問題與缺失，透過教育訓練議題的內容，解釋、說明、示範、研討、演練、報告，並交互詰問等。靈活運用，期能落入日常工作行為處理中，各部門溝通協調，共識和諧，與公司既定的政策與目標相結合。並以建立完善合理的作業流程，提升幹部的管理技能與技巧，與專業知識（財務報告分析，預算編製，成本抑減措施等）的吸收與應用。

1. 成立內部「專案任務小組」，由各部門遴選具有相關技能和經驗的優秀主管組（3至5人左右）。
2. 由顧問公司專業人員等針對公司問題之提報，帶領專案小組擬定解決方案及對策製程及KPI績效指標彙集檢討與分析。
3. 諮詢專業人員（使員工認知管理模式的要義，轉換成積極觀念的行為動力，能體現實際工作中之應用與運作）。
4. 藉由會議運作，內部資源整合，形成政策與計畫。
5. 專案運作中提供管理的工具與技巧，落實政策與計畫。
6. 動態或即時測試問題之改善與解決。

7. 使用者的積極參與，並廣納意見作為改善依據。

表一：培訓課程

1	願景規畫	13	如何有效開會
2	PDCA（計畫執行與考核）	14	壓力管理
3	革心行動的方案	15	成本管理體系之整合與規畫
4	KPI績效指標	16	如何激發創意思考
5	危機管理	17	年度經營計畫
6	SWOT分析	18	xyz理論談人生
7	成功主管特質	19	各項成本結構之分析與其抑減策略及措施
8	情緒管理	20	如何做好績效管理
9	成本管理就是要這樣	21	活用財務分析洞悉經營績效
10	檔案管理	22	談知識管理
11	溝通管理	23	現金流量表之應用
12	時間管理	24	行銷4P

（五）輔導台商效益及其目標：

個案輔導目的，在建置合理的作業流程與持續改善，並增進作業效率與效果，激勵遵行既定管理政策。一切作業和營運工作，都要防止發生錯誤，避免造成損失，以提高企業的總體經營績效為目標。

1. 防弊與提高利潤

　　成本的管理是企業常忽視的，但卻又是弊端最常見的問題，透過科學有效的八大循環機制，能杜絕內部人為弊端，以達到節流效果，相對利潤自然提高。

2. 落實目標管理

　　藉由設定關鍵績效指標、風險評估後，擬定具體可行並可達成的控

制作業流程，嚴格要求落實執行，定期檢討執行狀況及達標情況，使企業經營管理者更能有效瞭解企業運作的優劣，進而改善。

3. 全方位自我檢視

藉由專責部門不斷檢視所有控制流程的執行度，隨時瞭解發現問題並分析原因解決問題，以達不斷持續改善目的。

4. 成本效益觀念

現代的經營管理者應秉持著成本效益觀念，也就是不論環境競爭如何激烈，必須有效降低成本來維持，甚至提升利潤的經營策略。

5. 保障資產安全

資產是企業的生財工具，如何有效運用這些資源（廠房設施、各類庫存、製造設備），並妥善保障其安全。

6. 財務報表的可靠性

企業經營管理者能瞭解如何由損益表及資產負債表來判斷整體經營的狀況，洞悉利潤來自何方，虧損是何原由，避免盲目經營。

7. 強化專業分工體系，發揮生產效能，降低生產成本，改進生產流程，縮短交期。

藉由控制作業流程，建立公司作業流程標準化、合理化、簡單化及電腦化，並落實應用於工作職場，再加以專業培訓提升員工能力、有效激勵士氣、建設團隊，改善工作品質和效率。

確定輔導專案執行前，主要由下列幾個層面先行診斷（參見表二）：（一）業務政策方面：業務經營、管理現代化、銷售與收款循環之內部控制規範等項目、內容；（二）人事方面：職務分配、員工訓練、人事薪資循環內部控制規範等項目與內容；（三）生產管理方面：機器設備、生產技術、物料準備管制、品質管制及生產管理循環之內部控制規範等項目與內容；（四）營銷方面：年度營銷計畫，本行業發展趨勢分析，最受客戶歡迎產品的原因、研究發展循環之內部控制規範等項目與內容；（五）固

定資產管理，採購及付款循環之內部規範等作業內容；（六）財務會計方面：各種會計記錄、報表是否實用，是否符合管理的目的。

表二：輔導前診斷檢查項目表

一、業務政策方面
（1）業務經營
☑ 1. 已訂定明確之經營目標，全體員工均有充份瞭解，並在積極推進中。 □ 2. 已訂定明確之目標但僅主管階層瞭解。 □ 3. 未訂定明確之目標
（2）管理現代化
□ 1. 已瞭解管理現代化之重要，並已開始著手改進。 ☑ 2. 已瞭解管理現代化之重要，尚待改進。 □ 3. 尚未瞭解。
（3）是否聘有法律、會計、經營管理等方面顧問，以便經常提供建議，或協助解決問題？
□是　　　☑否
（4）銷售與收款循環之內部控制規範
□ 1. 有作業程序書 □ 2. 有流程圖 □ 3. 有作業說明及控制重點 ☑ 4. 有該循環之表單 □ 5. 不完整、未整合
二、人事方面
（1）職務分配
□ 1. 已具備組織系統圖及職務說明書並經常檢討改進

　　明確計算各種產品之單位成本，定期將預算與實際做差異分析、財務周轉情形、對各項稅捐獎勵法令的了解與金融機構往來情形及未來投資策略。其目的主要了解輔導前，該企業經營體質及現階段管理的能力，尚有努力與提升的空間。另以問卷－期望公司會更好，交付全體員工填寫。

表三：輔導企業個案SWOT分析

優勢（Strength）	機會（Opportunity）
1.用心經營本業，企業文化優良公司商譽佳。 2.企業永續經營之觀念帶領公司成長。 3.公司經營者本著獨特見解及前瞻性思考，能掌握市場供需及消長動態。 4.人員管理得當。 5.產品如期交貨。 6.幹部及員工工作上均能熟練生巧，克勤職守崗位。 7.ＩＳＯ認證。 8.公司產品有安規認證。 9.專業技術能力佳。 10.產品品質優良，市場競爭力強。 11.公司服務品質好，客戶有任何問題可立即處理。 12.模具研發技術穩定。 13.不斷的研發與測試讓客戶有信心。 14.員工間相處融洽。 15.養成全能人員方便工作調度。	1.大陸設廠提高市場需求及增加通路。 2.大陸設廠使公司有能力與同行競爭。 3.大陸市場確實有其發展潛力及空間。 4.電子自由化趨勢相關產業，蓬勃發展帶動產品的未來。 5.歐美日端子不再生產端片。 6.端子射出進行整合拓展其它業務。 7.公司轉型以技術取代較傳統之產品。 8.電器不斷的創新需求量大增。 9.產品種類多，各國機種齊全有利於未來市場擴展。 10.訓練強化專業提升與認知。
劣勢（Weakness）	威脅（Threats）
1.加強工安意外，避免導致人員成本損失。 2.不良率過高。 3.技術人員不足，模具維修時間拉長。 4.廠內制度不健全，人員缺少完善教育訓練。 5.人員自我要求不夠，加強教育訓練減少問題產生。 6.機台故障率過高，降低工作效率增加成本支出。 7.廠房分散資源浪費。 8.工作環境整潔待改善。	1.世代交替傳統產業人才難尋。 2.大陸政策多變。 3.國情律法人文不同應妥善處理。 4.保持現狀就會被市場淘汰。 5.無法依客人需求而減少訂單。 6.銅價持續走高，成本增加減少獲利。 7.政府政策多變造成國內市場萎縮產業嚴重外移。 8.外銷多易受匯率變動而影響獲利。 9.大陸（江浙)崛起客戶競爭力不足，未來面臨低價挑戰。 10.以量制價策略訂單愈多，獲利愈少。

　　從SWOT分析資料中，就公司優勢的運用而論，公司產品有歐美日等地區安規認證品質優良競爭力強，且在電器產品配組件的市場，擁有一席之地。近幾年來，營業連年成長，客戶對產品訴求問題的解決，隨到立即處理，來電轉接品保部門確認問題原因所在，專案專人反饋，為客戶樂於稱道。

　　聘請日本知名電器產業的退休研發經理人，參與公司新產品的開發，與舊產品原料替代和功能性的改善指導與訓練。借重先進國家專案經理人的經驗，積極因應產業的變遷與發展，提升新產品的需求與舊產品供應量。從研發階段秉持成本抑低的基本原則，並從掌握原料質、量與成本的考量分析，到檢討製造程序的時間與人力的量化和記錄，並將大量生產的耗料分析，針對現場操作人為疏忽與障礙排除，減少不良率發生等。有充分可靠的資料、檢討與改進，如員工學習心態、工作態度及環境的改善，成本意識的提升，全員品質管理的強化。公司授權經營者－廠長與組織運作，相關各部門主管的責任與權力，由每月之「財務報表」資料，從「財務管理」的觀點，分析管理階層與股東，以及股東與債權人之間的代理問題與成本。此套機制，使資金的提供者，確保經營者能以最佳的營運方式，運用其資金，獲得預期合理的報酬。

　　輔導期間建立銷貨與收款程序、採購與付款程序、設計開發控制程序、設計變更程序、固定資產管理程序、薪工管理程序、生產管理程序及現金收支管理程序等。各控制與管理程序均包含有程序書、流程圖、表單與控制重點，可作為制度合理落實運行。透過稽核程序，其要點以各部門提到的關鍵績效指標，檢驗部門的作業成效，只能為企業的管理階層，及董事會提供合理的保證，不能提供絕對的保證。如該內部控制無法合理保證本身達到預期目標，因有其限制，包括：在決策制訂時人為的錯誤判斷與疏失，或因兩個人或兩個人以上的串謀而被規避，及管理階層踰越內部控制制度的能力，都會影響內部控制制度的有效程度。此外，另一個限制

因素，係考量控制相關的成本與效益的效應。

　　從公司存在的劣勢與發展的威脅方面，主要來自於企業內部工安意外發生導致人員傷害與損失；製造過程中各工序的不良率偏高；熟練的技術人員斷層、模具維修時間拉長，影響生產進程的排定與停工待機。此外，缺乏完善的在職教育訓練，品質穩定與預期產能未能充分發揮。在輔導過程中，作為衡量績效之關鍵績效指標，以各部門3-5個指標性績效項目，作為目標管理，為建構良好的績效衡量系統的準繩，有以下原則遵循：（一）有明確的目的與相互關係；（二）與組織願景、策略相結合；（三）可靠的、有依據的資訊並易於操作；（四）能比較並對進度直控；（五）有激勵的作為並與獎勵制度相連結；（六）改進策略與改善的建議，以量化及結合非財務性資料於績效衡量體系中，更能吻合公司願景、策略與價值取向相結合。

　　經過一年來的輔導過程，經營者與核心管理團隊給予肯定與支持。後至討論江蘇中部投資案，因該團隊輔導過程的參與檢討，堅信事前規劃，事中執行、檢討，給予投資的思路有不同的考量，利用公司存有的優勢與機會，開創新機遇，如提出投資計畫、決策參與，有四人小組組成，先蒐集有關部門提供資料，前往實地勘察，運用了還本期間法與獲利能力指數法等之經濟效益評估方法。雖未考慮貨幣的時間價值，但評估土地成本、廠房，機器設備等，所需的營運資金並與半年內投產營收估計現金流量，有合理核算，其投資決策過程，雖未臻詳盡，仍須考量流動性風險（liquidity risk），以確保投資方案於預期中展現成效。

　　個案台商前往東莞投資能持續，或成功地經營並延伸江蘇中部投資，尋找主要關鍵成功因素，有如①蘇瑞興（1992）指出關鍵性成功因素，分別為取得經營管理的主控權，充分利用當地資源與優惠，以及當地的關係三項。②陳進來（2000）指出：出口型台商經營模式，不外乎為台灣接單，海外投資生產製造型態，此模式運作十分成熟，而台商在國際OEM

市場具備充分經驗，此優勢有助台商迅速切入區域市場。

肆、個案2─台商在東莞投資與財務管理探討與解析

　　台商（大朗）建〇精密公司在東莞投資已有十來年歷史，亦等於「成本降低型替換及擴充性投資」。經營者與核心團隊成員，兄弟三人業務與本業技術累積已有二十來年，從過去至輔導前，公司對經營過程與財務結構未曾將有關資料與資訊，透過合理的會計事務處理，結算出「損益表」與「資產負債表」，僅攸關公司營運活動中之銀行存款、應收帳款、應收票據、銀行借款、應付帳款、應付票據、利息費用等，即時敏感的經濟事項每月均有結算。不過，此一事項無法了解過去某一期間之經營成效及財務狀況良窳，此為現今台灣中小企業最大的通病。因獲利情況好或是會計人員素質不足，或是人力精簡，一人多工，未重視該項資訊將帶給公司未來成長的一大阻礙；或是資訊不足，無法察覺經營的困境或無利可圖的營運狀況以及未做管理即時改善與調整營運模式、終至退出市場或虧損累累，面臨倒閉惡運，亦不曉得失敗的原因何在。

　　與該公司經營者輔導前，面談如何從財務報表（損益表income statement、 資產負債表balance sheet、現金流量表cash flow statement），得知企業在某一特定期間的經營成果，及在某特定時日財務狀況（financial position），並彙總說明企業在特定期間之經營、投資及籌資活動等現金流量的資訊。而說明財務報表是企業經營活動的縮影，也是財務活動的整合，透過企業資金、設備、生產製造、成本費用、銷貨收入、研究發展、投資、融資、人事流程等，經彙總、整理與分析，找出報表資料相關性，掌握關鍵，依據報表協助經理人做決策與管理之用途。

表四：輔導企業個案SWOT分析

優勢（Strength）	機會（Opportunity）
1.有一群忠於○○的好幹部。 2.有一批良好的專業技術人才。 3.有先進的機器設備及儀器設備。 4.已建立QS9000質量管理體系。 5.有良好的工作者，生活環境。 6.擁有一批忠誠的顧客。 7.公司制度日益健全。 8.有先進的生產設備（ISO2000及QS9000）。 9.在大陸生產RF產品屬較早的企業。故在實際作業的經驗上有一定的優勢。 10.在設計開發方面聘請有長期從事此方面工作的專業人士。 11.領導階層敏銳的市場洞察力和良好的技術水平（董事長、總經理從事此行業二、三十年）。 12.健全的質量體系和培訓制度。 13.公司有良好的服務態度，本著以客戶為中心的宗旨，建廠十多年與客戶保持良好關係。 14.管理幹部，技術骨幹的年輕化。	1.產品的轉型，由傳統產品轉向RF產品，未來市場廣闊。 2.大陸政府對外資企業的政策優惠。 3.政策的靈活性及支持力。 4.高科技通訊行業的迅猛發展及現有的通訊產品銷售市場前景廣闊。 5.供應鏈持續發展，擁有自己的發展夥伴。
劣勢（Weakness）	威脅（Threats）
1.各程序執行力度不夠。 2.人員的流失率偏高。 3.生產成本不能做到有效控制。 4.單位之間欠缺溝通與協調。 5.部分原材料供應商在台灣，原材料供應周期較長。 6.RE類產品品質不夠穩定。 7.從事此行業的企業增多，從而提高企業的競爭壓力。	1.行業加盟者多，競爭日漸激烈。 2.對單價的要求越來越低，對交期的要求越來越短。 3.傳統類產品的訂單萎縮。 4.其同行小型企業在傳統產品上低價銷售，造成客戶流失。 5.歐美市場進口產品環保法規的限制。

從以上SWOT分析，於輔導中，如何善用（use）內部優勢，提升獲利，如何消除（eliminate）劣勢，落實抑減成本，持續改善。如何抓住（hold）機會、創造商機，以及如何防禦（defend）威脅，強化核心競爭能力的觀點。

就公司優勢的運用而論，充分掌握大陸政府對外資企業的政策優惠，其產品的轉型，由傳統各類式規格的螺絲轉向RF產品，迎向廣闊的3G產業市場。忠誠的中堅幹部與專業技術能力的優越性，以及先進的生產設備，適時解決客戶問題，服務品質優化。

實施作業合理化的內部控制，為提升企業營運之效果與效率，並遵循相關法令，於財務報導之可靠性，提供合理保證，執行先以年度經營計畫，導入並解說利潤規畫的要因。透過預算管理的推動與執行，並建置激勵與獎酬制度，如部門每月之收入與支出之預算，都在前一年度之九月份啟動，經會計部門，蒐集各部門過去年度之相關信息，提供有關部門參考。另由各部門主管參酌過去資訊，測定未來的進展與趨勢，評估並編列下一年度的預算金額（含收入與支出）於11月份呈送總經理，由總經理依未來一年合理的利潤評算，確認各部門提列之預算經費，作為年度之目標管理。期間集合各部門主管實際演練，由本公司顧問專門指導並解析考慮，注意事項與環節，如當地政府政策法令、外銷國家的經濟環境的變動、原材料的漲跌情況、勞動法令的影響等，外在或內在原因與條件均須關注。

公司每個月所有收入、成本、費用等，實際值與預算值分部門再做比較分析其差異數，找出原因並分析，經部門主管確認原因，提出改善對策與解決方案，並於下次跟催追蹤，直到改善結案，或優化解決方法的調整，獲得滿意的效果與效率。

輔導過程，提示輔導預定議程與輔導工作，應執行計畫，並強化作業合理化的建置與財務單位有關表單，一併列示。送交財務單位結算可靠相

關的資料，對財務報表之資訊提供合理的保證，經主任委員、執行長，確認可執行。執行期間由稽核定期或不定期提出稽核報告（參見附表六）。不論是年度營運計畫、利潤規劃、預算管理與差異分析等規劃管理、控制，均以公司整體營運績效做衡量，其建構績效衡量體系，以期達到企業作業流程適時修正，其合理運行，並與營運目標一致、結合。透過簡單易懂的衡量系統，指標性傳達可靠的信息，激勵、提振工作士氣，使能迅速有效率的反饋，並符合顧客的期望與需求。此外，讓全體員工能充分理解要求指標，提供管理階層的決策與活動，牽動公司營運的成效。活絡組織的學習型態與持續改善職能，鞏固企業的競爭能力，以因應產業與經濟環境的變遷。

在公司發展劣勢與威脅方面，明顯面臨來自企業本身，各製造工序作業執行力度不夠，單位間欠缺溝通與協調，加上全員成本意識薄弱和新產品品質不穩定，影響公司營運成效。輔導中，成本抑減活動，透過實際演練並分組報告，提供參與幹部要觀察工作周邊尋覓機會，決定抑減項目先後次序，以分析並規劃逐步改善，使能依照規畫落實執行並追蹤考核。其重點應落處於原料、人工、技術、生產管理費用、作業流程、有無效率的活動、會計處理等。由於公司幹部素質參差不齊，故應用方法偏重於標準化、簡單化與品質管制等，帶動企業全員成本意識，單位間溝通協調，達到持續改善，以提升企業的競爭力為目標。

從200X年7月份損益表、資產負債表中（參見附表七、八）之資訊，根據以下12個比率分析，可了解該公司經營績效及盈餘品質，與財務管理之良窳：

（一）安定力：①流動比率：161.86%

　　　　　　　②負債比率：34.75%

（二）成長力：①營業成長率：11.58%

　　　　　　　②純益增加率：30.91%

　　（三）生產力：①每人營業額：9萬

　　　　　　　　　②每人薪資創造幾倍營業收入：7.27倍

　　（四）活動力：①存貨週轉率：0.15次/月

　　　　　　　　　②應收帳款週轉率：0.49次/月

　　　　　　　　　③固定資產週轉率：0.104次/月

　　（五）收益力：①純益率（ROS）：20.27%

　　　　　　　　　②總資產報酬率（ROA）：1.3%

　　　　　　　　　③淨值報酬率（ROE）：2%

　　輔導實證，列出輔導前後（參見附表九）的狀況與效益，從財務規劃、控制及管理的歷程，確實達到預期的成效。

伍、結論

　　本文實例輔導秉持「實事求是、追根究底」的工作態度。經營者與核心團隊，應全程參與、積極配合，於合理要求的時間內，克服困難，完成交付的議題等共識。兩家獲利頗豐的顧客，從SWOT分析、業務面、技術面，均有很好績效的一面，但在經營管理上，其作業合理化，會計資訊的處理及財務規劃、控制及管理，尚顯不足、薄弱。

　　從輔導期間衡定台商前進大陸投資策略，偏重於「成本降低型替換及擴充性投資」的框架。其赴大陸投資是由其產業鏈的群聚效應與上游廠商的外移，因應低人工成本的因素，並未做投資方案之經濟效益評估。其中東莞（黃江）台商另覓地設廠時，已審慎評估投資方案，緊密收集有關投資資料，實地勘察該經濟開發區、環境設施、現有產業聚落及要求設置條件，以連接航空、公路、鐵路及港口之便捷性，均是投資時考量評核項目，基礎設施為完整七通一平，供電、供水、供熱、排污、電信、電視、

天然氣等七通，根據地形地貌，供排水條件確定，另當地政府三免兩減的租稅優惠政策，均為評估篩選的項目。台商透過過去經營的實績、模組應用還本期間法（payback period method）核算投資方案為可行性之依據，有助精進台商專業力與管理技巧。

　　透過輔導，凝集並培育企業的核心能力，正如Hamel & Prehalad（1990）兩位學者發表於哈佛管理評論，將企業的「核心能力」定義為：「組織由過去到現在所累積的知識、學習效果，它需要各事業單位間充分溝通、參與投入，特別是使不同生產技能之間合作無間，將各種不同領域的技術加以整合的能力，並且提供顧客特定的效用與價值。」兩位學者：認為核心能力是企業競爭優勢的根本，是連結現有事業的基礎，也是發展未來事業的引擎。他們指出：如果以時間長短區分競爭力來源，則公司的短期競爭力來自於產品的價格與績效，但全球競爭存活者則是強調成本與品質。因此，公司的長期競爭優勢則是來自低成本與改變速度，Michael E. Porter（1985）認為：企業擁有獨特且優越的競爭優勢，源自於為顧客所創造的價值，並指出成本領導與差異化，是構成競爭優勢的基礎，該公司經營者認知，要求以財務有關報表與資訊，作為經營會議探討經營績效與持續改善之依據。實證之案例，證實從公司治理機制、內部控制體系、績效衡量系統、預算管理、成本抑減措施等相關財務管理理論，在實務工作中，是不可或缺的工作。

參考書目

袁鶴齡，亞洲地區經濟發展的契機與挑戰（台中：若水堂股份有限公司，2003年），頁187。

陳振祥，「影響企業經營決策之因子」，大陸台商經貿：台商張老師月刊，2006年9月。

謝劍平，財務管理—新觀念與本土化（台北：智勝文化事業有限公司，1999年6月再版），頁14。

劉建林，「台商赴大陸投資報表損益資訊內涵之研究」，國立成功大學會計系碩士論文，94年6月，頁6-8。

葉日武，財務管理（台北：前程企業管理有限公司，1998年），頁500。

林群凱，「上市公司財務危機預警模式-以非財務資訊及不同預測模式建構」，國立成功大學會計系碩士論文，頁14-16。

馬秀如，內部控制—整體架構（台北：財團法人中華民國會計研究發展基金會，1998年6月），頁97。

余緒纓、王怡心，成本管理會計（上海：立信會計出版社 2004年10月），頁225。

陳奮，成本控制的原理和方法（台北：中華企業管理發展中心，1979年8月），頁245。

附表五：東莞××有限公司

年度經營計畫　　計畫年度：200X年

項次	計畫項目	具體內容	製定部門	備註（從1-10月份狀況）
01	生產與計畫	1.生產部分 (a)傳統螺絲達NTD1,000萬／月 (b)2RF精密螺絲達NTD1,500萬/月	製造部	傳統螺絲每月生產量： 製一課：4,196,846 （NTD1,259,054） 製二課：11,659,430 （NTD467,772） 製三課：6,766,104 （NTD1,353,221） 製五課：8,580,522 （NTD5,148,314） RF產品每月生產量： 378,205（2,269,230）
		2.質量部分 (a)傳統螺絲質量要求達100% (b)RF質量要求達100%	品保部	傳統螺絲合格率平均90.75% RF產品合格率71%
02	營銷業務	(a)年接單營業額達NTD. (b)年銷售營業額達NTD.	業務部	年接單額：未達到 年銷售額：未達到
03	人員培訓與儲備	(a)4月份導入SPC質量監測系統，5月份正式執行。 (b)強化MRP系統功能，提升工作效率。 (c)維持5S管理體系，推動全員參與。 (d)4月召聘技術儲備人員提升技術水平。 (e)內部幹部培訓不得低於60小時，全公司人員培訓不得低於90小時。 (f)依據績效考核制度，強化人員觀念及素質	總務部	(1) SPC今年6月份購買，11月份正式使用。 (2) MRP系統各單位有逐步向資管申請修改改善。但從各單位反映效果不是很明顯。 (3)5S管理每月都有進行評比。 (4)今年月份總務有招10個人員作為技術培訓。但已有6-7個人已離職。 (5)內部幹部培訓從總務統計數具有達60小時以上的培訓，員工培訓時間約為30-50小時。 (6) 8月份有試作績效考核。

附表六：稽核報告分析

序號	程序名稱	違反條文	問題點	責任單位	原因分析	暫時改善對策	永久改善對策	完成日期	問題分類	追蹤結果
1	薪工作業程序	4.4	1.福利管理辦法沒有資料可查，沒有制定此辦法。	管理課	未作及時發行。	1.要求"福利委員會"整理出資料，管理課進行發行。	1.整理後進行申請發行。	6/10/05	人為問題	
2	薪工作業程序	4.44	2.福利金管理及控制，實際由福利委員會及財務單位進行管理控制，與程序敘述不符。	管理課	程序內為總務部進行管控。	2.程序申請變更為「福利委員會及財務管控」。	2.變更程序內容。	6/10/05	文件問題	
3	固定資產作業程序	5.13.4	1.查管理課1月份「固定資產盤點差異表」中有做盤虧盤盈分析，但實際管理單位、財務單位及使用單位，並未調整帳目。	管理課	盤點差異分析後，未及時對帳目作出調整。	1.對照盤點差異報告（總經理已核准）、重新做帳目調整。	1.後續作業盤點時，對差異部分及時依核決要求進行調整。	6/10/05	人為問題	
4	固定資產作業程序	5.12.1	1.查管理課有對1月31日新購進之熱水爐進行列入帳，但先前的月熱水爐無列帳，燒毀後無處理或報廢。	管理課	先前1月熱水爐未列入帳目。	1.將燒毀的1月熱水爐開單入「廢品倉」。	1.將燒毀的1月熱水爐入「廢品倉」。	6/30/05	人為問題	
5	採購付款作業程序	5.5.3.2	查模具托管合約書沒有依程序作業且無記錄可查。	採購課	模具合約書未整理完整給財務存檔。	6/25前完成一份給財務。	後續需在當月將模具托管合約書轉交財務。	6/25/05	人為問題	
6	採購付款作業程序	5.1.2	分承包商開明順達修繕廠沒有按照分承包商選擇與評估管理辦法作業，沒有進行實際評估。	採購課	預計6月份做修繕評估實地評估。	6/30日前完成開順達實地評估作業。	依據「分承包商評鑑計畫表」作業。	6/30/05	人為問題	

附表七：東莞○○有限公司

資產負債表

200X年7月31日　　　　　　　　　　　　　　　單位千元

會計科目	小計	合計	會計科目	小計	合計
流動資產		164,365	流動負債		101,914
現金	2,519		應付票據	70,230	
銀行存款	31,408		應付帳款	22,613	
應收票據	23,268		應付費用	7,157	
應收帳款	68,039		預收貨款	18	
存貨	34,116		其他流動資產	1,896	
預付費用	1,216		暫收款	1,896	
暫付款	3,799		長期負債		66,357
長期投資	19,751	19,751	長期借款	66,357	
固定資產			其他負債		754
土地	13,134	301,550	存入保證金	754	
建築物	169,423		負債總額		169,025
-累計折舊	26,719	142,704	股本		30,000
機器設備	252,990		公積及盈餘		287,921
-累計折舊	128,942	124,048	累積盈虧	266,665	
什項設備	24,543		本期損益	21,256	
-累計折舊	16,231	8,312	淨值總額		317,921
模具設備	15,989				
-累計折舊	7,319	8,670			
運輸設備	9,831				
-累計折舊	5,149	4,682			
其它資產		1,280			
未攤銷費用	1,280				
資產總額		486,946	負債及股東權益合計		486,946

附表八：東莞○○有限公司

損益表

200X年7月1日-200X年7月31日   單位千元

科目名稱		金額	百分比
營業淨額		31,519	100.00
營業成本		18,617	59.06
營業毛利		12,902	40.94
營業費用		4,728	15.00
營業淨利		8,174	25.93
營業外收入	411		1.30
營業外支出	79	332	0.25
稅前淨利		8,506	26.99
預計所得稅		2,116	6.71
稅後淨利		6,389	20.27

附表九：回顧（檢討過去、策勵將來）

輔導前狀況	輔導後效益
1.各部門主管及幹部對生產成本、品質成本、研究成本等其內容結構、性質、歸類模糊不清或不知道。	1.有較清晰、明確的概念並懂得判斷、處理分析。
2.各級幹部對各循環作業程序及控制重點不清楚或不了解。	2.經教育訓練解說，會議溝通討論，實作檢討，各循環作業已定案可執行。
3.原MRP系統因受制未有合理化之作業運行，未能發現問題，僅已EXCEL作輔助至該系統無法全面上線。	3.經循環作業程序多次修正，發現MRP系統存在之問題有改善及修正努力的空間。
4.各級幹部對會計事項及會計科目認知、衡量、歸類等模糊或不知、或不清楚。	4.對會計事項及會計科目之了解有助於各級幹部執行業務對成本意識的提升。
5.全員品質概念及執行良好，但品質成本概念及範疇不清楚或不了解，或不知道。	5.品質成本報告之推動可作為檢討全面品質管理各項成本所引起應注意事項、問題，作為持續改善之依據，如： ①預防成本。 ②鑑定成本。 ③重製成本。 ④利潤損失。 ⑤內部失敗成本。 ⑥退回處理成本。 ⑦損失銷售成本。 ⑧外部失敗成本。 ⑨瑕疵品數量。
6.成本抑減策略活動未導入。	6.成本抑減活動推動是全員成本意識、問題意識、品質意識、改善意識，及行動意識等總結合，如能持續運作、檢討、合理改善增強競爭優勢、提升利潤。

	7.每月定期於次月10日前備妥損益表及資產負債表供經營決策參考，並提報解析並說明財務報表有關重要性之資訊如： ①獲利結構：毛利率、營業利益率、稅前純益率、純益率等之間的關係。 ②清楚管理效率：成本率、成本結構、費用率、費用結構、營業外收入及支出比率。 ③與預算做比較，其差異分析。 ④營業成長趨勢分析等。 ⑤財務結構：負債比率，流動資產構成率，債權比重。 ⑥短期流動性：流動比率，存貨佔流動負債比率。 ⑦投資妥適性：固定長期資產適。 ⑧盈餘品質：存貨指標、應收款指標、毛利率指標等。

論 壇 04

INK PUBLISHING

昆山與東莞台商投資：
經濟、治理與轉型

| 作 者 群 | 王珍一、吳春波、林江、洪嘉瑜、高長、殷存毅、盛九元、張家銘、張樹成、陳明進、陳德昇、馮邦彥、楊友仁、楊春、廖海峰、盧銳 |
| 主 編 | 陳德昇 |

發 行 人	張書銘
出 版	**INK** 印刻文學生活雜誌出版有限公司
	台北縣中和市中正路800號13樓之3
	電話：(02)2228-1626
	傳真：(02)2228-1598
	網址：http://www.sudu.cc
法律顧問	漢廷法律事務所 劉大正律師

總 經 銷	成陽出版股份有限公司
	電話：(03)271-7085（代表號）
	傳真：(03)355-6521
郵撥帳號	1900069-1 成陽出版股份有限公司
製版印刷	海王印刷事業股份有限公司
	電話：(02)8228-1290

| 出版日期 | 2009年10月 |
| 定 價 | 360元 |

ISBN 978-986-6377-23-5

國家圖書館出版品預行編目資料

昆山與東莞台商投資：經驗、治理與轉型／
王珍一等著；陳德昇主編.－－台北縣中和市：
INK印刻文學, 2009.10
432面；17×23公分.－－（論壇；4）

ISBN 978-986-6377-23-5（平裝）

1. 經濟地理 2. 投資環境 3. 文集 4. 江蘇
省昆山市 5. 廣東省東莞市

552.2821 98017413